KB271625

한국 현대시의 상상력과 자연

한국 현대시의 상상력과 자연

이 상 오

도서출판 역락

한국 현대문학 연구자로서 필자의 주된 관심은 현대시의 시적 상상력의 근원을 자연의 형상화와 관련지어 규명하는 데 있었다. 지난해 마친 학위 논문과 그간 발표했던 소논문을 모아 정리해 보니, 그 학문적 관심의 추이가 희미하게나마 윤곽을 드러내는 것 같다. 미당 시에 나타난 무속적 상상력이 자연과 잇닿은 인간의 삶을 통해 공동체적 신명으로 형상화됨을 논구했던 '서정주론', 자연 사물에 대한 감각적 이미지를 통해 생태주의적 전망을 엿보려했던 '이성선론', 시 「바라춤」에 드러난 대자적(對自的) 자연을 분석함으로써 근대적 주체의 생성을 논했던 '신석초론' 등을 통해 이러한 관심은 점차 확대되었고, 이윽고 학위 논문의 주제를 정지용 시의 자연관으로 정하기에 이르렀다.

자연과 자연관에 대한 역사적·철학적 분석을 시작으로 의욕적으로 펜을 들었지만 곧바로 난항에 처하고 말았다. 문학에 있어서의 자연이란 인간이 숨 쉬고 있는 공기, 또는 발 딛고 서 있는 대지와 같아서, 이리 빗대고 저리 빗대어도 문학적 상상력의 밑바탕에는 자연이라는 복합적이고 중층적인 개념의 덩어리가 어김없이 버티고 있었다. 심지어 반-자연, 혹은 근대주의조차 자연이란 명제 하에 포섭될 수 있었다. 그것은 한마디로 사막에 흩뿌려진 모래를 줄에 꿰려 하는 시도와도 같았던 것이다. 그러나 시기와 주제별로 정지용의 시를 쪼개어 한 편 한 편 소논문들을 완성해 나가면서, 자연이 정지용이란 시인의 시세계에 있어 하나의 맥락적인 구조로 자리 잡고 있음을 느낄 수 있었다. 자연에 대한 시인의 인식, 그리고 그 시적 형상화를 뼈대로 시를 면밀히 살핀다면 한 시인의 시세계가 보여 주는 다양한 결절점(結節點)들을 하나의 맥락으로 꿰어 설명할 수 있을 듯싶었다. 그러나 맥락에 대한 강박으로 시의 세부를 놓치기 일쑤였고, 이론에 시를 억지로 짜 맞추려는 헛손질을 피해갈 수 없었다. 다행히 심사위원 선생님들의 세심하고 날카로운 지적에 힘입어 바쁘게 깁고 더하고 빼는 작업들을 통해 나름의 모양을 갖출 수 있었다.

문학에서의 자연이라는 문제는 아직 논의의 여백이 많다. 필자의 이 글을 계기로 문학과 자연의 관계를 보다 명쾌하고 깊이 있게 설명해 낼 연구가 계속되길 기대한다. 또한 정지용 시의 문학사적 높이와 폭을 올곧게 설정해 줄 정지용 연구사의 한 틈을 메울 수 있다면 더 바랄 것이 없겠다.

1부에는 박사학위 논문을 수정 보완해 실었고, 2부에는 본격적으로 문학 연구를 시작한 후 발표해 온 소논문을 묶었다. 정지용 연구와 관련된 글들은 직간접적으로 학위논문에 반영된 흔적이 있기에 여기 포함시키지 않았다. 아직 여기 저기 성긴 구석이 허다하다. 부끄럽기 그지없으나, 그런대로 내 학문의 한 궤적이라 여기고 새로운 출발을 다짐하는 것으로 민망함을 대신하고자 한다. 독자들의 질책과 충고가 있다면 필자에게는 더할 나위 없는 고마움일 것이다.

아내 최윤이의 사랑과 배려가 없었다면 지금까지는 물론이고 앞으로 가야 할 길도 엄두를 내지 못할 것이다. 학문 앞에 부끄럽지 않은 남편과 아버지가 될 것을 아내와 한서 준영 두 아이에게 약속한다.

모자란 제자를 언제나 사랑과 믿음을 드리운 가르침으로 보듬어주신 오탁번 선생님, 시를 읽는 눈과 문학적 삶에 대해 일러주신 김명인 선생님, 부족한 논문을 세심히 살펴주시고 가르침을 아끼지 않으신 이숭원 선생님, 이남호 선생님, 고형진 선생님께 깊이 감사드린다. 그리고 흔쾌히 출간에 나서 준 도서출판 역락과, 원고를 꼼꼼히 손질해 준 권분옥님에게도 감사의 뜻을 전한다.

2006. 3. 이 상 오

차례

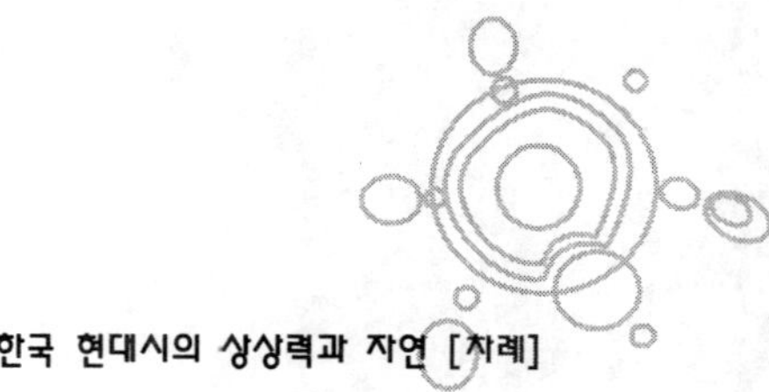

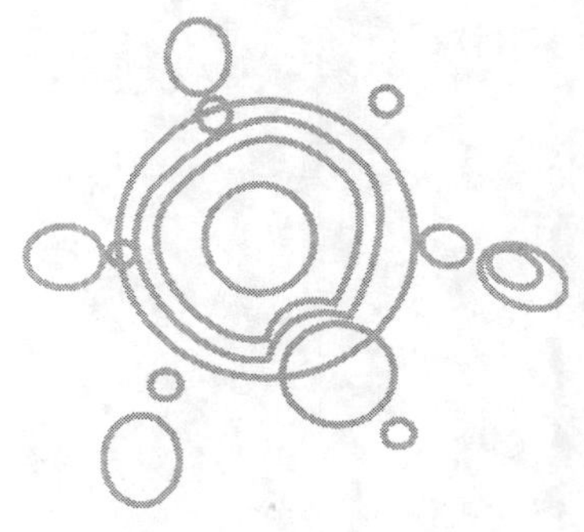

[제1부] 정지용 시의 자연 인식과 형상화 양상

Ⅰ. 서 론

Ⅱ. 결핍과 상실의 상상적 자연

Ⅲ. 모색과 감각의 표상적 자연

Ⅳ. 성찰과 소통의 풍경적 자연

Ⅴ. 결 론

I. 서 론

1. 연구의 목적과 시각

정지용 시의 자연 인식과 그 형상화 양상을 살피는 것이 이 연구의 주된 내용이다. 정지용의 전·후기 시세계는 제재·기법·시의식 등의 측면에서 상이하다고 여겨져 단절적 시각으로 논의되어 온 것이 사실이다. 그러나 자연을 시 창작과 시적 인식의 주요 모티프로 상정하고 있는 본 연구는 정지용의 시세계가 전체적 맥락에 의해 논의될 수 있는 토대를 제공할 것으로 기대한다.

지금까지의 연구는 정지용의 시 중 후기시를 '자연시' 또는 '산수시'로 규정하고 후기시의 자연에 관한 문제에 곤심을 집중하였다. 그러나 굳이 소재의 차원에 한정하지 않더라도, 자연은 정지용 시 전체의 맥락에 있어 원천적인 모티프가 되고 있음은 쉽게 확인할 수 있다. 시 창작의 전기와 후기를 막론하고 정지용 시에서 주로 표현되는 대상은 다름 아닌 자연과 자연 사물이며, 정지용 시의 단계별 변화 양상이 내보이는 것은 대상 세계를 인식하고 이를 시적으로 형상화하는 시인의 지각 양태와 방법론의 변모에 다름 아니다. 그럼에도 불구하고 정지용 시의 자연에 대한 문제와 그 논의가 후기 시에 집중되었던 경향은, 후기 시에 나타난 전통 지향적 시의식에 대한 일종의 고정관념으로부터 비롯되었다고도 볼 수 있다.[1] 그러나 정지용 시에서 자연의 문제는 시세계 전체를 통틀어 일관된 소재로 작동하고 있다고 보아야 한다. 정지용의 시세계에 있어 자연은 그 소재적인 측면뿐 아니라 정지용 시의 특질로 지적되어온 감각주의와 관련해서도 전체적 맥락을 이루고 있다. 또한 1930년대의 문학사적 상황에 비추어서도 정지용 시의 '자연'에 대한 인식과 그 형상화 양상을 밝히는 작업은 당대의 시적 현실을 비추어 줄 하나의 시각을 제시해 줄 것으로 기대된다.

정지용은 일제 파시즘의 압박이 심해지던 시점에, 우리 시의 나아갈 길을 "조선의 자연 풍토와 조선적인 정서 감정과 최후로 언어문자를 고수"[2]하는 것으로 제시했다. 정지용에게 '자연'은 초기 시부터 후기 시에 이르기까지, 시인의 내면과 정체성을 자각하는 계기로서, 그리고 시적 과제와 전략으로서 인식되었다고 할 수 있다. 정지용 시에 대한 통괄적 이해와 맥락을 구하는 데에 '자연'의 인식과 그 형상화 양상에 대한 본격적인 고찰이 요구되는 까닭이 여기에 있다.

정지용이 인식하고 미적으로 형상화해낸 대상 세계로서의 '자연'을 정지용 시의 맥락적인 이해를 위한 의미 단위로 삼고, 나아가 현대시 전반의 해석과 평가를 위한 주제로 제시하는 것이 본 연구의 또 다른 목적이다.

자연과 자연 사물은 문학 작품 속에서 다양한 양태의 이미지로 형상화된다. 해석자는 그것을 일정한 기준에 의해 이미저리[3]로 계열화하여 특

---

1) 후기 시에 지배적으로 나타나는 자연지향적 시세계를 주로 동양미학―산수화론, 또는 성정미학―과 산수미에 관련지어 논의해 오던 경향이 그것이다. 이런 시각의 경과와 문제점에 대해서는 '2. 선행 연구 검토'에서 상세히 논의된다.
2) 정지용, 「조선시의 반성」, 『文章』 27호, 1948. 10 ; 『정지용 전집』 2(민음사, 1988), p.267.
3) 감각적 체험으로 다가오는 최초의 象(image)과 그 상이 재생, 재현된 결과로서의 이미저리(imagery)는 엄밀히 구분될 수 있다. 시 작품을 전개할 때 자신이 전달하고자 하는 바에 독자들이 효과적으로 반응하게 하기 위해 시인들은 이미지를 빌어 오고, 문맥을 구성하고, 작품 전체를 조직화한다. 이때 기능적으로 작용하는 것이 이미지이며, 이것이 조직화되어 시의 문맥을 복합적으로 떠받치게 하는 것이 이미저리라고 구분할 수 있다. 최동호, 「이미지」, 현대문학사 편, 『詩論』(현대문학사,

정 시인이나 작품군의 상상력 체계를 해명할 근거로 삼을 수 있다. 그러나 이미 재현되어 복수화·계열화될 수 있는 이미저리가 아닌, 시인에 의해 선택된 특정 이미지의 근원―이를테면 '자연' 그 자체―에 대한 문제는 상상력의 문제로 쉽게 환원되지는 않는다. 어떤 시인이 특정한 의미를 내장한 이미지의 대상군을 선택했을 때, 그것의 상징적 의미와 이미지의 형상화 양태를 분석하여 작품이 구성하고 있는 상상력의 체계를 계열화할 수는 있다. 이것은 순수한 작품론적인 시각에 의한 해석 방법이다. 그러나 시인이 그 대상을 '왜' 선택했으며 그 선택의 의미는 무엇인가라는 물음이 제기될 수 있다. 이 물음은 작품의 상상력체계와 상보적인 관계에 있는 작가의 시의식과 관련된 물음이다. 이 시의식을 대상의 시적 형상화로부터 연역하기는 쉽지 않다. 왜냐하면, 어떤 대상을 선택하고 접하는 행위는 근본적으로 시인의―실존적 상황을 포함한―미학적 태도에서 비롯되기 때문이다. 따라서 시인의 미학적 태도에 대한 물음은 작품의 시적 형상화와 관련된 작품론적 시각보다 문학적 생애와 시의식에 대한 추적을 우선적인 목표로 하는 작가론적 시각에 귀속되기 쉽다.

대상에 대한 시인의 특정한 미학적 태도를 시적 인식의 양태라고 규정할 수 있다. 그리고 인식되거나 지각된 대상이 시인의 상상력으로 받아들여져 특정한 이미지로 구현했을 때, 우리는 그것을 시적 형상화라고 말할 수 있다. 이 시적 인식과 시적 형상화가 작가론적 시각과 작품론적 시각에만 각각 의지하는 것은 아니다. 작가의 시적 인식 양태를 밝히는 작업이 본질적으로 작가론의 영역이기는 하지만, 시적 인식에 대한 통찰이 작품의 해석과 평가에 중요한 영향을 미치기도 한다. 그것은 작품론의 입장에서도 마찬가지이다.[4] 특정 대상에 대한 시적 인식의 의미는 시

1996), p.50 참조. 이렇게 볼 때, 본고에서 지칭하는 정지용 시의 이미지들은 이미저리의 역할을 담당한다고 말할 수 있다. 이미저리는 이미지의 재현, 그리고 이미지의 복합적 구현이라는 두 측면이 강조된다.

4) 그러나 작가론이 생산한 의미 요소들이 작품론에 대하여 부적절한 선입견이 되는 경우 역시 그리 드문 일은 아니다.

적으로 형상화된 이미지들의 상상력 체계와 시인의 시의식과의 상호 이
해라는 가치 위에서 소통될 수 있다. 다시 말해, 대상에 대한 시적 인식
과 시적 형상화는 작품의 이해를 위해 상호 봉사한다.

　일반적으로 특정한 대상에 대한 시적 인식의 의미는 작품의 해석과 작
가의 시의식에 대한 참조항으로 기능하지만, 그 대상에 대한 인식의 정
도가 곧바로 작품의 문학적 성취와 관련된 가치론적 시각으로 환원되지
는 않는다. 그런데 그 대상이 '자연'이라면 논의의 폭은 좀 더 확대될 수
있다.

　서구에서는 '자연'이 주로 인위적인 것에 대조되는 것, 신의 영역에
속하는 것, 지적 활동과 대비되는 원초적이고 자발적인 것, 그 자신 운동
의 원리를 가지고 있는 것 등의 의미로 쓰였다. 이는 서양의 전통적 자
연관에서 비롯된 개념이다. 동아시아의 경우 역시 자연은 스스로 생성과
운동의 원리를 가진 것으로 사유되었다. 이 양자 모두 인간의 힘 밖에
위치하면서 인간에게 영향을 주는 세계로서의 자연이다.5) 그런데 신성으
로부터의 해방과 인간 이성의 자율성을 기치로 등장한 계몽적 근대는 자
연에 관한 기존의 의미를 바꿔 놓았다. 주체 중심의 형이상학은 인간 이
성으로부터의 자연 해석과 인간의 자연 지배를 중심으로 한다. 자연은
더 이상 그 자체 운동의 원리를 지닌 유기물이나 신의 피조물이 아니라
수학적으로 해명될 수 있고 계량될 수 있는 기계가 된다. 인간은 이 자
연을 해석하고 지배함으로써 세계의 중심에 서는 것이다.6)

　그러나 자아의 해방과 주체의 정립은, 인간을 둘러싸고 있는 외부 세
계와의 단절, 그리고 관계의 파괴라는 대가를 지불하고 가능해졌다. 인간
과 유기적 관계를 맺고 있는 자연이 아니라, 객관적 관찰의 대상이 된

---

5) 서구와 동아시아에 있어서의 자연의 개념, 그리고 본고에서 논의되는 자연의 범위
　는 '3. 자연의 개념과 연구 범위'에서 구체적으로 논의된다.
6) 데카르트와 근대 주체적 이성에 대한 이상의 논의는 강영안, 『주체는 죽었는가』
　(문예 출판사, 1996), pp.78~85 참조.

자연이 인간 앞에 놓이게 된 것이다. 인간과 세계의 관계자이며 생명의 근원으로서가 아니라, 추상적 분절선으로 양화(量化) 가능한 근대의 기계적 자연이 근대 인간에게 주어지는 자연의 모습이다. 이로써 인간은 자연을 지배할 수 있게 되었지만, 동시에 자연이 주는 생명력의 역동적인 창조적 경험을 잃어버리게 된다.

근대 사회에서 자연에 대한 사유는 이처럼 근대라는 시대적 흐름 속에서 논의된다. 하이데거가 존재의 근원으로서의 고향 상실을 근대 사회의 숙명이라고 했던 것 역시 근대 인간의 자연 상실이라는 맥락과 함께 놓인다. 하이데거는 근대인의 고향 상실의식을 근대 사회에서의 존재사(存在史)적인 문제로 사유하고자 한다. 그에 의하면, '고향'은 존재 망각을 경험함으로써 '고향'이라고 이름 붙여진 것으로써, 고향의 본질은 근대인의 고향 상실을 존재의 역사의 본질에 의거해서 사유할 때만이 파악될 수 있다. 그는 횔덜린의 시에서 이 본질적인 고향 상실에 직면한 인간이 존재의 진리 속에 자기를 발견하고 이 발견에의 여정에 오름으로써 존재의 역사로 현시되는 모습을 보았다.[7] 하이데거에게 시와 시인은 존재의 역사를 현시하는 자이다.

'자연'에 대한 사유는 필연적으로 '근대'에 대한 인식과 맞물린다고 전제했다. 그렇다면 근대 사회에서의 자연이 구체적으로 어떻게 지각되는지 살펴보도록 하자.

근대 세계는 인간 이성에 의해 구획될 수 있는 자연과의 거리를 생성해 내었다. 인간은 이 합리적 시선으로 자연을 분할하고 지배할 수 있으면서 동시에 자연을 객관적 대상으로 사유할 수 있게 되었다. 신성(神性)이나 형이상학에 지배되지 않는 그 자체로서의 자연 경관이 인간의 눈앞에 나타난 것이다. 칸트가, 대상으로서의 자연이 목적이나 완전성의 개념으로부터 자유로울 때 자연미가 탄생하며, 그때의 자연은 우리의 관조를

---

7) Martin Heidegger(소광희 역), 『휴매니스트에의 便紙』(東洋出版社, 1960), pp.109~114 참조.

위해 설계된 대상으로 간주된다[8]고 말한 것도 이런 관점에서 이해될 수 있다. 바슐라르가 집의 이미지를 닫혀 있는 공간이자 위안의 공간이며 내밀함과 응축의 공간, 세계와 자연의 폭력성, 적대성으로부터 보호받는 공간[9]으로서 파악했던 것은 자연에 대한 서구 전근대인의 인식을 반영한 것이라고 할 수 있다. 그러나 자연에 대한 근대인의 합리적 시선은 폭력과 공포의 대상일 수 있던 자연을 길들여질 수 있는 온순한 대상으로 바꾸어 놓았다.

인간은 자연을 분할하고 지배할 수 있으면서 동시에 자연을 그 자체의 '풍경'으로 사유할 수 있게 되었다. 그렇다면 이 '풍경'은 근대에 이르러 비로소 발견된 것이라고 해야 할 것이다. 가라타니 고진(柄谷行人)은 '풍경의 발견'에 대해 이렇게 말하고 있다.

> <풍경>이라는 것이 일본에서 발견된 것은 메이지 20년대이다. 물론 발견될 것도 없이 풍경은 이미 존재했다고 말해야 옳을지도 모르겠다. 하지만 풍경으로서의 풍경은 그 이전에는 존재하지 않았으며 그렇게 생각해야만 <풍경의 발견>이라는 것이 얼마만큼 중층적 의미를 띠고 있는가를 볼 수 있을 것이다. (중략) <풍경의 발견>은 과거에서 오늘에 이르는 선적(線的)인 역사 위에 존재하는 것이 아니라 일종의 왜곡되고 전도된 시간성 위에 존재한다.[10]

가라타니 고진은 메이지 20년대(1887~1896)에 와서야 비로소 풍경이 발견되었다 말한다. 이는 메이지 20년대의 작가인 구니키다 돗포(國木田獨步)의 소설 「잊을 수 없는 사람들」에서 처음으로 개념으로서의 풍경이 아닌 글자 그대로의 '풍경'이 묘사되었다고 생각하기 때문이다. 가라타니

---

8) Donald Crawford(김문환 역), 『칸트의 미학이론』(서광사, 1977), p.173 참조.
9) Gaston Bachelard(곽광수 역), 『空間의 詩學』(민음사, 1996), pp.166~169, p.117 참조
10) 柄谷行人(박유하 역), 『일본근대문학의 기원』(민음사, 2002), p.28.

고진에게 '풍경'이란 '역사적으로 형성된—어떤 시기에 '만들어진'—가치
와 지각 양태의 전도에 의해 드러나는 풍경'을 말한다. 형이상학적이거나
역사적인 어떤 기호론적인 틀에서 벗어날 때만이 풍경은 발견된다.

그렇다면, 위에 언급한 신적(神的) 자연, 전체로서의 자연이 붕괴된 자
리에서 비로소 인간에게 인식되는 객체로서의 자연의 발견 역시 가라타
니 고진이 말하는 풍경의 발견으로 간주될 수 있을 것이다. 그러나 그에
게 '풍경'이라는 개념 그 자체가 중요한 것은 아닌 것으로 보인다. 그는
"풍경이란 하나의 인식틀이며, 일단 풍경이 생기면 곧 그 기원은 은폐된
다"11)고 말할 뿐 풍경 그 자체의 의미나 그것의 현상과 양상에는 주목하
지 않았다. 풍경이란 역사적으로 만들어지는 인식틀이며 그에게 중요한
것은 그 인식틀의 역사성, 곧 기원이면서 발견과 동시에 은폐되는 기원
을 밝혀내는 것이다. 그가 '풍경'을 말하는 것 대신 '풍경의 발견'을 말
하는 것은 이 때문이다. 가라타니 고진은 풍경이 만들어지는 현상학적
과정에 주목하는 것이 아니라 그것의 은폐와 드러남, 즉 역사적으로 형
성된 담론—'역사적 선험성'—으로서의 에피스테메12)에 대한 고고학적
탐구에 관심을 둔다.

본고에서 주목하는 정지용 시의 '자연 인식'이란, 자연을 바라보는 시
인의 문학적 시선이 형상화해낸 결과가 아니다. 차라리 그것은 인식과
그 형상화, 즉 자연 사물과 그것의 표현이 분리되기 이전에 그 인식을
가능하게 하는 언어적이거나 사회적인 조건들과 그 관계의 양태이다. 푸
코는 『임상의학의 탄생』에서, 근대 임상 의학의 형성과 변환이 이루어지

---

11) 柄谷行人, 위의 책, p.32.
12) '에피스테메'는 일반적으로 지식 일반, 또는 인식 능력을 가리키는 말로 사용되
  어 왔는데, 푸코에 의해 담론적인 층위의 개념으로 규정되었다. 푸코는 일정한
  시대에 우리 인식의 지평과 문화적 구조를 가능케 하는 하부구조를 에피스테메
  (epistémè)라고 부른다. 그것은 지식의 공간에 배치된 경험의 근본적인 존재양식,
  역사적 과정에 내재해 있는 구조의 필연적 체계, 혹은 일정한 시대의 특징적인
  지식과 눈에 드러나는 역사의 줄거리를 가능케 하는 조건의 총체이다. 이광래,
  『미셸 푸코—'광기의 역사'에서 '성의 역사'까지』(민음사, 1989), pp.146~147 참조

는 인식론적 공간을 기술하며 다음과 같이 설명하고 있다.

> 어떤 담론이 생산되었을 때 그러한 탄생을 파악하기 위해서는, 그 담론의 이론적인 내용들이나 그 논리학적인 양상들과는 다른 어떤 것을 문제 삼을 필요가 있다. 즉 '사물들'과 '말들'이 아직 분리되어 있지 않은, 보는 방식과 말하는 방식이 언어와의 관련 하에서 아직 서로에게 속해 있는 그러한 영역에 주의를 기울일 필요가 있는 것이다. 볼 수 있는 것과 볼 수 없는 것의 최초의 분배에, 그 분배가 언표되는 것과 언표되지 않는 것의 배분[나눔]에 연결되어 있는 한에서, 주목해야 한다.[13]

어떤 시대의 문화적 경험이 언어화되거나 인식될 때, 그 과정은 당 시대의 규범들을 규정하는 언어적 질서와 제도적 질서가 형성하는 조건에 의존한다는 것이 푸코의 인식론이 말하는 바이다. 그 조건들은 선험적이거나 필연적인 논리적 연쇄에 의해 결정되는 것도 아니고, 그렇다고 직접적으로 감각적인 내용들에 의해 부과되는 것도 아닌 것이다.[14]

정지용의 시적 도정은 표상으로서의 자연으로부터 체험 그 자체로서의 자연, 인간적 유한성을 자각하는 공간으로서의 자연에 이르는 과정을 전형적으로 보여 준다. 정지용 시에서 자연의 형상화뿐 아니라 자연 '인식'이 중요시되는 이유 역시 이러한 시각에서 비롯된다. 정지용의 시적 사유가 이루어지는 인식론의 자장을 염두에 둘 때에만, 정지용 시의 변모 양상을 보다 통괄적 시각 아래에서 파악할 수 있다. 그러나 시적 형상화 이전, 즉 시적 인식의 조건에만 관심을 집중할 경우에도 자연 인식과 그 언표의 역동적 양상을 드러낼 수는 없을 것이다. 말해진 것과 말해지지 않은 것, 그리고 말해져야 할 것은 시인의 시선과 감각이 형성하는 감각적 풍경과 그 언표가 관계될 때에만 드러날 것이다. 이때 시적

---

13) Michel Foucault(홍성민 옮김), 『임상의학의 탄생』(인간사랑, 1993), p.18.
14) Michel Foucault(이광래 옮김), 『말과 사물』(민음사, 1987), pp.16~19 참조.

인식과 그 언표가 지탱하는 감각적 장을—가라타니 고진의 인식론적 풍
경과 푸코의 고고학적 인식론과 대비하여—'풍경의 존재론'이라고 이름
붙일 수 있을 것이다. 그것은 풍경의 현상 방식과 풍경을 바라보는 주체
의 구체적인 지각의 양상과 관련된다.

풍경학에서는, 풍경의 문제를 그것을 체험하는 인간의 존재론적 사건
과 관련지어 이해하고자 한다. 나카무라 요시오(中村良夫)는 풍경을 다음
과 같이 정의하고 있다.

> 풍경은 대지의 시각상과 인간 정신이 만나는 곳에서 발생하는 특이한
> 세계상이다. 그것은 공간의 객관적인 성질이 아니다. 그렇다고 해서 순
> 수한 시각상도 아니다. 말하자면 그 중간에서 발생하여 인식과 평가가
> 혼연일체가 되어, 현전하는 공간의 시각상이 핵심이 되어 성립하는 이미
> 지 현상이다.[15]

여기서의 '풍경'은 고정된 객관적 공간개념으로 이해될 수 있는 것이
아니며, 차라리 하나의 사건으로 받아들여져야 한다. 다시 말해, 그것은
인간이 대지의 시각상과 만나는 자리에서 발생하는 사건이자 현상이다.
'풍경'을 객관적인 공간성으로 고정시키지 않으려면, 공간을 인간의 내
적 체험과 연결된 하나의 질적 실체로 상정해야 한다. 즉, 공간을 고정된
표상으로 받아들이는 것이 아니라 그것의 발생과 변화의 과정으로 파악
하는 것이다. 이런 시각은, 지성적인 기하학적 공간 표상이 실재의 인식
을 왜곡하며, 언어의 유동적 실재를 고착화시키는 동시에 삶을 균일한
단위로 조작한다[16]며 비판하는 베르그송의 시공간론과도 연결되는 것으

---

15) 中村良夫, 『風景學入門』(中央公論社, 1982) ; 강영조, 『풍경에 다가서기』(효형출
판, 2003), p.251에서 재인용.
16) 황수영, 「베르그손(Bergson)의 삶의 철학에서 본 시간과 공간」, 『프랑스학연구』 6
(프랑스문화학회, 2000), pp.32~33 참조.

로 보인다. 베르그송에 의하면, 자연적 공간은 동물-인간이 표상하는 공간이 아니라 체험하는 공간이며, 따라서 그 체험의 구체적 성질로 가득 차 있는 공간이다.[17]

풍경을 체험한다고 하는 것은, 어떤 공간을 지성적으로 파악하는 것이 아님은 물론, 추상적이거나 물리적인 대상을 지각하는 것에 그치는 것도 아니다. 풍경을 체험한다는 것은 "어떤 물상을 보면서 전체적인 확장을 통일적으로 체험"[18]하는 것이다. 따라서 풍경의 체험은 특정 시간에서의 특정 장소라는 전제를 포함한다. 다시 말해, 풍경은 단순히 묘사의 대상이나 주체의 내면을 반영하는 표상이 아니라, "관조하는 시선과 그 시선에 포착되는 경관이 만나는 장소"[19]이다. 경관이 인간의 시각적 의도에 따라 포착되어 배치되고 고정되는 공간이라면, 풍경은 그러한 공간적 시각상이 맺어지는 장소이며 그 장소의 사건이다.[20]

이 장소의 사건에서 발생하는 미적 체험, 또는 풍경으로서 성립하는 미적 표상이 풍경미이다. "항상 인간과의 상호 관계를 갖는 자연 속에 표상되는 것"인 풍경미는 자연 대상이 그 감각적 소재로서의 존재 방식을 넘어설 때, 즉 하나의 정신적인 존재로서 우리들 눈앞에 나타날 때 성립한다. 감각적 소재로서의 대상은 물론이고, 객관적으로 환원 가능한 물리적 실체로서의 대상에서 벗어날 때, 자연은 풍경미가 성립하는 장이

---

17) 황수영, 위의 글, pp.36~38 참조.
18) 민주식, 「풍경의 미학-풍경미의 원리와 구조」, 『美學』 31(한국미학회, 2001), p.26.
19) 정선아, 「풍경, 情調의 형상화 장소」, 『불어불문학연구』 54(한국불어불문학회, 2003), p.508.
20) 조경학에서는 풍경과 경관을 다음과 같이 구분하고 있다.
   "풍경과 경관은 공히 인간의 가시권역내 시·청·후·촉각 등을 통해 파악되어지는 제 현상으로, 풍경은 쾌·불쾌 개념을 포함한 관조·관상의 심미적 태도가 강한 반면 경관은 과학적·객관적 개념이 내포된 보다 광역적·포괄적 지역 범위의 현상으로 규정된다"
   진희성, 노재현, 「팔경의 의미체험에 따른 풍경 개념의 구조에 관한 연구」, 『한국조경학회지』 19(1)(한국조경학회, 1991) 참조.

될 수 있다. 자연에 대한 미적 인식은 자연을 미의 대상으로 객관화할 수 있을 때 비로소 가능해진다. 인간의 노동이 자연을 지배하거나 노동이 인간과 자연을 대립적인 관계로 설정할 때 풍경미는 구성될 수 없다. 따라서 풍경미는 "일상생활의 장을 넘어서는 곳에서 비로소 성립"하는 것이다.[21] 풍경미가 존립되기 위해서는 일상생활의 장을 넘어서는 것 외에, 장소로서의 자연이 전체적이며 연속적이며 유동적으로 개방되는 것을 요구한다. 이 개방성은 인간과 자연이 하나로 엮여 있다는 기분[22]과, 자연의 전체성을 통일적으로 통합하는 감정을 유도해낸다. 이러한 실존적 배경은 인간과 자연 사이에 호응과 공명의 관계가 성립하면서 풍경미가 발생할 수 있도록 한다.[23]

따라서 풍경은 자연의 영향력으로부터 떨어져, 자연의 힘을 지배할 수 있는, 그리고 그것을 멀리서 바라볼 수 있는 도시인의 시선 속에서만 탄생하는 것이다.[24]

풍경학에서는 풍경의 발생을 문제시하며 풍경미의 존재 방식을 중시하는 현상학적이며 미학적 입장을 띠고 있다. 이에 반해 가라타니 고진은 풍경 그 자체보다 그것의 발견, 기원, 은폐와 관련된 담론적 지층에 관심을 가진다.[25] 즉 전자는 존재론으로서의 풍경을, 후자는 인식론으로

---

21) 민주식, 앞의 글, pp.11~12 참조.
22) 오토 볼노의 의하면, 이 "기분(stimmung)"은 "인간 존재에서 전체적인 일치를 이루는 심정의 협조적 상태"를 가리키는 말로 사용된다. 민주식, 위의 글, p.34.
23) 민주식, 위의 글, pp.34~40 참조.
24) Légis Debray(정진국 옮김), 『이미지의 삶과 죽음』(시각과언어, 1994), pp.231~234 참조.
25) 가라타니 고진의 '풍경'과 풍경학에서의 '풍경'은 기묘한 차이를 가진다. 우리는 전자를 '발견으로서의 풍경'으로, 후자를 '발생으로서의 풍경'으로 구분할 수 있을 것이다. 정지용에게 향토나 바다는 발견으로서의 풍경은 될 수 있지만, 발생으로서의 풍경은 되지 못한다. 계몽의 대상이었던 고향이 식민지 근대의 지식인에게 불안을 극복하고 상처를 치유하기 위한 가치의 원천으로 받아들여졌다면, 그것은 '조선심(朝鮮心)과 고전부흥운동이라는 시대적 시선이 낳은 새로운 풍경이다. 가라타니 고진은 "풍경이란 하나의 인식틀이며, 일단 풍경이 생기면 곧 그 기원은 은폐된다"(위의 글, p.32)고 했다. 계몽의 고향이 민족혼을 담은 향토로 거

서의 풍경을 염두에 두고 있다. 본고에서는 이 양자의 문제의식과 시각을 다소 무리가 따를 지라도 동시에 견지할 수밖에 없다. 왜냐하면 본고의 연구 범위는 정지용 시의 자연 '인식'과, 자연 대상을 감각적, 언어적으로 받아들이는 시적 형상화의 − '풍경'의 개념과 관련된 − 존재론적 과정이라는 양 측면에 걸쳐 있기 때문이다.

본고에서는 또한, 베르그송의 시공간 개념 및 자연관26)을 적용하여, 풍경을 고정된 공간이 아니라 인간의 시선과 체험에 의해 발생하고 변화하는 지속으로서의 시공간 개념으로 이해할 것이다. 이러한 '풍경'의 개념은 근대 사회에서의 인간의 자연 체험, 즉 자연에 대한 지각과 인식 과정에 대하여 보다 구체적인 분석틀을 제공할 수 있을 것이다. '자연'이 근대적 사유의 인식틀과 분리될 수 없다는 것, 근대인에게 자연은 전통 사회의 형이상학적 모델로만 존재할 수 없다는 것이 우리에게 풍경적 사유가 필요한 첫 번째 이유이다. 더 나아가 풍경의 발생과 현상 과정은 인간과 자연이 조응하고 공명하는 구체적인 지각 과정을 보여준다. 이 지각 과정은 자연을 주요 제재와 배경으로 택했던 정지용 시의 자연 인식을 이해하며 그 시적 형상화의 양상을 분석하는 것을 목적으로 하는 본고의 시각에 유용한 참조틀이 될 것이다. 무엇보다, 정지용 시의 변모

들날 때, 삶의 근원적 터전이었던 고향이 계몽의 고향으로 거듭나던 근대의 또 다른 시선은 은폐되고 있었을 것이다. 그러나 이 고향'들'이 '발생으로서의 풍경'이 되려면 또 다른 시선을 기다려야 한다. 인간의 시선과 표상으로서의 자연이 호응하고 공명하는 장소가 성립해야 하는 것이다. 육당이 발견한 '때리고 부수고 무너버리는 바다'(「해에게서 소년에게」) 이후 정지용이 '천막처럼 퍼덕이는 바다'(「바다」1)를 발견했을 때 역시, '계몽의 바다'에서 '감각의 바다'로 건너가는 풍경이었으며 동시에 은폐되는 풍경이었다고 할 것이다.

26) 베르그송의 시간 및 공간관, 자연관에 대해서는 아래의 논문과 저서를 참조하였다.
황수영, 앞의 논문.
김진성, 『베르그송 연구』(문학과지성사, 1999).
Henri Bergson(황수영 역), 『창조적 진화』(아카넷, 2005).
Gilles Deleuze(김재인 역), 『베르그송주의』(문학과지성사, 1996).
Henri Bergson(송영진 옮겨엮음), 『베르그송의 생명과 정신의 형이상학』(서광사, 2001).

양상은 자연 인식과 그 형상화의 변모 양상에 다름 아니라는 것이 본고의 시각이다. 그런 측면에서도 자연과 풍경을 논의의 도구로 삼는 본 연구의 목적이 타당성을 가질 수 있을 것이라 생각된다.

또한 본고에서는 정지용의 시의식과 시적 특성을 밝혀 줄 시편들을 분석함으로써 그의 시에 나타난 자연 이미지의 형상화 유형을 추출하고 그 양상을 계열화할 것이다. 그럼으로써, 자연 인식의 의미와 그 시적 형상화의 관계를 대비 분석한다. 이러한 이미지의 시적 형상화 양상을 분석하는 데에는 바슐라르의 현상학27)적인 방법이 일부 원용될 것이다. 물질적 상상력, 이미지 현상학, 원형론 등으로 구축되어 있는 바슐라르의 이미지 분석 체계는, 사물 이미지를 주요한 제재로 하고 있는 정지용 시편의 형상화 양상을 분석하는 데 유용할 것이라고 생각된다.

이 글은 서론과 본론을 포함, 5개의 장으로 구성되어 있다. 그 중 본론에 해당하는 것은 Ⅱ, Ⅲ, Ⅳ장인데, Ⅱ장과 Ⅲ장의 경우 주로 『鄭芝溶詩集』에 실린 시편을 분석 대상으로 하며 Ⅳ장은 『白鹿潭』의 시편을 그 대상으로 한다.

정지용의 시적 지향은 인간 삶의 원천으로서의 '고향'에 대한 인식으로부터 자아와 주체의 모색과 발견 시기를 거쳐 자연과 세계에 대한 성찰로 나아간다고 본다. 따라서 세 시기로 구분되는데, 이러한 시적 지향의 변모 양상을 따라 본고의 논지가 서술될 것이다.

Ⅱ-1장에서는 정지용의 초기 동시, 그리고 '고향'을 주요 모티프로 하고 있는 시편을 분석하여 자연 인식의 양상을 고찰할 것이다. 즉, 정지용이 자연을 바라보는 시선의 변모 양상을 시적 자아의 고향 인식과 더

---

27) 본고에서는 『불의 정신분석』, 『순간의 직관』 등 철학적 인식론에 가까운 저작보다 다음과 같은 이미지현상학 계열의 저작들이 참고된다.
　　Gaston Bachelard(곽광수 역), 『空間의 詩學』(민음사, 1996).
　　＿＿＿＿＿＿＿(이가림 역), 『물과 꿈』(문예출판사, 1998).
　　＿＿＿＿＿＿＿(정영란 역), 『공기와 꿈』(민음사, 1993).
　　＿＿＿＿＿＿＿(김현 역), 『몽상의 시학』(기린원, 1989).

불어 파악할 것이다. 타자화 되지 않는 고향과 그 자연이 선험적 부재의
식에 고착된 자아에게 이입되고 동일화되는 양상이 드러나는데, 동시와
정지용의 대표시 중 하나인 「鄕愁」가 주요 분석 대상이다.

　Ⅱ2장에서는 시적 자아의 시선이 고향 외부로 향하고 있는 초기 시
편, 즉 「슬픈 印像畵」와 초기 '바다' 소재 시편, 그리고 「故鄕」과 「風浪
夢 1」 등을 집중적으로 분석한다. 이 고찰을 통해, 상실한 대지로서의 상
상적 고향을 동경하던 자아가 방랑과 회상의 기억을 거쳐 미지의 세계로
열린 문, 그러나 자연이 가진 고유한 힘과 대상 세계의 시선을 인식하지
못하는 시적 자아의 내면과 정서로 착색되는 공간으로서의 '바다'에 도
착하는 과정이 드러날 것이다.

　Ⅲ1장은 근대 사회에 내던져진 방황하는 시적 자아가 불안한 정체
성을 뚫고 일어서기 위해, 세계와 자연을 대상으로 확정하고 스스로 주체
의 자리로 일어서기 위한 물음과 모색을 개진하는 시편들을 다룬다. 「幌
馬車」, 「갈메기」, 「바다 5」, 「琉璃窓 2」와 같은 시편에서의 주체의 자기
정체성에 대한 물음, 그리고 대상 세계에 대한 감각의 작동과 욕망의 전
개 방식 등을 분석할 것이다.

　Ⅲ2장에서는 앞 절의 문제의식을 이어받아 시적 자아의 '자연'에 대
한 '감각'의 형상화 양상을 보다 구체적으로 탐색할 것이다. 의식 세계의
투영으로서 자연을 자아화하는 초기 동시에서의 감각을 살펴본 후, 관찰
의 대상이 된 '바다' 소재 시편에서 드러나는 감각화 양상을 분석한다.
그리고 「湖面」과 「겨을」, 「밤」 등 정지용의 감각성과 언어 감각이 적극
적으로 드러난 시편들을 분석함으로써, 감각적 역동성이 충일한 시작방
법론의 이면에 있는 지향점을 추출할 것이다. 대상 세계를 냉혹하고도
객관적으로 묘사하는 한편 그 이미지의 역동성을 드러내고자 했던 노력
이 그것인데, 자연을 움켜잡아 주체의 시선 아래에 부착하려는 자아가
필연적으로 마주치게 되는 자기 속박의 과정으로서 「바다 2」가 가지는
의미를 구체적으로 논할 것이다. 「바다 2」는 시인이 지금까지 지향해왔

던 인식론의—필연적인—파탄 선언이며, 동시에 감각의 상처와 그 한계로 인한 자기 속박을 뚫고 새로운 창조력을 뿜어 낼 새로운 방법론의 가능성을 발견해 내는 계기가 되고 있음을 밝힐 것이다.

Ⅳ장에서는 『白鹿潭』의 시세계를 다룬다.

Ⅳ-1장에서는 정지용 후기 시에 있어 자연 인식의 특성으로 지목된 바 있는 '은일'과, 산수화적 세계가 함의하는 초월적 자연의 의미를 감각성을 중심으로 살펴볼 것이다. 「九城洞」과 「비」를 미시적으로 분석함으로써 정지용에게서의 은일이 단순한 은거나 은둔이라기보다 적극적 초월의 성격을 띠고 있음을 밝힐 것이다.

Ⅳ-2장에서는, 정지용이 상상적 공동체로서의 자연인 '고향'에 눈을 돌린 순간 대상으로서의 '바다'를 발견했듯이, 노동과 일상으로부터의 탈피를 의미하는 여행이라는 형식을 통해 발견해내는 '풍경'의 세계를 탐구한다. 중층적 시간 아래 사건이 발생하는 장소로서의 풍경, 지속하는 시간이 인간의 신체를 통해 타자와 관련된 세계라는 지평을 여는 장소로서의 풍경을 「毘盧峯」과 「玉流洞」, 「白鹿潭」 등의 시에 나타난 형상화 양상을 통해 드러낼 것이다. 주체의 고립된 감각을 배경으로 하나의 대상으로 한정되거나 고정되지 않는, 이동하는 화자의 시선이 경관에 능동적으로 개입하고 참여함으로써 상호 소환되며 열리는 감각의 장(場)으로서의 풍경이 그것이다.

Ⅳ-3장에서는 이 풍경이 가진 역동성을 시간과 공간의 측면에서 논의할 것이다. 「九城洞」, 「長壽山」, 「호랑나븨」 등의 분석을 통해 자연 공간은 표상 공간이라기보다 인간의 기억과 체험이라는 시간적 요소와 함께 생성되는 하나의 사건으로서의 시공임을 확인할 것이다. 이에 따라 정지용 후기 시의 시공간은 정적과 무시간성이 아니라 생성과 소통의 풍경으로 구현되며, 자연의 리듬을 내재화하는 풍경이 지속하고 순환되는 시간성으로 치환되는 양상이 드러날 것이다.

본고는 이와 같이 정지용의 시적 사유의 궤적을 따라 그 시대를 세 유형으로 구분하여 논의를 진행한다. 추상적이고 낭만적인 자연 인식이 바탕이 된 상상적 자연의 시대, 상상적 공동체로서의 고향을 떠나 구체적인 대상으로서의 자연, 즉 바다에 도착한 자아가 대상을 규정하고 움켜쥐려는 주체의 자리로 솟아오르는 발견과 표상적 자연의 시대, 대상과 주체가 습합하고 소통하는 풍경적 자연의 시대가 그것이다.

이 각각의 시대는 정확한 연대기를 따라 펼쳐지지는 않는다. 각각의 시기적 특성들은 가끔 시대를 건너 뛰어 나타나기도 하며, 사라진 듯 보였다가 상이한 작품군 속에서 모습을 드러내기도 할 것이다. 다만 우리는 그 주제론적 국면들의 각 결절점(結節點)에 위치하고 있는 작품들을 만나게 될 것이다. 상상적 자연과 표상적 자연 사이에는 「故鄕」이, 표상적 자연에서 풍경적 자연으로 넘어가는 시점에는 「바다 2」가 각각 위치한다. 이 작품들의 분석을 통해, 우리는 정지용 시의 불연속성의 심층에 자리한 인식론적 맥락을 추출해낼 수 있을 것이다.

문학작품이 궁극적으로 우리에게 보여주는 것은, 한 작가의 시적 사유의 일관성과 연속성이라기보다는 차라리 시적 사유가 현실이나 논리적 국면과 맞부딪칠 때 발생할 수 있는 단절과 불연속의 궤적이다. 그 반복되는 단절과 불연속의 계기와 조건의 구조를 밝히는 것이 이 논의에 마련된 과제이다. 본고의 시각은, 정지용의 시가 어떤 일관되고 통일적인 맥락을 구성하고 있다는 전제를 상정하지 않는다. 다만 정지용 시에서 어떤 요소들이 대립하고 있으며, 그 거스르는 맥락의 구조는 어떠한지 물을 것이다. 또한 이 구조와 가능성의 조건들이 어떤 의미와 층위에서의 대립적 요소들을 생산하고 있는지, 또 그 대립의 궁극적 의미는 무엇인지 다시 반성해볼 것이다.

때로 맞물리다가 때로 어긋나는 시적 논리들에서 파생되는 대립과 어긋남의 요소들이 그간 정지용 시의 미학적 구조를 통괄하는 데에 걸림돌이 된다고 지적되어 왔다. 그러나 그것은 다름 아니라 '자연'을 감각하고 인식하며 형상화해내려는 정지용의 고유한 시적 태도에서 비롯된다고 밝

히는 것이 이 연구의 목적이다. 아울러 시인과 작품과 자연이 만나고 부
딪치며 생성해내는 공간의 풍경을, 정지용의 시적 응전과 그 변모를 통
해 인식론적 구조와 미학적 존재론이라는 두 가지 시선의 축을 기반으로
해명하고자 한다.

본고의 작품 분석에는 기본적으로『鄭芝溶詩集』(詩文學社, 1935),『白鹿
潭』(文章社, 1941)을 사용하며, 다른 텍스트를 인용하거나 참조할 때에는
출처를 밝히도록 하겠다.

2. 선행 연구 검토

정지용과 그의 시에 대한 연구는 시인의 문학적 생애를 다룬 전기적
연구,[28] 작가론과 작품론 등 다양하고 폭넓은 성과로 축적되어 있다.[29]
판본 확정에 대한 연구와 텍스트의 미시적 분석에 초점을 둔 성과들[30]이
나온 것도 최근의 일이다.

특히 최근 들어 개별적인 주제론과 작품론의 한계를 넘어 정지용 시의
전반을 통괄하고자 하는 연구들이 제출되고 있다. 정지용 연구에 있어

---

28) 오탁번,「芝溶詩의 環境」,『現代文學散藁』(고려대학교 출판부, 1976) ; 鴻農映二,
   『정지용의 생애와 문학』(현대문학, 1982) ; 김학동,『정지용 연구』(민음사, 1987)
   ; 이숭원,「정지용의 생애와 시적 성장에 관한 연구」,『인문논총』3(서울여대 인
   문과학연구소, 1996) 등.
29) 그간의 축적된 연구 성과는 최동호 편,『정지용 사전』(고려대학교 출판부, 2003),
   『시와 시학』, 2002년 여름호의「정지용 연구 서지」또는 김종태 편,『정지용 이
   해』(태학사, 2002) 등의 연구서지 목록을 참조할 수 있다.
30)『정지용 시의 심층적 탐구』(태학사, 1999)에서 정지용 시의 대부분을 대상으로
   상세한 해석을 시도한 바 있는 이숭원은 정지용의 두 권의 원본 시집을 영인하고
   각 시에 주석을 가한『원본 정지용 시집』(깊은샘, 2003)을 간행했으며, 최동호의
   『정지용 사전』(고려대학교 출판부, 2003)은 정지용이 사용한 시어의 용례와 그
   풀이, 시어의 특성을 통계화한 자료, 생애와 저작 연표와 연구 서지 등을 체계적
   으로 제시하였다. 권영민은,『정지용 시 126편 다시 읽기』(민음사, 2004)에서, 정
   지용 시집의 원문과 최초 수록 잡지의 원문을 그대로 수록하여 비교하고, 현대
   국어의 정서법에 따라 한자 표기를 없앤 한글본을 제시하였다.

기존의 고립적이고 분산된 성과들을 통합하면서 보다 총체적이며 일관된 시적 논리를 발견, 해명하려는 것이 최근의 연구 동향 중의 한 갈래 특징이라고 할 수 있겠는데, 이와 관련된 연구들은 주로 두 가지 유형의 방법론을 통해 진행되고 있다. 정지용의 시와 산문을 텍스트로 하여 시 정신, 또는 시의식을 추적하는 연구[31)]가 그 하나이며, 다른 하나는 정지용 시의 주요 소재인 '자연'을 해석적 매개로 삼아 정지용 시 전반의 통괄적 이해를 구하고자 하는 경향[32)]이라고 할 수 있다.

전자의 경우, 첨단 모더니스트적인 감각 이면에 자리 잡은 전통론자의 면모와 관련된 정지용 문학의 표면적인 이율배반성[33)]에 대한 문제의식에서 출발한다. 이 연구들은 정지용의 시와 산문, 시론 등을 통해 시의식과 작품 세계의 일관성을 해명하고자 했다.

정지용 시의 '자연'에 관심을 가지는 연구들 역시 정지용 문학의 추이

---

31) 신범순, 「동백, 혈통의 나무 : 신경증과 불안의 극복―정지용론」, 『시작』 7(천년의시작, 2003).
　　김유중, 「정지용 시 정신의 본질」, 『한국문학이론과 비평』 19(한국문학이론과 비평학회, 2003).
　　이형권, 「정지용 시의 '떠도는 주체'와 감정의 차원」, 위의 책.
32) 송기한, 「산행체험과 시집 『백록담』의 의미」, 『한국문학이론과 비평』 19(한국문학이 론과 비평학회, 2003).
　　고형진, 「지용시의 '물' 이미지와 모성의식」, 『한국시학연구』 10(한국시학회, 2004).
　　권정우, 「정지용의 바다시편과 산시편의 연속성 연구」, 『비교한국학』 12(2)(국제비교한 국학회, 2004).
　　나희덕, 「1930년대 시의 자연과 감각―김영랑과 정지용을 중심으로」, 『현대문학의 연구』 25(한국문학연구학회, 2005).
　　시간과 공간의식에 대한 문제 역시 넓게 보아 자연 인식과 연관된다면, 다음과 같은 논문들도 포함될 수 있다.
　　김종태, 「정지용 시 연구―공간의식을 중심으로」(고려대 박사논문, 2002).
　　황규수, 「정지용 시 연구―공간·시간의식을 중심으로」(인하대 박사논문, 2002).
　　김동근, 「정지용 시의 공간 체계와 텍스트 의미」, 『한국문학이론과 비평』 22(한국문학 이론과 비평학회, 2004).
　　윤의섭, 「정지용 시의 시간의식 연구」(아주대 박사논문, 2005).
33) 김유중, 앞의 글, pp.9~10 참조.

를 일관된 시각으로 이해하려는 기획의 일환이다. 그런데 정지용 시의 통괄적 이해를 위한 가능성을 모색하려는 시도로서 자연에 관한 문제가 선택된 데에는, 정지용 시의 제재와 소재가 대부분 자연과 관련된 사물이나 환경이라는 것 외에 다른 이유도 있는 듯하다.

근대시문학사에서 정지용 시의 성취가 언급될 때 빠지지 않는 것은 그의 '감각'이다. 김기림은 정지용이 문명 속에서 형성되어가는 새로운 감각을 형상화함으로써 문학상 근대적 가치를 실현[34]했다고 격찬한 바 있다. 또한, 김환태[35]나 이양하[36]와 같이 정지용 시의 성과를 긍정적으로 보는 시각이나 이병각,[37] 임화[38] 등 정지용의 시세계에 대해 부정적이었던 당대의 논의들 대부분이 그 평가의 근거를 '감각'에서 찾고 있었던 것만큼, 감각은 그의 시가 가진 특성을 가장 잘 설명해 주는 요소라고 할 것이다. 이후 70년대에 김우창은 한국현대시사의 성과와 전망을 설명하는 글에서 다음과 같이 말하고 있다.

> 그는 처음부터 감각과 언어를 거의 금욕주의의 엄격함을 가지고 단련하였다. 「백록담」에 이르러 그는 감각의 단련을 무욕의 철학으로 발전시켰다. (중략) 분명 정지용에 이르러 현대 한국인의 혼란된 경험은 하나의 질서를 부여받았다.[39]

이 감각적 특질은 정지용 당대는 물론, 그의 시세계를 문학사적으로 평가하는 시점에서도 그 판단에 있어서의 주요한 기준이 되어 온 것이다. 그런데, 감각적 태도는 세계와 자연을 인식하고 그것을 시적으로 형

---

34) 김기림, 「모더니즘의 역사적 위치」, 『인문평론』, 1939. 10 ; 『김기림 전집 2 : 시론』(심설당, 1988), pp.56~57에서 재인용.
35) 김환태, 「정지용론」, 『삼천리문학』 2. 1938. 4.
36) 이양하, 「바라든 지용 시집」, 『조선일보』, 1936. 6. 5.
37) 이병각, 「예술과 창조」, 『조선일보』, 1936. 6. 5.
38) 임화, 「曇天下의 시단일년」, 『신동아』, 1935. 12.
39) 김우창, 「한국시와 형이상」, 『궁핍한 시대의 시인』(민음사, 1977), p.53.

상화하는 심미화 과정과 깊은 연관을 맺는다. 따라서 정지용 시에서 감각과 자연 인식, 그리고 그 형상화에 관한 문제는 불가분의 관계라고 할 수 있다. 그러나 정지용의 당대에는 그의 시의 '자연'에 관한 문제는 논의되지도 언급되지도 않았다. 이는 당대 문단에서의 '자연'에 대한 일정한 의식 수준을 반영하는 것으로 보인다.

한국근대문학사에서 자연이 하나의 중심적 소재로 등장한 것은 육당의 「해에게서 소년에게」로부터였다고 볼 수 있다. 그러나 이때의 '바다'는 계몽적 관념을 관철하기 위한 은유로서의 자연일 뿐, 실체로 노래된 자연은 아니었다.

이후 1920년대에 와서야 낭만주의를 배경으로 자연은 비로소 인간의 정서와 감정에 밀착된 어떤 실체로 인식되기 시작한다. 김억은 다음과 같이 말하고 있다.

> 지나간 고전주의의 예술은 도회적 문학이었으며 그 동시에 귀족적 문학이었습니다. (중략) 한데 로만주의 문학은 이러한 것을 일소하고 순박화되었으며 평민화된 것입니다. 근대의 시인으로 하여금 자연과 인생을 밀접케 한 것은 전혀 로만주의의 은택이라하지 아니할 수가 없습니다.[40]

그러나 1930년대에는 자연에 대한 시인의 이러한 관심이 근대의 호흡을 따라가지 못하는 전근대적인 발상으로 치부된 듯하다. 김기림은 전대의 낭만주의적 경향이 기교주의의 폐해로 이어졌다고 비판하는데, 그 비판의 근저에서 감정, 정서와 자연을 동궤에 두고 있다.

> 그것을 한층 선동하는 것은 구식 「로맨티시즘」의 시론이다. 그것은 때때로 내용주의라는 새로운 복장을 갈아입으나 역시 자연의 존중이라는

---

40) 김억, 「근대문예(二)」, 박경수 편, 『안서전집』 5(한국문화사, 1987), pp.87~88.

소박한 사상에서 출발하는 것은 마찬가지다. 즉 어떠한 사고나 감정의
자연적 노출을 그대로 시의 극치라고 생각했다. 영감이라는 말이 매우
존중되었으며 그것은 시의 원천이며 동시에 시인의 특권을 지키기 위한
신비로운 呪文인 것처럼 생각되었다. (중략) 조선에 있어서의 기교주의
발생의 환경을 요약하여 말하면 시단을 에워싼 소박한 어떤 종류의 원시
적 상태라 하겠다.[41)

그는 또 자연에 대한 시적 감정의 몰입에서 비롯되는 '영감' 역시 소
박하고 원시적인 사고에서 비롯된 관념주의에 불과하다고 치부한다. 김
기림은 '자연', 혹은 '자연적'이란 말을 세계를 주관화시키는 낭만주의의
세계관에 빗대어 이해하고 있었던 것이다. 김기림은 모더니즘을 낭만주
의에 대한 반대항으로서의 그것으로 받아들였기 때문에[42) 이런 인식으
로 귀결된 것이 당연하게 보일 수도 있다.

1930년대의 문학적 상황은 민족주의와 프롤레타리아 문학, 그리고—
최재서가 명명한 주지주의를 포함한—모더니즘과 아방가르드, 그리고 시
문학파와 해외문학파 등에 의해 이론과 창작 양면에서 다양한 방향으로
전개되었다고 볼 수 있다. 그런데 민족주의와 프롤러타리아 문학이 다소
간의 정치적 목적의식을 지니고 있었다면 나머지의 유파는 문학에 대한
일정한 순수성을 표방하고 나섰다. 목적성 문학의 경우는 두말할 나위도
없지만, 순수문학을 표방한 모더니즘과 아방가르드의 입장에서는 현실
도피라는 비판을 극복하기 위해 문명 비평의 방향으로 문학적 가닥을 잡
을 수밖에 없었을 것이다. 이런 상황에서 자연에 대한 관심은 구시대적
로맨티시즘이 아니면 소극적인 현실 도피라는 비판에 직면할 수밖에 없

---

41) 김기림, 「시에 있어서의 기교주의의 반성과 전망」, 조선일보, 1935. 2. 10~3. 14
  ;『김기림전집』2(심설당, 1988), pp.95~96.
42) "모더니즘은 두 개의 부정을 준비했다. 하나는 로맨티시즘과 세기말 문학의 말류
  인 센티멘털 로맨티시즘을 위해서 다른 하나는 당시의 편내용주의 경향을 위해
  서였다" 김기림, 「모더니즘의 역사적 위치」, 위의 책, p.55.

었을 것이다.[43)

정지용 시에 있어서의 감각과 자연, 그리고 자연에 대한 심미적 인식의 문제가 논의되기까지는 얼마간의 문학사적 거리가 필요했을 것이다. 정지용 시의 감각에 대한 구체적인 고찰[44]이나 객관적인 문학사적 평가, 또는 앞서 예를 든 텍스트 확정에 대한 노력이나, 기초 자료에 대한 실증적 분석, 주목되지 않던 작품과 경향에 대한 논의, 그리고 근대성 담론이나 문학사적 상황과 연계시킨 연구 성과들도 여기에 속할 것이다.

이러한 문학사적 탐색과 성과가 축적되기 시작하면서, 정지용 시에서의 자연에 대한 논의는 처음으로 오탁번에 의해 시의 소재와 제재가 주목되면서 출발했다. 오탁번은 바다와 산, 도회, 향촌, 신앙 등 제재를 중심으로 정지용의 시를 분류했다. 이 제재의 유형상 특징을 대조, 대비한 후 그는 "정지용은 전기에는 '바다의 시인'이며 후기에는 '산의 시인'"이라고 규정하기도 했으며, 정지용 시에 있어 바다와 산이라는 자연은 전후기 시세계를 일관하여 중심적 제재로 자리 잡고 있었다고 확인하였다.[45]

이후 오탁번은 "지용이 포착한 산의 시 속에 형상화된 자연은 우리 문학사상(文學史上) 최초로 문학적으로 인식된 자연"[46]이라고도 지적한 바 있다. '문학적으로 인식된 자연'의 의미는, 전통 시가의 자연 심상이 의존하고 있었던 '형이상학적·도덕적 의미구조에 포섭된 관념으로부터 탈각한 자연'으로 이해될 수 있을 것이다. 오탁번은 이와 함께 정지용 시의

---

43) 오세영, 「한국 모더니즘의 전개」, 『문학과 그 이해』(국학자료원, 2003), pp.80~84 참조.
44) 정지용 시의 감각적 특질을 주목한 연구로는 다음과 같다.
   정현종, 「감각·이미지·언어」, 『인문과학』 49(연세대 인문과학연구소, 1983).
   신범순, 「정지용 시에서 '헤매임'과 산문 양식의 문제」, 『한국문학의 양식론』(한양출판, 1997).
   김신정, 「정지용 시 연구—'감각'의 의미를 중심으로」(연세대 박사논문, 1999).
45) 오탁번, 「芝溶詩의 題材」, 앞의 책, pp.120~121 참조.
46) 오탁번, 『한국현대시사의 대위적 구조』(고려대 민족문화연구소, 1988), p.127.

자연 심상에 있어 몇 가지 중요한 통찰들을 제시하고 있다. 그 중 하나는, '바다' 심상이 조형된 해도와 제작된 액자의 특징을 지니는 구획된 공간 또는 평면적 공간 심상이며, 산의 시편들은 이와 대조적으로 열린 공간 속에서 시적 화자가 전면으로 부각되는 1인칭 서술의 형태를 취하고 있다는 점[47]이다. 이와 관련하여, 바다를 닫힌 공간으로, 산을 열린 공간으로 보는 중의적 시각[48]에 대해서도 지적했다.

정지용 시의 '바다' 공간은 오탁번이 지적한 대로 구획된 평면적 공간이라는 점에서 닫힌 공간이지만, 외부 세계를 향한 호기심과 두려움이라는 근대의 원심력적 자장 속에 형성되고 있다는 점에서 동시에 열린 공간이라고도 할 수 있다. 또한 '산'은—기행시의 경우 특히 그러한데—자연 공간과 접촉하는 시적 화자의 움직임이 시의 전면으로 부각된다는 점에서는 열린 공간이지만, 동시에 역사적 현실과 인간 사회에 대한 직접적 관심으로부터 단절되어 있다는 점에서는 닫힌 공간이다. 이처럼 정지용 시에 있어서의 자연 공간은 매우 의미심장하고도 미묘한 중층적 구조를 담지하고 있는 것이다. 이렇게 볼 때, 정지용 시의 가장 주요한 제재이자 심상인 '자연'의 의미구조를 밝히는 것이 정지용 시의 통괄적 이해를 위한 유효한 모티프로 제시된다고 하겠다.

이후 진행된 정지용 시의 자연에 관한 논의는 세 가지 계열로 나누어진다고 할 수 있다. 정지용 시의 자연에 대한 첫 번째 논의가 시의 제재로부터 비롯되었던 만큼, 제재에 대한 관심을 중심으로 연구한 경향이 그 한 갈래이며, 두 번째 계열은 『백록담』 시편의 자연 지향적 세계에 정지용 시의식의 원천을 두고자 한 경향이며, 세 번째 계열은 동시대의 다른 시인의 시세계나 문학사적 시각 하에서 정지용 시의 자연 인식의 의미를 논하고자 한 경우이다. 여기서는 이러한 논의의 경과와 성과들을 간략히 살펴보도록 하겠다.

---

47) 오탁번, 위의 책, pp.126~127 참조.
48) 오탁번, 위의 책, p.127.

정지용 시의 제재를 중심으로 한 논의는, '물' 이미지의 형상화 원리를 탐구한 고형진,[49] 바다 시편과 산 시편의 연속성을 밝히고자 한 권정우,[50] 정지용의 산행 체험과 그 형상화를, 근대적인 사유방식을 넘어서려는 노력으로 파악한 송기한[51] 등의 논의로 이어진다.

고형진은 정지용의 시에서 '물', 또는 '물'과 관련된 자연 사물이 전기와 후기 시 전체를 통해 시의 소재이자 비유의 원리로 강력하고 지속적으로 작동하고 있다는 점에 착안하여, '물' 이미지가 정지용 시 특유의 이미지 표현이 갖는 독자적인 기법적 특성과 비유적 원리가 되고 있음을 밝히고 있다. 그는 정지용 시에서 핵심적인 시적 대상이자 이미지 표현의 수단으로 사용된 '물'의 용례 분석을 통해, '물' 이미지를 빚어낸 창작 동력이 본능적이고 잠재적인 모성상실의식에서 비롯되었으며 이 모성의식이 정지용 시의 주요한 표현원리로 작용한다는 것을 규명해내었다. 정지용의 시세계 전체를 통해 일관된 흐름을 보이고 있는 이미지의 유형을 검출하여 그것을 시세계의 통괄적 국면을 이해하는 데 원용하고 있다는 점에서 이 연구의 의의가 있다. 또한 정지용 시의 동적인 형상화가 내포하고 있는 생명력을 이미지와 상상력 체계의 구조를 통해 해명하고 있음도 주목할 수 있을 것이다.

권정우와 송기한의 연구는 바다와 산이 정지용 시의 이미지와 시의식을 형성하는 주요 모티프라는 점에 착안하고 있다. 권정우는 정지용의 시 세계를 연속성과 변화라는 두 가지 측면에서 해명하고자 했다. 즉, 바다 시편과 산 시편의 창작 방법과 목적, 문학적 특징 등을 비교함으로써 둘 간의 연속성을 밝히고자 한 것이다. 시의 구성원리, 묘사의 사용과 그 목적, 전통과 새로움을 조화시키는 창작방법 등의 유사성 등이 바다시편과 산시편의 연속성을 설명하는 논거로 사용되었다. 정지용의 시론을 시

---

49) 고형진, 앞의 글.
50) 권정우, 앞의 글.
51) 송기한, 앞의 글.

세계의 연속성을 증명하는 논거로 삼는다든지, 개별 시편의 해석이 지나치게 소략하다는 점들은 논의의 설득력을 약화시키고 있지만, 정지용의 시세계 전체를 전통과 새로움이라는 측면에서 통괄적 시각으로 해명하고자 했다는 점에서 그 의의를 인정할 수 있다. 송기한은 동양 미학을 바탕으로 정지용의 산수시를 이해하는 기존의 경향과 달리 '산행 체험' 그 자체의 의미로부터 『백록담』의 시세계를 이해하고자 했다. 정지용이 어떤 특정한 관념이나 세계관을 모색하는 차원이 아니라 우연한 기회에 하게 된 산행 체험을 통해 자연스럽게 근대적 사유방식을 넘어서는 사유에 이르렀다는 것이다. 분석의 논리 전개에 대한 타당성을 떠나서, 동양 미학, 혹은 성정(性情)과 같은 유가적 사유 전통으로부터 정지용 후기 시를 이해하려고 했던 기존의 연구 시각을 답습하지 않고 작품의 형상화에 대한 천착에서 시의 이해와 의의를 구하려 한 것이 이 논문의 성과라고 할 수 있다.[52]

　정지용 시의 자연에 관한 두 번째 계열의 연구는, 주로 후기 시를 중심으로 정지용의 시의식을 동양적 전통정신과 관련시키는 경향을 보인다. 문덕수는 『백록담』에 이르러 정지용의 세계 인식이 비인간적인 세계 추구의 절정을 보인다고 하며, 정지용이 자신을 사회와 문명에서 분리시키며 극기와 절제, 무욕과 청정을 통해 '자연과 융합한 경지'에 이르렀다고 했다. 특히 산문「老人과 꽃」등을 예로 들어, 정지용의 자연 인식을 노경(老境)과 자연의 융합, 노자(老子)의 무욕청정(無慾淸淨), 허정무위(虛靜無爲), 즉 동양적 자연주의와 연결시켰다.[53] 이러한 시각은 정지용 후기 시를 산수시로 보고 동양미학적 의의를 구체적으로 논한 최동호,[54] '전통

---

52) 산수시, 자연시를 논한 세 번째 계열로 분류될 수도 있지만, 정지용의 후기 시를 전통 미학적 차원에서 접근하는 대신 '산'이라는 제재와 산행 체험을 중심으로 논지를 전개했다는 점에서 세 번째 계열에 포함시키지 않고 두 번째 계열에서 논하였다.

53) 문덕수, 「정지용시의 특질」, 『한국모더니즘시 연구』(詩文學社, 1981), 여기서는 김은자 편, 『정지용』(새미, 1996), pp.120~121에서 재인용.

지향적 자연시'라는 개념으로 정지용의 후기 시를 탐구, 정지용의 생명사상은 유가적인 형이상학에 뿌리를 내리고 있다고 규정한 최승호,[55] 정지용 자연시의 의미를 성리학적 이기론(理氣論)과 성정(性情)의 탐구와 연결시킨 오세영[56] 등의 논의로 이어졌다.

정지용 시를 전통 미학사상과 연결시키는 이 논의들은 주로 후기 시세계의 시의식을 중점적으로 다루었다. 그럼으로써 그 이전까지는 전기 시세계의 감각성에 비해 주목받지 못하던 후기 시의 미학적 구조를 상세히 밝히고 정지용 시의 해석 가능성과 시적 성취의 폭을 더욱 넓혔다는 의의가 있다. 그러나 이러한 작업이 전기 시세계를 충분히 고려한 바탕에서 이루어지지는 않았으며, 표면적으로 단절되어 보이는 전후기 시세계의 의미적 간격을 더욱 심화시키는 인상을 주기도 했다. 전통 미학사상에 대한 보다 넓고 깊은 논의로 정지용 시의 전체적 국면을 끌어안을 수 있는 시각이 요청된다.

세 번째 계열은, 정지용 시를 다른 시인들의 경우와 비교하면서 기법이나 시적 성취가 어떻게 변별되는지 논한 연구이다.

윤석산은 김소월과 정지용의 시를 각각 비교하면서 시의식과 자연 인식을 고찰했는데, 정지용의 경우 실재적 자연을 추구하며 반휴머니스트의 입장을 지닌다고 하였다. 또한 정지용은 소월과 달리 관념과 정서를 제거함으로써 구조의 견고성은 획득했지만 시인의 형이상학적 명상과 고뇌의 자취가 보이지 않는다고 지적했다. 그 결과 정지용의 시는 즉물적 순수시의 차원에 머물렀다는 것이다.[57] 이숭원은 소월과 만해, 정지용,

---

54) 최동호, 「山水詩의 世界와 隱逸의 精神」, 『하나의 道에 이르는 詩學』(고려대출판부, 1997).

　　　　, 「정지용의 <장수산>과 <백록담>」, 『현대시의 정신사』(열음사, 1985).

　　　　, 「정지용의 '금강산'시편에 대하여」, 『동서문학』 32(4), 2002.

55) 최승호, 『한국현대시와 동양적 생명사상』(다운샘, 1995).

56) 오세영, 「지용의 자연시와 성정(性情)의 탐구」, 『한국현대문학연구』 12(한국현대문학회, 2002).

57) 윤석산, 「소월시와 지용시의 대비적 연구 : 자연관을 중심으로」(한양대 석사논문,

신석성과 청록파 시인들의 시에 나타난 자연 표상에 대해 폭넓게 언급하였는데, 지용의 경우 초기 시에서는 자연 표상을 감각적 표현의 도구로 사용했으며, 그 자연은 객관화된 자연, 사물로서의 자연이며 이러한 시적 방법은 후기 시에서 더욱 심화된다고 하였다. 특히 정지용의 경우 자연 표상은 동양적 시공인식과 여백미에 깊이 관련되어 있다고 지적하기도 했다.[58] 이숭원의 이 연구 역시 윤석산의 경우와 마찬가지로 정지용에게서는 자연이 사물성을 중심으로 표상된다는 입장에 서 있다. 그러나 자연에 대한 사물적인 인식의 양상을 후기 시의 해석에 대해서도 일관된 논리적 구도로 접근하고 있다는 점에서 이전의 논의보다 진전된 측면이 있다.

지금까지의 논의들은 정지용 시의 자연에 관한 문제에 관심을 기울이고는 있지만, 자연 인식의 의미 그 자체에 대해서는 직접적으로 언급하지 않았다. 그러나 김우창과 이남호의 경우, 정지용의 자연 인식과 수용의 태도에 대해 비교적 분명한 논지를 전달하고 있다.

김우창은 한산시와 고려·조선조의 한시와 시조에 나타난 자연 인식과 수용의 태도를 점검한 후 김소월, 정지용, 그리고 청록파의 자연에 대한 문제를 논하였다. 한국시에 대한 통시적 논의의 연장선에서 정지용의 자연에 대한 시적 태도와 성취를 논하고 있다.

> 그러므로 정지용의 도통은 자연스러운 삶의 과정의 한 부분이 아니라 하나의 기교, 하나의 포즈라는 느낌을 준다. 그것은 자신의 삶에 몸을 맡기는 데에서 얻어진 것이라기보다는 생각해봄직한 멋있는 생각으로 생각되어진 것이다. 그의 비전은 등산객의 비전이다. (중략) 그의 산의 비전은 안주하지 못하는 영혼의 탐색과 순력 과정의 한 환영의 순간이었다. 다른 현대시인들의 경우를 생각해볼 때 정지용의 비전은 조금 더 심

1981).
58) 이숭원, 「한국근대시의 자연표상 연구」(서울대 박사논문, 1986).

각한 것이었다고 해야겠지만, 산이 그에게 시적 아이디어에 불과했던 것은 틀림이 없을 것이다. 그 아이디어는 어떤 심리상태에 대응하는 것이었다. 그렇다는 것은 그것이 그의 세계의, 말하자면 전통적인 고려조나 조선조의 시에서처럼, 형이상학적 또는 도덕적 진실에 또는 그러한 것에 철저하게 삼투되어 있는 현실에 대응하는 것이 아니었다는 말이다.[59]

김우창은 이 글에서, 형이상학적 체험[60]과 도덕적 진리 이 양자와 당대 시인의 인생관이 형성하는 실존적 거리를 한국시의 미학적 성취의 기준으로 삼는다. 고려와 조선조에 있어 자연시의 기능은 시적 전율을 포함하는 형이상학적 진리의 기능이었지만, 점차 이것이 도덕적 교훈과 보상적 만족의 기능으로 변화했다고 지적했다. 그래서 산의 형이상학과 도덕학의 쇠퇴와 더불어 산은 그 참모습을 감추게 되었다고 진단하게 된다.

정지용의 자연에 대한 관심이 자연에 대한 실존적 물음에서 출발한 것이 아니라 하나의 포즈이며 아이디어에 불과하다는 것이 인용문의 요지이다. 그러나 글 전체의 맥락에 비추어보면, 이 규정이 정지용 시의 성과나 의의를 폄하하거나 부정적으로 바라보게 하는 근거로 사용되는 것은 아니다. 그는 또 이렇게 말하고도 있다.

일제 식민지 통치를 비롯한 현대사의 격변 속에서 자연은 형이상학적 진리로서 또는 도덕적 알레고리로서 버텨 있을 수가 없었다. 우리 시에서 전통적 자연시는 대체로 조지훈이나 박목월로 그치는 것이 아닌가 한다.[61]

시의 증거를 통하여 우리가 느끼는 것은 차라리 산의 형이상학과 도

---

59) 김우창, 「산의 시학, 산의 도덕학, 산의 형이상학 : 산과 한국의 시」, 『산과 한국인의 삶』(나남, 1993), pp.109~111.
60) 이 형이상학적 체험은, 시적 전율이라고 해도 좋을, 시적이며 감각적 체험이면서 그것의 자기 초월이라고도 말해진다. 김우창, 위의 글, p.98 참조.
61) 김우창, 위의 글, p.115.

덕학의 쇠퇴와 더불어 산은 그 참모습을 우리로부터 감추게 된 것이 아
닌가 하는 것이다.[62]

　　정지용과 한국시의 자연 인식의 한계는 시대적 현실과 그 현실이 강요
하는 시선으로부터 비롯된다고도 말해지는 것이다. 정지용 시가 형상화
해낸 자연 대상과 그 이미지들의 의미적 맥락이 거의 고려되지 않았음에
도 불구하고, 정지용의 자연 인식에 대한 위의 분석과 규정들은 일정한
타당성을 가지고 있다. 그러나 굳이 정지용과 청록파의 시를 증거로 삼
지 않더라도, 형이상학과 도덕학의 시선으로 채색된 산과 자연의 이미지
는 근대세계와 더불어 근대인들의 의식에서 걸어져가고 있음은 자명한
일이다. 그런데, 정지용의 산에 대한 태도가 포즈나 아이디어에 불과하다
는 단정의 근거는 쉽게 찾아보기 어렵다. 정지용의 산에 대한 시선이
"전통적인 고려조나 조선조의 시에서처럼, 형이상학적 또는 도덕적 진실
에 또는 그러한 것에 철저하게 삼투되어 있는 현실에 대응하는 것"이 아
니었다는 것이 유일한 근거로 언급된다. 김우창은 한국시에서의 자연을
형이상학과 도덕적 기율이라는 척도로 바라보았다. 이 실존적 시각은 정
지용의 자연 인식을 미학적 태도의 한 유형으로 해석해내는 기준이 될
수도 있다. 그러나 이 미학적 태도를 논의의 전제 속으로 다시 돌려보내
지 않으려면, 시적 인식이 기반이 된 시적 형상화의 양상을 주목해야 할
것이다. 이 논의의 경우 시적 형상화에 대해서는 거의 언급하지 않는데,
이는 자연을 바라보는 문학적 시선에 대한 기본적인 전제에서 유래한다.
그 전제는 형이상학과 도덕학을 미학적 기반으로 하는 전통 문학에서의
자연관과도 관련된다. 그것은 이른바 '산수미'라고 할 수 있을 것이다.
'산수미'에서는 미적 형상화 이전에 미학적 태도가 우선적으로 중시된다.
그런데 문제는 이 산수미가 정지용의 자연에 대한 미적 태도를 측정할

---

62) 김우창, 위의 글, p.100.

수 있는 척도가 될 수 있는가이다. 아울러 산수미의 미적 인식을 정지용 시의 형상화 양태 속으로 환원시킬 수 있는가, 산수미가 정지용의 시를 해석하고 평가하는 유일한 잣대가 될 수 있는가와 같은 물음을 동시에 던질 수 있다.

동양의 전통적인 산수시가 보여주는 자연이 화자의 도덕적, 우주론적 자세가 투영된 형이상학적 모델이라고 할 때, 산수미는 일상생활의 연장으로서 자연에 내재하는 우주적 원리를 접하고 그것과의 일체화를 지향한다.[63] 그러나 1920년대와 30년대는 일상생활의 연장으로서의 산수 공간이 설정될 수 있는 시대가 아니다. 이 시기는 자연과의 생활세계적인 교감으로부터 이미 멀어진 시대이다. 근대는 자연과 도시가 명확히 분리된 시대이다. 이 분리는 시인으로 하여금 자연과의 교감을 하나의 '비전'으로 추구하게 하는 조건이 되기도 한다. 그렇다면, 우리는 근대 세계가 생성해내는 또 다른 자연미의 형태를 상정해야 한다.

형이상학과 도덕학의 쇠퇴와 더불어 산의 '참모습'이 사라졌다고 해서 정지용이 인식한 산의 모습도 사라지는 것은 아닐 것이다. 형이상학과 도덕학의 이상이 지배하는 전근대사회의 산은 이른바 '산수화의 장'[64]이라고 할 수 있다. 이 산수화의 장은 개인이 대상에 대해 갖는 관계가 아니라, 선험적이고 형이상학적인 모델로 존재한다[65]는 점에서, 산의 '참모습'은 산수화의 장 내에 존재하는 형이상학적 모델이다. 이 산의 참모습이라는 모델이 붕괴된 자리에는 또 다른 모델이 출현할 것이다. 우리는 차라리 그 각각의 모델에 시인이 어떻게 대응하고 있는지 보아야 할 것이다. 그 대응은 대상을 받아들여 시적으로 표현해내는 정서적이며 미적인 과정, 즉 시적 형상화의 과정이다. 자연의 시적 형상화가 이루어지

---

63) 이형대, 「17·18세기 기행가사와 풍경의 미학」, 『민족문화연구』 40(고려대학교 민족문화연구원, 2004), p.118.
64) 柄谷行人, 앞의 책, p.30.
65) 柄谷行人, 위의 책, 같은 곳.

는 상상력과 구체적 감각의 세계를 유보하고 미적 태도를 중심으로 시인의 자연 인식을 규정하였을 때, 그 규정은 연구자가 미리 설정해 놓은 전제를 벗어날 수 없다는 것을 여기서 알 수 있다.

이남호는 조선조 시가문학, 특히 강호가사[66]에 나타난 자연관을 간단히 개괄하며, 우리 고전문학에서의 자연은 윤리적 규범과 관념으로서의 자연임을 전제하고 현대문학에 나타난 자연의 모습을 고찰하였다. 그에 의하면, 근대 이전의 한국문학 속에 나타난 자연과 근대 이후의 한국문학 속에 나타난 자연은 그 성격이 매우 다른티, 현대문학에서의 자연은 근대적 체험 속에서 새롭게 발견된 자연이다. 그 새로움은, 윤리적 규범성에서 탈각한 자연(김소월), 특정 개인이 특정 공간에서 감각적 사실성을 가지고 묘사한 자연(김영랑), 형이상학적 의미를 지닌 것이 아니라 시각에 의한 관찰의 대상이 된 자연(정지용), 서구적인 기상향, 또는 학습된 체험으로서의 자연(신석정) 등으로 설명된다.[67] 또한 한국 현대문학에서 가장 중요한 자연의 발견은 이효석의 소설에서 비로소 이루어진다고 지적하며, 자연의 아름다움을 그 자체로 구체적으로 그려낸 이효석의 소설에서 비로소 분명히 인식된 근대적 개념의 자연이 나타난다고 했다. 청록파의 경우, 박목월과 조지훈의 시에 나타난 자연은 도교적 미학을 지닌 정신적 공간이며, 박두진의 경우는 이와 달리 기독교적 자연 인식에 가까움을 지적했다. 또한, 김동리의 샤머니즘적 자연관이 샤머니즘 자체를 신봉한다기보다 샤머니즘적 자연에 대한 새로운 의미 부여가 있으므로 새로운 의미로 재발견된 자연이라고 규정하였다.

---

66) "강호가사(江湖歌辭)"란, 강호자연 속에서 유유자적하는 생활을 예찬하는 내용으로 된, 15세기 초부터 17세기까지 사대부에 의해 지어진 일련의 시가문학을 말하며, 조윤제에 의해 "강호가도(江湖歌道)"라고 처음 명명된 이후 최진원에 의해 체계적으로 연구되었다. 조윤제, 『한국문학사』(동국문화사, 1963) ; 최진원, 『국문학과 자연』(성균관대학교출판부, 1977) 참조.

67) 이남호, 「한국 현대문학에 나타난 자연의 모습」, 우종호 외, 『현대한국문학 100년』(민음사, 1999), pp.382~384 참조.

이 글에서는, 자연을 바라보던 전근대적 관점이 사라진 당대에 새롭게 자연을 보려는 노력을 보여 준 시문학파의 면모와 성격 속에서 정지용의 자연 인식에 관한 문제들이 함께 논의된다. 그 중 「바다 2」의 표현을 두고 다음과 같이 언급하고 있다.

> 형이상학적 의미를 찾으려 하지 않고 여전히 관찰의 대상으로 자연을 바라보지만, 그러나 그 바라봄에는 사실성이 없다. 이것은 자연에 대한 정지용의 태도가 한편으로는 시각적 관찰을 통하여 자연과학적 정확성을 추구하지만 그것이 철저하게 객관적 사실성으로 나아가지는 못했음을 드러낸다. 이러한 태도는 『백록담』과 같은 후기의 시집에서 정지용이 자연에 대해 일종의 신비주의적인 태도를 지니게 되었다는 사실과 연결되는 것으로 짐작된다.[68]

자연에 대한 정지용의 태도가 자연과학적 정확성을 추구한다는 점은 위에 언급한 김우창의 견해[69]와도 일치한다. 그러나 이남호는 「바다 2」를 예로 들어, 그러한 관찰의 시점과 태도가 철저하게 객관적 사실성으로 나아가지는 못했다고 지적한다. 이 지적은 정지용이 후기 시에서 자연에 대해 일종의 신비주의적 태도를 지니게 된다는 추정과 연결된다. 이는 정지용의 세계가 '선(禪)'의 세계에 가깝다[70]는 김우창의 언급과 유

---

68) 이남호, 위의 글, pp.357~358.
69) 김우창은 다음과 같이 언급했다. : "이미 비친 바와 같이, (정지용의 관점은 : 인용자) 자연과학의 자연관에 가까이 있는 것으로 보이기도 한다. 아마 그의 관점은 후자(자연과학의 자연관 : 인용자)에 더 가까울 것이다.", 김우창, 앞의 글, pp.108~109.
70) 김우창은 정지용의 자연 인식이 자연과학의 자연관에 가깝다고 하며, 그것이 냉혹한 시선으로 표현되는 서양의 자연주의와 연결될 수 있으나, 오히려 선의 세계에 가깝다고 했다. 그리고 선의 궁극적인 경지는 "사람과 다른 생명체, 생명과 무기물, 또 삶과 죽음의 일체성, 그것의 적멸을 이야기한다"고 지적했다. 김우창, 앞의 글, pp.108~109 참조.

사한 의도를 가진 것으로 보인다. 이남호와 김우창의 논의 모두 정지용의 전기 시에 나타난 자연과학적 관찰성과 후기 시에서의 자연에 대한 일종의 신비적 태도가 내포한 시의식의 단절적 측면을 염두에 두고 있다.

이로 미루어 볼 때, 자연 인식의 의미에 대해서도 전기 시와 후기 시의 전체적 맥락은 중요한 전제가 되고 있다고 할 것이다. 특히 이남호의 경우, 자연에 대한 시적 형상화의 양상으로부터 전기 시와 후기 시의 시의식에 있어서의 연속적 측면을 유추하고 있다는 데서 주목할 필요가 있다. 다만 이 맥락은 시의식뿐 아니라 구체적인 작품 분석을 통한 시적 형상화의 양상을 밝힘으로써 보다 구체화될 필요가 있다.

이상에서 최근의 연구 동향을 중심으로 정지용 시에서의 자연에 관한 문제를 다룬 주요한 연구 성과들을 세 계열로 나누어 검토해 보았다. 첫 번째 계열은 정지용 시에 나타난 소재·제재적 특질을 바탕으로 이미지·상상력·은유 등을 분석함으로써 정지용 시의 전체적 맥락과 연속성을 규명하려는 시도이다.

이 경향의 연구 성과들이 남긴 과제는, 정지용 시의 전체적 국면을 통시할 수 있는 자연에 대한 일정한 관점이 아직 명확히 드러나지 않았다는 점에서 찾아볼 수 있다. 자연과 관련된 제재와 그것들이 형상화되는 양상에 대한 더욱 철저하고 상세한 분석이 필요함은 물론이다. 그러나 무엇보다, 분석으로 드러난 양상들이 일견 단절되고 무관한 듯 보이는 정지용 시의 각 시기별 국면에 어떤 시사점을 줄 수 있을 것인지 하는 질문이 필요할 시점에 와 있다. 즉, 개별적인 제재와 이미지, 상상력 연구에서 출발하여 시세계의 전체적 국면과 유기적 연관을 맺을 수 있는 주제를 추출할 수 있어야 할 것이다. 이미지와 상징, 상상력, 그리고 그 시적 형상화에 대한 연구들이 확대되고 이러한 시각들이 유기적으로 집적될 필요가 있다. 이는 자연 사물과 자연 현상에 대한 소재적 차원을 넘어섬은 물론, 전체 작품에 대한 상호텍스트적 맥락을 구성하는 것을 전제로 한다.

정지용 후기 시의식의 주요 배경인 전통 지향적 세계를 자연과 관련시켜 전통 미학의 바탕 위에서 정지용 시를 이해하고자 한 경향이 두 번째 계열로 분류된다. 이 계열의 연구들은 전기 시의 감각성에 비해 그리 주목받지 못하던 후기 시의 전통 지향적 세계를 미학적 측면에서 구체화하여 정지용 이해의 새 지평을 열었다고 평가받을 수 있다. 그러나 전기 시와의 맥락적 연속성을 구현하지 못했을 때, 오히려 정지용 시의 통괄적 이해를 저해하는 요소가 될 수도 있다. 따라서 동양 전통 미학에 대한 보다 깊고 풍부한 이론적 연구가 정지용 시 전반에 폭넓게 적용되어야 할 것이다.

세 번째 계열은 문학사적 상황을 배경으로 하거나, 당대의 다른 시인들의 경우와 비교하면서 정지용 시의 자연 인식의 특질을 밝히려는 연구 경향을 들 수 있다. 이 경향의 연구들은 아직 구체적인 성과를 내고 있지는 않다. 이는 1930년대 시의 자연 인식에 대한 연구조차 미비하다는 사실, 그리고 더 나아가 1930년대에 왜 자연이 문제되어야 하는가에 대한 질문이 아직 성숙하지 않았다는 데에도 기인한다. 그러나 정지용의 시가, 시와 언어에 대한 기법과 인식에 있어서의 새로움을 불러온 1930년대 한국시의 한 정점을 구현하고 있다는 데 동의한다면, 정지용 시의 자연 인식에 대한 문제 역시 1930년대라는 문학사적 상황 속에서 살펴볼 당위성은 충분하다고 할 것이다. 특히, 본고에서는 1930년대가 당대의 시인들에게 고향 상실의 시대였다[71]는 시각을 받아들인다. 따라서, 이를 '고향'이라는 원초적 경험의 공간에 대한 상실감과 연관시킨 후, 자연 인식의 양상을 파악할 필요가 있다. 1930년대의 자연에 대한 문제는 식민지 현실, 또는 근대 사회의 보편적인 경험으로서의 고향 상실감에 밀접히 관련된다.

정지용 시에서 자연에 대한 문제를 다룬 현재까지의 연구 성과를 검토

---

71) 김종철, 「30년대의 시인들」, 『시와 역사적 상상력』(문학과지성사, 1978), p.11 참조

했는데, 이에 따라 다음과 같은 과제를 도출할 수 있다.

첫째, 정지용 시가 가진 제재의 특질을 시의식과 관련하여 해명하여야 한다. 그것은 이미지, 비유, 상상력, 수사법 등 다양한 측면에서 그 형상화 양상을 구체화시킴으로써 가능할 것이다.

둘째, 표면적으로 단절된 듯 보이는 전·후기 시세계의 전체적 이해를 위한 의미의 맥락을 구축해야 한다. 본고의 주제인 자연 인식에 관한 문제 제기는 이 물음에 대한 적절한 탐색의 계기가 될 것이다.

셋째, 정지용의 자연 인식에 대한 의미를 자연에 대한 시적 형상화 양상과 비교 고찰하여 그 계열별 유형을 작성해야 한다. 이러한 작업은 작가론적 시각과 작품론적 시각을 소통시키는 동시어 정지용의 시의식과 시적 성과를 맥락적으로 파악할 수 있게 할 것이다.

넷째, 위 항목과 관련하여, 정지용 시의 자연 인식에 대한 문제를 문학사적 시각으로 바라볼 수 있어야 한다. 또한 이러한 시각과 정지용의 시대적 인식, 근대 인식의 문제를 함께 고찰하여 정지용 시의 의의를 다시 한번 점검할 수 있어야 한다.

3. 자연의 개념과 연구 범위

이 절은 앞서 제시된 문제 제기를 바탕으로 연구의 범위를 설정하기 위해 본고에서 사용되는 '자연'의 개념과 범주를 살피게 된다. 이와 함께 기존의 문학 연구, 혹은 정지용 시에 대한 연구에서 자연이 어떤 의미와 개념으로 사용되었는지도 함께 검토할 것이다. 그 후 본고에서 사용되는 '자연'의 개념을 밝힌 후 자연 인식의 대상이 되는 범주를 설정하고 이 연구의 범위를 제시할 것이다.

정지용의 자연 인식과 자연에 대한 형상화 양상을 고찰하는 것이 본고의 주요 논의 내용이다. 따라서 '자연'에 대한 개념적 범위가 먼저 논의되어야 할 것이다. 유기적인 자연 사물만을 지칭하는 것인지, 무기물 또는 더 나아가 인간 세계까지 포함할 것인지, 또는 '고향'이나 '향토'와 같은 추상적 공간, 자연 사물에 대한 이미저리(imagery)까지 자연의 범주 내에 둘 것인지, 시간과 공간에 대한 논의도 포함할 것인지 등에 대한 전제는 논의의 중복과 혼란을 막기 위해서도 필요하다. 문학 작품에서 다루는 자연적 대상은 무기물로서의 물질적 대상으로부터 인간, 그리고 고향 등의 추상적이거나 관념적인 공간으로 확장될 수 있기 때문이다.

주지하다시피 '자연'의 정의는 매우 다양하고 포괄적이며 시대와 장소에 따라 그 함의와 지시 내용은 상이하다. 우선 두루 통용되는 사전적 의미부터 점검해 보기로 하자.

서양의 한 사전은 자연을 "사물의 총체, 우주 만물의 모든 측면에서 현상해야 할 모든 것, 또는 사물의 운동이 설명될 수 있는 구조의 법칙과 원리" 등으로 설명하고 있다.[72] 또한 러브조이는 자연을 다음과 같은 5가지 의미로 규정하고 있다.

    ⅰ) 주체와 대립되는 객체

    ⅱ) 관습, 법, 전통 등과 대립되는 가치에 있어서의 객관적 기준

    ⅲ) 인간적 편견과 대조적으로, 즉 신에 의해 규정된 것이라고 일반적으로 받아들여지는 우주의 보편적 질서

    ⅳ) 인위적인 것과 대조된, 즉 인간과 동떨어져 있으며 영향도 받지 않는 것

    ⅴ) 지적 활동과 대립된 인간의 원초적이고 자발적인 활동[73]

이 견해에서 특기할 점은, 자연에 대한 실체적 측면보다 원리적, 법칙

---

72) Paul Edwards, ed,, *The Encyclopedia of Philosophy*(New York : Macmillan, 1967), V.5 p.454.

73) Dagobert D. Runes, ed., *Dictionary of Philosophy*(New Jersey : Littlefield, Adams & Co, 1962), p.207.

적 측면을 더 강조하고 있다는 점이다. 위의 개념 규정에 비해 다음과 같은 아리스토텔레스의 개념 정의는 한층 더 명료하다. 그는 자연의 의미를 다음과 같이 7가지 개념[74]으로 구분하고 있다.

  ⅰ) 기원, 혹은 출생(Origin or birth)

  ⅱ) 사물을 자라나게 하는 것, 즉 씨(seed)

  ⅲ) 스스로 운동하는 자연적 객체(natural object)에 있어 그 운동과 변
    화의 원천(source of movement or change)

  ⅳ) 사물이 만들어지는 최초의 물질(primitive matter)

  ⅴ) 자연 사물의 본질, 혹은 형상(The essence or form of natural things)

  ⅵ) 일반적 견지에서의 본질 혹은 형상(essence or form)

  ⅶ) 그 자신이 운동의 원천을 포함하고 있는 사물들의 본질(The
    essence of things which have a source of movement in themselves).

서양에서 사용되어 온 '자연'에 대한 개념을 간략히 살펴보았다. 서양에서의 '자연' 개념은 사물의 기원, 원리, 객체, 본질, 기준, 질서 등 매우 다양하고 폭넓은 의미로 원용되고 있다는 것을 알 수 있다. 또한 서양에서는 자연을 물적 측면보다는 원리나 추상적 차원의 개념으로 더 중요시하여 받아들인 것으로 보인다. 그렇다면 동아시아에서는 '자연' 개념이 어떻게 사용되었는지 알아보기로 하자.

'自然'이라는 단어가 동아시아에 처음 등장한 곳은 노자(老子) 『도덕경(道德經)』[75]이라고 할 수 있다. 그런데 동아시아의 경우, 대상으로서의 자

---

74) R. G. Collingwood, *The Idea of Nature*(New York : Oxford University Press, 1978), pp.80~82.

75) "人法地 地法天 天法道 道法自然." 『도덕경(道德經)』 25장 중. 현존하는 가장 오래된 『도덕경』의 판본인 곽점 죽간본에 이 25장이 실려 있는 것으로 보아, 적어도 동아시아에서는 '自然'이라는 단어가 기원전 4세기 이전부터 사용되었다는 것을 알 수 있다.

연에 대한 개념적 정의를 시도한 예를 찾기는 힘들다. 그 이유는 첫째, 동아시아에서는 서구와 달리 '자연'이 오로지 명사로 사용된 것이 아니라 부사나 형용사로 사용되거나, 명사인 경우에도 부사적이거나 형용사적 의미로 사용되어왔기 때문이다.76) 두 번째 이유는, 동아시아에서 '자연'은 그 자체 독립적인 대상이 아니라 인간세계와의 관계적 측면에서의 대상으로 취급되는 경향이 강했다. 예를 들어, 주역(周易) 64괘의 기본이 되는 8괘77)가 그대로 자연 사물을 표상하는 것은 아니다. 즉, 괘를 구성하는 요소들인 산, 호수, 바람, 불 등의 공간과 자연 현상들은 물리적 대상으로서가 아니라 주로 어떤 일의 성사를 위한 조건으로서의 의미로 설정된 것이다.78) 자연 그 자체에 대한 관심보다, 인간사의 제반 문제를 설명하기 위해 자연물이 동원되었다고도 볼 수 있다.

동아시아에서의 '自然'이 대상세계를 가리키는 개념으로 쓰인 용례는 매우 드물다. '自然'이라는 단어가 쓰일 경우에 대부분 그것은 '스스로 그러함'이라는 뜻의 부사적·형용사적 용법으로 쓰인 것이며, 이때의 '자연'은 대상 세계의 생성 변화의 원리를 가리킨다.79) 동아시아 전통 사상에서의 '자연' 개념은 위에서 알아본 서구의 자연(nature) 개념 중 한 용법인 사물의 기원, 원리, 운동 등의 차원과 유사하다고 할 수 있다.

따라서 대상세계를 뜻하는 '자연'의 다른 용어들로부터 '자연'의 개념을 추적하는 것이 효과적일 것이다. '자연'의 뜻으로 쓰인 단어들은 우주

---

76) 윤사순, 「退溪의 自然觀이 지닌 生態學的 含意」, 『退溪學報』 87·88(퇴계학연구원, 1995), p.34 참조. 그러나 '自然'이 부사적이거나 형용사적으로만 쓰였던 것은 아니다. 매우 드문 예이기는 하지만, 퇴계(退溪)는 천지(天地) 또는 산천(山川)의 풍광(風光)을 가리켜 '자연의 경치(自然景)'라고 묘사했는데, 이때의 자연은 대상 세계의 의미로 쓰인 명사이다. 윤사순, 같은 글, p.33 참조.

77) 8괘는 乾, 兌, 離, 震, 巽, 坎, 艮, 坤으로 구성되는데, 이는 우주 안에 존재하는 일체의 물상을 대표하는 전형이다.

78) 곽신환, 「周易의 自然觀—自然에 대한 '敬'」, 『퇴계학보』 75(퇴계학연구원, 1992), p.55 참조.

79) 윤사순, 「栗谷(李珥)의 自然觀」, 『민족문화연구』 25(고려대 민족문화연구소, 1992), pp.71~72 참조.

(宇宙), 천지(天地), 만물(萬物), 육합(六合),[80] 천(天) 등이 있다. '천(天)'은 주자(朱子) 이래 조선 성리학에 이르기까지 자연, 세계, 운명, 의리(義理) 등의 의미로 두루 사용되었다.[81] 따라서 이 '천(天)'은 서구의 자연(nature) 개념에 가깝다고 할 수 있다. 그리고 천지(天地), 만물(萬物), 육합(六合) 등의 용어들은 모두 공간적인 함의를 가지고 있는 단어들이다. 그런데 '우주(宇宙)'는 이 단어들과는 조금 층위가 다른 개념을 가지고 있다. 먼저 '우주(宇宙)'가 동아시아 고전에서 쓰인 용례와 정의를 몇 가지만 알아보기로 하자.

구(久)는 옛과 지금 아침과 저녁이고, 우(宇)는 동, 서, 중앙, 남, 북이다.(久, 古今旦暮 ; 宇, 東西家南北)[82]

예부터 오늘에 이르는 것을 주(宙)라 하고, 사방과 위 아래를 우(宇)라고 한다.(往古來今謂之宙 ; 四方上下謂之宇)[83]

이런 자는 우주(宇宙)를 전관(全觀)하지 못하고…(若是者, 外不觀乎宇宙…)[84]

우주(宇宙)라는 용어는 『장자』에 3회, 『순자』에 1회, 『여씨춘추』에 3회, 『회남자』에 12회 출현한다. 그리고 유사한 개념인 '주합(宙合)'이 『관자』에 3회 나오고, 『묵자』에는 '우구(宇久)'가 1회 나온다.[85] 이로 보면 '우

---

80) '육합(六合)'이란 四方과 上下를 통괄한 공간 개념이다.
81) 조선 성리학에 와서 천(天) 관념은 자연천(自然天), 생명천(生命天), 주재천(主宰天), 의리천(義理天) 등의 개념으로 분화된다. 이에 대한 자세한 내용은 박학래, 「天人之際 : 인간 삶의 지표와 이상」, 한국사상사연구회, 『조선유학의 개념들』(예문서원, 2002), pp.141~142 참조.
82) 『墨子』, 「經說上」
83) 『淮南子』, 「齊俗訓」
84) 『莊子』, 「知北遊」
85) 조경현, 「장자 (莊子) 의 우주(宇宙) 개념과 그 철학적 의미」, 『중국철학』 3(중국철학회, 1992), p.29 참조.

주(宇宙)’는 동아시아 고대와 중세에 걸쳐, 매우 보편적으로 사용된 개념임을 알 수 있다. 그런데 위의 정의와 용례에 따르면, ‘우(宇)’는 공간의 개념으로, ‘주(宙)’는 시간의 개념으로 사용되고 있다. 즉, 우주(宇宙)는 시간과 공간 개념을 함축하며 자연과 대상세계를 아우르는 개념으로 사용되었음을 알 수 있다. 천지, 만물, 천 등 다른 개념들이 공간적이거나 물질적인 의미에 한정되어 사용되었다면, 우주라는 개념은 보다 넓은 함의를 가지고 시간성까지 염두에 둔 개념인 것이다.

이상에서 서양과 동아시아 사유체계 내에서 정의되고 사용된 ‘자연’의 개념을 살펴보았는데, 정리하면 다음과 같다.

서양에서는 자연(nature)의 개념이 사물의 기원, 원리, 본질, 질서 등의 뜻으로 사용되었다. ‘사물’을 중심으로 사유되었지만, 사물의 물질성보다는 그것의 원리에 관심이 치중되었음을 알 수 있다. 동아시아의 경우, ‘自然’이라는 용어 대신 대상 세계를 뜻하는 천지, 만물, 천, 우주 등의 유사한 용어들이 광범위하게 사용되었다. 이 중 천(天) 개념은 대상세계뿐 아니라 대상세계의 운동과 변화의 원리까지 포괄하고 있으며, 특히 우주(宇宙) 개념은 다른 모든 개념들과 달리 공간성 외에 시간성까지 함의하고 있었다.

결국, 자연에 대한 개념은 서구와 동아시아를 막론하고 실체적·본체론적 측면과 원리적 측면으로 나뉜다. 자연 개념은 시대 상황과 맥락에 따라 이 양자 중 어느 한 쪽의 의미가 강조되는 방향에서 사용되었다고 할 수 있다.

그렇다면, 본고에서 적용될 수 있는 ‘자연’의 개념을 설정해야 할 것인데, 그에 앞서 선행 연구에서는 자연의 개념을 어떻게 사용하고 있는지 먼저 살피면서 논의를 진행하도록 하겠다.

한국 문학 작품에 나타난 자연 인식과 자연 수용을 다룬 연구는 지속적으로 이루어져 왔으며, 이미 양적으로는 상당한 성과가 축적되어 있다. 그러나 연구의 시각을 전제할 수 있는 자연의 개념을 확정하지 않고 막

연히 대상 세계, 현상 세계의 의미로 다루고 있었다. 문학 연구에서 다루어야 할 자연의 개념과 범주를 고찰한 것은 이숭원의 경우가 유일한 것으로 보인다.

먼저 이숭원은 '자연'에 대한 사전적 정의들을 거론한 후, 사물의 원리와 본질로서의 자연 개념을 일단 논의에서 제외시킨다.[86] 동아시아와 서양에서 '자연'에 대한 원리적 개념은 공통적으로 나타나지만, 이 개념을 문학 연구에 적용시킨다면 그 내포가 지나치게 확대될 것이다. 즉, 작가의 인식 대상으로서의 자연이 범주적 제한이 힘든 관념적 차원으로까지 확대된다면, 그것은 자연 인식이 아니라 작가의식, 혹은 작가의 세계관에 대한 논의와 다를 바가 없을 것이다. 따라서 본고의 입장 역시 자연에 대한 원리적 개념을 논의에서 제외하기로 한다. 이숭원은 논의에 사용되는 자연의 개념을 다음과 같이 한정하고 있다.

> 자연은 의식의 외부에 독립적으로 존재하는 사물들의 세계이며 인간의 정신이 경험의 대상으로 삼는 물체계와 그 현상을 일컫는 개념이다. (중략) 자연이라는 말은 인식 주체의 외부에 경험적 지각의 대상으로 존재하는 자연경관 및 자연물을 일컫는 개념으로 한정된다.[87]

여기에 정의된 자연은 인간과 무관하게 독립적으로 존재하며 인간의 지각 대상이 되는 자연 사물이다. 문학은 "인간이 그 주위의 여러 가지 사물에 적절히 대응하고 맞서면서 자신의 삶의 영역을 확장해 간 상상적 기록"[88]이라는 점에서, 문학에서 다루는 자연의 범주를 외부의 대상 세계로 한정한 것은 타당한 것이라고 할 수 있다.

---

86) 이숭원, 앞의 글, pp.6~8 참조.
87) 이숭원, 앞의 글, p.9.
88) W. Dilthey(韓逸爕 역), 『體驗과 文學』(중앙신서 41, 1979), p.19 ; 이숭원, 위의 글, p.1에서 재인용.

그런데, 자연을 인간 외부의 물적(物的)인 지각 대상으로 한정하는 것은 인간과 자연이 가진 상호의존적 측면을 배제하는 바탕 위에서 가능할 것이다. 기본적으로, 인간이 바라보는 세계는 인간 자신을 포함한 세계이다. 메를로-퐁티의 지각현상학적 견해에 의하면, 세계는 인간의 몸을 중심으로 유기적으로 하나가 되어 서로 정보를 주고받는 또 하나의 거대한 몸이다.[89] 인간의 시선과 외부 세계는 과학적·계량적으로 구획되거나 분리되지 않는다. 메를로-퐁티는 과학이 인간과 세계의 관계를 왜곡하는 양상을 다음과 같이 은유적으로 요약하고 있다. "과학은 사물들을 조작(operate)함으로써 그 속에서 살기를 포기한다."[90]

인간과 세계의 관계에 대한 이러한 상호의존적 시각을 참조한다면, 인간의 의식과 상상력이 바탕이 된 문학이 자연에 대해 가지는 관계 역시 자명하다. 자연의 생명력은 문학적 상상력에 의해 인간의 의식과 정신에 전달되고, 인간의 상상력은 다시 자연으로 돌아간다. 자연 풍경이 회화적인 발견 이후 더욱 강렬한 이미지로 인간에게 다가왔다는 것은 이를 반증한다. 이와 관련해서 바슐라르는, 모네가 수련을 바라본 이래 일 드 프랑스(île de France)의 수련은 이전보다 더욱 아름답고 강렬해졌다[91]고 말한 바 있다. 자연은 인간의 외부에 독립적으로 존재하는 즉자가 아니라, 인간과 호응하며 공명하는 공존자이다.

인간이 자연의 형상에 영향 받을 뿐 아니라 자연 역시 인간의 상상력에 의해 변화한다는 것을 인정한다면, 인간의 상상력을 포함한 인간의 의식세계 역시 자연의 한 부분으로 논의될 수 있을 것이다. 단, 이 때의 의식세계는 자연 사물과 자연 공간, 그리고 자연 현상에 대한 반응과 호응으로서의 그것으로 한정되어야 할 것이다.

이상과 같은 검토에 따라, 본고에 서술될 '자연 인식과 시적 형상화'

---

89) 조광제, 「모리스 메를로-퐁티」, 『현대철학의 흐름』(동녘, 1996), p.91 참조.
90) Maurice Merleau-Ponty(오병남 옮김), 『현상학과 예술』(서광사, 1983), p.286.
91) Gaston Bachelard(이가림 역), 『꿈꿀 권리』(열화당, 1980), pp.7~20.

에서의 '자연'은 대략 다음과 같은 개념으로 사용된다.

첫째, 인간에게 지각과 경험의 대상이 되는 외부 세계의 사물과 물리적 현상으로서의 자연, 둘째, 자연 사물과 현상에 대한 인간의 의식이 형성하는 관념적 공간·추상적 공간, 셋째, 대상 세계와 사물에 대한 시인의 상상력이 형성한 자연 사물과 관련된 이미저리, 넷째, 시간과 공간이 논의될 것이다.

특히 본고에서는 동아시아의 전통 사상에서 두루 사용되었던 '우주(宇宙)' 개념을 받아들여, 시간과 공간에 대한 의식 역시 자연 인식의 범주로 다룰 것이다. 따라서 분석 대상에 따라 정지용 시의 시간의식과 공간의식을 함께 다루게 될 것이다.

Ⅱ. 결핍과 상실의 상상적 자연

정지용은 1926년 『學潮』 창간호에 「카︃페·쯔란스」를 포함한 9편[92]의 시를 발표하면서 등단한다. 첫 발표작들의 면면을 살펴보면, 이 시편들은 근대 문물과 이국정조를 표현한 3편, 시조, 그리고 동요(동시)로 구성되었다. 그 중 맨 처음 실린 「카페·쯔란스」를 일부 인용해 본다.

> 나는 子爵의 아들도 아모것도 아니란다.
> 남달리 손이 히여서 슬프구나!
>
> 나는 나라도 집도 없단다
> 大理石 테이블에 닷는 내뺨이 슬프구나!
>
> 오오, 異國種강아지야
> 내발을 빨어다오
> 내발을 빨어다오
>
> ___「카페·쯔란스」 부분

---

92) 시조 9수를 각각 한 편으로 본다면 총 17편이다.

여기서 "나는 나라도 집도 없단다"와 같은, 조국 상실에 대한 현실적 발언이 직접 언급된 예는 정지용 시에서 매우 드물다. 그러나 이 시는 정지용의 시가 식민지 지식인으로서의 현실인식을 배제하고 있지 않았다는 판단의 근거로 채용되어 왔다. "나는 子爵의 아들도 아모것도 아니란다."라는 냉소적인 발언도 개인적인 비탄의 감정이 아니라 나라 잃은 민족이라는 인식에 의한 고통과 슬픔, 조국도 고향도 없는 사람이 가지는 비애93)를 표현한 것이라는 지적이 그것이다. 또한 "옴겨다 심은 棕櫚나무", "異國種강아지" 등의 구절 역시 이 시의 조국 상실이라는 주제를 암시94)하는 것이다. 그러나 이러한 시적 지향은 단순히 식민지 조국이라는 현실에서 비롯되는 것은 아니다. 시적 화자의 비애가 카페, 장명등, 루바쉬카, 보헤미안 넥타이, 페이브먼트, 대리석 테이블 등과 같은 이국적이거나 근대적 문물에 대한 냉소적 뉘앙스 위에서 형상화되고 있다는 점을 주목할 필요가 있다. 따라서 "일본을 매개로 급작스럽게 다가온 현대 문물에서 이국정조를 느끼면서 그것을 완전 긍정할 수도 완전 부정할 수도 없는 식민지 조선 청년의 내적 모순을 형상화"95)했다는 해석 역시 가능한 것이다.

이렇게 볼 때, 이 시에서는 근대의 환희와 식민지의 질곡이 교차하던 1930년대를 살아내는 식민지 지식인의 내면이 형상화되었다고 볼 수 있다. 그것은 한 마디로 '상실의식'이라 할 수 있겠는데, 정지용의 경우 조국 상실과 근대 사회가 가져 온 근대인의 방향 상실96)이라는 두 가지 측

---

93) 이미순, 「한국근대문인의 고향의식 연구」, 『비교문학』 23(비교문학회, 1999), p.118 참조.
94) 이숭원, 『원본 정지용 시집』(깊은샘, 2003), pp.64~65 참조.
95) 이형권, 앞의 글, p.87.
96) 하이데거는 이 상실의식을 — '고향'과 마찬가지로 — 근대 사회에서의 존재사(存在史)적인 문제로 사유하고자 한다. 그에 의하면, '故鄕'은 존재 망각을 경험함으로써 '고향'이라고 이름 붙여진 것으로서, 고향의 본질은 근대인의 고향상실을 존재의 역사의 본질에 의거할 때만이 사유될 수 있다고 했다. 또한 근대인에게 '고향 상실'은 하나의 세계적 숙명이 되었으며, 마르크스가 간파한 인간의 자기 소

면으로 분기된다고 본다. 두 측면 모두, 이러한 상실 상황에 대처하기 위해 그것과 대립되는 가치를 추구하는 것으로 나타난다. 조국의 상실에 대처하기 위해서는 그것의 정신적 근원인 '고향'에 대한 지향으로 나타나며, 근대인의 방향 상실에 대처하기 위해서는 근대에 잃어버린, 전체로서의 자연을 회복하는 것으로 나아간다.

이러한 두 가지 지향의 근원에 '자연'에 대한 새로운 인식이 숨어 있음은 두말할 나위가 없다. 그것은 먼저, '고향'을 의미의 근원으로 받아들이고 거기에 새로운 가치를 부여하는 방식으로 나타난다. 삶의 공동체적 근원으로서의 고향이라는 이미지가 식민지 근대인의 내면 속에서 식민지의 질곡과 고통에서 벗어날 수 있는 정신적 원천을 품고 있는 고향으로 되살아나는 것이다. 또한 기계적 도시 문명의 틈바구니에서 소외된 근대의 개인이 꿈꾸는 것은 인간에 의해 분리되기 이전의 자연일 것이다.

1. 동경과 낭만

정지용의 초기 시에서 '고향'이 형상화되는 방식, 그리고 시적 화자의 시선을 통한 자연 인식의 유형을 살펴보고자 하는 것이 이 장의 내용이다. '고향'에 대한 시인의 태도는 동심의 시선으로 바라본 자아화된 자연과 회감적 시선으로 바라본 상상적 자연으로 분기된다. 이러한 자연에

―――――――――――――――――

외 역시 형이상학에 의해 은폐된 근대인의 고향 상실을 역사의 본질적인 영역으로 끌어올린 가운데 도달한 사유라는 것이다. 그는 횔덜린의 시와 관련하여, 이 본질적인 고향 상실에 직면한 인간은 존재의 진리 속에 자기를 발견하고 이 발견에의 여정에 오름으로써 존재의 역사로 현시된다고 했다. Martin Heidegger(소광희 역), 『휴매니스트에의 便紙』(東洋出版社, 1960), pp.109~114 참조. 앨런 매길은 하이데거 사유에 있어 존재 망각과 '근대'가 연관되는 정황을 하이데거의 고향상실에 대한 사유에서 끌어내었는데, "전쟁 전야에 독일과 중부유럽, 동부 유럽 전체에 걸쳐 인구가 엄청나게 분열되어 대대적인 인구이동이 있었다"는 점을 상기하며 하이데거의 사유를 보충하고 있다. Allan Megill(정일준·조형준 옮김), Prophets of extremity ; nietzsche, Heidegger, Foucault, Derrida 『극단의 예언자들 : 니체, 하이데거, 푸코, 데리다』(새물결, 1996), pp.261~262.

대한 인식의 변화는 주체를 모색하며 대상 세계를 정립하는 근대적 자아
의 시선이 성숙하게 되는 중기 시편으로 이어진다. 먼저 정지용의 초기
시 중 고향을 시적 배경으로 하는 동시에서의 자연 인식에 대해 살펴보
기로 한다.

> 중, 중, 때때 중,
> 우리 애기 까까 머리.
>
> 삼월 삼질 날,
> 질나라비, 훨, 훨,
> 제비 새끼, 훨, 훨,
>
> 쑥 뜯어다가
> 개피 떡 만들어.
> 호, 호, 잠들여 놓고
> 냥, 냥, 잘도 먹었다.
>
> 중, 중, 때때 중,
> 우리 애기 상제로 사갑소
>
> ＿「三月삼질날」

　　전통 명절의 하나인 음력 3월 3일, 즉 삼짇날은 새로 난 풀을 밟으며
봄을 즐기기 때문에 답청절(踏靑節)이라고도 한다. 우리 세시풍속이 거의
그렇듯이, 삼짇날 역시 자연과 함께 하며 자연의 섭리에 삶의 조건을 맞
추며 더 나은 삶을 기원하는 계기가 된다.
　　이 시에서도 삼짇날의 세시풍속이 잘 드러나 있다. 겨우내 깎지 못했
던 머리를 깎고 서로 우스워 놀리는 아이들의 장난스런 모습과 떡을 빚

어 나눠먹는 풍습이 동심의 시선으로 나타나 있다. 특히, "질나라비훨훨"
이라는 말에는 민속이 가진 세계관과 우주관이 표현되어 있다. 이 말은
우리 역사 속에 구전되어 오는 단군의 10개조 가르침에 포함되어 있는
일종의 육아교육법 중 하나이다. 이숭원의 『원본 정지용 시집』에는 "팔
을 날개처럼 펄럭이며 나는 시늉을 하는 것"[97]으로 되어 있다. 그런데
구체적으로는, 천지 우주의 모든 이치를 갖추고 지기(地氣)를 받아 생긴
육신이 활활(活活) 자라도록 작궁무를 추어가며 즐겁게 살자는 뜻으로, 팔
을 훨훨 휘저으며 춤추는 동작이며 한자어로는 "支娜阿備活活議"라고 한
다.[98] 아이의 시선이 대자연에 호응하며 살아가는 우리의 민속적 전통에
녹아들어 있는 것이다.

> 당신은 내맘에 꼭 맞는이.
> 잘난 남보다 조그만치만
> 어리둥절 어리석은척
> 옛사람처럼 사람좋게 웃어좀 보시요.
> 이리좀 돌고 저리좀 돌아 보시요
> 코 쥐고 뺑뺑이 치다 절한번만 합쇼.
>
> 호. 호. 호. 호 내맘에 꼭 맞는이.
>
> _「내 맘에 맞는 이」 부분

이 시는 시적 화자의 상대방이 성인("큰말 타신 당신")이며, 일종의 연정
을 노래하는 것으로 보이기 때문에 동시라고 보기는 어렵다. 그러나 자
아의 세계 인식의 한 유형을 잘 보여준다. 상대방―세계에 대하여 어떤
갈등도 없고, 상대방의 행동은 자아의 의지에 종속되어 있다. 그러나 자

---

97) 이숭원, 『원본 정지용 시집』(깊은샘, 2003), p.120.
98) 이규행, 『단전호흡과 정신문화』(중앙일보이코노미스트, 2000), pp.176~178 참조.

아의 이 주도성이, 시적 자아가 상대방을 통제하거나 제어할 수 있는 지배적 주체가 된다는 것을 뜻하지는 않는다. 시적 자아는 "당신은 내맘에 꼭 맞는이"라고 미리 전제하고 있다. 즉, 자아의 욕망을 미리 상대방에게 편입시킨 후 그 안에서 자아는 명령하는 것이다. 다시 말해 이 명령은 상대방에게 하는 것이 아니라, 자아가 설정해 놓은 욕망의 구도 속의 상대방에게 하는 것으로 볼 수 있다. 즉, 이 명령이 향하는 곳은 바로 자아이다. 자아는 아직 대상으로서의 상대방을 인식하지 못하는 것이다. 시적 자아와 세계의 완전한 조화와 친화는 다음 시에 잘 나타난다.

> 해바라기 씨를 심자.
> 담모롱이 참새 눈 숨기로
> 해바라기 씨를 심자.
>
> 누나가 손으로 다지고 나면
> 바둑이가 앞발로 다지고
> 괭이가 꼬리로 다진다.
>
> 우리가 눈감고 한밤 자고 나면
> 이실이 나려와 가치 자고 가고,
>
> 우리가 이웃에 간 동안에
> 해ㅅ빛이 입마추고 가고,

_____「해바라기씨」 부분

해바라기 씨를 심는 화자와 누나의 행동에 바둑이와 고양이, 그리고 이슬과 햇빛이 함께 한다. 자연은 인간의 행동이 이루어지는 배경이 아니라, 인간의 행동에 영향을 주고받는 유기적인 장이 되는 것이다. 이 시에서의 자아는 자연과 행복하게 결합되어 있다. 비슷한 시기에 발표된 「따알리아」나 「산엣 색씨 들녁 사내」에서도 등장인물들의 행동과 존재는 자연의 호흡과 숨결에 녹아들어 있다.

그런데, 위에서 살펴 본 자아의 자연 합일에 대한 태도는, 자아의 욕망이 세계와의 관계에 있어 구조화되거나 객관화되지 않는다는 점을 보여준다. 세계와 그 세계를 바라보는 자아가 객관화되지 않고, 자아를 중심으로 하나의 시선에 뭉뚱그려져 있다. 즉, '보여지는 나'는 없고 '보는 나'만 존재하는 것이다. 라캉에 의하면, 주체는 근원적으로 결핍이다. 주체는 언제나 '보는 나'와 '보여지는 나'로 구성되어 있으며 동시에 양자로 분열된다. "나는 거짓말을 하고 있다"라는 문장이 있을 때, 거짓말을 하는 나와 그것을 보고 있으면서 거짓말을 하는 나에 대해 말하는 나가 있는 것이다. 자아가 스스로를 대상화, 객관화시키지 못하는 상태를 라캉은 '이상적 자아(ideal-I)'라고 하는데, 이 자아는 타자에 의해 보여짐을 모르는, 객관화되기 이전의 '나'에 해당된다. 라캉은 이 단계를 '거울단계(mirror stage)', 또는 '상상계(the Imaginary)'라고 하여 주체의 형성에 원천이 되는 모형으로 제시한다.99) 이 거울 단계의 주체는 자신이 보여짐을 모

---

99) 프로이트는 이 단계의 욕망이 언어와 질서의 세계인 '상징계(the Symbolic)'로 진입하면서 억압되고 무의식으로 남아 의식에 영향을 준다고 말한다. 그러나 라캉의 경우, 상상계의 자아와 그 욕망은 억압되거나 소멸하지 않고 변증법적으로 연결된다. 주체(아들)는 대상(타자, 어머니)을 남근으로 믿고 자신의 욕망을 타자의 욕망에 종속시킨다(상상계). 그러나 거세 콤플렉스 즉 상징계에 진입하면서 이 타자가 남근이 아닌 허상인 것을 깨닫는다. 결코 자신이 타자의 남근이 아닌 것을 알게 되면서 그는 다시 대상을 추구하고 상상계로 들어선다. 이런 변증법에 의해 대상의 추구는 거듭되고 사랑에의 욕망은 지속된다. 라캉은 프로이트가 대상에 대한 욕망의 도구이자 목적인 '남근'을 생물학적인 기관으로 설정했던 데 반해, 은유와 환유로 이루어진 기표요 무의식으로 설정한다. 대상에 대한 추구, 욕망을 충족시킬 수 있으리라 믿는 것은 압축이요 은유이다. 그리고 이 욕망이 충족되지 못하고 인접한 다른 것으로 욕망의 대상을 바꾸는 것은 전치이며 환유이다. Jacques Lacan(민승기·이미선·권택영 역), 『욕망이론』(문예출판사, 1994), pp.12~22 참조. 정지용 초기 시에 나타난 주체의 결핍과 욕망, 그리고 자아의 분열 양상은, 프로이트의 폐쇄적인 오이디푸스 트라이앵글(나ㅡ어머니ㅡ아버지 : 오이디푸

르기 때문에 대상을 실재로 믿고 거기에서 빠져나오지 못한다. 주체의 삶은 대상의 허구를 깨닫고 끊임없이 연기된 대상을 향해 욕망을 되풀이해야 하나, 보여짐을 모르는 주체는 대상 자체에 고착된다.

대상으로서의 자연을 인식하지 못하고 상상적인 합일 상태에 있는 초기 시편에서의 자아는 부재와 결핍의 표상으로 하나의 대상을 고정시킨다. 정지용 시에서 그것은 주로 '오빠', 또는 '누나'의 이미지로 나타난다.

부형이 울든 밤
누나의 이야기-

파랑병을 깨치면
금시 파랑바다.
빨강병을 깨치면
금시 빨강 바다.

뻐꾸기 울든 날
누나 시집 갔네-

파랑병을 깨트려
하늘 혼자 보고.

빨강병을 깨트려
하늘 혼자 보고

― 「병」

스 콤플렉스와 거세 콤플렉스)적인 구도보다 지속적인 욕망의 작동을 설명하는 라캉 이론으로 이해 가능하다.

이 시에는, 누나가 없는 상태의 외로움이 병을 깨트려보는 화자의 모습으로 나타난다. 이 때 드러나는 자아는 타자[100]의 보여짐에 의한 나타기보다, '자기가 생각하는 나'이다. 따라서 누나라는 타자를 갈구하면서도 누나의 부재를 통해 보는 것은 자기일 뿐이라는 점에서, 아직 상상계를 벗어나지 못한 자아라고 할 수 있다.

누나가 화자에게 해 주었던 이야기는 바다와 하늘의 창조설화와 연관된 모티프를 배경으로 하고 있다. 설화의 해설자인 '누나'는 동심의 내면에서는 세계를 구성하는 창조주와도 같다. 따라서 누나의 부재는 세계 상실과 연계되는 것이다. 대상의 부재가 세계 상실과 연계되는 예는 다른 시편에서도 찾아볼 수 있다.

나ㅡㄹ 눈 감기고 숨으십쇼.
잣나무 알암나무 안고 돌으시면
나는 샆샆이 찾아 보지요.
숨ㅅ기 내기 해종일 하며는
나는 슬어워 진답니다.

슬어워 지기 전에
파랑새 산양을 가지요.

떠나온지 오랜 시골 다시 찾어
파랑새 산양을 가지요.

ㅡ「숨ㅅ기 내기」

---

100) 사르트르는 타자를 "내가 아닌 자이며, 내가 그것으로 아니 있는 자"라고 규정했으며(Jean Paul Sartre(손우성 옮김), 『존재와 무』(삼성출판사, 1978), p.406.), 레비나스에게 타자는 "나에게 거리를 두고 있고, 나에게 낯선 이로, 나의 삶에 완전히 포섭될 수 없는 자"이다. 사르트르는 타자 개념을 존재론적으로 사용했으며, 레비나스의 타자는 주체ㅡ대상에 대한 관계적 개념이라고 할 수 있다. 이 글에서는 양자를 포용하되 주로 후자의 개념과 의도를 따른다. Emmanuel Levinas(강영안 옮김), 『시간과 타자』(문예출판사, 2001), p.139.

화자는 끝내 찾을 수 없는 누군가를 찾고 있다. 화자는 자신이 하고 있는 놀이를 '숨기 내기'라고 말하는데, 눈을 감고 하루 종일 찾는 행위에서 화자가 찾고 있는 것은 자신에게 부재하는 한 사람의 대상이 아니라, 부재하는 세계 전체이다. 그것은 그가 상상하고 희구하는 공동체적 이상향이며 "떠나온지 오랜 시골"이라는 상실한 대지로서의 상상적 공간이다. 시인이 희구하는 자연은 '할아버지가 담뱃대를 물고 나가시면 흐린 날도 개이고, 도롱이를 입고 나가시면 가문 날도 비가 오는'(「할아버지」) 신비로운 시공간이기도 하고, '철나무 소리만 쩌르렁거리고 누가 사는지 알 수 없는'(「산넘어 저쪽」) 미지의 세계이기도 하다. 또한 그곳은 '산 색시와 들녘 사내가 알 수 없는 힘에 서로 이끌리는'(「산엣 색씨 들녁 사내」) 야생적 조화의 세계이기도 하다. 이 모든 것은 시적 화자가 그리는 '고향', 아무런 갈등 없이 자아와 합일되는 자연의 모습이기도 하다.

> 서낭산ㅅ골 시오리 뒤로 두고
> 어린 누의 산소를 묻고 왔오,
> 해마다 봄ㅅ바람 불어를 오면,
> 나드리 간 집새 찾어 가라고
> 남먼히 피는 꽃을 심고 왔오.
>
> _「산소」

정지용 초기시에서의 자연은 인용된 시편들에서 보이는 것처럼 '누이', 또는 '옵바'의 부재로 표상되는 '상실된 고향'이다. 경험된 현실로서의 고향이 아닌, 상상을 통해 구성된 고향은 시인의 의식 세계 속에 하나의 관념적 자연으로 자리 잡고 있다. 이 상징화되지 않은 상상적 공간으로서의 고향은 화자의 눈앞에서 끝없이 부재를 되풀이하는(「숨ㅅ기 내기」) 결핍으로서의 폐쇄적 공간이다. 떠나버린 오빠와 누이에 대한 추억만이 고향이라는 장소의 의미를 지탱하는 유일한 매개체이다. 「병」에서 누나가 있는 세계와 누나가 부재하는 세계, 「지는 해」와 「홍시」에서 오빠가 떠난 곳과 지금 여기 등 명확한 공간적인 대립 구조101)가 초기 동시의 시의식을 이끌고 있다. 이는 유아적 사고를 바탕으로 한 동시의 사유 원리에서 비롯된다고 말할 수만은 없는 것이다.

자아는 대상의 부재를 세계 상실로 연결짓는다. 자아는 이 세계 상실을 견디기 위해, 자아와 세계를 이어주는 끈인 하나의 대상－누나, 오빠－에 집착한다. 그러면서 시적 화자－주체의 욕망은 오로지 누나－타자의 욕망에 종속되는 것이다. 정지용의 초기 시편에서 시적 화자는 자기의 욕망보다 타자의 욕망에 편입된다.

> 우리 옵바 가신 곳은
> 해님 지는 西海 건너
> 멀리 멀리 가셨다네.
> 웬일인가 저 하늘이
> 피人빛 보담 무섭구나!
> 날리 났나. 불이 났나.
>
> ＿「지는 해」

> 어적게도 홍시 하나.
> 오늘에도 홍시 하나.
>
> 까마귀야. 까마귀야.
> 우리 남게 웨 앉었나.

---

101) 권정우는 정지용 초기 동시와 「鄕愁」에 있어서의 구조 원리를 대립적 구성, 병렬적 구성, 주관적 세계인식 등의 측면에서 세밀히 분석한 바 있다. 권정우, 『정지용의 『정지용 시집』을 읽는다』(열림원, 2003), pp.35~69 참조.

우리 옵바 오시걸랑.

맛뵐라구 남겨 뒀다.

후락 딱 딱

훠이 훠이!

_「홍시」

「지는 해」에서, 화자는 "해넘지는 西海"를 그리워하고 궁금해한다. 그러나 그것은 화자의 욕망이 반영된 것이 아니라, 그 곳이 "옵바"가 떠난 곳이기 때문이다. 그곳을 상상하는 화자의 심리가 불안과 공포를 주조로 하는 것은 옵바의 부재가 바로 주체의 근원적인 결핍에서 비롯되었기 때문이다. 화자는 스스로 동일시하는 "옵바"를 그리워하나, 그 "옵바의 부재"는 해결되지 않는다. "옵바"는 돌아오지 않는 것이다. "옵바"는 자기가 아니라는 것을 깨달을 때까지 화자의 주체는 스스로를 욕망하지 못하고 허상(mirage)으로서의 "옵바"라는 이미지에 고착된다. 「홍시」에서도, 홍시를 바라보거나 까마귀와 대화하는 화자는 그 홍시를 "옵바"에게 주어야 한다는 생각에서 벗어나지 못한다. 홍시와 까마귀는 화자의 의식 속에 일치되어 있는 동일화된 자연이다. 이 자연 공간은, 그것을 바라보는 주체의 시선이 형성되지 않았기 때문에 아직 어떤 인간적인 현실을 구현하지 못한다. 그것은 상상계로서의 자연 공간이며, 따라서 상상적 자연이라고 할 수 있다.

이렇게 주체가 외부 세계와의 관계에 있어 동일화를 지향할 때, 주체의 의식은 낭만성으로 규정된다. 서구 낭만적 자연시에서는, 이 주체와 객체의 통일성이 자아와 자연의 합일로 드러난다고 했다.[102] 에이브람즈의 낭만적 서정시 고찰에 따르면, 낭만적 대서정시는 풍경의 묘사와 더불어 시작되었다. 바깥 풍경과 밀접하게 관련된 기억, 사고, 개입의 과정

---

102) W. K. Wimsatt, 「The Structure of Romantic nature imagery」, *The Verbal Icon*, Lexington, Ky. : University of Kentucky Press, 1954, pp.110~115.

이 진행된다. 이 상상력의 과정을 통해 낭만적 시인은 풍경을 대할 때, 자아와 비자아 사이의 구별을 해체하는 경향이 있는 것이다.[103]

근대인은 풍경을 대상으로 지각함으로써 주체와 객체의 합일을 지향하게 되는 것이다. 그러나 자아와 자연의 합일이 드러나는 정지용 초기 시에서는, 아직 풍경이 대상으로 지각되지 않는다. 아직 주체는 '보여지는 나'를 인식하지 못하기 때문에 외부의 모든 대상 사물을 나와 동일시하고, 오빠, 또는 누이로 표상되는 타자의 욕망에 스스로 종속된다. 동시의 기본 특성은 세계를 단순화하고 인격화하며, 세계에 반응하는 정서적 질이 단일하다.[104] 그러나 정지용의 동시편에 나타나는 세계 인식의 파편적인 양상은 동시의 일반적인 단순성의 시학과 상이한 측면이 있다. 그것은 자기의 욕망을 욕망하지 못하는 주체의 결핍으로 나타난다. 욕망하기 위해서는 세계, 혹은 타자를 대상화해야 하는데, 주체는 타자와 세계를 자기와 동일시함으로써 세계와 타자의 욕망에 종속되는 것이다. 이 시편들에서 화자의 세계 인식은 거울 단계에서의 이상적인 자아(ideal I)의 인식 범위를 넘어서지 못한다.

그러나 외부의 풍경에 대해 묘사하기 시작하면서, 정지용의 시는 앞서 지적한 낭만적 서정시의 상상력을 구현하게 된다. 즉 기억과 사고가 개입하는 상상력이 그것인데, 「鄕愁」의 경우 가장 적절한 예가 될 수 있다. 그런데 「鄕愁」에서의 자연은 자아와 단순히 합치된 낭만적 공간이 아니라, 자아의 서정이 기억과 상상력을 통해 재구성된 공간으로 나타난다. 이때의 자연은 묘사의 대상이라기보다 내면의 표상이라고 할 수 있다.

넓은 벌 동쪽 끝으로

---

103) M. H. Abrams, 「Structure and Style in Greater Romantic Lyric」, ed., M. H. Abrams, *Modern Essays in Criticism*, Oxford University Press, 1960 ; 이미순, 「1920년대 한국 낭만적자연시 연구」(서울대 박사논문, 1995), pp.11~12 참조.
104) 성기옥, 「정지용 시에 있어서의 동시와 동심」, 이재철 편, 『한국아동문학』(서문당, 1991), p.127 참조.

옛이야기 지줄대는 실개천이 회돌아 나가고,
얼룩백이 황소가
해설피 금빛 게으른 울음을 우는 곳,

ㅡ그곳이 참하 꿈엔들 잊힐리야.

질화로에 재가 식어지면
뷔인 밭에 밤바람 소리 말을 달리고,
엷은 조름에 겨운 늙으신 아버지가
짚벼개를 돋아 고이시는 곳,

ㅡ그 곳이 참하 꿈엔들 잊힐리야.

흙에서 자란 내 마음
파아란 하늘 빛이 그립어
함부로 쏜 활살을 찾으려
풀섶 이슬에 함추름 휘적시든 곳,

ㅡ그 곳이 참하 꿈엔들 잊힐리야.

傳說바다에 춤추는 밤물결 같은
검은 귀밑머리 날리는 어린 누의와
아무러치도 않고 여쁠 것도 없는
사철 발벗은 안해가
따가운 해ㅅ살을 등에지고 이삭 줏던 곳,

ㅡ그 곳이 참하 꿈엔들 잊힐리야.

하늘에는 석근 별

알수도 없는 모래성으로 발을 옮기고,

서리 까마귀 우지짖고 지나가는 초라한 집웅.

흐릿한 불빛에 돌아 앉어 도란 도란거리는 곳,

─그 곳이 참하 꿈엔들 잊힐리야.

_ 「鄕愁」(『정지용 시집』)

후렴구를 제외하고, 이 시의 각 연은 "곳"이라는, '장소'105)를 뜻하는 명사로 종결되고 있다. 그런데 이 시 속에 표현된 공간을 자세히 살펴보면, 시간성이 개입되지 않은 특정한 공간이 기억과 회상이라는 매개를 통해 중첩되고 있음을 알 수 있다.

1연에서 5연까지 각 연의 시간 배경은 '저녁 무렵─밤─낮─밤'으로 이동하고 있다. 그런데 이러한 이동은 시적 전개의 논리와는 별다른 개연성이 없다. 각 연마다 후렴구가 붙어 있다는 점, 그리고 위에 지적한 것처럼 시간적 이동의 개연성 부재 등은, 시인이 이 시에 표현되는 '장소'를 각각 독립된 형상과 의미를 지닌 공간으로 인식하고 있다는 점을 추론할 수 있게 한다. 이 때의 장소, 즉 자연은 하나의 '이야기'를 담고 있는 상기된 기억으로부터 솟아나온 것이다.106) 이 기억은 화자 자신만의 특수한 경험에 의한 것이 아니라 집단적이고 사회적인 기억, 고향에

---

105) 이 '장소'는 어떤 생활 공간, 혹은 삶의 공간을 뜻할 터인데, 단순히 공간적인 차원에 한정되는 것은 아니다. 그것은 삶 속의 증층적인 '시간'과 결부된 특정의, 혹은 한정된 공간을 뜻한다. 中村雄二郎(양일모·고동호 옮김), 『공통감각론』(민음사, 2003), p.259.

106) 베르그송에 의하면, 기억은 두 종류로 나누어진다. 운동이나 연습의 반복으로 얻어지는 '습관적 기억'과 어떤 경험을 표상으로 환기하는 '자발적 기억'이 그 것이다. 나카무라 류지로는, 이 상기적 기억, 즉 자발적 기억이 단순히 개인적인 것에 속하는 것은 아니며, 오히려 사회적, 집단적 성격을 지니고 있고 또한 그 기억은 신체와 관련을 맺고 있다고 말한다. 中村雄二郎, 위의 책, p.210 참조.

대한 상상적 관념의 통합체인 것이다.

이 시 「鄕愁」에서의 표현된 기억인 '장소'인 자연 공간이 시 전체와 유기적인 관련 없이 각각의 독립적인 표상으로 제시된다는 점은 주목될 필요가 있다. 이 시에서 제시되는 공간 배경인 '들(1연)－방, 집(2연)－들(3, 4연)－집(5연)' 역시 마찬가지이다. 각각의 연에서 제시된 시공간에 공통되는 것은 '고향'에 대한 '기억'일 뿐이다. 이 기억은 회상된 기억인데, 그것은 단순히 과거 자체를 재구성하는 것은 아니다. 회상된 기억은 과거를 통해 과거의 어떤 '정황'을 구성한다. 상기적 기억이 반복된 학습에 의한 기계적 기억과 구별되는 것은, 그것이 하나의 '이야기'를 통해 과거의 정황을 내면화할 수 있다는 것이다. 즉, 상기된 기억은 말을 통해 과거를 의식화하는 것이다. 이 시의 '이야기'들이 초라하고 고단한 농촌의 삶과 생활을 그리고 있지만, 그 생활과 노동이 비참하거나 비극적인 정조를 유발하지 않고 공동체적 삶에 대한 어떤 그리움을 유발하고 있다는 것은, 과거의 기억이 가지고 있던 장소－자연에 대한 이미지 위에 또 다른 시간성이 개입하고 있다는 증거이다. 그 시간은 그 과거를 내면화하는 현재의 시간이다. 각각의 연으로 독립된 이미지들은 과거의 '고향'에 대한 지각과 감각적 인상 위에 현재의 자아가 상상하는 '고향'의 이미지가 중첩되어 표상된 것이다.

따라서 여기에 표상된 '고향'의 이미지는 현실적인 '고향'은 분명 아니며, 시적 자아가 희구하고 갈망하는 공동체적 이상향으로서의 낭만성으로 드러난다. 이 시에서 나타나는 자연과 자아의 행복한 합일은, 두 가지 측면의 낭만주의적 인식에 바탕해 있다. 첫째, 시간을 초월한 상상력으로 자연 풍경을 재구성함으로써 자연과 자아의 합일을 꿈꾸는 것이다. 둘째, 미적 관념을 회상된 감각적 경험으로 환치함으로써 자연 풍경을 내면화하는 것이다. 결국, 시 「鄕愁」에 드러난 자연은 자연 그 자체라기보다는 시인의 정신세계이며, 시인의 정신과 상상력이 구성해 낸 내면적 풍경이 되는 것이다.

이렇게 볼 때, 정지용 초기 시에 나타난 자연 인식은 1920년대 낭만시의 자연 인식에 닿아 있다고 할 수 있다. 「鄕愁」와 마찬가지로 기억과 회상으로서의 고향을 노래한 홍사용의 「푸른 언덕 가으로」(1919)를 보면 이러한 측면을 구체적으로 확인할 수 있다.

> 푸른 언덕 가으로 흐르는 물이 올시다.
> 어둔 밤 밝은 낮
> 어둡고 밝은 그림자에
> 괴로운 냄새, 슬픈 소리, 쓰린 눈물로 뒤섞여 뒤범벅 같게
>
> 돌아다 보아도 우리 시고을은 어디멘지
> 꿈마다 맺히는 우리 시고을 집은 어느 메쯤이나 되는지
> 떠날 제 '가노라' 말도 못해서 만날 줄만 여기고 기두르는 커다란 집
> 찬밤을 어찌 다 날도 새우는지
>
> 지난 일 생각하면 가슴이 뛰놀건만
> 여위인 이 볼인들 비쳐 낼 줄 있으랴
> 멀고 멀게 자꾸자꾸 흐르니
> 속 쓰린 긴 한숨은 그칠 줄도 모르면서
> 길고길게 어디로 끝끝내 흐르기만 하랴노—
>
> 퍼런 풀밭에서 방긋이 웃는 이 계집아해야
> 무궁화 꺾어 흘리는 그 비밀을 그 비밀을 일러라
> 귀 밑머리 풀기 전에—
>
> _ 「푸른 언덕 가으로」107)

---

107) 김학동 편, 『홍사용 전집』(새문사, 1985).

두 작품 모두 고향에 대한 회상을 모티프로 하는데, 이 외에도 작품의 구성이나 시어 등에서도 두 시의 유사성이 발견된다. 「鄕愁」에서는, "넓은 벌 동쪽 끝으로 / 옛이야기 지줄대는 실개천이 회돌아 나가고"라는 공간적 배경의 묘사가 시의 초두를 여는데, 홍사용의 시에서도 "푸른 언덕 가으로 흐르는 물이 올시다"라는 장소의 묘사가 첫머리에 등장한다. 또한 1연 2행에서는 "어둔 밤 밝은 낮"으로 시간적 배경이 제시된다. 즉, 「鄕愁」에서의 1연의 공간적 배경 묘사, 그리고 2연에서의 밤이라는 시간적 배경 묘사와 대비해볼 때 그 시적 구조가 유사하다는 것을 알 수 있다. 또한 소재에 있어서도 대응되는 점이 적잖이 발견된다. 커다란 집(「푸른 언덕 가으로」)−초라한 집웅(「鄕愁」), 찬밤−서리 까마귀, 퍼런 풀밭−풀섶, 계집아해−누의·안해, 귀 밑머리−귀밑머리 등이 각각 대응되는 것이다.

또한 각 시에 표상된 '고향'의 이미지 역시 유사하다. 이 자연으로서의 고향은 자아와 합일된 행복한 상태가 아니라, 궁핍하면서도 또 어딘지 비밀스런 이상향으로서의 따스함을 품고 있는 공간으로 표상된다. 그러한 이상적 공간으로의 열쇠를 쥐고 있는 등장인물이 '계집아해'와 '누의, 안해'인 점 역시 시인이 고향이라는 자연을 어떻게 인식하고 있는지 보여준다. 홍사용의 경우, 강물로 표상되는 자연과 시간에 대해 '계집아해'에게 말을 걸고 있으며, 정지용의 경우, 이상향으로서의 고향에 대한 신비감과 노동의 현실을 피할 수 없는 고향의 의미를 '누의'와 '안해'라는 등장인물의 모습으로 표상하고 있다. 이런 유사성은 단순한 상호텍스트적인 측면을 넘어, 정지용의 자연 인식이 1920년대의 낭만주의와 닿아 있다는 것을 보여준다고 할 수 있다.

윔셋에 의하면, 서구 근대의 낭만적 자연시는 자아와 세계의 근본적인 합일을 지향하는데, 이들의 풍경 묘사는 내면적 지향을 동반하면서, 논리적이기보다는 감각적 진술에 의존한다.108) 서구 근대의 낭만적 자연시에

---

108) W. K. Wimsatt, 「The Structure of Romantic nature imagery」, *The Verbal Icon*, Lexington, Ky. : University of Kentucky Press, 1954, pp.110~115.

나타난 점과 유사하게, 정지용 초기 시에서의 자연 인식과 형상화에 있
어서도 내면성과 낭만성이 두드러지는 측면을 보인다. 이 내면성과 낭만
성은 정지용의 초기 시에서, 이상화된 낭만적 관념으로서의 자연, 고향
상실에 대한 내면의식의 표상으로서의 자연, 정서적으로 치환된 회상적,
회고적 공간으로서의 자연 등으로 나타난다. 또한 이 자연 풍경이 섬세
한 감각적 묘사로 구성된다는 것도 지적할 수 있다. '고향'의 상상적 풍
경이 공동체적 낭만성으로 가득 차 있는 예로 인용한 「鄕愁」를 들었는
데, 이 작품의 주요 모티프들이 치밀하고 섬세한 감각성을 배경으로 하
고 있다는 점에서도 이러한 측면을 확인할 수 있을 것이다.

정지용 초기 시에서의 자연은 주로 '고향'을 중심으로 표상된다. 이
고향은 주로 두 개의 층위로 나타난다. 첫째, 인간 존재의 근원적 공간으
로서의 자연이다. 이 경우 자연 사물과 자연은 자아의 내면과 그대로 합
치된 행복한 합일의 상태를 보여 준다. 그러나 타자를 인식하지 못하는
이상적 자아(Ideal I)의 욕망은 그 관념적인 자연 합일과 폐쇄적인 자연 친
화의 심상 속에 고착된다. 두 번째의 자연은, 인간 존재의 근원이라기보
다 근대 문명에 대한 대타적 가치(value from the definition of the other)를 지
닌 공간으로서의 자연이다. 이는 체험에 의한 자연이라기보다 기억과 상
상에 의해 변용된 자연, 상상적 공동체로서의 고향의 모습으로 나타난다.
상실한 대지로서의 상상적 고향을 동경하던 자아가 방랑과 회상의 기억
을 거쳐 도착한 곳이 미지의 세계로 열린 문인 '바다'이다. 그러나 초기
시에서 시적 자아에게 발견된 바다는 대상으로서의 실재라기보다 시적
자아의 내면과 정서가 깊이 착색된 낭만적 공간이었음이 다음 절의 논의
를 통해 드러날 것이다.

2. 상실과 유랑

정지용의 시가 창작되고 발표되던 1920년대와 1930년대 한국의 고향

은 근대 문인들에게 3가지 층위의 시선으로 분기되어 포착된다. 농촌과 도시가 분리되지 않던 전근대 시대의 고향, 언제든 돌아갈 수 있는 자기 성장의 원천이었던 고향이 그 하나이며, 몰아닥친 근대의 물결 속에서 궁핍과 야만의 상징이었던, 계몽의 대상으로서의 고향이 그 두 번째이다. 나머지는 식민지 현실 속에서 민족적 자존을 회복하고자 했던 움직임―시조부흥운동과 국민문학파의 활동 등―에서 배태된 바 없지 않은, 민족적 전통을 간직하고 있는, 그리고 근대적 가치에 저항할 수 있는 특별한 가치의 원천을 내포하고 있는 고향이 세 번째의 고향이다.109)

그런데, 정지용에게서는 첫 번째 고향으로부터 두 번째 계몽의 고향으로 건너가는 시선이 발견되지 않는다. 정확히 말해서, 정지용의 초기 시에서 계몽의 고향, 타자화된 고향에 대한 시선은 발견되지 않는다. 이는 그가 고향에 대한 시선을 객관화시키지 못했음을 뜻한다. 이와 관련된 하나의 예로, 일제 강점기 시인들에게 그 시대적 고통과 상처를 어루만져주고 위로해주는 '어머니'라는 이미지가 정지용 시에서는 어떻게 나타나는지 다른 시인의 경우와 비교하여 알아볼 필요가 있다. 정지용 시에서는 이 '어머니'라는 이미지가 구체적으로 나타나지 않고110) 대부분 '누이', 또는 '오빠'라는 부재하는 대상으로 굴절되어 표상된다. '어머니'

---

109) 이 두 번째와 세 번째 고향에 대한 인식은 순차적으로 이루어지지는 않는다. 때로 그것은 역전되기도 하며 착종되기도 한다. 근대 문인의 고향 의식에 대한 논의는 김종철, 『시와 역사적 상상력』(문학과지성사, 1978) ; 한계전, 「1930년대 시에 나타난 '고향' 이미지에 관한 연구」, 『한국문화』 16(서울대 한국문화연구소, 1995) ; 이명희, 「1930년대 시에 나타난 고향의식 연구」(건국대 석사논문, 1992) ; 송기한, 「정지용의 「향수」에 나타난 고향의 의미」, 『우리말 글』(우리말글학회, 2003) 등 참조. 한편 오성호는 「鄕愁」과 「故鄕」을 통해, 식민지 근대를 살아간 인간의 착종된 의식이 불가피하게 다다르는, 순종과 혼종의 공간으로서의 향토를 향하는 시선을 면밀히 탐색한 바 있다. 오성호, 「「향수」와 「고향」, 그리고 향토의 발견」, 『한국시학연구』 7(한국시학회, 2002) 참조.

110) 1925년 발표된 「녯니약이 구절」("어머니는 눈에 눈물을 고이신대로 듯고")과 『정지용시집』에 실린 「종달새」("어머니 없이 자란 나를")에 단편적으로 등장하는데, 어머니의 이미지가 표상되지는 않는다.

를 통해 고향을 인식하고 회상하는 동시대 시인 오장환의 시를 인용해
본다.

> 어머니는 무슨 必要가 잇기에 나를 맨든 것이냐! 나는 異港에 살고 어
> 매는 故鄕에 있어 얕은 키를 더욱 더 꼬부려가며 無數한 歲月들을 힌 머
> 리칼처럼 날려보내며, 오—어매는 무슨, 죽을 때까지 淪落된 子息의 功
> 名을 기두르는 것이냐, 충충한 稅關의 倉庫를 기어달으며, 오늘도 나는
> 埠頭를 찾어나와 「쑤왈쑤왈」 지껄이는 異國少年의 會話를 들으며, 한나
> 절 나는 鄕愁에 부다끼었다.

> ＿「鄕愁」(『조선일보』 1936. 10) 부분[111]

이 어머니는 이미 근대 사회에서 유랑하는 지친 자아의 상처를 어루만
져 주는, 포근하고 안온한 공동체의 숨결을 간직한 신비한 모성의 이미
지로 나타나지 않는다. "얕은 키를 더욱 더 꼬부려가며 無數한 歲月들을
힌 머리칼처럼 날려보내"며 궁핍한 농촌의 일상과 노동에 찌달리며 늙어
가는 현실의 초상일 뿐이다. 이런 어머니에게는 아무런 희망도 기쁨도
없이, "죽을 때까지 淪落된 子息의 功名을 기두르는 것"이 삶의 전부인
것이다. '고향'을 상징하는 '어머니'를 현실의 궁핍 위에서 대상화하고
구체화함으로써, 시적 자아는 근대 사회에서 떨어져나가는 고향의 이미
지를 고향에 대한 모멸과 애착의 자기분열상 위에 표상해낸다.

이 시는 새로운 세계로 열린 문인 바다, 근대의 환희와 식민지의 질곡
이 함께 출렁이는 이항과 부두에서 향수에 부대끼는 피식민지민의 병든
위안이 고향에 대한 모멸과 애착이라는 양가감정 속에서 싹트고 있음을
보여준다. 대상을 대상으로 인식하는 거리로부터 그것에 대한 부정에 이
르고, 그것을 또한 부정하며 새로운 욕망의 출구를 찾아 헤매는 것이 오

---

111) 김학동 편, 『오장환 전집』(국학자료원, 2003)에서 인용.

장환을 비롯한 식민지 근대 사회를 살아가는 시인들의 내면인 것이다.

그러나 정지용의 경우, 고향은 부정되어야 할 대상이 아니었다. 그는 원초적 공동체로서의 첫 번째 고향에서 근대에 대한 대립항, 그리고 식민지 현실에 대하여 민족적 자존을 회복해 줄 가치를 지닌 이상향으로서의 고향으로 곧장 건너갔던 것이다. 따라서, 정지용에게 계몽의 대상으로서의 고향은 은폐되는 것이 당연하다. 또한 이 은폐는 정지용에게 고향을 현실로서 인식하지 못하게 하고 단순히 행복한 합일로 충만한 상상적인 공간으로 받아들이는 데에 머무르게 했다.

고향을 타자로 인식하지 못하는 주체는 고향을 낭만적으로 상상하거나 이상화하게 되고, 그 관념적 합일이 깨어질지도 모른다는 불안감에 늘 휩싸인다. 이 불안은 누이나 오빠의 부재가 표상하는 폐쇄적인 자연 친화의 심상으로 나타난다. 그러나 「鄕愁」와 비슷한 시기에 발표된 「녯니약이 구절」에서 비로소 고향과 가족이 현실적인 모습으로 드러난다.

집 써나가 배운 노래를
집 차저 오는 밤
논ㅅ둑 길에서 불럿노라.

나가서도 고달피고
돌아와 서도 고달펐노라.
열네살부터 나가서 고달펐노라.

나가서 어더온 이야기를
닭이 울도락,
아버지께 닐으노니―

기름ㅅ불은 쌈박이며 듯고,

어머니는 눈에 눈물을 고이신대로 듯고
니치대든 어린 누이 안긴데로 잠들며 듯고
우ㅅ방 물설쭈에는 그사람이 서서 듯고,

큰 독 안에 실닌 슬픈 물 가치
속살대는 이 시고을 밤은
차저 온 동네ㅅ사람들처럼 도라서서 듯고,

— 그러나 이것이 모도 다
그 녜전부터 엇던 시연찬은 사람들이
씻닛지 못하고 그대로 간 니야기어니

이 집 문ㅅ고리나, 지붕이나,
늙으신 아버지의 착하듸 착한 수염이나,
활처럼 휘여다 부친 밤한울이나,

이것이 모도다
그 녜전부터 전하는 니야기 구절 일러라.

__ 「녯니약이 구절」(『신민』, 1927. 1)[112]

이 시에는 고향을 떠난 시적 화자가 귀향하는 내용이 평이한 어조로 서술되어 있지만, 고향과 고향의 의미에 대한 시인의 인식을 살펴볼 수 있다.

'집 떠나가 배운 노래', 그리고 '나가서 얻어온 이야기'는 시적 화자가

---

112) 이 시는 작품집에 수록되지 않았다. 이숭원 주해, 『원본 정지용 시집』(깊은샘, 2003)에서 인용.

고향을 떠나 타지에서 체득한 근대 사회의 지적(知的)인 경험이나, 또는 근대 문물에 대한 체험과 그 흔적일 것이다. 그 노래를 집 찾아오는 논둑길에서 불렀다는 것은, 고향 바깥의 경험이 귀향하는 시적 화자의 내면에 굳게 자리 잡고 있다는 것을 뜻한다. 고향 바깥의 이야기를 하는 화자와 그것을 듣는 가족과 동네 사람들의 풍경이 다소곳하게 펼쳐져 있다. '동네 사람들'이 실제 찾아왔는지는 정확히 파악하기는 힘들다. 문면으로는 '시골 밤이 찾아온 동네사람들처럼 돌아서서 듣고 있다'로 해석되기 때문이다. 그러나 중요한 것은 이 시골 밤의 풍경을 '동네 사람들'이 찾아와서 두런거리며 둘러 서 있는 것 같이 묘사한 것이다. 정서적 분위기를 물리적 사물과 정황으로 묘사[113]하여 생동감을 주고 있는데, 이러한 묘사는 화자와 고향의 가족들이 소통하지 못하는 슬프고 공허한 모습이 공간적으로 형상화되는 느낌을 준다.

그런데, 화자의 이야기와 이 정황이 그 예전부터 있었던 "끗닛지 못하고 그대로 간 니야기"라는 구절에 주목해 볼 필요가 있다. 이숭원은 이 "끗닛지"를 끝을 잇는다는 뜻보다 끝낸다는 뜻에 가깝다[114]고 했는데, 끝을 잇는다고 읽었을 때와 끝낸다고 읽었을 때와는 의미하는 바의 차이가 매우 큰 것으로 보인다. 끝낸다고 읽었을 때는 시의 문맥상 큰 의미의 진폭을 찾을 수 없이 평이한 진술이다. 그러나 끝을 잇는다고 읽었을 때는, 화자의 이야기가 고향 내부의 상황과 이어져가지 못하는, 단편적인 에피소드일 뿐이라는 판단이 깔려 있다. 이렇게 읽을 때는 마지막 연에서, "이것이 모도다 / 그 녜전부터 전하는 니야기 구절"이라고 하는 의미 또한 분명해지는 것이다.

따라서 시적 화자가 고향 바깥에서 경험한 이야기는 고향 안에서는 아

---

113) 정지용 시에서 의인법을 활용한 이런 묘사는 적잖이 발견되는데, 예를 들어 「달」에서 달빛이 내려 비치는 마당의 풍경을 묘사하면서 "한창때 곤한 잠인양 숨소리 설키도다"라고 표현하며 그 광경에 어떤 물리적 실체가 가득 차 있는 느낌을 부여하는 것이 그것이다.
114) 이숭원, 앞의 책, p.329.

무 쓸모도 없고 이어지지도 않는 그렇고 그런 이야기일 뿐이라는 냉소적인 태도가 이 시에 깔려 있다고 할 수 있다. 그리고 이런 이야기가 '옛이야기 구절'일 뿐이라는 부분에서는 전통에 대한 시인의 태도가 암시되어 있다고 할 수 있다.

결국, 시인은 고향 바깥의 이야기, 즉 시적 화자가 경험한 고향 외부에서의 경험과 그 의식을 고향이라는 선험적인 공동체 내부의 상황으로 환치하고 있는 것이다. 이 시적 자아는 고향을 이미 떠났지만 여전히 그가 간직하고 있는 고향이라는 관념적 공동체 속에 자신의 의식을 묻어 두고 있는 것이다.

'고향'이라는 것의 의미에 대해 사유할 수 있는 의식적 거리를 두지 못하는 것, 이것이 1920년대 중반 정지용의 고향과 자연에 대한 인식의 한계이다. 고향을 명확한 타자로 인식하지 못하는 시적 자아는 선험적 공동체로서의 관념적이고 상상적인 자연으로 고향을 받아들이는 것이다. 그러나 정지용은 이미 근대를 호흡한 식민지의 지식인이다. 그는 근대와 식민지화와 관련된 상처 없는 순수한 공간으로서의 자연을 꿈꾸지만, 이곳은 그의 정체성이 자리 잡을 수 있는 공간이 아니다. 그는 고향을 타자로 인식함으로써 고향이라는 공간을 부정하며 뛰어넘을 수 있는 욕망의 대상으로 설정하지 못했다. 정지용에게 고향이라는 공간은 삶의 구체성과는 거리가 먼 초월적 자연이었던 것이다.

그러나 고향을 타자로 인식했든 그러지 못했든 강제된 식민지화와 함께 밀어닥친 근대에 휩쓸린 피식민지의 시인에게 상실과 유랑은 이미 예정되어 있었다고 해야 옳을 것이다. 다만 정지용에게 그 상실은 다른 시인들의 경우와 다르게 자연과 고향에 대한 일종의 맹목에서 비롯되었다고도 할 수 있다. 정지용은 이 결핍을 대체할 다른 대상을 찾아 헤맬 수밖에 없었다.

수박냄새 품어 오는

첫녀름의 저녁 때……

먼 海岸 쪽
길옆나무에 느러 슨
電燈. 電燈.
헤염처 나온 듯이 깜박어리고 빛나노나.

沉鬱하게 울려 오는
築港의 汽笛소리……汽笛소리……
異國情調로 퍼덕이는
稅關의 旗ㅅ발. 旗ㅅ발.

세멘트 깐 人道側 으로 사뿃 사뿃 옴기는
하이한 洋裝의 點景!

그는 흘러가는 失心한 風景이여니……
부즐없이 오랑쥬 껍질 씹는 시름……

아아, 愛施利·黃 !
그대는 上海로 가는구료……

_「슬픈 印像畵」

　　항구와 부두는 새로운 세계로 향하는 출구이자 미지의 세계를 향한 모험의 열정이 끓어오르는 동시에 힘겨운 노동과 정박하지 못하는 영혼의 불안이 표상되는 장소이다. 따라서 항구는 고향을 등진 젊음, 흔들리는 정체성을 지닌 나라 잃은 식민지의 청년들에게 고향에 대한 향수와 조국 상실에 대한 자기 모멸, 그리고 근대에 대한 기대를 동시에 선사하는 도착적인 공간으로 표상될 수 있다.

그러나 정지용의 이 시에 표상된 항구와 항구 풍경은 단지 시적 화자의 "시름", 문면으로는 파악될 수 없는 유랑의 정서가 표백되는 장소이다. 항구의 이국 풍경을 바라보는 화자에게 기적 소리는 침울하게 들려오고, 여인이 떠나가는 풍경을 그는 "흘러가는 실심한 풍경"으로 받아들이는 것이다. 그러나 이 풍경이 지금까지 인용된 시편들과 달리 매우 사실적으로 묘사되고 있다는 점을 주목해야 할 것이다. 여름 저녁의 공기를 "수박냄새"가 풍긴다고 묘사했으며, 길가에서 하나 둘 켜지는 "전등"을 "혜염처 나온듯"하다고 하며 생동감을 부여한다. 또 여인이 걸어가며 사라지는 광경을 "하이한 洋裝의 點景"이라고 표현했다. 시적 자아 외부의 풍경에 대해 자아의 정서를 최대한 축소한 이런 표현은 '고향'과 관련된 시편의 그것과 매우 상이한 것이다.

외부 풍경에 대해 이런 사실적인 묘사를 행할 수 있는 것은, 이 풍경이 시적 자아의 세계 인식으로부터 비교적 멀리 있기 때문이다. 풍경은 자연의 힘으로부터 떨어져, 그것을 멀리서 바라보는 도시인의 시선 속에서만 탄생한다.[115] 가족 공동체의 본향이라는 상상적 공간인 '고향'에 대한 정서적 속박에서 벗어날 때, 비로소 정지용의 시선에 하나의 공간이 풍경으로 표상되는 것이다. 그러나 여기에 묘사된 풍경은 아직 완벽하게 대상화되지도, 그렇다고 화자의 시선과 경관과의 상호작용이 벌어지는 장소로서의 풍경도 아니다. 엄밀하게 말하자면, 시적 화자의 시선에 포착된 하나의 경관에 불과하다고 할 것이다. 그런데 이 경관은 시적 자아의 정서가 깊이 착색되어 있는 경관이다. '부질없는 시름'이 대상 세계를 바라보는 시적 자아의 정서를 지배하고 있는데, 이 시름의 원천은 바로 유랑의 운명, 근대를 접한 식민지 청년이 필연적으로 겪게 되는 흔들리는 정체성으로부터 비롯된다. 이 상실과 유랑의 정서가 자연 풍경의 심상을

---

115) Légis Debray(정진국 옮김), 『이미지의 삶과 죽음』(시각과언어, 1994), pp.231~234 참조.

지배하고 있는 예를 들어본다.

　　외로운 마음이
　　한종일 두고

　　바다를 불러—

　　바다 우로
　　밤이
　　걸어 온다.

—「바다 3」

　　후주근한 물결소리 등에 지고 홀로 돌아가노니
　　어데선지 그누구 씨러저 울음 우는듯한 기척,

　　돌아 서서 보니 먼 燈臺가 반짝 반짝 깜박이고
　　갈메기떼 끼루룩 끼루룩 비를 부르며 날어간다.

　　울음 우는 이는 燈臺도 아니고 갈메기도 아니고
　　어덴지 홀로 떠러진 이름 모를 스러움이 하나.

—「바다 4」

　「바다 3」과 「바다 4」는 1927년 『조선지광』을 통해 「바다 1」, 「바다 2」와 함께 한 작품으로 발표되었던 시이다. 시집에 실리면서 각각의 작품으로 나누어졌는데, 「바다 1」과 「바다 2」는 비교적 절제된 정서와 사실적 묘사로 이루어졌으나, 「바다 3」과 「바다 4」의 경우, 화자의 정서가 매우 짙게 드리워져 있다.

「바다 3」에서는, "바다 우로 / 밤이 / 걸어 온다"라는 매우 감각적인 시구로 공간적 심상과 시간적 심상을 결합하여 바다 풍경을 그리고 있다. 그러나 그러한 바다의 풍경을 바라보는 이는 여전히 "외로운 마음"이다. 「바다 4」에서는 "물결소리", "등대", "갈메기" 등이 화자의 쓸쓸한 내면을 형상화하기 위한 소도구가 되고 있다. '바다'의 풍경은 화자에게 감각적으로 현상된 것이 아니라, 화자의 정서를 매개하는 소재일 뿐이다. 이 쓸쓸함은 정체 모를 그 무엇인데, 시 「故鄕」에서의 "머언 港口로 떠도는 구름"과 같이 정처 없이 헤매야 하는 결핍된 자아의식의 산물이다. 1연과 3연에서 "홀로"라는 부사가 되풀이되면서, 화자의 쓸쓸한 심정을 강조하고 있다. "울음"과 "씨러저", "스러움"과 같은 시어들 역시 화자의 정서를 부축하고 있다.

이 시는 '바다'라는 표제를 달고 있지만, 화자에 의해 발견된 바다의 풍경을 그리고 있는 것은 결코 아니다. 화자의 시선과 감각은 줄곧 그 자신의 내면을 향해 있을 뿐이다. 그러나 역설적으로, 우리는 화자의 내면이 구성해 낸 또 다른 풍경이 열리고 있다는 것을 부인할 수 없다. 그것은 적어도 실재하지 않는, 결핍으로서의 상상적 이미지인 '고향'이나 자연의 관념과는 다른 것이다. 우리는 여기서 '바다' 이미지를 향하는 정지용 시의 내면 풍경의 기원을 탐색할 수 있다. '바다'는 그에게 결핍으로서의 상상적 고향을 대체하는, 탈출구로서의 역할을 하는 공간인 것이다. 초기 시에서 "산넘어 저쪽"(「산넘어 저쪽」), "해님 지는 西海 건너"(「지는 해」) 등에서 표현된 미지의 세계, 신비의 세계, 상상적 세계와 달리 '바다'는 실재하는 공간이다.

상실한 대지로서의 '상상적 고향'을 동경하던 자아가 방랑과 회상의 기억을 거쳐 도착한 곳이 미지의 세계로 열린 문인 '바다'인 것이다. 그러나 이 '바다'는 아직 주체에 의해 발견된 대상이나 풍경으로서의 바다가 아니다. 그것은 정지용의 초기 시에서 쉽게 보이는 고향상실 의식의 연장선상에 있는 것이다. 따라서 이 시점에 씌어진 '바다' 소재 시편들에

는 정지용 시의 특장이랄 수 있는 감각적 형상화와 함께 화자의 내면 풍
경과 정서가 병치되어 있는 것을 발견할 수 있다.

당신 께서 오신다니
당신은 어찌나 오시랴십니가.

끝없는 우름 바다를 안으올때
葡萄빛 밤이 밀려 오듯이,
그모양으로 오시랴십니가.

당신 께서 오신다니
당신은 어찌나 오시랴십니가.

물건너 외딴 섬, 銀灰色 巨人이
바람 사나운 날, 덮쳐 오듯이,
그모양으로 오시랴십니가.

당신 께서 오신다니
당신은 어찌나 오시랴십니가.

窓밖에는 참새떼 눈초리 무거웁고
窓안에는 시름겨워 턱을 고일때,
銀고리 같은 새벽달
붓그럼성 스럼 낯가림을 벗듯이,
그모양으로 오시랴십니가.

외로운 조금, 風浪에 어리울때

앞 浦口에는 궂은비 자욱히 둘리고
行船배 북이 웁니다, 북이 웁니다.

_「風浪夢 1」

조약돌 도글 도글……
그는 나의 魂의 조각 이러뇨

알는 피에로의 설음과
첫길에 고달픈
靑제비의 푸념 겨운 지줄댐과,
꾀집어 아즉 붉어 오르는
피에 맺혀,
비날리는 異國거리를
嘆息하며 헤매노나.

조약돌 도글 도글……
그는 나의 魂의 조각 이러뇨.

_「조약돌」

　「風浪夢 1」에서는, 비 내리는 밤바다의 정경을 "葡萄빛 밤", "銀고리 같은 새벽달" 등의 감각적인 시어로 묘사하고 있다. 그러나 자연의 형상은 화자의 내면의식, 즉 "당신"으로 표상되는 그리움을 강화하기 위해 이미지화되어 이용하고 있다. 바다의 파도가 일으키는 시각적 장면들이 명징한 표현으로 형상화되고 있으나, 그것은 연인, 또는 신앙에 대한 그리움이라는 내면성과 병치됨으로써 순수한 감각성을 구현하지는 못하고 있다. '바다'라는 풍경과 '파도'와 같은 자연 현상은 화자에게 자신의 정서를 의탁할 도구에 머무는 것이다.

이 시에서 '바다'와 파도 등의 자연 사물은 의인화되어 있다. 의인화는 화자의 내면이 사물이나 현상에 투사됨을 동반한다. 시적 자아의 지각은 자신의 내면의 상태에 의해 채색되며, 그려지는 풍경은 화자의 내면을 반영한다. 이러한 내면화 과정은 낭만시의 주요한 원리라고 할 수 있다. 제임스 밀러는 이러한 내면화 과정을 "internalization of reality"라는 개념으로 규정하며 다음과 같이 설명한다.

> 낭만 시인은 외부 세계의 안에서 활동하는 사람이라기보다 그에 대한 수동적인 관찰자이다. 그러나 외부 세계에 대한 관찰보다 더 중요한 것은, 그의 내면으로 향하는 어떤 움직임이다. 그는 그의 의식에 대하여 외부 세계가 영향을 미치는 것에 관심이 있다.116)

주체의 시선은 풍경을 장악하거나, 시선과 사물이 만나는 사태를 주시하지 못한다. 다만 시적 자아의 내면과 외부 세계의 움직임이 주는 영향에 관심을 가지는 것이다. 따라서 이 시기의 정지용 시는 낭만주의 시의 영향력에서 아직 멀어지지 못했으며, 따라서 풍경에 대한 인식도 낭만적 차원을 벗어날 수 없는 것이다. 풍경은 시적 자아의 마음의 상태에 지나지 않는 것이다. 이러한 시적 태도는, 정지용의 시가 동시에서 보여 주었던 맹목적 자연 합일의 자연 인식과 연결되어 있음을 뜻한다.

자연은 자아의 내면과 대립적이지 않으며, 자아의 내면은 자연의 움직임을 내면화하며 궁극적으로는 합일을 지향한다. 이러한 낭만적 자연이 유랑과 상실의 정서에 물든 시편에서도 여지없이 드러나는 것이다.

상실과 유랑이 시적 정서의 바탕이 되는 「조약돌」에서는 '청제비'에 심상을 의탁하고 있으며, '조약돌'이라는 자연 사물에 '魂'으로 표현되는

---

116) James Whipple Miller, 「English Romanticism and Chinese Nature Poetry」, 『*Comparative Literature*』 24(3)(University of Oregon, 1972), p.231.

자아의 내면이 표백되고 있다.

1920년대 자연시, 이를테면 김소월의 낭만적 자연시는 자아와 자연과의 대립을 잘 보여준다. 김소월의 낭만적 자연시에 있어서 자연은 인간의 유한성에 대비되어 무한성을 지닌 것으로, 근본적으로 인간과 대립되는 것으로 나타나고 있다. 그럼에도 불구하고 자아는 자연에의 합일을 이루고자 한다.[117] 정지용의 경우, 자아와 자연은 대립적이지 않으며 자연은 언제나 자아의 욕망에 수렴된다. 따라서 자연과 시적 자아가 분리되지 않은 채 이루어지는 정서적 공동체로서의 상상적 자연에 대한 회상과 교감이 초기 시의 지배적인 자연 형상화 양상으로 볼 수 있다.

그러나 정지용이 시적 배경을 고향의 외부로 눈을 돌렸을 경우, 상실과 유랑의 정서를 중심으로 대상으로서의 자연이 묘사되기 시작한다. 다만 이 때의 자연 역시 시적 자아의 내면으로 수렴되는 낭만적 자연의 요소를 다분히 품고 있기는 하다. 근대에 대한 기대와 불안, 그리고 전근대적 공간인 고향에 대한 향수 사이에서 흔들리며 유랑하는 정지용의 시적 행정(行程)의 끝에 「故鄕」이 있다.

> 고향에 고향에 돌아와도
> 그리던 고향은 아니러뇨.
>
> 산꽁이 알을 품고
> 뻐꾸기 제철에 울건만,
>
> 마음은 제고향 진히지 않고
> 머언 港口로 떠도는 구름.
>
> 오늘도 메끝에 홀로 오르니

---

117) 이미순, 앞의 글, p.139 참조.

흰점 꽃이 인정스레 웃고,

어린 시절에 불던 풀피리 소리 아니나고
메마른 입술에 쓰디 쓰다.

고향에 고향에 돌아와도
그리던 하늘만이 높푸르구나.

_「故鄕」

1932년에 발표된 이 시에서, 시적 화자는 고향에 돌아왔지만 그가 생각하던 고향의 모습이 아닌 것에 슬퍼한다. 그러나 그가 그리던 고향은 "산꽁이 알을 품고 / 뻐꾸기 제철에" 우는 고향의 모습 그대로이다. 화자는 풀피리를 불어 보나, "어린 시절에 불던" 소리는 나지 않고 "메마른 입술"에 쓰기만 하다. 결국, 고향의 모습은 변하지 않았다. 변한 것은 자신일 뿐이다.

이 「故鄕」에서의 고향은, '나'에게 아무런 위안도 안식도 제공해 주지 않는 '낯선' 것으로 다가온다. 고향은 한때 시적 주체에게 세계 그 자체를 의미했으나, 이제는 단지 몰락해 가는 세계의 변두리에 지나지 않는 것으로 파악되는 것이다. 오히려 「故鄕」이 그린 고향은 '나'(근대적 주체)에게 어떤 근본적인 상실감을 안겨줄 뿐이다.[118] 근대를 체험하고 호흡한 근대적 개인인 시적 화자에게 고향의 낯익은 모습은 오히려 낯설게 느껴진다. 시적 자아를 포함한 모든 것이 변하고 있는데 변하지 않는 고향이 낯선 것은 당연하다. 시적 자아는 유랑과 방황의 길을 거쳐, 자신을 돌아보고 비로소 자신을 바라볼 수 있는 거리를 확보하게 되며 동시에

---

118) 오성호, 「「향수」와 「고향」, 그리고 향토의 발견」, 『한국시학연구』 7(한국시학회, 2002), pp.181~182.

신비와 정서적 공동체로서의 신화적 베일이 벗겨진 '고향'을 직시하게 되는 것이다. 「故鄕」에 이르러 정지용은 고향과 그 자연을 타자로 인식하게 된다.

1920년대 후반에서 30년대 초반까지의 정지용 시에 나타난 자연 인식은 낭만적 합일과 상상으로서의 자연으로부터 점차 타자화되는 자연을 발견해나가는 도정이라고 할 수 있을 것이다.

Ⅲ. 모색과 감각의 표상적 자연

자연에 대한 낭만적 인식은 자아와 사물, 혹은 대상 세계를 합일시킴으로써, 주체와 대상 양자의 '보여짐'을 구성하지 않는다. 대상이 주체에 의해 객관화되고 선험적 목적의식에서 배제될 때, 인간은 자연 그 자체를 사유할 수 있게 되고[119] 그때 비로소 근대적 의미의 풍경이 탄생하는 조건이 구축된다. 대상의 객관화는 주체의 풍경적 자연인식[120]으로 가는 단계라고 할 수 있다. 이 객관화는 주체와 대상과의 관계를 정립시키는데, 주체가 대상을 타자로 인지하게 되는 것은, 대상을 향한 시선을 다시 주체 자신에게 돌려세울 줄 아는 관계의 힘을 주체가 인식할 때이다. 주체가 대상을 단지 하나의 객관적 사물로서 주체의 사유를 구성하는 매개에 한정하는 것이 아니라, 주체 스스로가 '보여지는' 주체로서 자각할 때, 즉 그 보여짐을 구성하는 관계를 자각할 때 대상은 타자로 다시 태어나는 것이다. 이 때 자아의 시선과 타자의 시선이 부딪침으로써 탄생하는 장소로서의 풍경이 생성된다.

그러나 정지용 초기 시에서의 자연은 상상적 합일과 선험적 부재·결

---

119) Donald Crawford(김문환 역), 『칸트의 미학이론』(서광사, 1977), p.173 참조.
120) 자연의 풍경적 인식에 대해서는 본고의 서론 3절 참조.

핍의식 사이에서 유동하는 자아의 표상으로 드러난다. 이 표상은 자아의 내면을 재현하기 위한 상징으로서의 매개에 불과할 뿐이며, 자아는 자연이 가진 고유한 힘과 대상 세계의 시선을 인식하지 못한다. 자아는 자연을 대상화하지도, 타자화하지도 못하고 관념적으로 동일시하거나 그 동일화의 환상에서 벗어나지 못하면서 선험적 고향의 유사 어머니 이미지 ─오빠, 누나─에 고착된다.

1920년대 후반에서 30년대 초반에 이르는 시기는 고향을 객관화, 타자화하기 위한 시선의 변천 과정에 다름 아니다. 그렇다면, 타자화된 자연, 다시 말해 초월적 자연에서 이탈한 구체적 대상으로서의 자연으로 가는 길에 시적 주체가 마주치는 것은 무엇이었을까. 그것은 주체를 확인하고 대상을 인지하려는 욕망의 모색 과정이라고 할 수 있을 것이다.

주체의 시선에 비친 대상으로서의 자연, 또는 타자로서의 자연과 초월적 자연 사이에서 흔들리는 시적 주체의 모색과 감각적 발견의 흔적을 추적하려는 것이 이 장의 목적이자 내용이다.

1. 불안과 모색

정지용은 1923년에 교토의 동지사대학으로 유학해서 1929년에 졸업했다. 이 유학 기간 중에 창작하거나 발표한 시들은 동시나 민요풍 시편에서부터 근대 문물에 대한 체험을 담은 시편에 이르기까지 그 경향이 다양하다. 그러나 고향에 대한 그리움과 낯선 이국에서의 고독감과 소외감이라는 시적 정서는 사실 분리되는 것은 아닐 것이다. 더구나 나라 잃은 식민지의 청년이 고향을 떠나 식민지 본토를 경험한다는 것은 고향 상실과 조국 상실이 피부에 와 닿는 체험이었을 것이다. 고향을 떠나 고향의 외부에서 고향을 바라보고 또 고향의 외부를 비로소 바라보는 자아가 던질 수 있는 물음은 '나는 왜 저곳에 있지 않고 이곳에 있는가'와 같은 주체의 정체성에 관한 것일 수밖에 없다. 그 물음은 자아의 내부와 외부를 동시에 사유할 때만이 생성된다. 고향을 떠나 근대와 맞닥뜨린 자리에서 솟아오르는 시선은 바로 주체의 내면이다. 가라타니 고진은, '내면'이란 처음부터 존재했던 것이 아니라, 어떤 기호론적 인식 구도의 전도 속에서 비로소 나타난 것[121]이라고 말한 바 있다. 정서적 공동체로서의 고향에서 비롯된 시선이 고향의 외부에서 고향을 주시하는 시선으로 전도될 때, 비로소 발견되는 것이 대상으로서의 고향과 주체의 내면이다. 내면이 이 관계 속에서 표현된 것이 아니라, 고향의 외부인 근대에 던져진 주체의 갑작스런 노출이 내면으로 자리 잡는 것이다. 교토를 배회하는 정지용의 웅얼거림 속에서 비로소 솟아오르는 주체와 그 내면의 흔적을 살펴볼 수 있다.

이제 마악 돌아나가는 곳은 時計집 모롱이, 낮에는 처마 끝에 달어맨 종달새란 놈이 都會바람에 나이를 먹어 조금 연기 끼인듯한 소리로 사람 흘러나려가는 쪽으로 그저 지줄 지줄거립데다.
(중략) 고달픈 내 그림자는 검은 喪服처럼 지향없이 흘러나려 갑니다. 촉촉이 젖은 리본 떨어진 浪漫風의 帽子밑에는 金붕어의 奔流와 같은 밤경치가 흘러 나려갑니다. 깊옆에 늘어슨 어린 銀杏나무들은 異國斥候兵의 걸음제로 조용 조용히 흘러 나려랍니다.

슬픈 銀眼鏡이 흐릿하게
밤비는 옆으로 무지개를 그린다.

이따금 지나가는 늦인 電車가 끼이익 돌아나가는 소리에 내 조고만魂

---

121) 柄谷行人, 앞의 책, p.77. 본고에서 언급되는 '내면'이라는 단어가 항상 가라타니 고진의 담론적 층위에서만 사용되는 것은 아니다. 그러나 '고향 상실'과 '주체의 보여짐'이 고향에 대한 자아의 의식적 전도와 결부된다는 점에서 가라타니 고진의 '내면의 발견'이란 분석틀은 매우 시사적이다.

이 놀란 듯이 파다거리나이다. 가고 싶어 따듯한 화로갛을 찾어가고 싶
어. 좋아하는 코ー란 經을 읽으면서 南京콩이나 까먹고 싶어, 그러나 나
는 찾어 돌아갈데가 있을나구요?

　　네거리 모퉁이에 씩 씩 뽑아 올라간 붉은 벽돌집 塔에서는 거만스런
Ⅻ時가 避雷針에게 위엄있는 손까락을 치여 들었소. 이제야 내 모가지가
쭐 삣 떨어질듯도 하구료. 솔닢새 같은 모양새를 하고 걸어가는 나를 높
다란데서 굽어 보는 것은 아주 재미 있을게지요 마음 놓고 술 술 소변이
라도 볼까요. 엘멭 쓴 夜警巡査가 혀일림처럼 쫓아오겠지요!

―「幌馬車」 부분

　　1925년 교토라고 창작 시점이 표기되어 있는 이 시에서 우선 돋보이
는 것은, 근대 도시의 시선에 포착된 '방황하는 주체'이다. 첫 번째 발표
작인 「카페・프란스」와 「슬픈 印像畵」 역시 도시를 배회하는 시적 자아
의 시선이 보이지만, 정작 도시에 의해 '보여지는' 주체는 드러나지 않았
다.122) 상실과 자기 연민이 뒤엉킨 불안한 주체가 낯설게 반짝이는 근대
의 어두운 도시 풍경 속을 부유하고 있다. 이 어두운 도시 속에서 홀로
놓인 시적 자아는 결코 자유롭게 풍경을 향유하지는 못하는 것 같다. 시
적 화자가 처음 이 도시에서 주시하는 것은 "처마 끝에 달어맨 종달새"
이며, "금붕어의 분류와 같은 밤경치가 흘러 나려갑니다"와 같은 표현에
보이듯, 화자는 자신을 처마에 묶인 종달새와 어항에 담긴 금붕어로 인
식하고 있다. 은행나무들을 "이국척후병"으로 비유하는 것 역시 이국 도
시의 거리에 대한 낯설고 두려운 자아의 심정을 표백하고 있다.

---

122) 「카페・프란스」에서의, "나는 子爵의 아들도 아모것도 아니란다……大理石 테
　　이블에 닷는 내뺨이 슬프구나!"에 시적 화자의 모습이 드러나기는 하나, 이는
　　발화자로서의 시적화자일 뿐 대상 세계와의 관계와 시선를 통해 드러나는 주체
　　의 형상이라고 보기는 어렵다.

전차 소리에 "조고만 魂"이 놀란 듯 파닥거릴 만큼, 이 거리를 배회하는 주체는 심하게 위축되어 불안에 떨고 있는 것이다. 이런 왜소한 시적 자아에게, 근대 문명을 상징하는 듯한 시계탑이 더욱 공포감을 주는 것은 과장이 아닐 것이다. 시적 화자는 이러한 두려움과 위축된 상황을 희화화하고 있지만, 그렇다고 이 근대 도시를 유랑하는 젊은 영혼을 내리누르는 어둠의 무게마저 가벼워지는 것은 아니다.

시적 자아는 이 소외감에서 벗어나기 위해, "따듯한 화로갗"와 "머언 따듯한 바다"를 부른다. 그곳은 이국 거리의 지친 영혼을 보듬어 주는 안온하고 포근한 정서적 공동체로서의 고향일 것이다. 그러나 그 부름에 대한 응답은 스스로 잘 알고 있다. 화자가 기다리는 "당신"은 "아모리 기다려도 못 오실니"인 것이다.

이 시에서 비로소 자기 외부의 풍경에 의해 드러나는 주체의 모습이 보이지만, 주체는 이 흔들리는 불안한 정체성을 해소해 줄 구원의 손길을 상상적 공동체로서의 고향으로 내민다. 주체는 아직 스스로의 근원에 대해 물을 정도로 외부에 대해 대상화, 또는 객관화되지 못한 것이다. 그러나 「갈메기」라는 시를 보면 이에 대한 출구를 스스로 모색하고 있음을 알 수 있다.

> 돌아다 보아야 언덕 하나 없다, 솔나무 하나 떠는 풀잎 하나 없다.
> 해는 하늘 한 복판에 白金도가니처럼 끓고, 동그란 바다는 이제 팽이
> 처럼 돌아간다.
> 갈메기야, 갈메기야, 늬는 고양이 소리를 하는구나.
> 고양이가 이런데 살리야 있나, 늬는 어데서 났니? 목이야 히기도 히다,
> 나래도 히다, 발톱이 깨끗하다, 뛰는 물고기를 문다.
> 힌물결이 치여들때 푸른 물굽이가 나려 앉을때,
> 갈메기야, 갈메기야, 아는 듯 모르는 듯 늬는 생겨났지,
> 내가 검은 밤ㅅ비가 섬돌우에 울때 호롱ㅅ불앞에 났다더라.

내사 어머니도 있다, 아버지도 있다, 그이들은 머리가 히시다.

나는 허리가 가는 청년이라, 내홀로 사모한이도 있다. 대추나무 꽃 피
는 동네다 두고 왔단다.

갈메기야, 갈메기야, 늬는 목으로 물결을 감는다, 발톱으로 민다.

물속을 든다. 솟는다, 떠돈다, 모로 날은다.

늬는 쌀을 아니 먹어도 사나? 내손이사 짓부푸러졌다.

水平線우에 구름이 이상하다, 돛폭에 바람이 이상하다.

팔뚝을 끼고 눈을 감었다, 바다의 외로움이 검은 넥타이처럼 맑어진다.

— 「갈메기」

언덕도 없고 풀잎도 없는 바닷가의 시적 배경은, 생명력 없는 공간, 목
적도 지향도 찾을 수 없는 막막한 공간을 정처 없이 부유하는 시적 자아
의 내면을 반영한다. '白金도가니'처럼 끓어오르는 해와 팽이처럼 돌아가
는 바다의 이미지 역시 시적 자아의 불안한 내면을 죄어 오는 근대 세계
의 신경증적인 기계음을 연상시킨다. 이 공간에서 유동하는 시적 자아는
자신의 정체성을 정립하기 위한 시선의 구획을 설정하고자 한다. 그것은
주체의 모색이자 대상에 대한 시선의 정립이다.

이 공간에서의 유일한 생명체인 갈매기는 이런 차원에서 시적 화자와
동일시되고 등치된다. '고양이 소리를 하는' 갈매기는 이 공간과 어울리
지 않을지도 모르는 화자의 처지를 표상한다. 화자는 갈매기에게, "늬는
어데서 났니?"라고 묻는데, 이것은 바로 자신에게 묻는 물음과 다를 바
없다.[123]

이 갈매기는 목이 희고, 발톱이 깨끗하며, "뛰는 고기를" 물어 낚아채

---

[123] 1927년 발표된 「말」에서의 "이 말은 누가 난줄도 모르고 / 밤이면 먼데 달을 보
며 잔다"라는 구절, 그리고 「말 1」에서의 "말아, / 누가 났나? 늬를. 늬는 몰라"
와 같은 구절이 반복되는데, 이 역시 동물에게 자아의 내면을 투사하여 주체의
정체성에 대한 물음을 제기하는 것으로 볼 수 있다.

는 생생한 생명력을 가진 존재이다. 또한 이 갈매기는 "목으로 물결을 감"고 "발톱으로" 미는 등 바다를 생생히 감각하는 역동적이고 주체적인 존재로 표현된다.

시인은 갈매기와 자신을 비교해 보나, 이 바다를 바라보는 그에겐 "水平線우에 구름이 이상"하고 "돛폭에 바람이 이상"할 뿐이다. 그렇게 세계를 지각하고자 필사적으로 몸부림치는 시적 화자의 손은 "짓부푸러"질 수밖에 없을 것이다. 갈매기의 이러한 생명력과 세계에 맞닿은 존재성은 그에게 여전히 낯설고 먼 것이며, 따라서 그는 "팔뚝을 끼고 눈을 감"을 수밖에 없다. 그때 시적 화자는 자신이 서 있는 "바다의 외로움이 검은 넥타이처럼" 만져지는 것을 느낀다. 바다라는 공간을 배회하는 시적 자아의 대상 세계와 주체에 대한 모색은 아직 우울한 지각이며 생명력 없는 희미한 감각의 산물인 것이다.

낭만주의적 자연시에서 자연물에 대한 상징은 주로 자연을 자아화할 때, 즉 자아의 내면을 자연 사물이나 현상에 투사할 때 사용된다. 정지용의 「風浪夢 1」에서, 파도와 밤바다의 풍경이 격렬한 자아의 내면을 표상하기 위해 동원된 것 역시 유사한 맥락이다. 정지용 시에서 자연 사물을 자아의 내면과 등치시킨 예는 많지 않다. 그러나 '돌' 이미지는 위 시의 '갈매기'와 마찬가지로 자아의 내면 정황을 표현하기 위한 매개체로 선택된 예가 몇 있다. 「조약돌」에서는 이국 거리를 정처 없이 유랑해야 하는 시적 자아의 처지를 굴러다니는 '조약돌'에 비유한 바 있다. 다음 인용하는 시에서도 '바둑돌'이라는 이미지는 시적 자아의 내면을 유추할 수 있는 매개체이다.

바독 돌 은
내 손아귀에 만져지는 것이
퍽은 좋은가 보아.

그러나 나는
푸른바다 한복판에 던졌지.

바독돌은
바다로 각구로 떨어지는것이
퍽은 신기 한가 보아.

당신 도 인제는
나를 그만만 만지시고,
귀를 들어 팽개를 치십시오.

나 라는 나도
바다로 각구로 떨어지는 것이,
퍽은 시원 해요.

바독 돌의 마음과
이 내 심사는
아아무도 모르지라요.

_「바다 5」

　　1925년으로 창작시점이 표기되어 있고 1927년 발표된 이 시에는 대상
세계 속을 부유하는, 그러면서도 자신의 정체성을 위해 감각하고자 하는
시적 자아의 내면적 움직임이 드러나 있다.

　　이 시는 두 층위의 담화 요소를 중심으로 이루어져 있다. 시적 화자에
의해 만져지고 던져지는 바둑돌이 그 하나이며, "당신"이라고 표현된 존
재에 의해 만져지고 던져지는 "나"가 그것이다. "나"는 바둑돌을 만지고
던지는 존재인 동시에 "당신"에 의해 만져지고 던져지는 존재이다. 즉,

바둑돌을 통제할 수 있으며 바둑돌의 움직임을 관찰할 수 있는 주관적 존재인 동시에 피동적으로 만져지고 던져질 수도 있는 객체적 존재인 것이다.

시적 자아는 자연 사물에 대해서는 주체이면서 대상 세계 전체에 대해서는 객체로서의 자신을 인식하는 것이다. 시적 화자가 자신을 "나 라는 나"로 표현한 것도 흥미롭다. "나 라는 나"란, '절대적 주체로서의 나'가 아니라, '나라고 규정되어지는 나'이다. 즉 객관화될 수 있는 나를 뜻한다. 그 객관화된 나는 바다로 거꾸로 떨어지는 바둑돌과 등치되며 바다라고 하는 세계를 감각적으로 탐사하고자 하는 것이다.

바다를 감각적으로 응시하고자 하는 시적 주체의 의지가 '바둑돌'을 매개로 펼쳐지는 다른 시편으로 「바다 1」이 있다.

고래가 이제 橫斷 한뒤
海峽이 天幕처럼 퍼덕이오.

……흰물결 피여오르는 아래로 바둑돌 자꼬 자꼬 나려가고,

銀방울 날리듯 떠오르는 바다종달새……

한나잘 노려오오 훔켜잡어 고 빩안살 빼스랴고

※
(중략)

노랑 검정 알롱 달롱한
블랑키트 두르고 쪼그린 호랑이로— 하고 있을까요.
당신은 「이러한風景」을 데불고

흰 연기 같은

바다

멀리 멀리 航海합쇼.

___「바다 1」(1930) 부분

1930년 발표된 이 시에서는 바다의 시각적 형상이 매우 발랄하고 역동적인 상상력을 바탕으로 표현되어 있다. 초기 시에 간간이 드러나는, 자연 사물에 시적 자아의 관념이나 내면이 투사된 흔적은 찾아볼 수 없다. 시인에게 '바다'는 그 끝을 알지 못하는 미지의 세계이다. '은방울 날리듯 떠오르는 바다종달새'나 '노랑 검정 알롱 달롱한 / 블랑키트 두르고 쪼그린 호랑이'라는 구절에서 보이듯 이 시의 표면적인 심상은 감각적인 날렵함과 해학적인 면까지 보이고 있다. "……흰물결 피여오르는 아래로 바둑돌 자꼬 자꼬 나려가고"라는 말처럼 끝을 알 수 없는 심연으로서의 미지의 바다에 대한 동경을 품고 있는 것이다.

시적 화자의 시각 지평은 '천막처럼 퍼덕이는 해협'과 '유리판 같은 하늘'이 비치는 바다 속 풍경에 이르기까지 수평적이고 수직적인 전망을 획득하고 있음을 주목할 수 있다. 그런데, 여기에서도 바다 물결 아래로 내려가는 '바둑돌'의 이미지가 쓰이고 있다. 시적 자아는 스스로 '바둑돌'이 되어 '속속 들여다 보이는' 바다 속의 풍경, 꽃봉오리 켜는 산이나 소나무 대나무 다옥한 수풀이나 호랑이 쪼그리고 앉은 풍경 속을 여행하고자 하는 것이다.

그러나 대상 세계에 대하여 주체의 자리를 정립하려는 시적 자아의 노력이 이와 같은 평온한 관찰적 지평과 상상력의 구도를 획득하게 되는 것으로 귀결되지는 않았다.

내어다 보니

아조 캄캄한 밤,

어험스런 뜰앞 잣나무가 자꼬 커올라간다.

돌아서서 자리로 갔다.

나는 목이 마르다.

또, 가까이 가

유리를 입으로 쫏다.

아아, 항안에 든 金붕어처럼 갑갑하다.

별도 없다, 물도 없다, 쉬파람 부는 밤.

小蒸氣船처럼 흔들리는 窓.

透明한 보라ㅅ빛 누뤼알 아,

이 알몸을 끄집어내라, 때려라, 부릇내라.

나는 熱이 오른다.

뺨은 차라리 戀情스레히

유리에 부빈다, 차디찬 입마춤을 마신다.

쓰라리, 알연히, 그싯는 音響―

머언 꽃!

都會에는 고흔 火災가 오른다.

__「琉璃窓 2」

　유리창은 대상에 대한 차단과 개방이 동시에 이루어지는 독특한 장치라고 할 수 있다. 유리창은 주체로 하여금 대상 세계를 바라보게 하는 시각적 틀의 역할을 하면서 대상에 대한 직접적인 접근을 폐쇄하는 역할을 동시에 하는 것이다. 이 시는 대상에 대한 주체의 태도와 시선을 묘사하면서 유리창이 가진 이러한 이중적 속성을 드러내고 있다. 그리고 그러한 틀과 차단된 벽으로서의 유리창에 다가서는 주체의 움직임을 보여준다.

　시적 화자는 유리창을 사이에 두고 외부 공간을 바라본다. 바깥은 캄캄한 밤이다. 시적 화자는 바깥의 풍경을 조망할 수 없다. 다만 어두운 실루엣으로 보이는 뜰의 잣나무가 '커 올라가는 듯' 보인다. 이 비현실적인 묘사는 외부 세계에 대한 화자의 위축감을 표상한다. 어둠 속에 서 있는 잣나무의 존재 자체가 화자에게 불안감을 일으키는 것은, 화자의 시선이 '어두운 밤'이라는 시공간에 있음에서 비롯된다. 화자는 대상을 조망하지도, 움켜잡지도 못한다. 외부 세계는 유리창으로 차단되어 있는데, 동시에 이 투명한 벽은 외부의 폭력적인 어둠이 화자의 내면을 짓누르고 억압하는 통로가 되는 것이다. "나는 목이 마르다"라는 표현은 외부의 어둠이 화자의 수동적인 내면을 공격하고 있는 상황에 대한 반응이라고 할 수 있다.

시적 화자는 지금까지의 수동적 태도에서 벗어나, '가까이 가서 유리를 입으로 쫓는다.' 유리창에 입술을 갖다 대는 행위는, 대상 세계의 어둠이 주는 폭력성에 맞서고자 하는, 다시 말해 외부 세계를 감각적으로 지각함으로써 그 어둠을 걷어내고자 하는 욕망의 표출이다. 그런데 화자는 이때 "항안에 든 금붕어처럼 갑갑하다"고 말한다. '항 안의 금붕어'라는 이미지는 「幌馬車」에도 등장한 바 있는데, 낯선 근대 도시를 부유하는 불안한 자아의 표상으로 사용되었다. 이 시에서도 금붕어의 이미지는 테두리를 벗어나지 못하는 갇힌 자아의 답답하고 불안한 심정을 나타낸다. 입술을 유리창에 갖다 대지만, 그것은 외부 세계에 대한 접촉과 지각의 가능성을 돕는 것이 아니라 오히려 유리창의 다른 기능, 즉 차가운 폐쇄성과 고립감만을 강화할 뿐이다. 그때 외부 세계를 바라보는 인식론적 틀이라고 할 수 있는 창이 "소증기선처럼 흔들"린다. 외부 세계를 지각하려는 강렬한 욕망과 그것을 막아서는 차단된 벽이 마찰을 일으키는 것이다. 창에 부딪치는 외부의 투명한 '누뤼알'은 지각에 대한 화자의 욕망을 더욱 부추긴다. '누뤼알'은 이 시의 시적 주체가 대상과의 만남을 이루기 위한 중요한 매개체가 된다. 시적 화자는 "이 알몸을 *끄집어내라*"며 열정적으로 토로한다. 대상 세계에 대한 욕망을 실현하지 못하는 시적 자아의 내면은 고립에서의 탈출을 '누뤼알'에게 요구한다. 유리창에 와 닿아 창을 울리는 '누뤼알'을 감각함으로써 시적 자아는 외부 세계와 접촉할 수 있는 기회로 만들고자 한다. 그 감각이 시적 자아를 폐쇄된 공간으로부터 '끄집어낼 수' 있으리라 생각하는 것이다. 이 격렬한 욕망은 또 그것을 넘어 '누뤼알'이 유리창을 깨리고 부서뜨리라고 요구하기도 한다. 그것 역시 '누뤼알'에 대한 시적 자아의 감각으로, 차단된 벽으로서의 유리창이 가진 폐쇄성을 넘어서고자 하는 의지의 표현이라고 할 수 있다.

이 격렬한 열정적 토로의 끝에 시적 자아는 뺨을 '차라리 연정스레히 유리에 부빈다.' 유리를 입으로 '쫏는' 것이 아니라 '부비는' 것이다. 이것은 차단된 벽으로서의 유리창에 대한 일종의 화해, 또는 욕망의 일정한 포기를 뜻한다. 시적 자아는 대상 세계를 가로막는 유리창에 '연정스레히' 뺨을 비빔으로써, 대상 세계의 어둠을 걷어내려고 시도했던 '유리를 입으로 쫏았던' 행위의 흔적, 즉 "차디찬 입맞춤"을 마시는 것이다. 대상 세계와의 차단과 단절을 인정하는 것은 쓰라린 경험일 것이다. 이때 화자는 담배를 붙이기 위해 불을 댕기는데, 담뱃불이 창에 비쳐 먼 곳의 조그만 불빛으로 보인다. 화자는 그 불빛, 즉 자신이 댕긴 불빛이 창에 비치는 모습을 보며 외부 세계의 어둠에 갇혀 고립되었던 폐쇄적 주체로부터 벗어난다.

이 시는 외부 세계를 대상화하여 주체의 자리를 정립하려는 불안한 자아가, 대상을 장악하지 못하게 하는 근원적인 벽으로서의 유리창과 벌이는 감각적 투쟁의 과정을 표현했다고 할 수 있다.

근대 사회에 내던져진 방황하는 시적 자아가 스스로의 불안한 정체성을 뚫고 일어서기 위해, 대상 세계와 자연을 대상으로 확정하고 스스로 주체의 자리로 일어서기 위한 물음과 모색을 개진하는 것이 정지용 초기 시에서 중기 시까지의 시세계이다. 그런데 이것은 위에서 살펴본 것처럼 대상 세계에 대한 관계의 방식, 즉 감각의 작동 방식과 욕망의 감각적 전개 방식과 맞물린다. 따라서 정지용 시에서 시적 자아와 자연 대상과의 관계를 파악하기 위해서는 그것의 감각적 형상화에 대한 문제를 배제할 수 없다. 따라서 다음 절에서는 정지용 시의 감각이 자연 대상과 접촉하는 방식의 변화 양상을 살펴볼 것이다.

2. 시선과 발견

근대문학사는 개인의 미적 감수성을 예술의 자율적 가치 위에 정초하려는 미적 근대성의 추구와 맥을 함께 했다. 야우스는 미적 근대성의 기원이 근대의 도구적 이성에 대한 경이와 불안에 대응하는 루소의 자연 인식과 그 모색에서 출발한다고 말한 바 있다.[124] 서구 근대 낭만시의 경우, 정신과 자연, 또는 주체와 객체의 관계에 따라, 자연과의 합일을 지향하는 자아의 의도가 자연을 통해 드러나는 시로 규정된다.[125] 1920년대의 한국 낭만적 자연시 역시 이러한 차원에서 논의될 수 있다.[126] 그런데 시문학에 있어 낭만성에 대한 논의는 자연에 대한 시인의 접근 방식, 즉 감각의 수용 양상[127]에 대한 것으로부터 유추될 수밖에 없을

---

124) Hans Robert Jauß(김경식 옮김), 『미적 현대와 그 이후』(문학동네, 1999), pp.114~115 참조.
125) 이미순, 앞의 글, p.135 참조.
126) 이미순은 1920년대의 한국 낭만적 자연시에 있어 자아와 자연이 합일하는 몇 가지 시론적 배경을 제시했는데, 낭만적 유기체론, 초월적 인식론, 내면화 시론 등이 그것이다. 이를 배경으로 홍사용의 낭만적 자연시에서는 자아와 자연의 대화적 형식, 주요한과 조명희의 낭만적 자연시에는 자아의 자연 초월적 형식, 김소월의 낭만적 자연시에는 자아와 자연의 대립적 형식이 나타난다고 보았다. 이미순, 위의 글 참조.
127) 감각이란 대상에 대한 경험의 양태를 뜻한다. 이는 자극자의 성질에 의존한다기보다 반응하는 감각기관에 더 많이 의존한다는 점에서 지각과 구별된다. 즉 감각은 대상에 대한 반응인데, 감각 그 자체로 활동하거나 자극자의 모습으로 나타나는 것이 아니고, 일종의 의식의 상태라고 말해진다. 또한 우리의 감각 기관은 자연이 제공하는 진동 중에서 지극히 제한된 선택만을 한다, 즉 감각은 결국 의식으로 환원될 수도 있는 주관적인 것으로 해석될 수도 있다. 감각의 이러한 한계에 대한 입장, 그리고 감각과 지각을 분리하고 지각을 지성의 훈련으로 보는 입장에 맞서, 메를로-퐁티는 직접적 전체로서의 지각, 즉 세계와 무매개적으

것이다.

1920년대 한국 낭만시인의 경우, 내면의 충동을 자연이나 자연 사물에 투사하기 위해 감각이 동원되었다고 할 수 있다. 이상화, 홍사용 등 백조파의 몇몇 시편들이 이런 경향을 대표적으로 표출했다고 할 수 있다. 그런데 정지용의 초기 시 역시 이런 경향에서 자유로울 수 없다고 본다. 그것은 우선 두 가지 방향에서 논해질 수 있는데, 자아의 내면과 감정이 자연 대상을 향해 투사되고 분출되는 것이 그 하나이며, 자아와 자연과의 관계에 있어서도 자아를 중심으로 한 합일을 지향한다는 점이 나머지 하나이다.

정지용 시는 이처럼 1920년대 낭만시의 경향과 맥을 함께 하는 부분을 일부 공유하는데, 특히 동시의 경우 이런 측면이 짙게 발견된다. 그러나 이후 시세계의 변화와 함께 정지용은 전대의 경향과 확연히 구분되는 나름의 감각적 방법론을 구축해 간다. 여기서는 자연 대상을 접하고 받아들이며 감각적으로 형상화해나가는 방식을 추적하면서 그 구체적인 양상을 고찰해 볼 것이다.

모든 시의 근원적 모티프가 시인이 지향하는 이상적 세계에 대한 꿈을 그 바탕으로 하고 있다면, 시인의 지적·정서적 성장 과정과 연결된 동심적 상상력은 한 시인의 시세계의 원초적인 지향성과 따로 떼어서 생각할 수 없을 것이다. 더구나 정지용과 같이 시 창작 초기에 의식적으로 동시를 다수 창작했던 경우는 말할 것도 없다. 따라서 정지용에게 동시는 작품적인 완성도 여부를 떠나 시세계 전체와 일정한 유기적 연관성을 갖는다는 의미에서 주목될 필요가 있다.[128]

로 생명의 교류를 하는 것으로서의 감각지각의 개념을 제시한다. 감각과 지각은 이런 의미에서 엄밀하게 구분되는데, 이 구분과 범주를 본고에 적용하는 것은 본고의 논의 범위를 넘어서는 것으로 생각되므로, 여기서는 '감각'으로 통칭한다. André Vergez et Denis Huisman(남기영 옮김), 『인간과 세계』(삼협종합출판, 1999), pp.227~241 참조.

128) 김종철은 이미 1970년대에 정지용의 동시에 대해, "대단히 높은 정신적 경지를

『정지용 시집』의 Ⅲ부에는 시인이 '童謠', 또는 '民謠風 詩篇'이라고 표기하여 발표한 시를 포함해서 23편의 시편이 묶여 있다. 그런데 이 중 엄밀하게 동시로 규정되어 논의될 수 있는 시는 「딸레」, 「말」, 「무서운 時計」, 「병」, 「산넘어 저쪽」, 「산에서 온 새」, 「三月 삼질날」, 「종달새」, 「자는 해」, 「해바라기 씨」, 「홍시」 등의 11편으로 볼 수 있다.[129] 그런데 이 동시들의 주요 어조와 정서적 배경을 일별해 보면, 이 중 「三月 삼질 날」과 「해바라기 씨」를 제외하고 모두 상실과 소외의식을 정조로 하고 있음을 알 수 있다. 「딸레」에서는 딸레와 아주머니의 부재가, 「병」과 「산 에서 온 새」에는 누나─누이의 부재가, 「무서운 時計」, 「지는 해」, 「홍시」 에서는 오빠와의 이별이, 「종달새」에서는 어머니의 부재가 화자의 고독 과 상실감을 유발하는 근원적인 정서적 요소가 되는 것이다.

정지용의 동시가 가진 이러한 상실의식은 유기체로서의 모태와의 결 합에서 분리되었을 때부터 가지는 원초적인 불완전성,[130] 또는 정지용이 유년 시절에 겪었던 가족사적인 체험,[131] 또는 근대 체험과 공동체적 고

나타내는 지용의 시들은 그의 동시의 변형"이라고 하면서 이러한 측면을 암시 한 바 있다. 김종철, 『시와 역사적 상상력』(문학과지성사, 1978), p.33.

129) 지금까지의 연구에서는, 이 23편을 모두 큰 범주에서의 동시로 보든지, 몇 가지 조건에 의거하여 그 중 일부만을 동시로 상정하여 정지용 동시의 성격에 대한 논 의를 진행해 왔다. 예컨대 권정우는 서정적 자아, 주제와 대상, 구성 등의 기준으 로 이 중 10편만을 동시로 규정했으며, 김미란은 화자와 어휘, 인식과 정서, 공감 여부 등의 보다 넓은 기준으로 총 21편을 동시로 확정했다. 권정우, 「정지용 동 시 연구」, 김신정 편, 『정지용의 문학세계 연구』(깊은샘, 2001) ; 김미란, 「정지용 동시론」, 『청람어문교육』 30(청람어문교육학회, 2005) 참조. 본고에서는, 어린이 를 화자로 하고 있으며, 어린이의 정서, 심리, 어조를 가지고 있으며 어린이가 이해할 수 있는 내용 등의 기준으로 동시 여부를 규정하였다.

130) Jacques Lacan(민승기, 이미선, 권택영 옮김), 『욕망이론』(문예출판사, 1994), p.43 참조

131) 정지용은 "나는 소년쩍 고독하고 슬프고 원통한 기억이 진저리가 나도록 싫어 진다…… 예전의 나의 소년 시절은 싫다. 조선에서 누가 소년시적을 행복스럽 게 지냈는지 몰라도 나는 소년쩍 일은 생각하기도 싫다"(정지용, 『散文』, 同志 社, 1949, p.150)고 술회한 적이 있다. 그가 소년 시절을 이렇듯 불행한 기억으로 간직하고 있는 것 역시 이 근원적인 결핍 의식과 연관이 있을 것으로 생각된다.

향의 상실을 동시에 겪어야 했던 당대인의 상실의식 등 여러 가지 차원에서 설명 가능할 것이다. 그러나 여기에서 논의되어야 할 것은, 이러한 상실의식이 역설적으로 고향이라는 자연에 대한 더 강한 집착으로 내면화되고 있다는 것이다. 시적 자아는 자연과 아무런 대립 관계도 보이지 않으며 조화와 합일의 상태에 있으며(「三月 삼질날」, 「해바라기 씨」), 자연은 자아의 내면에 고착된 상상적 이미지로서의 자연으로 나타난다.

이때 자연의 모습은 오로지 자아의 내면적 움직임에 따라 좌우되기 때문에, 감각에 의해 묘사된다기보다 시적 자아의 의식의 반영이 되는 것이다. 시적 자아가 갈구하는 원형 공간으로의 동경이 초기 동시에 나타나는 자연의 모습의 원천이 되는 것이다. 한 작품을 인용해 보자.

> 우리 옵바 가신 곳은
> 해님 지는 西海 건너
> 멀리 멀리 가셨다네.
> 웬일인가 저 하늘이
> 피스빛 보담 무섭구나!
> 날리 났나. 불이 났나.
>
> ―「지는 해」

이 시의 감각적 이미지인 '피스빛'과 '불'은 시적 화자의 관찰에 의한 것일 수도 있으나, 그보다 앞서 오빠가 부재한 상황에 대한 화자의 불안한 심리가 반영된 것이다. 또한 '해님 지는 西海'와 '하늘'에 대한 시적 화자의 정조 역시 오빠가 떠난 곳으로서의 의미가 강하게 지배하고 있다. 「무서운 時計」에서 시적 자아가 느끼는 시간과 공간에 대한 감각적 이미지들은 오빠의 부재가 부여하는 상실감에 짙게 표백되어 있다. 첫 연의 "옵바가 가시고 난 방안에 / 숯불이 박꽃처럼 새워간다"에서는 숯불이 타서 하얗게 사위어가는 모습을 시각적으로 명징하게 표현함으로써, 오빠가 없는 방 안의 공간 속에서의 부재의식을 구체적인 시간성을 통해 표현해 낸다. 마지막 연의 "옵바가 가시고 나신 방안에 / 時計소리 서마 서마 무서워"라는 표현 역시 첫 연의 시적 의도를 충실히 이행하고 있다. 오빠의 부재는 화자가 자리하고 있는 자연, 즉 시간과 공간을 지배하는 정조인 것이다.

정지용 초기 동시에서 시적 자아는 대상 세계를 감각한다기보다 의식 세계의 투영으로서 자연을 자아화한다. 따라서 묘사된 이미지들 역시 자연에 대한 관찰과 감각에 의해서가 아니라 이미 어떤 형태로 고정된 의식의 반영이 되는 것이다. 동시의 특성은 세계에 대한 단순화된 인식, 그리고 정서적 질의 단일성[132] 등이라고 할 수 있다. 그러나 정지용의 동시가 가지는 자연에 대한 관찰과 시선의 부재는 이 동시의 전반적 특성과 관련지을 수만은 없다. 이 감각의 부재는 앞서 제시한 세계에 대한 결핍과 부재의식, 그리고 그에 대한 대응 양상으로서 자연에 대한 초월적 합일을 지향하는 시적 태도에서 비롯된다고 보인다.

그러나 정지용이 일본 유학 체험을 거친 후에 창작된 것으로 보이는 시편들, 특히 바다에 대한 체험을 담은 시편들에서는 이러한 감각적 양상과 다소간의 차이를 보이기 시작한다.

오 · 오 · 오 · 오 · 오 · 소리치며 달려가니
오 · 오 · 오 · 오 · 오 · 연달어서 몰아 온다.

간 밤에 잠살포시
머언 뇌성이 울더니,

오늘 아침 바다는

---

132) 성기옥, 「정지용 시에 있어서의 동시와 동심」, 이재철 편, 『한국아동문학』(서문당, 1991), p.127 참조.

포도빛으로 부풀어졌다.

철석, 처얼석, 철석, 처얼석, 철석,
제비 날어 들 듯 물결 새이새이로 춤을추어.

―「바다 1」

한 백년 진흙 속에
숨었다 나온 듯이,

게처럼 옆으로
기여가 보노니,

머언 푸른 하늘 알로
가이 없는 모래 밭.

―「바다 2」

위 인용한 시들은 바다를 제재로 한 정지용의 시 중 가장 먼저 씌어진 시편에 속한다. 화자의 시선에 포착된 바다는 시적 자아의 관념과 정서가 거의 배제된 관찰의 대상으로서의 자연이다. 「바다 1」에서, 바다는 스스로 달려가고 몰아오며, 포도빛으로 부풀기도하고 물결이 춤을 추는 매우 역동적이고 생명력이 넘치는 대상으로 표현되었다. 시인은 "오 · 오 · 오 · 오 · 오 ·"를 반복하며 파도가 몰려오며 쓸려나가는 형상을 청각적 효과와 함께 제시하고자 한다. 풍랑의 전조인 "뇌성"과 "포도빛"으로 부풀어오르는 바다, 그리고 더욱 거세어지는 파도는 감각적 이미지들에 의해 서로 유기적으로 연결되어 있다. 이 생생한 이미지들은 오로지 바다라는 자연 형상의 움직임을 묘사하기 위해 감각된 것이다.

또 「바다 2」에서는, 바다의 모습을 발견한 시적 화자의 경이감을 "한 백년 진흙 속에 숨었다 나온 듯"하다는 말로 표현하며 바다를 둘러싼 하늘과 모래밭의 넓은 지평과 시각상을 감각적으로 관찰하고 있다.

「風浪夢 1」에서도 바다의 묘사에 있어 "포도빛"이란 감각어가 사용된 예가 있다. 그러나 "당신"에 대한 그리움과 시름의 감정을 바다와 주변 자연물의 형상에 실어 표현한 「風浪夢 1」의 경우에 비해 볼 때,「바다 1」에서 자연 대상을 대하는 시적 화자의 태도는 매우 판이하다는 것을 알 수 있다. 「風浪夢 1」도 발표 시점은 1927년으로 같지만 1922년이라고 창작 시점이 표기되어 있는 데 반해, 「바다 1」은 1926년이 창작시점으로 되어 있다. 이 수년의 기간 동안 자연을 바라보고 감각하는 시적 자아의 시선은 변화하고 있었던 것으로 보인다. 그러나 이 시들과 함께 발표된 「바다 3」과 「바다 4」를 보면, 자연 묘사에 있어 시적 자아의 정서가 짙게 개입하고 있음 역시 지적되어야 한다. 「바다 3」에서는 "외로운 마음"이란 내면성의 표상이 '바다 위로 밤이 걸어'온다는 매우 감각적이고 참신한 표현과 병치되어 있다. 또한 「바다 4」의 경우, 물결과 등대와 갈매기가 나는 바다 풍경 속에 "홀로 돌아가노니", "울음 우는 듯한", "이름 모를 스러움" 등과 같이 시적 자아의 내면적 정황을 표현하는 어구가 함께 녹아들어 있는 것이다. 이런 표현 방식은 「風浪夢 1」에서와 같이 시적 자아의 감정과 정서를 자연 사물과 대상에 의탁하거나 투영시키지 않지만, 여전히 시적 자아의 정서는 바다에 대한 관찰과 더불어 심상을 고조하는 역할을 하고 있는 것이다.

따라서 이 시기 정지용의 시에서도 자연을 대상 그대로 객관화하는 시선은 확립되지 않고 있다고 할 수 있다. 그러나 자연을 감정과 정서의 등가물로 인식하는 초기 시편과는 확연히 달라진 태도를 보이고 있는 것이다. 다음 인용하는 시편들은 사물을 관찰하고 감각적으로 포착하는 정지용 특유의 시작 방법론이 본격적으로 성숙하기 시작했음을 보여준다.

손 바닥을 울리는 소리

곱드랗게 건너 간다.

그 뒤로 힌게우가 미끄러진다.

—「湖面」

이 시에서 시적 자아가 자연 대상을 느끼는 것은 일차적으로 감각을 통해서라고 볼 수 있지만, "손 바닥을 울리는 소리 / 곱드랗게 건너 간다."라는 시구는 언뜻 봐서는 어떤 상태를 가리키는지 이해하기 어렵다. 그럼 점을 반영하듯 이 부분에 대한 해석도 다양하다. 호숫가에서 손뼉을 쳤을 때 그 소리가 수면을 건너가는 것처럼 느끼는 것,[133] 또는 시적 자아가 배를 타고 호수를 건너갈 때 배의 바닥에 손을 대고 그 진동의 움직임을 느끼는 것[134] 등이 그것인데, 어떻게 해석하더라도 호수의 수면을 감각하는 시적 자아의 매우 섬세한 시선이 녹아들어 있다는 것에는 일치할 것이다.

그런데 위의 해석들이 어느 정도 타당한 점은 있지만, 시 속에 표현되지 않은 상황을 설정하고 있다는 점에서 다소간의 비약을 내포하고 있다고 할 수 있다. 이 시의 문면에 대한 이해를 바탕으로 해석을 시도해 보자면, 이 시에서의 '소리'와 '건너 가는' 것은 바로 뒤에 제시되는 거위의 움직임을 표현한 것이다. 시적 화자는 호숫가에서 흰 거위를 언뜻 본 후, 손바닥을 호수의 표면에 살짝 대어 본다. 그런데 손바닥에서 울림이 있는 것처럼 느낀다. 시적 화자가 '소리'라는 청각적 이미지로 표현한 것은 이 시의 공간 배경의 적요함을 강조하기 위한 것으로 보인다. 시적 자아가 손바닥을 울리는 소리를 느끼는 것은, 거위가 물살을 헤치고 나

---

133) 권영민, 앞의 책, p.332.
134) 김신정, 앞의 글, pp.85~86.

아갈 때의 모습, 즉 잔잔한 물살을 소리 없이 헤쳐 나갈 때 물살 위에 그려지는 파문을 보았고 그것이 시적 자아의 심상 위에 잔상으로 남아 있기 때문이다. 그 모양으로서의 소리가 "곱드랗게" 건너가는 것이다. 만일 화자가 배에 타고 있다면, 그리고 배의 바닥에 손을 대었을 때 느껴지는 진동을 '소리'라고 표현했다면 그 진동의 소리가 건너갈 때의 느낌은 "곱드랗게"라는 단어가 주는 곱고 부드러운 어감에 잘 어울리지 않을 것이다. 시적 자아는 거위가 지나가는 모습을 손바닥의 감촉으로 느끼는 것이다. 그리고 다음 연에서 거위가 지나가는 모습을 "미끄러진다"라고 묘사한다. 이때 시적 화자는 의도적으로 "그뒤로"라는 부사어를 사용한 것으로 보인다. 손바닥의 감촉으로 거위의 움직임을 예감한 후, 시적 화자는 "그 뒤에" 비로소 그것이 거위가 '미끄러지는' 모습이라고 제시하는 것이다.

대상 사물을 고정된 상태가 아니라 움직이는 상태로 포착하는 것, 그리고 하나의 감각으로 이미지를 고정하는 것이 아니라 감각의 혼용 상태로 이미지를 조직하는 것이 정지용 시의 감각적 자연 형상화에 나타나는 특질이다. 위 시에서는 거위의 움직임이 그려놓은 궤적, 즉 시각적 이미지를 손바닥의 촉감과 청각적 이미지로 표현했다. 정지용은 대상을 매우 섬세한 시선으로 바라보며 그것의 미세한 움직임을 역동적인 이미지로 형상화해 낸다.

그러나 그것은 대상을 '관찰하기 위한 감각'이라기보다 '감각하기 위한 관찰'이라고 볼 수 있다. 왜냐하면 위 시의 묘사가 대상의 움직임과 형상을 제대로―사실적으로 파악하기 위한 것이라기보다, 그 대상의 이미지를 표현하는 데 목적이 있기 때문이다. 대상을 사실적으로 파악하려 하기보다 대상이 지닌 이미지에 관심을 두고 있는 것은 다음 시편들에서도 발견된다.

비ㅅ방울 나리다 누뤼알로 구을러

한 밤중 잉크빛 바다를 건늬다.

__「겨을」

이 시에 대한 대부분의 해석은, 시인이 직접 바다를 바라보며 바닷물 위에 떨어지는 빗물과 우박 알의 움직임을 그리고 있다는 것에 일치하고 있는 듯하다. 그러나 표현된 이미지를 자세히 들여다보면, 이런 해석이 그다지 자연스럽지 않다는 것을 알게 된다.

빗방울이 내리다가 우박 알로 변한다는 것은 이해할 수 있다. 그러나 그 우박 알이 바닷물 위에서 '구른다'는 관찰에는 쉽게 동의할 수 없는 부분이 있다. 바닷물 위로 비나 눈이 내리는 것을 본적이 있다면, 이 비나 눈은 바닷물의 표면으로 젖는 듯 스며드는 형태로 내리는 것을 관찰할 수 있을 것이다. 물기를 가진 우박 알 역시 바닷물 위로 젖어드는 듯 내려 꽂힐 것이다. 이 모습을 '구르는' 형상으로 파악한다는 것은 따라서 이해하기 어려운 것이다. 물론 우박 알이 파도치는 물결 위로 수없이 내려 꽂히는 모습을 역동적으로 표현하기 위해 '구을러'라는 감각어를 사용했을 수도 있다. 그러나 이 경우는 사실적이지 못한 표현이라고 할 수 있다.

또 이 우박 알이 바다의 표면을 구르다가 밟는 듯하며 '건너 간다'는 식으로 해석하는 것 역시 다소간의 비약을 내포하고 있다. "누뤼알"의 동적인 이미지는 비슷한 시기에 발표된 다른 시편에서도 찾아볼 수 있다.

東海는 푸른 揷畵처럼 옴직 않고
누뤼 알이 참벌처럼 옴겨 간다.

__「毘盧峯」 부분

1933년 발표된 이 시에서도 우박 알의 이미지가 바다를 배경으로 역동적으로 형상화되어 있다. 그런데 여기서는 "옮겨 간다"고 표현되어 있다. 바다의 정적인 이미지와 대조적으로 우박 알의 동적인 이미지가 제시되는 것이다. 우박이 벌떼처럼 흩날리면서 내리는 모습을 효과적으로 표현해 낸 예라고 할 수 있다.

그러나 시 「겨을」에서의 우박 알은 구르면서 바다의 표면과 접촉하며 건너간다는 식으로 해석되고 있다. 이는 앞서 살펴본 것처럼 감각적 형상화의 세부가 면밀히 검토되지 않은 상태에서, 정지용 시의 이미지즘적 요소를 강조[135]하거나 촉각적 감각성[136]을 강조하는 시각에서 비롯된 것으로 보인다. 바다에 내리는 우박 알은 바닷물의 표면에서는 젖는 듯 스며들 수 있을지언정 구른다고 보기는 어려우며, 바다 위 공간에서의 우박 알은 이리 저리 날리며 옮겨간다고 볼 수는 있지만 물결 위를 구르며 밟고 지나간다고 보기는 어렵다.

물론 기존의 해석들이 온전히 잘못되었다고 할 수는 없다. 정지용 시가 가진 이미지 형상화의 양상들이 그만큼 다채롭고 복합적인 견지에서 해석될 가능성을 내포하고 있다고도 생각될 수 있다. 그러나 그런 점에서도, 이 시의 해석은 전면적으로 재검토되어야 한다.

먼저, 이 시의 제목이 '겨을(겨울)'이라는 데 주목해야 한다. 정지용은 바다와 관련된 시를 창작할 때, 대부분 '바다' 아니면 바다와 연관되거나 바다를 연상할 수 있는 장소와 관련된 명칭─이를테면 해협, 선취 등─을 제목으로 채용해 왔다. 그런데, 이 시에서는 바다를 묘사하면서도 제목을 '겨을'이라는 시간성과 관련된 명사를 동원한 것이다. 이 점은 우선 매우 이채로운데, 정지용이 시의 제목을 그 시의 시적 형상화의 대상으로 설정해왔다는 것을 상기한다면, 이 시가 '바다'를 시적 배경으로 하더

---

135) 장경렬, 「이미지즘의 원리와 <詩畵一如>의 시론」, 『작가세계』, 1999년 겨울호 참조.
136) 김신정, 앞의 글, pp.87~88 참조.

라도─이것은 잠정적인 전제이며, 본고의 논지는 이와 다르다. 이에 대해서는 뒤에 논술된다─'겨울'이라는 시간적 현상이나 이미지를 묘사하기 위한 것이 아닌가 하는 물음을 던질 수 있다.

그런 측면에서 감각적 형상화의 세부를 다시 들여다볼 필요가 있다. 우박은 습도가 높은 구름의 과냉각된 알갱이가 떨어져 내린 것이다. 한국 지역에서 우박은 한여름이나 한겨울에는 거의 내리지 않고, 여름으로 접어드는 5~6월이나 겨울로 접어드는 10~11월에 주로 내린다고 한다. 따라서 시인이 이 시를 쓰던 시기는 겨울을 여감할 수 있는 늦가을 즈음일 가능성이 높다. 그런데 1연에서, 빗방울이 내리다가 우박 알로 변했다고 했다. 비가 지표면으로 내려오는 도중에 우박으로 변하기는 어렵다. 우박은 적란운층에서 미리 결빙된 상태로 내리기 때문에 내려오면서 따뜻한 기류를 만나 녹을 수는 있을지라도 비가 우박으로는 잘 변하지 않는다는 것이다. 따라서 1연의 표현은 우박과 비가 섞여서 내리는 모습, 또는 밤이 되면서 기온이 내려가고, 따라서 비가 오다가 이젠 우박이 내리는 모습을 뜻할 것이다. 그런데 시인은 그 빗방울이 우박 알로 변했다는 식으로 표현하고 있는데, 이는 차가운 결빙의 이미지인 우박 알이 '겨울'을 예감하는 매개체가 되고 있음에서 비롯된다. 시인은 비와 우박을 번갈아 관찰하면서 '겨울'이 오고 있음을 느끼는 것이다.

2연에서는 이 우박 알이 "잉크빛 바다"를 건너고 있다고 표현했다. 이 이미지의 감각성을 설명하기 위해서는 "건늬다"의 의미가 설명되어야 할 것이다. 정지용 시에서 "건늬다"란 동사는 이 시의 발표 시기─1930년─와 멀지 않은 시기인 1932년에 발표된 「밤」이라는 시에도 등장한다.

눈 머금은 구름 새로
힌달이 흐르고,

처마에 서린 탱자나무가 흐르고,

> 외로운 촉불이, 물새의 보금자리가 흐르고……
>
> 표범 껍질에 호젓하이 쌓이여
> 나는 이밤, 「적막한 홍수」를 누어 건늬다.
>
> ＿「밤」

각 연에서 대상 사물의 움직임이 "흐르고"란 동적 감각어로 제시되면서 마지막 연에서는 "건늬다"란 동사로 마무리되었다. 시적 자아는 누워서 하늘을 바라보고 있는데, 구름의 움직임과 주변 사물을 겹쳐서 감각적으로 형상화하고 있다. 흰달, 탱자나무, 촛불 등이 흐른다고 했는데, 사실은 구름이 흐르는 것이다. 구름과 달과 나무, 그리고 촛불이 움직이고 있는 듯한 밤하늘의 풍경을 두고 "표범 껍질"이라고 표현한 것도 참신하다. 표범 가죽의 울긋불긋한 모양과 움직이는 듯 느릿느릿하게 흘러가는 구름의 형상이 빚어내는 밤풍경을 유비한 것이다. 이때 시적 화자는 이 밤 풍경 속을 '건너간다'고 표현했다. 대상 사물들이 건너가는 것이 아니라 화자가 건너가는 것이다. 이것은 매우 큰 차이이다. 전자의 경우 단순한 시각적 형상을 표현한 것일 뿐이지만 후자의 경우, 시적 자아의 의식의 표현이라고 보아야 하기 때문이다. 다시 말해, 시적 자아는 흐르는 밤 풍경의 사물들과 함께 건너가는 것이 아니라, 그 사물들의 움직임을 통과하면서 "밤"을 건너가는 것이다. 그리고 이 시의 제목이 '밤'이라는 것을 다시 상기할 필요가 있다. 시적 자아는 밤이라는 시간적 배경을 지나가고 있으며, 대상 사물들의 움직임은 이러한 시적 자아의 내면을 표상한다. 이 밤 풍경을 시인은 "적막한 홍수"라고 집약한다. "적막한 홍수"라는 것은 일종의 역설이다. 위에 나열된 사물의 역동적인 흐름은 서로 이어지고 부대끼는 연속적 풍경이 된다. 이 소란한 움직임은 '홍수'라는 단어에 함의되어 있으며, 동시에 시의 전체적 풍경은 달밤이 형성하는 적요한 분위기를 배경으로 하고 있다. "적막한 홍수"라는 표현에는, 밤 풍경을 마주 대하는 시인의 우울한 의식이 이미 젖어 있음을 암시한다.

이 시의 정조는 전체적으로 촉촉하게 젖어 있고 우울하다. 그것은 물의 이미지를 연상하게 하는 단어들―눈 머금은 구름, 흐르고, 물새, 적막한 홍수 등―에서 비롯되는 것 같다. 또 시의 제목도 '밤'이라는 시간성을 암시하는 제목을 하고 있다. 그런 점에 미루어볼 때, 이 시는 앞서 제시한 「겨을」과 유사한 시적 정서를 배경으로 하고 있다고 본다. 대상 사물들의 '움직임'을 주로 묘사하고 있다는 것 역시 이러한 추측을 가능하게 한다. 또한 "건늬다"란 시어가 유일하게 공통적으로 사용된 점 역시 마찬가지이다. 그런데 「밤」에서는 "건늬다"의 주체가 시적 화자이며, 그 움직임은 대상 사물과 연관되어 있지만, 궁극적으로 '시간'을 건너가는 것으로 묘사되었다.

이런 측면에서 시 「겨을」에서의 "건늬다"를 다시 해석해 볼 필요가 있다. 유사한 시적 정서와 감각적 형상화의 양상을 배경으로 하고 있다고 해서, 「밤」에서의 "건늬다"와 「겨을」에서의 "건늬다"를 동일한 의미로 해석해야 할 이유가 되지는 않는다. 그러나 「밤」에서 쓰인 의미를 유추함으로써 「겨을」이 형상화해 낸 이미지들을 재검토할 수 있는 논거는 충분하다.

「겨을」에서 시적 자아는 '겨울'이라는 시간적 흐름을 예감하고 있다. 그것은 비와 우박에 대한 관찰로부터 시상을 전개하고 있다는 데에서 근거한다. 무엇보다, 이 시에서 시인은 '겨울'을 의식하는 내면적 심상에 관심을 두고 있으며 빗방울과 우박의 움직임과 이미지를 사실적으로 묘사하는 데 목적이 있지 않다. 그것은 시인이 시의 제목을 '겨울'이라는 시간성을 암시하는 단어로 설정한 데에서도 유추할 수 있다. 결국, 이 시는 빗방울과 우박 알의 움직임을 지켜보면서 겨울밤을 지나쳐가는 시적 자아의 내면적 흐름을 형상화 해낸 시라고 해석할 수 있다.

그런데, 여기서 "구을러"라는 단어, 그리고 "잉크빛 바다"라는 단어의 의미를 다시 한번 검토할 필요가 있겠다. 앞서 "구을러"라는 감각어가 바다의 표면에 떨어지는 우박 알의 이미지로 형상화되기에는 적절치 않음을 지적했다. 그렇다면, 이 시가 대상에 대한 사실적 관찰보다 시인의 내면적 심상의 움직임과 관련 깊다는 위의 언급을 다시 상기해야겠다.

시인은 바다를 바라보고 있지 않은 것이다. 바다를 바라보며 그 자연 형상을 묘사하고자 했다면, 이 시의 제목은 바다와 관련된 그 무엇이 되었을 것이다. 그러나 단순히 그 이유만으로 시인이 바다를 직접 관찰하지 않았다는 것이 타당성을 가질 수 없을 것이다. 또 하나의 근거는 위에서 설명했지만 "구을러"가 바다 위로 떨어지는 우박 알의 모습을 형상화하는 감각어가 될 수 없다는 것이다. "구을러"는 딱딱한 표면 위를 입자나 물체가 굴러다닐 때 쓰일 수 있는 말이다. 단적으로 말해, 시인은 지금 방 안에 있으며 그는 바다가 아니라 '유리창'을 통해 비와 우박이 내리는 밤 풍경을 바라보고 있다. '유리창'은 지금껏 많은 연구자들에 의해 언급되어 왔듯이 시적 자아의 내면이 외부 대상을 향해 열리고 닫히는 접촉과 단절의 심상을 이중적으로 표상하는 이미지로 사용되어 왔다. 이 시에서는 유리창이 직접 언급되어 있지는 않다. 그러나 외부의 사물과 그것을 바라보는 시적 자아의 내면이 서로 부딪치고 있다고 생각한다면, 시적 자아의 시선과 외부 사물 사이에 유리창이 존재하고 있다는 것을 유추할 수도 있을 것이다. 그렇다면 우박 알의 움직임, 즉 "구을러"라는 시어가 이 경우 매우 타당하고 적절한 표현이 된다는 것을 알 수 있을 것이다. 우박 알이 유리창에 부딪치는 이미지는 「琉璃窓 2」에서도 나타난다. 이 시에서도 우박 알이 유리창의 딱딱하고 투명한 표면 위를 굴러 떨어지고 있는 것이다.

그렇다면 "잉크빛 바다"란 감각어 역시 실제 바다에 대한 묘사라기보다 칠흑같이 어두운 밤의 시각상을 묘사한 것이라고 생각된다. 비가 내리는 밤 풍경은 젖어 있다. 이 물기 가득한 밤공기의 이미지를 "잉크빛 바다"라고 표현한 것이다. 시 「밤」에서 구름과 사물들이 흐르고 있는 이미지를 "적막한 홍수"라는 표현으로 형상화한 것도 같은 맥락이라고 볼 수 있다. 이 "잉크빛 바다"라는 표현은 손에 잘 잡히지 않는 이미지에 물리적 성질을 부여한 감각적 표현이다.

결국 이 시는 바다를 바라보며 빗방울과 우박 알의 움직임을 사실적으로 관찰하여 형상화한 것이 아니라, 창 밖을 통해 내다 본 밤 풍경을 이미지화한 것이다. 그리고 그 형상화는 대상 사물뿐 아니라 '시간'에 대한 시적 자아의 내면의식이 짙게 표백되어 있다. 이 시를 이렇게 읽는다 해도 이 시의 감각적 충일성을 훼손하지 않으며, 이미지의 효과 역시 줄어들지 않는다. 다만 정지용 시에서의 이미지즘적 요소나 촉각적 감각성을 지나치게 강조할 경우, 해석의 폭이 좁아질 수밖에 없음을 알 수 있다.

위에 언급한 「湖面」이나 「겨울」과 같은 시는, 정지용의 감각적 기법이 일정한 시적 효과를 얻어낸 성과들이라고 볼 수 있다. 여기서는 기존의 해석과 시각을 달리하여 다시 읽어보았다. 정지용의 감각성이 성공적으로 형상화된 시를 면밀하게 읽음으로써 정지용이 자연 대상을 대하고 형상화해내는 태도를 보다 명확히 파악할 수 있다고 생각했기 때문이다.

정지용이 자연 대상을 감각하고 이미지화하는 것은 두 가지 양상으로 대별된다고 할 수 있다. 첫 번째의 양상은 대상 사물의 운동과 상태를 묘사함에 있어 시적 자아의 내면이 개입하고 있는 것이며, 두 번째는 시적 자아의 정서와 감정이 배제된 상태로 대상의 이미지를 형상화하는 것이다. 첫 번째 양상은 정지용 초기 시에서 짙게 나타났던 결핍과 상실의식의 잔상이 시적 형상화에 스며들어 있는 것과 관련 깊다. 그러나 점차 후기로 갈수록 시적 형상화에 있어 시적 자아의 정서와 감정을 배제하는 시편이 등장하기 시작한다. 물론 1930년대 이후의 시에 있어서도 시상 전개에 관념의 흔적이 곧잘 드러나고는 한다. 그러나 이것은 초기 시편에서, 이를테면 「바다 4」(1927)나 「슬픈 印像畵」(1926)에서 시적 자아의 정서가 자연 풍경에 대한 심상을 지배하는 양상—이 시편들은 앞 절에서 분석한 바 있다—으로 드러나는 것과는 질적인 차이가 있다. 즉, 1930년대 이후 시편에 나타나는 관념성은 시상의 전개와 이미지 형상화에 직접

개입한다기보다 병치되는 양상을 보인다. 몇몇 작품을 통해 구체적으로
살펴보자.

바람 속에 薔薇가 숨고
바람 속에 불이 깃들다

바람에 별과 바다가 씻기우고
푸른 뫼ㅅ부리와 나래가 솟다.

바람은 音樂의 湖水.
바람은 좋은 알리움!

오롯한 사랑과 眞理가 바람에 玉座를 고이고
커다란 하나와 永遠이 펴고 날다.

— 「바람」

이 시는 1932년, 『동방평론』을 통해 발표되었다. 비가시적 형상인 '바
람'을 구체적 자연 사물의 이미지들을 통해 드러내려 하였다.

"바람 속에 薔薇가 숨고 / 바람 속에 불이 깃들다"에 보이는 것처럼,
하나의 심상 뒤에 또 하나의 심상이 겹쳐진다. 이러한 신선하고 비약적
인 비유적 언어가 "바다가 씻기우고", "나래가 솟다"의 가시적 형상과
"음악", "알리움"이라는 청각적 심상과 결합하면서 이미저리의 호응을
확대하고 있다. "바람"이 "음악의 호수"라는 표현은 촉각적으로만 감지
되는 바람을 청각화시키고 다시 '호수'라는 확대된 시각적 풍경으로 치
환하는 것이다. 그러나 이 시에서 역시 주목할 수 있는 것은, "오롯한 사
랑과 진리", 또는 "영원"이라는 단어에 보이듯, 자연 대상을 형상화하는
데 있어 일종의 낭만적이며 형이상학적인 관념이 개입하고 있다는 것이

다. 그런데 이 관념성은 초기 시에서의 그것, 시적 자아의 정서가 자연 대상의 이미지를 형상화하는 데 지배적인 역할을 하는 것과는 다른 측면을 내포하고 있다. 왜냐하면, 사랑, 진리, 영원 등의 관념의 '내용'이 이미지들의 감각적 형상화 자체에 개입하는 것은 아니라는 점 때문이다.

자연과 대상 사물에 대한 관찰, 그리고 감각적 형상화는 그 자체로 진행되며 관념과 시적 자아의 의식 내면은 그것대로 병치되는 형식을 취한다. 이런 측면은 정지용이 1933년부터 1935년까지 종교시를 집중적으로 창작하고 발표하게 되는 것과 일정한 연관성을 지닌다. 정지용은 자연 대상을 인식하고 형상화하는 데에 있어서, 자연의 인식을 일종의 정신적 차원으로 연결하여 승화시키려고 했다는 점이다. 그러나 이런 경향은 종교시를 제외하고는 흔치 않은 사례를 보인다.

다음에 인용하는 「絶頂」은 정지용이 가톨릭 종교시를 쓰기 직전에 발표되었다. 시기적으로도 그렇지만, 작품 경향상으로도 이 시는 후기 시의 영향권 아래 있다고도 할 수 있다. 그러나 동시에 이 시가 보여주는 것은 자연 인식에 있어 화자의 내면의식과 정서가 개입하고 있다는 점에서 초기 시의 영향력에서 멀지 않다는 것이다.

> 石壁에는
> 朱砂가 찍혀 있소
> 이슬같은 물이 흐르오.
> 나래 붉은 새가
> 위태한데 앉어 따먹으로.
> 山葡萄순이 지나갔오.
> 좁그런 꽃뱀이
> 高原꿈에 옴치고 있소
> 巨大한 죽엄 같은 莊嚴한 이마,
> 氣候鳥가 첫 번 돌아오는 곳,

上弦달이 살어지는 곳,

아래서 볼때 오리옹 星座와 키가 나란하오.

나는 이제 上上峰에 섰오.

별만한 힌꽃이 하늘대오.

밈들레 같은 두다리 간조롱 해지오.

해솟아 오르는 東海—

바람에 향하는 먼 旗폭처럼

뺨에 나붓기오.

—「絶頂」

시 「絶頂」은 동해의 일출을 바라보기까지 상상봉에 오르는 과정을 묘사하고 있다. "거대한 죽엄같은 장엄한 이마"란 구절에는 자연에 대한 경외감이 나타나 있다. 또한 "기후조가 첫 번 돌아오는 곳"과 같은 표현에 보이는 것처럼 상상봉이라는 구체적인 자연 공간을 초월적 공간으로 바라보고 있다.

이 시는 시적 화자의 움직임에 따라 세 가지 층위의 시각으로 구성되어 있다. 산정으로 오르는 과정에서의 주변 사물들에 대한 묘사, 그리고 올라가는 도중 산정을 쳐다보았을 때의 느낌에 대한 묘사, 그리고 산정에 섰을 때 산 아래와 바다를 바라보는 원근법적 조망이 그것이다.

산으로 올라가는 도중 만나는 사물들에 대한 묘사는 모두 산에 대한 시적 자아의 내면적 구도를 반영한다. 이슬, 새, 꽃뱀 등의 자연 사물들은 각각 순수함과 적요로움, 초월성, 신비감 등을 연상시킨다. 이 사물들의 모습은 모두 산이 가진 초월적 신비감을 형상화한다. 시적 화자는 산정을 올려다보며, 상현달이 사라지는 곳, 쌍무지개가 다리 디디는 곳, 오리온 성좌와 나란한 곳으로서의 초월적 공간으로 산을 우러러본다. 그리고 마침내 산정에 올랐을 때, 먼 동해의 일출을 바라보며 그 풍경을 자

신에게 당긴다. 동해가 기폭처럼 뺨에 나부낀다는 표현이 그것이다. 이것
은 대상을 완전히 장악한 자의 자신감에서 우러나온 것이다.

정지용 시에 나타나는 자연은, 초기 시에서는 자아와 합일된 상상적
공동체로서의 자연이 주조를 이룬다. 그리고 대상으로서의 자연을 만나
는 과정에서 자연을 타자로 인식하게 되면서 상실의식과 유랑의식이 자
연의 형상화 과정에 표백된다. 이후 정지용 시의 자연 형상화 양상을 살
펴보면, 내면 의식과 정서가 시의 이미지 형상화에 개입하는 경향과 시
적 자아의 정서를 적극 배제한 채 자연 사물을 관찰하고 묘사하려는 태
도가 동행한다고 볼 수 있다. 그러나 점차 후자의 경향이 주도적으로 나
타나며, 또 이런 경향이 시적 형상화에 성공했을 경우 시적인 울림 역시
커진다고 할 수 있다. 다음 인용하는 시는 이 점을 잘 보여준다.

> 선뜻! 뜨인 눈에 하나차는 영창
> 달이 이제 밀물처럼 밀려 오다.
>
> 미욱한 잠과 벼개를 벗어나
> 부르는이 없이 불려 나가다.
>
> ※
>
> 한밤에 홀로 보는 나의 마당은
> 호수같이 둥그시 차고 넘치노나.
>
> 쪼그리고 앉은 한옆에 힌돌도
> 이마가 유달리 함초롬 곯아라
>
> 연연턴 綠陰, 水墨色으로 짙은데

한창때 곤한 잠인양 숨소리 설키도다.

비듦이는 무엇이 궁거워 구구 우느뇨,
梧桐나무 꽃이야 못견디게 향그럽다.

_ 「달」

달밤의 풍경이 절제된 정서를 바탕으로 감각적으로 제시되었다. "선뜻"이란 표현으로 풍경을 열고 있는데, "영창"이라는 가시권역 속에 밤의 시간과 공간이 엮어내는 풍경을 담고 있다. 3연과 4연에서는 "호수", "차고 넘치노나", "이마가 함초롬 곷아라" 등의 어구를 통해 시각과 촉각을 포개어 놓는다. 또한 녹음이 짙은 분위기를 "수묵색"과 "숨소리"라는 감각어로 표현하는데, 시각성과 청각성을 복합적으로 제시하면서 비가시적인 풍경의 공간에 어떤 물리적 질감을 부여하고 있다.

이 "숨소리"란 시어는 이 시의 생명력을 좌우하는 시안(詩眼)과 같다. 그런데 "숨소리"의 주체가 방안에 잠들어 있는 다른 사람으로 해석[137]되기도 한다. 그러나 이때 "숨소리"를 내는 주체는 이제 "수묵색"으로 짙은 "녹음"이라고 풀어도 좋다. 여백이란 말한 것으로 말하지 않은 것을 표현하는 것뿐 아니라, 말하지 않은 것으로 말한 것을 확장하는 역할을 한다. 사방이 고요할 때는 방안에서 잠자고 있는 사람의 숨소리까지 들린다는 이유[138]로 이 대목을 문면 그대로 해석한다면, 수묵색으로 짙은 녹음이 어우러진 달밤의 풍경을 그리는 이 시의 진면목을 제대로 음미할 수 없다. "숨소리 설키도다"란 시구 바로 앞에 "연연턴 綠陰, 水墨色으로 짙은데"라는 표현이 놓인 이유는 "綠陰"과 "水墨色"을 단순한 시각적 표현 매체로 사용한 것이 아니라 질감이 있는 공간 속의 실체로 제시하기

---

137) 권영민, 『정지용 詩 126편 다시 읽기』(민음사, 2004), p.339.
138) 위의 글, 같은 곳.

위해서이다. 1연의 "달이 이제 밀물처럼 밀려 오다"에 보이는 것처럼, 화자가 홀로 나와 서 있는 마당은 물리적 질감을 지닌 역동적 공간의 심상으로 가득 차 있다. 이런 점들을 고려할 때, "한창때 곤한 잠인양"은 하나의 의인법으로 볼 수 있다. "곤한 잠"의 주체는 달과 달빛과 힌돌과 녹음과 비둘기와 오동나무일 것이다.

　이 시에서 시인이 표현하고 있는 자연은 있는 그대로의 풍경, 즉 자아의 내면이 개입하지 않는 풍경이다. 시적 자아의 내면이나 정서가 사물을 감각하고 형상화하는 데 하나의 전제로 작용하지 않을 때, 즉 자연 사물에 대한 목적성에서 벗어난 시선으로 사물을 감각할 때 그 시선과 대상 사물 자체의 빛이 열어주는 장소는 '풍경'을 생성시킨다.

> 石炭 속에서 피여 나오는
> 太古然히 아름다운 불을 둘러
> 十二月밤이 고요히 물러 앉다.
>
> 琉璃도 빛나지 않고
> 窓帳도 깊이 나리운 대로—
> 門에 열쇠가 끼인 대로—
>
> 눈보라는 꿀벌떼처럼
> 닝닝거리고 설레는데,
> 어느 마을에서는 紅疫이 躑躅처럼 爛漫하다.
>
> ＿「紅疫」

　이 시는 시골 밤의 정경을 무덤덤하게 그리고 있을 뿐 화자의 정서는 적극적으로 배제하고 있다. '—한 대로'라는 말이 되풀이되는데, 이는 사물과 풍경을 있는 그대로 그리려는 시인의 의도를 함축하고 있다. 이 시에서는 공간성을 밀고 당기고 압축하거나 풀어 내리는 몇 가지 장치를 동원하고 있다. "太古然히 아름다운 불을 둘러 / 十二月밤이 고요히 물러앉다."라는 표현은, 불을 사이에 두고 둘러앉은 화자들의 정경이 방의 내부를 넘어 외부로 확장되고 있음을 보여준다. 그리고 이 풍경은 12월 밤이라는 시간성으로 중첩된다. 이 짧은 3행 속에 하나의 장소가 두 겹의 풍경으로 표상되는 것이다. 석탄―화롯불―방―방을 둘러싼 정경으로 공간적 풍경이 확대되고, '태고'라는 초월적 시간에서 '십이월 밤'이라는 구체적이고 현실적인 시간적 풍경으로 집약된다. 이 확대와 집약이 중첩되는 것이다.

풍경이 중첩되는 것은, 자연 대상을 입체적으로 사유한다는 것이고 그것은 사물에 대한 거리를 더욱 객관화시켰다는 것이다. 따라서 이 시대에는 치명적 전염병 중의 하나인 홍역이 창궐하고 있다는 사실을 눈보라와 꿀벌떼의 비유와 함께 담담하게 서술할 수 있는 것이다. 이러한 시선은, 유사한 시적 정황을 다루고 있는 「發熱」[139]의 경우와 비교해 보면 그 특성이 더 잘 드러난다. 「發熱」에서는, 아이가 열이 오르는 어느 밤의 정황을 묘사하고 있다. 그런데 이 시에서 묘사되는 이미지들, 즉 "더운 김이 등에 서리나니", "별들이 참벌 날으듯" 등의 이미지들은 한결같이 열이 달아오르는 아이를 바라보는 아버지의 애타는 심정과 결합되어 있다. 그런데 1935년 발표되는 「紅疫」에서는―물론 구체적인 정황의 차이는 있지만―그러한 상황을 바라보는 시선이 어느 정도의 객관적 거리를 확보하고 있는 것이다.

---

139) 이 시는 1927년 발표되었다. 전문은 다음과 같다. "처마 끝에 서린 연기 따러 / 葡萄순이 기여 나가는 밤, 소리 없이, / 가믈음 땅에 시며든 더운 김이 / 등에 서리나니, 훈훈히, / 아아, 이 애 몸이 또 달어 오르노나. / 가쁜 숨결을 드내 쉬노니, 박나비처럼, / 가녀린 머리, 주사 찍은 자리에, 입술을 붙이고 / 나는 중얼거리다, 나는 중얼거리다, / 부끄러운줄도 모르는 多神敎徒와도 같이. / 아아, 이 애가 해자지게 보채노나! / 불도 약도 달도 없는 밤, / 아득한 하늘에는 별들이 참벌 날으듯 하여라."

자연과 자연 사물의 묘사에 있어 내면의식과 정서가 개입하고 배제되는 것은 정지용 시의 자연 형상화가 가지는 두 가지 양상이라고 상술했다. 시적 형상화에 있어 내면의 개입은 자연 인식을 정신적 차원으로 승화하고자 했던 종교시의 세계와 닿아 있다. 그리고 이 두 양상은 종교시 창작 시기에 이르기까지 동행한다. 그런데 1935년 발표된 위 시를 보더라도, 시적 자아의 정서를 배제한 객관화된 공간의 형상화는 정지용 시가 추구해갔던 기법의 향방이라고 할 수 있을 것이다. 초기 시편에 짙게 드러난 낭만적 자연 인식에서 벗어나, 자연을 타자로 인식하기 위해 사물에 대한 선입견을 배제하려는 것은 감각을 자연 대상을 접하는 첫 번째 통로로 만들고자 하는 정지용의 의식적 노력에서 비롯된 것으로 보인다.

대상 세계를 냉혹하고도 객관적으로 묘사하여 그 이미지의 역동성을 드러내고자 했던 정지용의 노력은 비교적 일관된 시적 지향이었다. 그런데 이 욕망은 사물의 이미지가 가진 풍부한 상상적 가능성을 시화(詩化)하는 것 외에 역설적이게도 사물의 역동적이고 복합적인 이미지를 시각적 구도로 고착화시킬 것을 요구한다. 앞서 분석한 「겨을」, 「湖面」, 「밤」, 「달」 등에서도 보이듯, 정지용은 대상 사물의 역동적인 이미지를 드러내는 데 성공하고 있지만 이 복합적인 이미지들이 궁극적으로 시각 이미지로 번역되고 있음을 주목해야 한다.

정지용이 '유리창'이라는 매개체를 통해, 주체와 대상 사물이 만날 때의 감각적 거리를 형상화해냈다는 것은 주지의 사실이다. 이 감각적 거리는 시적 자아가 대상을 접할 수 있다는 희망과 좌절을 동시에 안겨준다. 그럼에도 불구하고 정지용이 '유리창'이라는 시적 매개에 집착했다는 것은, 대상의 이미지를 시적으로 형상화하려는 그의 강력한 욕망과 절제의 방법론이 바로 '유리창'이라는 매개를 통해서만 가능하다는 인식에서 비롯된 것으로 보인다.

창 밖의 풍경, 즉 창을 통해 비춰지는 풍경은 시인의 원근법[140]적 욕망을 강력하게 자극한다. 네모난 사각의 창은 캔버스가 가진 2차원 평면과 유사한 구도를 가지고 있기 때문이다. 유리창은 대상을 주시하는 주체가 대상으로서의 사물을 고정시키는 매개체 중의 하나가 된다. 원근법적 시각이 대상을 산점 투시로부터 일점 투시의 공간으로 전이시킴으로부터 비롯되었다면, '창'이라는 매체는 개인이 대상을 향하여 고정된 시점을 창출하고 일정한 기하학적 공간으로 질서지우는 역할을 한다. 이러한 시각은 대상을 바라보는 자아의 영역을 확대하는 역할을 수행한다.[141] 따라서 시적 화자는 대상에 대한 장악력을 획득하면서 대상 세계를 바라보는 보다 폭넓은 시야를 확보해낼 수 있다.

> 짠 조수물에 흠뻑 불리워 획 획 내둘으니 보라ㅅ빛으로 피여오른 하늘이 만만하게 비여진다. / 채축에서 바다가 운다. 바다 우에 갈메기가 흩어진다. (중략) / 구름이 대리석 빛으로 퍼져 나간다. / 채축이 번뜻 배암을 그린다. / 「오호! 호! 호! 호! 호! 호! 호!」/ 말님의 앞발이 뒤ㅅ발이오 뒤ㅅ발이 앞발이라. / 바다가 네귀로 돈다.

―「말 1」(1927) 부분

> 六月하늘이 동그라하다, 앞에는 퍼언한 벌, / 아아, 四方이 우리 나라라구나. (중략) 해는 하늘 한복판, 금빛 해바라기가 돌아가고, / 파랑콩 꽃타리 하늘대는 두둑 위로 / 머언 힌 바다가 치여드네.

―「말 2」(1928) 부분

---

140) 원근법은 외부 세계를 자아의 영역의 확대라는 관점에서 확보하고 체계화한 것으로써, 시각의 체험과 대상 사물에 대한 지성적 판단이 개입함으로써 기하학적 구도를 획득한 것으로 이해 가능하다. Maurice Merleau-Ponty, *Phenomenologie de la perception*(Paris : Galimard, 1945), p.281 ; 김우창, 『풍경과 마음』(생각의나무, 2003), p.105에서 재인용.

141) Erwin Panofsky, *Perspective as Symbolic Form*(New York : Zone Books, 1991), p.27 ; 김우창, 앞의 책, pp.105~107 참조.

亭午 가까운 海峽은 / 白墨痕迹이 的歷한 圓周! // 마스트 끝에 붉은旗
가 하늘 보다 곱다. / 甘藍 포기 포기 솟아 오르듯 茂盛한 물이랑이어! //
班馬같이 海狗 같이 어여쁜 섬들이 달려오건만 / ——히 만저주지 않고
지나가다.// 海峽이 물거울 쓰러지듯 휘뚝 하였다. / 海峽은 업지러지지
않었다. // 地球우로 기여가는 것이 / 이다지도 호수운 것이냐!

——「다시 海峽」(1935) 부분

「말 1」에서는 시적 화자가 바닷가에서 말을 타고 달리는 모습이 시각
과 청각 이미지를 중심으로 역동적으로 형상화되었다. 시각, 촉각, 청각,
공간 감각 등이 중첩되어 매우 선명하고도 생명력 있는 이미지들을 만들
어내고 있다. 그런데 이 감각적 이미지들은 결국 주위 공간에 대한 시각
적 구도로 수렴된다. "하늘이 만만하게 비여진다", 그리고 "바다가 네귀
로 돈다"에 드러나듯, 시적 화자의 행동과 대상 세계의 움직임이 엮어낸
이미지들은 화자의 시야에서 보다 넓은 구도의 시각상으로 열린다. 화자
는 하늘과 바다의 움직임을 시적 주체를 중심으로 장악해내는 것이다.

「말 2」는 「말 1」에 비해 이미지의 역동성은 약하지만, 보다 안정적으
로 대상 세계의 시각적 지평을 조직해내고 있다. 시인의 시선은 까치—
말—하늘—퍼언한 벌—말과 화자—하늘—머언 흰 바다—말—까치로 이
어지며 일종의 원환을 그리고 있다. "해는 하늘 한복판, 금빛 해바라기가
돌아가고, / 파랑콩 꽃타리 하늘대는 두둑 위로 / 머언 흰 바다가 치여드
네"와 같은 표현에서는 수직성(파랑콩 꽃타리—하늘)과 수평성(바다)이 교차
되고 있다. "앞에는 퍼언한 벌, / 아아, 四方이 우리 나라 라구나."에 나
타난 것처럼, 상하사방으로 향한 화자의 시선과 가시지평이 개방된다.

「다시 海峽」에서, 바다는 "白墨痕迹이 的歷한 圓周!"로서 구획된 기하
학의 시선 위에 놓인다. 시인에게 더 이상 바다는 오빠가 떠나가신 불안
한 상상의 바다(「지는 해」, 1926년 창작)도, "華麗한 김승처럼 짓으며 달려

나가는"(「甲板 우」, 1926년 창작) 신세계로의 동경의 바다도, 시적 자아의
상실감을 부축하는 우울한 바다(「바다 4」, 1926년 창작)도 아니다.

정지용에게 바다는 불안과 동경과 상실의 내면적 지향이 동행하는 특
정화된 장소로서의 공간이었다. 그러나 1935년 무렵의 정지용에게 바다
는 보편적 좌표와 척도로 분할되고 환원 가능한 기하학적 공간으로 태어
난다. "海狗 같이 어여쁜 섬들이 달려오건만 ——히 만저주지 않고 지
나"갈만큼, 이제 바다는 대상으로서의 세계를 배치하는 지표와 가시틀일
뿐, 시적 자아의 정서가 틈입할 여백을 좀처럼 허락하지 않는다.『정지용
시집』시기의 후반부를 차지하는 종교시 창작 시기와『백록담』시기의
사이에 발표된 「다시 海峽」, 「地圖」, 「바다 2」는 정지용의 시적 지향이
다다른 궁극적 지점을 명백히 보여 준다.

> 地理敎室專用地圖는
> 다시 돌아와 보는 美麗한 七月의庭園.
> 千島列島附近 가장 짙푸른 곳은 眞實한 바다 보다 깊다.
> 한가운데 검푸른 點으로 뛰여들기가 얼마나 恍惚한 諧謔이냐!
> 椅子우에서 따이빙姿勢를 取할 수 있는 瞬間,
> 敎員室의 七月은 眞實한 바다보담 寂寞하다.
>
> ＿「地圖」

시적 화자가 바라보는 '진실한 바다보다 깊은 미려한 칠월의 정원'은
다름 아닌 '지도'이다. 지도상의 '검푸른 점'은 시적 자아가 다이빙으로
뛰어들고 싶은 매혹적이고 황홀한 공간이다. 시적 자아는 실재로서의 바
다보다, 바다라는 특정한 공간의 장소로서의 구체성을 제거하고 위도와
경도의 좌표로 분할시킨 '지도'라는 광학적인 공간에서 비로소 위안을
얻는 것이다.

자연 대상은 그 자체로 존재하기도 하지만 인간에게 현상되는 대타적

자연으로도 존재한다. 정지용 시의 행정(行程)은 자연의 존재 방식과 그것
을 인식하고 시적으로 형상화하려는 시인의 태도가 빚어내는 긴장과 발
전의 도정으로 이해 가능하다. 시적 자아와 분리되지 않던 상상적 합일
의 자연에서 벗어나는 자리에서, 정지용에게 자연은 대상으로 다가왔다.
정지용은 이 대상으로서의 자연의 본질과 그 세부를 장악하여 시적으로
완성하고자 했다. 그러기 위해서 대상을 일정한 틀 속에 가둔 후 그것의
현상을 감각적으로 포착하는 방식으로 나아갔다. 그 과정에서 등장한 것
이 '유리창'과 원근법이다. '유리창'은 대상에 대한 감각적 개방과 존재
론적 단절을 동시에 표상한다. 또 원근법은 대상을 주체의 시각상에 묶
어두기 위해 대상이 가진 구체적 개별성을 사상시키고 보편적 단위와 척
도로 대상을 배치한다. '유리창'과 원근법은 세계를 바라보고 그것을 시
적인 형상화의 대상으로 배치하고자 했던 정지용의 시적 인식틀을 이루
고 있었다. 상술한 것처럼 '바다'와 관련된 시에서 이런 측면들이 구체화
되어 나타나는데, 이러한 방법론의 극단에 위치하는 것이 바로 「바다 2」
이다.

바다는 뿔뿔이
달어 날려고 했다.

푸른 도마뱀떼 같이
재재발렀다.

꼬리가 이루
잡히지 않었다.

힌 발톱에 찢긴
珊瑚보다 붉고 슬픈 생채기!

가까스루 몰아다 부치고
변죽을 둘러 손질하여 물기를 시쳤다.

이 앨쓴 *海圖*에
손을 싯고 떼었다.

찰찰 넘치도록
돌돌 굴르도록

희동그란히 바쳐 들었다!
地球는 蓮잎인양 옴으라들고……펴고……

_「바다 2」

　이 시에 대해서는 이미 많은 논의가 이루어져 왔다. 그러나 시의 배경
과 정황이나 해석에 대한 문제는 다양한 시각으로 분기되어 있다. 이 시
가 바다에 대한 체험으로 씌어진 것이라는 의견에서부터 지구의나 지도
를 제작하는 과정의 산물이라는 의견들은 시적 정황에 대한 부분이다.
또 이 시의 각 구문에 있어서의 주체를 시적 화자로 볼 것인지 지구, 또
는 바다로 볼 것인지도 엇갈리고 있다. 또한 "생채기"를 비롯하여 각 시
어의 의미에 대해서도 나름의 다양한 의견이 분분하다.
　본고의 시각은, 이 시가 세계를 인식하고 시적으로 형상화하려는 정지
용의 시적 도정에 있어 다다른 방법론적 극단을 암시하고 있으며, 따라
서 시세계의 분명한 전환점에 위치하고 있다는 점을 강조하고자 한다.
이 시의 창작 시기, 그리고 묘사된 이미지들의 감각적 효과 역시 정지용
시에 있어 「바다 2」의 중요성을 입증하는 요소가 되리라 생각된다. 따라
서 여기서는 지금까지 정지용 시의 자연 인식과 형상화 양상을 추적하면
서 발견된 시적 지향의 궤적을 따라 시의 세부를 다시 한번 해석해 볼

것이다.

시적 자아는 바다를 바라보고 있다. 지금 바다는 관찰의 대상이다. 바다는 시적 자아의 시야 안에 있다. 그러나 이 바다는 '뿔뿔이 달아나려고' 한다. 그것은 파도이며 물결이며 이 역동적인 풍경이 형성하는 바다 전체라고도 볼 수 있다. 그것도 매우 잽싸고 빠르게 움직인다. 바다의 이 움직임은 시적 자아의 시야에서 흔들린다. 급기야 움직임의 꼬리가 시야에서 사라지기도 한다. '꼬리가 이루 잡히지 않는 것'이다. 이것이 3연까지의 시적 정황이다.

모든 연에서는 주체가 누구이든 어떤 물리적 상태와 움직임을 제시하고 있는데, 갑자기 4연에서는 감정과 정서의 어떤 상태를 표현하는 "슬픈 생채기"라는 어구가 등장한다. 이것의 의미는 시의 논리적 구조를 따라 해석되어야 한다. 시적 자아는 바다라는 대상을 시적 주체의 가시지평 속에 배치하고 관찰하고자 했으나, 바다는 뿔뿔이 달아나고 그 꼬리를 감추었다. "珊瑚보다 붉고 슬픈 생채기"는 바다를 관찰하고 가시지평 속에 움켜쥐려는 욕망이 어그러지는 시적 자아의 내면을 표백한 것이다.

5연에서는 "가까스루 몰아다 부"쳤다고 했다. 쉴새없이 밀려갔다가 밀려오는 바닷물을 제대로 잡을 수는 없지만, 시적 화자는 '가까스로' 모래 흙 속에 홈을 파고 흙을 모아 동그랗게 바닷물을 가둘 수 있었다. 그리고 주변을 다독거려, '변죽을 둘러 손질하여' 주변을 탄탄하게 만든다. 시적 화자는 이렇게 '작은 바다'를 완성한 것이다. 이 애를 쓴 바다가 바로 "眞實한 바다 보다 깊다"(「地圖」)고 했던 "海圖"이다.

이 조그만 바다는 찰찰 넘치기도 하고 돌돌 구르기도 하며, 동그랗게 물을 받쳐 들었다. 물가에 가까운 자리에서 홈을 파 보면, 고인 물 말고도 지표면 아래에 스며들어 있던 물기들이 파도가 밀려오고 밀려가는 시각에 맞춰 올라갔다 내려갔다 하는 것을 볼 수 있을 것이다. 시적 화자는 그것을 보고 있다. 이 지구이자 바다가 연잎처럼 오므라들었다가 펴졌다가 하는 것이다.

이렇게 해석해 보면, 이 시의 이미지와 시어들은 그렇게 복잡한 구조를 가지고 있는 것이 아니다. 그러나 겉으로 드러나는 것 외에, 이 시에서 암시하는 바는 크고 깊다. 왜냐하면 지금까지 정지용이 지향해 왔던 시적 형상화의 방법론이 제시되면서, 그 한계를 스스로 자각하고 있으며, 또 새로운 가능성을 발견하고 있기 때문이다.

시적 자아는 자신의 감각으로 대상 세계의 가시지평을 확정하고 끌어안으려고 한다. 그러나 세계는 그의 감각 속에서 고정되지 않는다. 그것은 살아 움직이는 것 같다. 그때 시인은 살아 있는 세계의 발톱에 찢긴 가냘픈 감각의 상처를 토로한다. 이것은 지금까지 그가 지녀오고 지향해 왔던 인식론의 파탄을 선언하는 것과 다름이 없다. 그것은 '海圖'에로의 욕망과 구체적 감각의 현전 사이에서 오는 필연적인 파탄이다. "海圖"는 장소로서의 모든 질적 차이를 사상(捨象)하고 동일화될 수 있는 보편적 표지를 지표면과 해수면 위에 아로새김으로써 성립 가능한 시각 체계이자 인식론적 틀이다. 그러나 정지용은 이 "海圖"를 자신의 구체적인 '감각'을 통해 완성하고자 했다. 이 실패는 특수와 구체를 통해 보편을 구현하고자 했던 시인에게 필연적으로 예견되어 있는 것이었다.

세계를 움켜잡으려는 주체의 감각적 욕망이 좌절된 자리에서 솟아오르는 것은 세계 속에 홀로 놓인 고독한 자아이다. 인간은 세계를 주체 중심의 시각적 구도와 형식 속에 고정시킴으로써 스스로 세계 속에 고착된다. 정지용의 「바다 2」는 자연을 움켜잡아 주체의 시선 아래에 부착하려는 자아가 필연적으로 마주치게 되는 자기 속박의 과정을 보여 준다. 정지용은 대상으로서의 바다에 이르러 비로소 자연을 하나의 표상으로 완성하고자 하나 이 재현된 표상이 시적 자아에게 되돌려주는 것은 주체를 삼켜버리는 시각지평의 권력인 것이다.

정지용은 바다에 선을 긋고 지표면에 홈을 파서 하나의 해도를 완성하고자 했다. 이 홈 패인 공간[142]은 대상을 향한 주체의 가시 지평을 확보하고 포괄할 수 있을지언정 대상과의 직접적인 감각적 현전이 이루어지는 장소는 아니다. 정지용은 이 양자를 포괄하고 합성하려 했기에 실패할 수밖에 없었다. 그러나 이것이 온전한 실패일 수만은 없다.

정지용은 이 해도(海圖)와 감각의 생채기를 바라보면서 또 다른 이미지를 발견해 낸다. 그것은 '연잎처럼 오므라들고 펴지는' 살아있는 생명체로서의 지구와 바다이다. 정지용이 자신의 시적 지향이었던 감각의 상처와 그 한계를 드러낸 자리에서 솟아 오른 유기적인 자연과 그 힘의 이미지는 또 다른 시적 가능성과 그 의미를 내장하고 있다고 보아야 한다. 아직 암시에 머물 뿐인 그것은 정지용이 스스로 설정했던 공간의 포획과 자기 속박을 뚫고 새로운 시적 출구를 모색해야 할 시점에 와 있음을 증거한다고 할 것이다. 다음 장에서는 정지용의 이 새로운 시각과 방법론이 어떤 시적 행정(行程)을 이끌어가고 있는지 살펴볼 것이다.

---

142) 들뢰즈-가타리는 유목주의의 공간역학과 유목적 공간에 대해 논하면서, 공간의 두 가지 영역을 정착민의 '홈 패인 공간(espace strié)'과 유목민의 '매끄러운 공간(espace lisse)'으로 정식화했다. 그에 의하면 "정착적 공간은 벽, 울타리, 울타리 사이의 길들에 의해 홈패어진 반면, 유목적 공간은 매끄럽고 궤적들에 의해 지워지고 자리를 바꾸는 '자질'들에 의해서만 표시된다." 즉, 홈 패인 공간은 어떤 척도와 기준에 의해 구획되고 움직임이 분배되는 공간이며, 매끄러운 공간은 특정한 좌표적 공간이 아니라 불특정한 방향의 힘들로 채워지는 공간이며 장소와 시간에 따라 좌표와 척도 자체가 변화하는 가변적인 공간이다. 그런데, 들뢰즈-가타리에 의하면, '바다' 공간은 전형적인 매끄러운 공간인데, 바다 공간의 바로 그러한 성격 때문에 가장 먼저 홈 패임의 요구에 직면했다고 본다. 위도와 경도로 구성되는 지도의 격자는 이 홈 패임의 전형적인 모델이라는 것이다. 정지용이 바다를 바라보는 시선 역시 바다를 주체와 대상의 관계로 홈패게 하려는 근대적 욕망의 궤적으로 이해할 수 있다. GiLes Deleuze · Félix Guattari(이진경 외 역), *Mille Plateaux : Capitalisme et schizophrénie* 『천의 고원 : 자본주의와 정신분열증』(연구공간 '너머', 2000), p.164 , 269 참조.

Ⅳ. 성찰과 소통의 풍경적 자연

  '자연'은 형이상학적인 즉자가 아닐뿐더러 주체에 대한 절대적 객체─
대상이 아니다. 자연은 자명한 그 무엇이 아니다. 자연은 단지 사태에 따
라 역사적으로 규정될 뿐이고 실제 그렇게 규정되어 왔다. 자연을 '역사
주의적'으로 바라보는 것과 '자연 인식의 역사성'을 묻는 것은 다른 문
제일 것이다. 후자는 자연 인식의 기원과 사태에 초점을 두는 것이기 때
문이다. 자연 인식은 인간이 인간 자신을 포함한 자연을 향해 물음과 시
선을 던지는 방식이다. 이때 자명한 그 무엇도 아닌 자연과 그것의 인식
에 대한 기원과 사태를 묻는다면, '풍경'이란 개념을 중첩시키거나 전자
를 후자로 대체하는 것이 유용할 것이다. 가타타니 고진에 의하면, "풍
경이란 하나의 인식틀이며, 일단 풍경이 생기면 곧 그 기원은 은폐된
다."143) 곧 풍경은 역사적으로 만들어지며 생성되는 인식틀이다. 따라서
그것은 일종의 지각 양태에 속하는 것이다. 가라타니 고진은 "풍경이 출
현하기 위해서는 지각 양태가 변하지 않으면 안 되며, 그것을 위해서는
어떤 구체적인 역전이 필요"144)하다고 말하고 있다. 풍경이 풍경 그 자

---

143) 柄谷行人, 『일본근대문학의 기원』(민음사, 1997), p.32.
144) 위의 책, p.35.

체로 발견되기 위해서는 그것을 역사적으로 구성하고 있던 기호론적인
인식틀, 즉 초월론적인 장(場)의 지각 양태를 바꾸는 전도(顚倒)가 필요한
것이다.

> 근대 리얼리즘은 분명 풍경 속에서 확립된다. 왜냐하면 리얼리즘이 묘
> 사하는 것은 풍경 또는 풍경으로서의 인간(평범한 인간)이지만 그러한
> 풍경은 본래 외부에 존재하는 것이 아니라 <인간으로부터 소원화된 풍
> 경으로서의 풍경>으로 발견해야 했던 것이기 때문이다.[145]

어떤 인간적 의미가 착색되지 않은 자연, 인간적 요소가 제거된 자연,
그것이 근대 문학에 있어서의 풍경이다. ‘풍경’은 성립과 동시에 그 기
원이 은폐된다. 이 말은 풍경이 끊임없이 생성되는 사태에 다름 아니라
는 것과 통한다. 이 풍경의 ‘기원’과 ‘사태’를 추적하는 것은 바로 시인
의 자연에 대한 지각 양태와 인식틀의 구도와 그 변이를 밝히는 작업이
된다.

정지용 시에서 자연의 문제는 시세계 전체를 통틀어 일관된 소재로 작
동하고 있다고 보아야 한다. 우리는 정지용 시에서의 자연이 어떤 지각
양태로 성립하고, 또 은폐되고 전도되는지 고찰해 볼 수 있다. ‘풍경’이
라는 담론의 조건이 필요한 것은 바로 이러한 이유 때문이다.

‘풍경’은 일정한 가치 전도에 의해, 보이지 않던 것이 보이게 되는 풍
경이다. 그런 의미에서 김동리가 청록파의 시에서 보았던 ‘자연의 발
견’[146]은 진정한 의미에서 자연의 발견도, 풍경의 발견도 아니었던 셈이

---

145) 위의 책, p.41.
146) 김동리는 현대문학에 있어서 자연에 대한 문제를 가장 먼저 제기한 논자라고
　　할 수 있다. 그는 청록파 세 시인의 자연 지향을 각각 ‘박목월의 향토성’, ‘조지
　　훈의 선(禪) 감각’, ‘박두진의 기독교’라는 항목으로 검토했는데, 그가 내세운 자
　　연의 발견이란 기실 소재 차원에 그치는 것이었다. 그는 청록파에 앞선 유치환
　　과 서정주, 김달진, 오장환, 함형수 등의 자연 지향이 김영랑, 정지용, 박용철 등

다. 정지용에게 자연은 '고향'이라는 상상적 자연으로부터 '바다'와 '산'으로 전개되는 실재로서의 자연 풍경으로 변도한다. 특히 '바다'의 자연 풍경은 두려움, 기대, 고독 등과 같은 내면의식과 긴밀한 연관을 맺고 있다. 상상의 향토였던 고향을 잃어버린 자아가 도착한 곳은 '바다'이다. 정지용은 '바다'에서 내면과 그 내면의 '바깥'을 동시에 경험하게 된다. 고향의 외부에서 고향의 내부와 외부를 동시에 의식하는 것은 '바다'에 대한 인식에 이르러서이다. 고향을 떠난 자아가 스스로를 풍경으로 의식하게 되면서 정지용은 '시간'과 '원근법'으로서의 자연을 발견하게 된다. 정지용의 초기 시세계의 주요 모티프인 '바다'는 자연에 대한 시인의 시각과 인식의 변화를 그대로 표상한다. 즉, 고향 상실과 낭만적 공동체로부터의 결핍에 대한 자의식이 그 탈출구로 삼은 곳이 바로 바다였으며, 그 바다에서 시인은 발견된 새로운 세계에 대한 원근법적 지평과 자신감을 동시에 획득하는 것이다.

정지용은 고향의 바깥에서 고향을 그리워하고, 고향의 내부에서 '누나', '오빠'로 표상되는 더 먼 곳의 고향과 그 기억을 희구한다. 정지용은 한 번도 외부의 외부로서의 고향의 내부를 인식하지 못했다. 고향은 언제나 내부가 아니면 외부였을 뿐이다. 그의 '고향'이라는 낭만적 관념은 바다에 이르러서도 완전히 잠식되지 않고 나타난다. 상실감, 고독, 외로움 등의 내면의식들이 얼마간 '바다' 시편의 지각 양태 속에 남아 있다. 그러나 그가 궁극적으로 발견한 바다의 풍경은 시간과 원근법이다. '나는 왜 저곳에 있지 않고 이곳에 있는가', '이곳의 심연은 어디인가', '이곳은 '나'로부터 얼마나 떨어져 있는가'라는 물음은 주체 정립과 균질화된 시간을 배경으로 한 원근법에의 갈망이다.

의 '연약한 기교주의'에 반발한 주류적 경향이었다고 주장했다. 자연을 문명과 대립시키고 향토성과 선(禪), 기독교 등을 함께 자연의 반열에 올려 두는 김동리의 논지는 결국 자연에 대한 문제를 일종의 신비주의로 몰아가는 결과를 빚고 있다. 김동리, 「삼가시와 자연의 발견」, 『예술조선』 4, 1948. 8 ;「자연의 발견」, 『문학과 인간』(민음사, 1997) 참조.

정작 정지용에게 하나의 비전이었던 것은 '바다'였던 것이다. 그러나 그것은 "꼬리가 이루 잡히지 않"는 "붉고 슬픈 생채기"(「바다 2」)였을 뿐이다.

그러나 후기 시에 등장하는 '산'은 그에게 실존으로서의 풍경이 된다. 후기의 산수시는 정지용이 '풍경' 속으로 걸어 들어가 그것의 생성과 은폐를 경험하고자 하는 자기 성찰의 기록이라고 할 수 있다. 여행이란 일상으로부터의 탈피이다. 풍경은 비일상적인 인간, 노동을 떠난 인간에게 비로소 발견된다. 정지용은 '자연'이라는 풍경 속에 참여하고, 생성되는 풍경을 그리기 시작한다. 후기 시의 풍경은 시인의 신체에 기록되는 하나의 탐색의 도정으로 나타날 것이다. '금강산'은 이미 수많은 텍스트에 의해 그 의미가 뒤덮인 공간이다. 그러나 정지용의 시는 '금강산'이 내포하고 있었던 형이상학적 모델로부터 떨어져, 금강산의 '내부'로 걸어 들어간다. 「玉流洞」, 「毘盧峯」 등의 시편에서 보여주는 것처럼, 금강산은 시인의 신체에 기록되는 생성되는 풍경 그 자체이다.

풍경은 모든 공통 감각의 대상이며, 중층적 시간 아래 사건이 발생하는 장소이다. 지속하는 시간이 인간의 신체를 통해 타자와 관련된 세계라는 지평을 여는 곳이 풍경이다.

1. 감각과 초월

정지용은 1930년대 후반, 「詩의 擁護」를 비롯한 일련의 시론을 발표함으로써[147] 1920년대 중반 이후의 꾸준한 시적 모색과 그 변화에 대한 이론적 입지를 드러낸다. 또한 1937년의 「玉流洞」과 1938년의 「九城洞」 등은 전기의 모더니즘적 언어 실험과 가톨릭 종교시를 거쳐 후기 시의 뚜렷한 특질로 나타나는 산수시(山水詩)의 시발점이 된다. 정지용이 이 시

---

147) 「詩의 擁護」, 『文章』, 1939. 6 ; 「詩와 發表」, 『文章』, 1939. 10 ; 「詩의 威儀」, 『文章』, 1939. 11 ; 「詩와 言語」, 『文章』, 1939. 12.

편들을 통해 보여주는 동양적 고전미학관과 문인화적 시화일여(詩畵一如)
의 세계는 당대의 전통 지향적 시의 흐름을 주도하는 정신주의의 시사적
성취로 기록된다. "서구 추수적인 아류의 이미지즘이나 유행적인 모더니
즘을 넘어서서 우리의 오랜 시적 전통에 근거한 山水詩의 세계를 독자적
인 현대어로 개진함으로써 한국 현대시의 성숙에 결정적인 기틀을 마련
했다"[148]는 평가는 정지용의 후기 시가 가진 문학사적 위상을 적절히 드
러내고 있다. 그러나 "그의 시적 본령이 山水詩에 있다"[149]는 지적에 값
할 만큼 정지용 산수시(山水詩)의 성격과 특질에 대한 분석적이며 체계적
인 연구는 미흡한 것으로 보인다. 무엇보다, 산수시의 본질과 그것이 담
고 있는 자연관이 문학 내재적 차원에서의 분석과 병행하여 이루어져야
할 과제로 남아 있다.

따라서 이 절에서는 정지용의 「九城洞」과 「비」를 분석하여 후기 산수
시의 감각성과 그 귀결인 초월성의 양상을 자연 인식의 측면과 함께 살
펴볼 것이다. 먼저 정지용 산수시의 정신적 지향으로 지목된 바 있는
'은일(隱逸)의 개념적 역사와 그 성격을 살핌으로써 논의를 이끌어나갈
것이다.

최동호는 정지용의 후기 시편이 담고 있는 동양적 은일(隱逸)의 정신을
처음으로 거론하였다.[150] 이후의 연구에서는 대체로 이러한 견해가 받아
들여져 정지용의 시세계를 더욱 풍부한 논의의 장으로 이끌어 갔다. 그
러나 문제는 이 '隱逸'이 단순히 '은거(隱居)' 혹은 '은둔(隱遁)'의 뜻으로
받아들여지고 있음을 지적하고 싶다. 정지용 시에 있어서의 자연관, 혹은
隱逸의 성격에 대해서 제각각 다른 시각을 제시하고 있는 논의를 살펴보
자면, 먼저 최승호는 정지용의 후기 자연시를 영물시, 여행적 산수시, 은

---

148) 최동호, 「山水詩의 世界와 隱逸의 精神」, 『불확정시대의 문학』(문학과지성사,
　　　1987), p.43.
149) 위의 글, p.42.
150) 최동호, 위의 글.

거적 자연시의 세 유형으로 나누고 그 중 '은거적 자연시'를 정지용의 자연시를 대표하는 범주로 보고 있다.[151] 김신정의 경우, '은둔'을 "속악한 현실에 대한 강한 항체로서 시의 귀족성을 지키기 위한 전략"으로 풀어내며 은일에 대한 나름의 해석을 가하고 있는데, 정작 '은일'을 '은둔'으로 해석함으로써 의미를 좁히고 있다.[152] 이숭원의 연구는 난해시를 포함해서 정지용의 거의 모든 시에 대해 실증적이며 상세한 해석을 가하고 있지만 은일의 성격에 대해서는 판단과 언급을 유보하고 있다.[153] '은일'을 은거, 혹은 은둔으로 그 의미를 제한하는 것은 지용 산수시론의 본질에 접근할 수 있는 방법론 자체를 차단하는 결과를 가져올 수 있으며 논의의 넓이와 깊이를 확보하는 데에도 걸림돌이 되고 있음이 틀림없다. 따라서 이 개념의 예술사적 유래와 변천에 대해 먼저 언급되지 않으면 안 될 것이다.

우선 '隱'에 대해서는 '숨다' 이외의 다른 뜻은 담고 있지 않기 때문에 논외로 하고, '逸'에 대해서 생각해 보기로 한다. 흔히 쓰이는 '逸'에 대한 사전적인 뜻은 '숨다', '달리다', '잃다' 등이다. 그러나 드물게 '즐기다', '뛰어나다'의 뜻―물론 이것은 파생된 개념으로 보인다―도 내포하고 있다. 흔히 쓰이는 逸品이라는 말은 이 경우의 좋은 예증이 될 것이다. 무엇보다, 우리가 이 '逸'의 관념에 대하여 주목하고자 하는 것은 '逸'이 동양 산수화론의 발전과정에서 생각보다 복잡하고 심오한 논쟁적인 역사를 가지고 있음에서 비롯된다.

동양의 예술정신은 예술창작자와 예술작품 간의 거리를 두지 않으며 그것은 동양 중세 미학의 발원지라 할 수 있는 중국 위진 시대 현학(玄學),[154] 혹은 장학(莊學)의 영향권 아래에 있다. 또한 "현학의 예술정신은

---

151) 최승호, 『한국 현대시와 동양적 생명사상』(다운샘, 1995).
152) 김신정, 『정지용 시 연구』(연세대 박사논문, 1998).
153) 이숭원, 『정지용 시의 심층적 연구』(태학사, 1999).
154) 주역과 노자·장자를 합쳐 '三玄'이라 칭하고, 그 형이상학적 언론을 '玄學'이라 한다.

실제 인생의 예술화로 귀결된다."[155] 이는 위진시대 인륜감식(人倫鑑識 : 인물품평)의 풍조와도 무관하지 않은데, 예술창작품(특히 인물화, 산수화)을 품평할 때 작가의 인품과 품성(品性)을 예술적 완성도의 주요한 기준으로 삼았다는 것은 예술 창작이 정신적 도야(陶冶)와 초월의 방편이었음을 짐작케 한다. 중국 송초(宋初) 산수화 품등(品等) 구분의 관념들인 능(能)·묘(妙)·신(神) 외에-혹은 그 위에-"일(逸)"의 관념이 두루 통용되었다는 것은 주목을 요한다. '일격(逸格)', 혹은 '일품(逸品)'은 단지 작품의 완성도에 그치지 않고 작품에 구현된 작품의 정신과 작자 자신의 예술적 생활상까지 평가의 범주에 넣음으로써 동양적 예술 관념에 하나의 깊이를 부여하였다.

일격이 중국 산수화론에서 중요시 된 것은 촉인(蜀人) 황휴복이 10세기경 지은 것으로 알려진 『익주명화록(益州名畵錄)』에서 "그림의 逸格은 그 동류될 만한 것이 없다"[156]라고 한 말에서 비롯된다. 이 일격을 논하기 위해선 반드시 앞에 제시한 신격(神格), 묘격(妙格), 능격(能格)을 거론하고 넘어가야 할 것이다. 서복관이 개략적으로 정리한 바[157]에 따르면, 능격은 대상의 객관적 묘사를 중시함으로써 그 형사(形寫)를 제대로 해 내는 것을 뜻한다. 그리고 묘격은, 사람과 사물을 그려냄에 있어 그 본성이 드러나게 하는 것, 또한 "그러면서도 그렇게 되는 까닭을 알지 못하"는 경지를 말한다. 이에 대해 신격은 한마디로 "전신(傳神)"을 뜻한다. 즉, 미적 정신활동의 도달 경계이며, 주객합일의 정신 경계이다.

동양회화론에서는 이 일격을 신격과 분명히 구분해서 사용하지는 않았다.[158] 다만 초일(超逸), 청일(淸逸), 방일(放逸) 등의 관념을 두루 사용함으로써 예술성과 생활상에 있어서의 정신적인 고양이 이룬 풍격(風格)을

金谷 治 외, 『중국사상사』, 조성을 옮김(이론과 실천, 1986), p.172 참조.
155) 서복관, 『중국예술정신』, 권덕주 외 역(동문선, 1990), p.360.
156) "畵之逸格, 最難其儔", 서복관, 위의 책, p.347.
157) 서복관, 앞의 책, pp.354~356.
158) 서복관, 앞의 책, 같은 곳.

나타내는 개념으로 사용된 듯하다. 아무튼 '逸'의 관념이 이러한 측면에서 두루 사용되었다는 것은 '隱逸의 정신'이 단순히 현실에 대한 도피나 은둔이 아니라 인생과 예술에 대한 독자적인 가치체계를 지니고 있었다는 것이 된다. 위진시대 현학(玄學)의 중심이었던 죽림칠현(竹林七賢) 역시 그 개개인의 면모를 사적으로 주시해 보면 단순히 '세상을 등진 사람'만은 아니었음을 알 수 있다. 竹林七賢의 중심인물이라 할 수 있는 산도, 완적, 혜강의 행적은 3세기 위진 교체기라는 격변기 아래에서의 정치적 행위로서 이해되며,159) "나라에 道가 있으면 벼슬하고, 道가 없으면 물러나 숨는다"160)라는 유가적 차원과도 관련되어 있다.

따라서 동양 사상사에서 '은일'의 정신은 현실에 대한 소극적 도피라기보다는 현실에 대한 대안적 대응, 혹은 적극적 초월의 자세로 이해될 수 있다.

정지용의 시에 있어서 隱逸의 정신 역시 단순히 은둔이나 은거, 도피의 성향에서 말미암았다고 규정할 수 없다. 「九城洞」에는 정지용의 '隱逸의 정신'이 지향했던 바, 적극적인 초월의 자세가 나타나 있다.

골작에는 흔히
流星이 묻힌다.

黃昏에
누뤼가 소란히 싸히기도 하고,

꽃도
귀향 사는곳,

---

159) 金谷 治 외, 『중국사상사』, 조성을 옮김(이론과 실천, 1986), pp.162~164.
160) "邦有道則仕, 邦無道則可卷而懷之", 『論語』, 「衛靈公」
　　"天下有道則見, 無道則隱", 『論語』, 「泰伯」

절터ㅅ드렸는데
바람도 모히지 않고

山그림자 설핏하면
사슴이 일어나 등을 넘어간다.

이 시는 2행 5연의 짧은 시이지만 극도로 절제된 시어와 응축된 심상들은 산수화의 미덕을 골고루 담고 있기도 하다. 따라서 "한 폭의 산수화의 세계… 지용 자신이 그리던 이상의 세계"161)를 성공적으로 형상화했다는 데에 대부분의 논자들이 일치한다. 그러나 이 「九城洞」의 보이지 않는 완결미가 마땅한 논점 아래서 해석되고 있지는 못한 것 같다.

'유성(流星)'은 '흐르는 별'이다. 우주의 먼지덩어리가 압축과 마찰로 타며 우주를 흐르다가 지구 대기로 들어와 지상에 떨어진 것으로 별똥(별)이라고도 한다. 流星(별똥)은 준거를 찾지 못하고 떠도는 화자의 고독한 존재성이 투영된 적절한 대상이다. 인적이 없는 골짜기에 '흔히' 유성이 묻히는 것이다. 세속의 질곡에 상처 받고 지친 인간들이 흔히 산중으로 자연과의 직접적인 교감을 찾아 묻히는 것이다. 한편, 流星의 발생 과정은 바로 우주 생성의 시초와도 같다. 공기의 압축과 팽창, 그리고 그 마찰의 힘으로 부서진 먼지덩어리는 끊임없이 타오르며 대기 속을 떠돌아다닌다. 그러한 '流星'이 시인이 있는 '골작'에 묻히는 것이다. 그 '골작'은 바로 '九城洞'이다. 이 '九城洞'은 단순히 금강산에 있는 하나의 계곡의 지명으로만 이해될 수 있는 것이 아니다. 그것은 '아홉 개의 城으로 이루어진 골짜기'이다. '아홉'이란 수가 환기하는 것은 하나의 '완전함', '꽉 차 있음'이다. '九城洞'은 인위(人爲)로는 가 닿을 수 없는 절대성의 세계이다. 그러한 태고(太古)의 신성한 공간인 '골작'에 우주 생성의 시원

---

161) 최동호, 앞의 글, p.140.

(始原)을 증거하는 '流星'이 묻히는 것이다. 시인은 이 골짜기에서 새로운 시간과 공간의 역사를 꿈꾸는 것이다.

2연에서는 이러한 새로운 세계 창조를 "黃昏에 / 누리가 소란히 싸히"는 모습으로 묘사하고 있다. '黃昏'은 하루의 시간이 소멸하는 순간이다. 짙어가는 어둠은 조금씩 사라지는 시간을 체현하고 있다. 이러한 시공에서 우박이 내린다. 그런데, 그냥 내리고 마는 것이 아니라 '소란히' 내려 쌓이고 있다. '소란히'란 단어는 골짜기의 정적성을 역설적으로 강화하고 있다. '소란'한 것은 우박이 내리기 때문이 아니라, 우박이 쌓이고 있기 때문이다. 여기서 '쌓인다'는 것은 어떤 의미인가. 우박은 대기 중의 수분이 결빙된 채로 부서져 흩어진 것이다. 그것은 시간의 파편이다. 결빙된 시간의 파편이 형식을 찾지 못하고 흩어지는 것이다. 이 '누뤼'가 '黃昏'이라는 시간의 소멸지점에서, '九城洞'으로 쌓인다. 새로운 시간이 충적(充積)되고 있는 것이다. 이러한 카오스의 미분화(未分化) 상태는 '소란'스러울 수밖에 없다.

3연에서 '꽃'이 '귀향'산다고 한 말은 '꽃'의 이중적인 심상과 어울려 반어적 효과를 내고 있다. 흔히 '꽃'은 인간의 유한성과 생명의 덧없음을 표상하는 상징으로 사용된다. 이런 측면은 꽃의 본질적인 성질에 기반한 상징 해석이라 할 수 있다. 꽃은 중심을 정점으로 하여 여물고 중심에서부터 자신의 육체와 향기와 아름다움을 세계로 향해 뻗어나간다. 꽃은 축소 지향적이자 확산 지향이라는 이중적 지향을 동시에 가지고 있는 것이다. 타오르는 태양이 가진 열렬한 생명의 이미지와 활짝 핀 꽃의 이미지가 때때로 동일시되는 것도 이런 측면에서 가능할 것이다. 이 시에서의 '꽃' 역시 1연의 '流星'과 마찬가지로 화자의 존재성이 투영된 매개체로 볼 수 있다. '꽃'이 표상하고 있는 것은 세속의 인간사에 지친 유한한 생명의 존재이자, '귀향(귀양)'162)살망정 생명의 본질과 예술에 대한 초월

---

162) 이 '귀향'은 '귀양'의 의미로 쓰인 것으로 보이며, '고향으로의 회귀'라는 뜻도 배제할 수 없다. 만일 후자의 의미를 강조하고자 했다면, 정지용은 이 부분에서

적 이상을 품고 있는 존재이다. 그런데 여기서 '귀향'이란 말에 좀더 주의를 집중할 필요가 있다. 귀양은 하나의 형벌이다. 자신이 속한 세계로부터의 추방이자 유배(流配)이다. 자아의 존재성의 의미가 깃들인 공간으로부터의 추방은 당사자에게는 생명과도 같은 존재의 박탈을 뜻한다. "꽃도 / 귀향 사는" '九城洞'은 여기에 들어오기 이전에 지녔던 꽃의 존재의미가 남김없이 해체된 공간이다. 이곳에서 꽃은 새로운 존재의미를 획득하고 새로운 미(美)의 시공(時空)을 스스로 창조하게 될 것이다.

옛 절터는 보통 3면, 4면이 봉우리로 둘러싸인 움푹 팬 곳에 위치해 있어 일반인들이 쉽게 다가설 수도 가늠할 수도 없다. 따라서 그 곳에는 산정(山頂)으로부터의 크고 작은 바람이 몰려 들기 마련이다. 그러나 지금은 그러한 자취가 남아 있지 않은 적요(寂寥)로운 공간이 되어 있을 뿐이다. 절(寺)은 하늘(道, 혹은 解脫)과 지상(俗世)을 연결하고 교통하는 지점이다. 또한 삶과 죽음, 고통과 구원, 세속적 욕망과 초월적 이상이 대면하는 곳이다. 보들레르가 "자연은 하나의 사원"163)이라고 표현했을 때, 그것은 천상과 지상, 인간과 자연, 인간과 천상과의 교감이 이루어지는 "자연(Nature)"에 대한 은유로 "사원(temple)"을 노래한 것이다. 절(寺)은 현실과 초월적 이상이 소통하는 경계인 것이다. 그런데 그 경계와 접점이 되기 위해서는―특히 지상의 측면에서는― 절은 인간사와 그 이념에 있어서의 중심이 되어야 한다. 모든 인간들과 인간들의 의지와 이념이 결집된 장소이어야 한다. "바람도 모히지 않고"라고 했을 때 중요한 것은 '바람'이 아니라 "모히지 않"는다는 데 있다. '바람'은 물론이고 어떤 것도 결집되지 않는 공간이다. 옛 절터의 영화와 코스모스적 질서는 이제 해체된 것이다. 어떠한 권위와 질서도 이 '九城洞'에는 존재하지 않는다.

다른 단어들과 마찬가지로 한자를 사용했을 것이다. 따라서 '귀양'의 의미가 주도적이며, 글자 그대로의 '귀향'에 대한 중의적 의기도 발생하기를 의도했을 가능성은 있다.

163) "La Nature est un temple…" 「相應CORRESPONDANCES」 : Ch. Baudelaire(김붕구 역), 『악의 꽃』(민음사, 1998)에서 인용.

5연은 지용의 산수화적 취향이 그대로 드러난 부분이기도 하다. 산수수목(山水樹木)의 정치한 묘사의 한 틈에서 산등성이 위로 자그마하게 그려진 '사슴'은 산수화의 여백의 미를 가장 집약적으로 보여준다. 흔히 말해지는 시안(詩眼)이라고도 할 수 있을 것이다. 이 '사슴'을 "은자의 변형된 모습"164)으로, 혹은 "작자 자신이 동경하는 세계에 대한 정신의 그림자이면서… 꽃도 귀양사는 곳에 처한 인간의 동작"165)으로 보는 견해가 있다. 그러나 여기에서의 '사슴'은 단순히 산수 묘사의 여백미를 구현하기 위한 소도구가 아닌 것은 물론, 인간의 동작이나 은자(隱者)의 표상으로 단순화할 수도 없다.

'사슴'은 지금까지 묘사된 '九城洞'이라는 새로운 시공(時空)을 위한, 카오스를 딛고 새로운 코스모스를 형성하기 위한 신묘(神妙)한 생명의 이미지이다. '설핏'할 때는 해가 질 무렵의 빛이 약하게 비친, 희미한 상태를 말한다.166) "山그림자 설핏"하다는 것은 황혼 무렵의 山의 그림자가 등성이에 흐리게 드리워지는 정중동(靜中動)의 적요로운 움직임의 순간을 묘사한 것이다. 이러한 이미지는 이 시「九城洞」전체를 지배하는 아우라가 되어 있음을 이미 살펴보았다. '山그림자'가 설핏하게 기울어지는 고요한 생성이 예비된 순간, 이 '九城洞'의 유일한 생명체인 '사슴'이 일어나 카오스와 코스모스의 경계인 산등성이를 넘어가는 것이다.

이 시「九城洞」은 전체적으로 시간과 공간에 대한 시인의 해체와 창조적 의지가 역설과 반어적 심상을 통해 투영되어 있다. '流星'과 '黃昏', '누뤼', '꽃', '절터', '山그림자' 등은 시간성의 맥락을 형성하는 매체들이다. '流星'과 '누리'와 '꽃'은 시적 자아의 존재성이 이입된 대상인 동시에 그것들의 생성과정을 입체적으로 연상시킨다. 유성과 누뤼의 생성은 우주 창조의 순간과 잇닿아 있다. 또한 '꽃'의 심상이 제기하는 이중

---

164) 최승호, 앞의 책, p.156.
165) 최동호, 앞의 책, p.141.
166) 김재홍 편, 『한국현대시 시어사전』(고대출판부, 1997), p.624.

적 이미지는 인간 생명의 한계성과 동시에 그 초월을 가능하게 하는 예술적 지향을 암시한다. '절터'란 시어 역시 존재의 시원(始原)에 닿아 있는 영원한 시간, 신성(神聖)의 시간을 공간성으로부터 끌어내고 있다. '黃昏'과 '山그림자'는 이와 달리 시간성을 공간으로 치환하고 있다. '黃昏'의 시간성은 하루의 시간이 소멸하는 것뿐만이 아니라 그로 인하여 '九城洞'이라는 '골작'에서의 새로운 시공(時空)의 탄생을 비추는 공간이 된다. '山그림자' 역시 이중적 의미를 내포하고 있다. '그림자'는 시간성으로 인해 그 존재가 지탱된다. 시간의 흐름이 없다면 그림자는 생기지 않는다. '九城洞'이라는 시공의 '그림자'가 '설핏'하게 기울어진다. 그것은 기존의 공간과 시간의 의미가 잠시 '기우뚱' 흔들리는 순간이며 새로운 시공(時空)의 생명력이 잉태되는 순간이다. 여기에 '사슴'이 일어난다. 구부러진 사슴의 등과 산그림자 비스듬히, 희미하게 드리워진 산등성이가 묘사된다. 이 두 개의 등은 기존의 시공과 새로운 시공의 경계와 그 넘어섬을 드러내는 것이다. 이렇게 '九城洞'이라는 꽉 찬, 하나의 공간이 탄생한다.

'九城洞'이라는 공간의 탄생은, 시간의 보편적인 성질을 거부하는 방식으로 가능했다. 시간성은 물리적 성질을 가진다. 그것은 순차적 배열성이라든가 계량성의 양태로 나타난다. 시인은 그러한 물리적 시간을 거부하고 초월하려는 것이다. 시인은 자신 앞의 평면적 시간을 끌어당긴다. 끌어당긴 시간이 시의 호흡 속에서 또 다른 하나의 주름이 된다. 그것은 마이어호프가 말한 "시간 밖에 있는 경험의 한 성질"[167]로 볼 수도 있을 것이다. 그러한 시간의 경험들이 시 속에서 재배치되는 것이다. '流星'과 '누뤼', '꽃'의 이미지는 독자적인 감각성과 의미망을 스스로 형성하고 있으면서도 시인이 창조한 시간의 주름 속에 녹아들어 있는 것이다.

이 구성동이라는 장소가 보여주는 초월성은, 단지 이 세계에서 저 세

---

167) Hans Meyerhoff, 『문학과 시간현상학』, 김준오 역(심상사, 1979), p.91.

계로의 이행, 혹은 이탈 가능성을 전제하는 소극적 초월이 아니라, 현재
의 장소와 미래의 장소에 대한 구체적인 체험 가능성을 담고 있다는 데
서 적극적인 것이라고 할 수 있다.

> 사람에 대해 도구적 관계에 있는 것은 너무나 익숙한 것이 되고, 그
> 독자성, 그 궁극적인 타자성을 상실해 버리고 만다. 땅의 경우도 마찬가
> 지다. 그것은 도구적인 현존에서 해방된 상태, 다시 말해 신비로서 체험
> 되어 비로소 그 원초적 성격을 회복한다. 풍수지리에서 명당의 지평 너
> 머에 있는 산들은 일상적 인간이 쉽게 가까이할 수 없는 현실의 산이기
> 도 하지만, 동시에 땅의 이러한 속성을 상기시키는 것이기도 하다. 물론
> 이 상기는 사람이 원하는 것이다. 땅의 신비는 사람과 세상의 대응 관계
> 에 있어 인간 존재의 신비를 깨닫게 하는 것이고, 또 이 깨달음을 통해
> 일상성을 넘어서는 인간 자신의 가능성이 열리기도 하기 때문이다.[168]

장소에 대한 일상적인 관념으로부터 비일상적인 체험으로 건너가는
것, 그 체험의 여행을 초월적 형상과 언어로 구현한 것이 「九城洞」의 시
세계이다. 그런 의미에서, 「九城洞」은 「玉流洞」, 「毘盧峰」 등의 금강산
기행시편과 「長壽山」, 「白鹿潭」 등의 여행시가 내보인 자기성찰적 공간
으로서의 장소성과 맥을 함께 한다. 김우창이 말하고 있듯, 자연은 인간
에 의한 그 도구적 현존에서 해방된 상태, 즉 일종의 신비로서 체험된
상태라야 비로소 그 원초적 성격을 회복하여 인간에게 현시된다. 그것은
관념적 척도로 구획된 공간이나 선조적 시간성을 거스르는 행위로서의
'여행'의 의미와 이어진다. '여행'은 일상적 시간을 탈피하고 비일상적
공간을 향유함으로써 자연을 인간의 시야에 '풍경'으로 태어나게 한다.
이 여행과 풍경의 의미는 다음 장에서 상론할 것인바, 「九城洞」은 일단

---

168) 김우창, 『풍경과 마음』(생각의나무, 2003), p.56.

의 여행시편과 같은 맥락에서 그 가능성과 초월과 비일상적 공간으로서
의 의미를 드러내고 있다고 할 수 있다.

「九城洞」은 흔히 산수화의 구조 원리를 담고 있다는 평가를 받아 왔
다. 「九城洞」의 시행이 표면적으로 환기하는 회화적 인상은 분명 산수화
의 원리와 효과를 상기시킨다. 동양 산수화는 공간에 대한 질적인 체험
을 일상적 원리를 초월하는 전체성으로 포괄하려 한다. 그 수단으로 '무
릉도원'과 같은 이상향에 대한 원형 심상이나 신화적 이미지들이 사용되
기도 하고, 부분으로 전체성을 환기하거나 전체에 대한 직관으로 비약하
기 위해 여백미와 같은 기법이 원용되기도 하는 것이다.[169] 이런 측면에
서 「九城洞」의 효과는 산수화의 구조 원리와 기법에 힘입은 바 크다. 그
러나 「九城洞」의 예술적 효과가 부분적으로 산수화의 기법과 감수성에
의한 것이라고 하더라도, 보다 심층적인 측면에서는 뚜렷한 차이가 없을
수 없는데, 그것은 감각에 관한 것으로, 이것은 정지용 시의 전체적 특성
과 닿아 있는 것이다.

산수화에서 사용되는 이상향에 대한 이미지나 여백미는 감상자의 문
화적 감수성에서 비롯된다. 그것은 일정 정도 규범과 관습, 그리고 문예
적 학습에서 자라난 것이다. 그러나 「九城洞」의 몇 구절들이 환기하는
전체성과 관련된 이미지는 규범적인 것이라기브다 직접적인 감각성에 의
한 것이다. "黃昏에 / 누뤼가 소란히 싸히기도 하고" 또는 "절터ㅅ드랬는
데 / 바람도 모히지 않고"에서 볼 수 있듯, 풍경에 대한 감각적 체험과
그 형상화가 하나의 공간에 대한 질적 경험을 전이시키는 매개가 되고
있다. 물론 이 경우에도 어떤 문화적 관습이 개입하고 있음은 부인할 수
없다. 그러나 회화의 경우, 질적인 체험은 오로지 물리적이고 양적인 매
체를 통해 표현될 수밖에 없음에 따라, 체험과 표현, 그리고 그 효과 사
이에 건너뛰지 못할 관념의 흔적, 즉 추상적 비약의 요소를 불가피하게

---

169) 김우창, 앞의 책, pp.70~72 참조.

품고 있다. 반면 시의 경우 추상과 경험의 양쪽에 발을 대고 있는 언어로 표현됨에 따라 이 관습과 관념으로부터 상대적으로 자유롭다고 할 수 있다. 따라서 「九城洞」이 산수화의 구조 원리와 격절된 지점, 감각성과 그것의 형상화로서 생성되는 풍경을 공간 체험의 내적 원리로 하고 있다는 것은 정지용 산수시의 특성을 해명해 줄 중요한 근거가 된다고 할 수 있다.

중국 역대의 화론과 화보가 실린 청대(淸代)의 『개자원화전』에 따르면, 산수화의 공간이 의도하는 것은 "화폭의 평면 위에서 깊이와 공간을 이룩해내는 일"170)이라고 할 수 있다. 이 깊이와 공간은 표현된 산수 풍경과 풍경을 형성하는 문화적 관습으로서의 관념체계 사이를 암시하게 하는 도구가 된다. 김우창은 그 초월의 느낌은 화폭에서 "안개라든지 하는 공기의 상태가 만들어내는 유현한 느낌, 화면에 전체적으로 흐르는 신묘한 기운, 또는 단순히 화면의 전체적 통일성"171)으로 표현된다고 설명한다. 그런데 산수화에서 이러한 깊이를 창출하는 기법은 완전히 추상화되지는 않지만 운필(運筆)에 의한 일정한 물리적 효과에 힘입은 바 크다. 산수화와 달리, 산수시에서 의도하는 초월적 깊이는 상기한 물적 증거보다, 감각성을 배경으로 한 추상에 의지한다고 볼 수 있다. 「九城洞」에서, 골짜기에 묻히는 유성, 황혼을 배경으로 하여 우박이 쌓이는 모습, 바람조차 모이지 않는 절터와 같은 이미지들은 체험하는 주체의 감각과 초월적인 것을 시사하는 관념적 거리 양쪽에 발을 딛지 않으면 가 닿을 수 없는 것이다. 「九城洞」의 언어와 공간이 지닌 초월성은 이렇듯 감각에 대한 환기를 기반으로 성립하는 것이다. 그러나 이때의 감각은 관찰자의 시점이 비교적 고정되어 있으며 따라서 주체 역시 고립된 관찰자에 머문

---

170) Mai-Mai Sze, *The Way of Chinese Painting : Its ideas and Technique, with Selections from the Seventeenth Century Mustard Seed Manual of Painting*(New York : Vintage Books, 1959), p.25 ; 김우창, 앞의 책, p.102.
171) 김우창, 앞의 책, p.103.

다. 이에 따라 감각과 초월의 관념을 지탱하는 축이 초월적 암시 쪽으로 보다 쉽게 옮겨갈 수 있으며 이러한 현상은 보다 생동적인 풍경을 창출할 수 없는 배경이 된다. 「九城洞」의 언어와 공간이 보여준 초월과 감각의 가능성과 한계는 이런 측면에서 지적할 수 있을 것이다.

「九城洞」이 씌어진 1938년은 파시즘이 한국의 모든 문화적·정신적 지향을 강제하던 광포한 시기였다. 정지용은 이러한 상황에서 그 자신만의 어법으로 자신의 새로운 세계를 꿈꾸었고 시 「九城洞」은 그것을 가능하게 했지만, 그러한 상상적 공간은 자신의 실존을 그대로 투사하고 지탱시킬 수 있는 세계는 아니었다. 그는 자신이 발 딛고 있는 바로 그 자리의 실존적 언어를 정신의 고양과 함께 더 높은 세계로 나아가게 하려 했다. 그것은 대상의 본질과 주체의 감각이 서로 소통할 수 있는 경지, 혹은 주체의 감각과 초월의 의지 사이가 팽팽히 긴장되는 언어이어야 했으며 그를 위해선 사물에 대한 직접적 접촉과 총체적 인식이 가능해야 했다. 상술했듯이, 그것은 그의 초기 시부터 줄곧 견지해왔던 '감각성'에 대한 천착으로부터 시작되었다. 그의 이러한 방법론은 「비」라는 시에서 두드러진다.

돌에
그늘이 차고,

따로 몰리는
소소리 바람.

앞 섰거니 하야
꼬리 치날리여 세우고,

종종 다리 깟칠한

山새 거름 거리.

여울 지여
수척한 흰 물살,

갈갈히
손가락 펴고.

멎은 듯
새삼 돋는 비人낯

붉은 닢 닢
소란히 밟고 간다.

최동호는 이 시의 도입부를, "비가 내리는 순간 돌과 그늘이 접합된 찰나에 대한 시인의 인식"이며 "'차다'는 감각어가 돌과 그늘이 교차되어 접합된 순간 주체와 객체, 인간과 사물 사이의 경계선을 표하는 인식론적 언어로 뒤바뀐 것"이라고 설명한다.[172] 사실, 여기에서 '차고'는 '차오르고' 혹은 '드리워지고'의 뜻으로 읽혀질 수 있다. 시인의 시선은 돌-바람-산새-산새의 모습, 걸음걸이-물살-비-붉은 잎 등으로 연결되어 있다. 이러한 시의 전체적인 흐름은 1연의 '차고'를 '감각어'라기보다 사물과 사건의 상태를 표현한 '묘사어'로 보게 하는 것이다.[173] 그러나 시인의 시선이 만들어내는 동선은 사물 사이의 성질과 운동을 바탕

---

172) 최동호, 「山水詩의 世界와 隱逸의 精神」, 『하나의 道에 이르는 詩學』, 고려대출판부, 1997, p.132.
173) 이와 유사한 견해를 제시한 연구로 장경렬, 「이미지즘의 원리와 <詩畵一如>의 시론」, 『작가세계』, 1999 겨울, p.335 ; 김용희, 「정지용 시에서 자연의 미적 전유」, 『현대문학의 연구』 22호(2004. 2) 등이 있다.

으로 유기적이며 논리적으로 연결되어 있기보다는 차라리 철저히 단절된 별개의 사건으로 병치되어 있음에 주목하여야 한다. 다만 그 사물들이 '비'라는 사건을 중심으로 얽혀 있다는 점에서 이 작품의 내적 구조가 비교적 긴장된 호흡을 유지할 수 있는 것이다.

시인은 위선과 억압으로 가득 찬, 번잡한 세속의 일상에서 벗어나 있다. 돌에 그늘이 드리워진다. 그늘이 진다는 것은 구름이 해를 가렸다는 것이고 구름이 움직인다는 것은 바람이 분다는 것이며, 동시에 비가 내릴 조짐이라는 뜻이다. 역시 2연에서는 바람의 움직임을 묘사하고 있다. 그러한 대자연의 운행 중에서 시인은 단 한 순간의 정경을 감각적 언어로 잡아낸다는 점에서 '차고'의 의미는 다시 음미될 수 있다. 그것은 주체의 감각과 현상하는 대상이 만나는 접점이다. 시인은 돌에 그늘이 드리워져 어두워지는 현상을 '차다'라는 감각적 언어로 환치하는 것이다. 최동호는 2연의 '따로'라는 시어가 "내적 깊이를 지닌 거리를 시사하는 시어"로서, "인식의 주체와 자연 현상 사이의 간극을 그것들이 공존하는 세계를 통하여 드러낸다."고 설명하였다.[174] 이것은 1연과 2연이 서로 독립적인 자연 현상을 묘사하고 있다는 근거가 된다.

3연과 4연에서는, 자연의 변화를 본능적으로 알아차리는 산새의 움직임이 세밀하게 그려진다. 그런데, 산새의 다리가 '깟칠'하다. 새의 다리는 가늘다. 자세히 보면 위태로울 정도로 가늘다. 그러나 '깟칠하다'라는 표현에는 약간의 안쓰러움이라는 감정적 의미가 담겨 있다.

시인이 산새를 바라보고 있을 때 비가 내리기 시작한 듯하다. 시인은 계곡의 시냇물로 시선을 돌린다. 비가 많이 내린 상태가 아니기 때문에 물이 많진 않았을 것이다. 그러나 크든 작든 여울이 생겨 물살이 휘어져 흐른다면, 당연히 거품이 생겼을 것이고 바위어 부딪치고 갈라지며 흐를 것이다. 그는 이러한 정경을 "수척한 흰 물살"이 "갈갈히 / 손가락 펴고"

---

174) 최동호, 앞의 글, p.133.

흐른다고 표현했다. 적절한 표현이라 볼 수 있다. 그런데 이 '수척한'이라는 시어에 다시 문제를 제기하고 싶다. 최동호는 이 '수척한'이라는 단어를 들어, 이 시의 세계는 "實에 가깝지만 實在의 세계는 아니며… 세묘의 산수화로 표출된 시이기는 하지만, 그것을 떠받치고 있는 것이 수척한 정신의 세계"임을 지적하였다.175) 이에 대하여 장경렬은 반론을 제기하여, "'수척한 흰 물살'이라는 표현 역시 … <사실적인 묘사>일 수 있으며, 또한 <실제>에 대한 탁월한 시적 형상화일 수 있다"라고 주장하였다.176) 물론, "물살은 흙탕물이라야 마땅하다"고 한 점, "계속 내린 비로 풍성한 물살이 흘러갔을 것"177)이라는 판단은 비판의 여지가 있다고 할 것이다. 그러나 이에 대한 논지는 재검토되어야 할 필요가 있다.

문제는 '수척한'이라는 단어가 이 시에서 어떤 효과를 내고 있으며 그 이전에 이 시가 도달하고자 하는 정서의 높이를 위하여 어떤 역할을 하느냐 하는 점에 있다. 장경렬은 이 단어의 효과에 대해, "<수척>하다는 표현은 <갈갈히 / 손가락 펴고>라는 표현과 서로 상승작용을 하는 것으로서, 바위와 돌로 인해 여러 갈래로 가늘게 나뉘어 흐르는 물살을 이보다 더 생생하게 회화적으로 표현하기란 결코 쉽지 않을 것이다."178)라고 설명했다. 이런 해석에 대해 반론을 제기할 사람은 아마 거의 없을 것이다. 그런데 문제는 앞서 말한 바와 같이 '표현 그 자체'에 있지 않다. 시적 자아의 감각성이 사물과 사건의 성질에 대하여 얼마나 본질적으로 근접한 인식을 보여주느냐에 있는 것이다.

감정 표현을 할 수 없는 동물이나 사물에 '수척(瘦瘠)하다'란 말은 쓰지 않는다. '수척한'이라는 말에는 대상에 대한 객관적 감각 이전에 화자의 감정과 가치관이 개입되어 있기 때문이다. 또한 '수척한 흰 물살'이 궁극

---

175) 앞의 글, p.136.
176) 장경렬, 앞의 글, p.334.
177) 최동호, 앞의 글, p.136.
178) 장경렬, 앞의 글, p.336.

적으로 독자에게 환기하는 것은 현상에 대한 화자의 정서와 감정이지 사물의 본질이나 자연의 성질은 아닌 것이며 나아가 화자의 정서가 감각적 대상물을 통해 성공적으로 융합되었다고 볼 수도 없는 것이다. 결론적으로, '수척한'이란 단어는 '깟칠한'과 함께 이 시의 정서적 구상성을 해치고 있다고 하겠다. 화자의 감각성이 내면 정서의 과도한 개입으로 인해 균형을 잃고 있는 것이다.

따라서 이 문제는 주체와 대상의 관계와 결합, 그리고 조응(照應)의 양상에 집중되어야 할 듯하다. 여기서 14세기 유럽 르네상스 이후 서구인들이 세계를 바라보는 새로운 방식으로 정립된 원근법에 대해 생각해 볼 필요가 있다. 원근법은 주체의 시각과 시점으로 세계를 관찰하고 대상을 배치하는 방법이며, 과학적이고 합리적인 세계 인식의 방편으로 대두되었다. 그것은 회화적으로는 하나의 소실점으로 집약되고 확산되는 일원투시법의 방식을 취한다. 그러나 사진과 과학 기술이 발전되면서, 그리고 인간의 대상 인식 방법이 변화하면서 사람들은 원근법이 대상을 실재 그대로 인지하는 방법은 아니라는 것을 알게 되었다. 회화에서 주체는 대상을 일정한 인지과정으로 여과한 후에 재배치하는 것이며, 또한 하나의 시점으로 대상을 구성한다는 것은 불확실함을 깨달았다. 19세기 이후 후기인상파에 오면서 화가들이 원근법의 파괴에 몰두하게 되는 것을 볼 때, 원근법의 파탄은 주체 중심의 서구 근대정신이 몰락하게 되는 전주곡이었는지도 모른다.

동양화의 경우 역시 주체와 대상과의 관계가 회화에 있어 핵심적인 과제였음에도 불구하고 원근법이 발달하지 않은 것은 무슨 이유일까. 동양화법에 서양화의 원근법과 대비할 만할 것이 있다면, 삼원법(三遠法)[179]이

---

179) 중국 북송시대의 화가이며 화론가였던 곽희의 『林泉高致』에 의하면, 三遠은 高遠·深遠·平遠으로 이루어진다. 高遠은 산 아래에서 산마루를 쳐다보는 것, 深遠은 산 앞에서 산 뒤쪽을 엿보는 것, 平遠은 가까운 산에서 먼 산을 바라보는 것을 말한다.
서복관, 앞의 책, p.388 참조.

라 할 수 있겠는데, 이 경우 화가의 예술적 입장과 시각에 따라 고원, 평원, 심원 중의 하나를 선택하든지 각각 병치하는 식으로 이루어졌다는 점에서 원근법을 지탱하는 하나의 시점과는 근본적으로 다르다. 회화에 있어서 동서양의 이러한 시각의 차이는 대상―자연―을 인식하는 본질적인 입장의 차이에서 비롯된 것으로 보인다. 14세기의 유럽인들이 원근법을 세계 인식을 위한 절대적 잣대로 삼을 수 있었던 것은, 세계를 인간을 중심으로 파악하고 배치할 수 있다는 르네상스적 자신감의 반영이었다. 그것은 대상에 대한 정확한 '인식'을 넘어서 '소유'에까지 이르려는 욕망의 소산으로 볼 수 있으며 실제로 중세 이후 서구 근대 이성의 역사는 자연을 절대적으로 타자화하고 소유하고 재배치하는 과정에 다름 아니었다. 그러나 동양의 전통적인 자연관에 비추어 보면 자연은 소유의 대상이 아님은 물론, 자연은 정확하고 객관적으로 파악되고 재현될 수 있는 것이 아니었다. 자연은 어디까지나 인간과 사회에 대하여 화합과 융화, 그리고 조화의 대상이었다.[180] 따라서 동양화에서의 자연은 모방과 재현의 대상이라기보다 화가의 정신을 고양시키고 단련하는 예술적 초월의 경계였으며, 그려낸 작품 속에는 화가의 정신과 고뇌가 필묵 속에 녹아들어 있는 것이다. 그러한 작품 속에서 화가는 자신의 온 감각과 예술적 의지를 대상과의 치열한 교감 속에서 표출한다. 이때 화가가 경계하는 것은 자신의 감각과 정신이 대상을 제압해버린 관념의 뼈대로 남지는 않았는가, 대상의 形寫(形似)에 골몰하고 있지는 않는가일 것이다. 동양화의 정신은 작가의 정신과 객관적 대상이 하나의 기운(氣韻)으로서 생동(生動)하고 고양되는 데에 있는 것이다. 대상을 정확하게 묘사하는 데에 목적이 있는 것이 아니라 대상 속에서 작가의 정신을 표현하고 표현된 작가의 정신 경계로 말미암아 대상을 다시 바라보게 하는 것이다. 이를 위해서는 여러 개의 분산된 시각을 배열함으로써 시각상의 균형을 도

---

180) 李澤厚, 『華夏美學』, 權瑚 역(동문선, 1999), p.19 참조.

모하는 동시에 작가의 관념이 지나치게 개입되지 않도록 철저한 방법적 절제가 필요한 것이다.

동양 문화에도 모방이 없는 것은 아니다. 그러나 동양 예술에 있어서의 모방은 '자연의 실체'라기보다 '자연의 조화'에 대한 모방이며 자연의 본질을 간파하려는 기법으로 나타난다. 그것은 "산천의 형신을 관통하여", "붓 한 자루로 태허의 본질을 본 뜨는 것"181)으로 표현된다.

서구 회화에서 산수 자연은 형식, 즉 형상과 색채의 비율과 효과에 의해 그려진다. 그러나 동양화의 산수 자연은 실체적인 대상이 아니다. 그것은 화가의 마음속에 새겨진 가장 이상적인 자연이다. 따라서 산수화와 산수시는 자연의 실체적인 형상과 색채를 모방하는 서구 자연화와는 달리 자연의 변화에 조응(照應)하는 본질로서의 조화의 오묘함을 표현하려 했다. 따라서 앞서 말한 삼원법이 좋은 예인 것처럼, 일점투시, 혹은 초점투시 대신 산점투시의 방법, 즉 하나의 고정된 시점으로 실체적인 대상을 관찰하는 것이 아니라 여러 개의 시점으로 포착되는 다양한 이미지의 조합과 종합이 세계와 우주의 본질을 표현하는 유효한 방법이 되는 것이다.

정지용의 시작(詩作)활동이 실질적으로 마감되는 시점에 발표되는 시편182) 중의 하나인 「비」는 이러한 동양화적 방법론이 적극적으로 적용된 시이다. 각 연들이 하나의 이미지를 차분히 소묘하고 있는데, 대상과 대상이 만나는 지점마다 주체의 감각이 적절하게 어우러져 비가 내리기 시작하는 산의 풍경이 뚜렷하게 다가온다. "돌에 / 그늘이 차고"라고 말했을 때, 감각적인 주체는 돌과 그늘이라는 각각 다른 대상이 만나면서 빚어내는 의경(意境)의 뒤에 숨어 있다. 돌에 그늘이 겹쳐지면서 느껴지는

---

181) "貫山川之形神"(石濤), "以一管之筆, 擬太虛之體"(王微)
　　張法(유중하 외 옮김), 『동양과 서양, 그리고 미학』(푸른숲, 1999), p.375.
182) 물론 1942년 이후 「異土」와 같은 친일 경향의 시가 발표되고 1950년까지 몇 편의 시가 발표되기는 하나, 문학적 경향의 일관성, 작품성 등으로 미루어 본고에서는 1941년까지 지용의 문학적 탐색이 일단락되었음을 전제로 한다.

서늘하고 차가운 감각성이 다시 돌과 그늘에게로 각각 건너간다. 이같이 시에서 느껴지는 여백은 고정적인 대상의 표현이 또 다른 새로운 층위의 추상을 창출하는 데서 가능하며, 동시에 주체의 적절한 은폐와 절제는 없어서도 안될 요소이다. 주체가 쉽사리 드러날 때, 언술은 경직되고 추상은 작동하지 않으며 따라서 여백이 여백으로서 기능하지 못한다. 유협은 "정신이 사물의 형상을 관통함에 따라 다양한 정서와 생각의 변화가 잉태"된다 하여 신사(神思)의 개념으로써 사물의 본질을 관통하는 동양적 상상력의 시학을 논한 바 있다.[183] 따라서 <수척한>이나 <깟칠한>과 같은 단어를 사실주의적 시각으로 파악하여 해석하는 것은 온당하지 못한 것이며, 동시에 사물의 본질을 관통하려는 동양적 모방과 조화의 방법론에 적절히 부합하지 않는 것이다.

한시(漢詩)의 시학이론인 정경론(情景論)에서는, "자아의 情과 객관 경물의 景이 서로 만나 하나로 융해된 상태"를 지향하며, "어디까지가 情이고 어디까지가 景인지 분리되지 않는다."[184] 왕부지(王夫之)는 "詩로써 神妙한 것은 [情과 景]이 감쪽같이 하나가 되어 이어댄 자리가 없"[185]다고 하였다. 여기에서 전통 자연시가 궁극적으로 지향하는 예술적 경지를 엿볼 수 있을 것이며, 따라서 시 「비」에서의 문제의 시어들이 이 시의 의경을 보다 높은 경지로 끌어가게 하는 것을 막고 있음을 알 수 있다.

한편으로, 이 "수척한"과 "깟칠한"이 함께 발표된 시인 「朝餐」[186]에서의 "서러운 새"라는 표현과 더불어 당시의 시인 정지용의 정신적 표정이며 당대의 예술가로서 자각한 시대성의 한 표출이었다는 해석 역시 가능

---

183) "神用象通, 情變所孕", 유협, 『문심조룡』, 최동호 역편(민음사, 1994), pp.333~335 참조.
184) 최승호, 앞의 글, p.66.
185) "神於詩者, 妙合無根", 王夫之, 「薑齊詩話」, 최승호, 앞의 글, p.66에서 재인용.
186) "해ㅅ살 피여 / 이윽한 후, // 머흘 머흘 / 골을 옴기는 구름. // 桔梗 꽃봉오리 / 흔들려 씻기우고. // 차돌부리 / 촉 촉 竹筍 돋듯. // 물 소리에 / 이가 시리다. // 앉음새 갈히여 / 양지 쪽에 쪼그리고, // 서러운 새 되어 / 흰 밥알을 쫏다." 「朝餐」 전문, ≪문장≫ 23호, 1940. 1.

할 것이다. 그러나 그러한 분석과 하나의 문학 작품으로서의 완성도에 대한 내재적 평가는 구분될 필요가 있음도 두말할 나위가 없을 것이다.

이상에서 정지용의 후기 시세계의 본령으로 지적되는 山水詩에 나타난 자연 인식의 양상을 밝히기 위해 먼저 隱逸의 성격을 고찰하고 시 「九城洞」과 「비」에 나타난 감각성을 분석하였다. 동양적 문화 전통의 맥락 아래에서 '隱逸'은 단순히 은거, 혹은 은둔이나 자연에로의 소극적 도피로만 해석될 수 없으며, 이는 정지용의 시 「九城洞」에서 주체의 실존에 대한 적극적 초월의 상상적 공간으로 구축되었다. 그러나 이러한 초월적 상상력이 당대의 시대적 위기감으로부터 비롯되었다고 하더라도, 동양의 예술적 지향인 작가 스스로의 인격적인 수양과 예술적인 고양의 합치를 통해 극복되지는 못했다. 따라서 정지용은 「비」를 비롯한 일련의 시편을 통해 초기의 언어적 감각성을 되살려 자연 조화와 대상에의 심입을 근간으로 하는 동양적 상상력의 시학에 접근한다. 그러나 「비」와 「朝餐」에서 드러나는 것처럼, '형상의 본질을 관통'하는 동양적 자연 사유의 궁극적인 우주관에는 이르지 못하고 당대 문인으로서의 피배적 자의식의 표정을 그려내는 데 그쳤다는 평가를 받을 여지를 남긴다.

당시의 정지용이 기울였던 시적 모색은 위에서 지적한 것처럼 동양 전통의 문화적 코드 안에서 전근대와 근대의 경계선에 있었던 한국 현대시의 한 정점을 구현하였다. 그러나 위에서 검토한 「九城洞」과 「비」는 정지용 시에서의 '隱逸'과 감각성의 성격을 잘 설명해 주지만 정지용 시에 나타난 풍경시학의 정수를 보여주었다고 하기는 힘들다. 그것은 다음 장에서 논할 여행시편을 통해 구체적으로 드러날 것이다.

2. 여행과 소통

「바다 2」의 발표 시기[187)]가 시인이 가톨릭에 경도된 중기 이후, 『白鹿潭』의 세계로 넘어가는 경계에 위치하고 있음은 의미심장하다. 그것은

‘바다’시 이후, 후기 시로 갈수록 정지용의 자연에 대한 시각과 인식이 이미 변모를 겪기 시작했음을 뜻한다. 아무튼 「바다 2」가 정지용 시의 감각주의에 있어 그 나름의 독자적인 방법론이 심화되거나 분기되는 의미 있는 지점에 위치한다는 점은 분명하다. 그렇다면 정지용 시의 감각성을 잠깐 언급하고 넘어가야 할 것이다.

　제 Ⅱ장의 주요 분석 대상이었던 「鄕愁」와 동시들에 나타난 감각적 대상과 그 형상화가 거의 전적으로 주체의 정서를 위해 봉사하고 있음에 반해, 「바다 2」의 감각은 비로소 엄밀한 의미에서의 지각 경험을 담고 있다고 할 것이다. 르노 바르바라는 지각을, “무엇의 구체적인 현전(존)에 해당하는 감각적 특징”으로서 사고와 구별되며, “나 자신의 상태에 대한 체험으로 환원되는 대신 어떤 외재성에 열린다는 점에서” 감정과도 구별된다고 하였다.188) 즉 지각은 그 대상이 몸소 거기 현존한다는 점에서 이미지, 추억, 상상력, 기억 등과 구별되는 것이다. 「鄕愁」의 경우 이미지인 동시에 상상력과 기억으로서의 표상들이 시적 자아의 정서에 착색되어 있는 것이다. 정지용의 초기 시편이 이처럼 엄밀한 의미의 감각적 경험을 담아내지 못한다는 점은 이후의 시세계의 향방에 일정 부분 시사하는 바 있다. 정지용 시의 감각주의는 ‘바다’를 소재로 한 시편들을 통해 구체화되고 또 그 한계를 드러내기 시작한다.

　「바다 2」에서의 ‘바다’ 혹은 ‘파도’라는 자연 대상에 대한 화자의 감각은 대상의 체험된 성질이고 주체가 대상에 부여하는 의미 작용의 하나일 뿐이다. 그러나 유기체로서의 생명체라는 인간의 속성에 비추어진 감각은 “세상의 만남으로 가는 방식, 세상과 ‘더불어 사는’ 방식”인 것이다. 또 그것은 “그 자체로 세상의 이해이고 우리를 세상에 열어주는 수

---

187) 1935년 10월 『정지용 시집』에 처음 발표된 후, 1935년 12월 ≪詩苑≫에서는 조금 변형된 형태로 다시 발표되었다. 그러나 이 두 편의 선후관계는 현재로서는 정확히 파악하기 힘들다. 시집 발표 원문과 잡지 발표 사이의 기간이 너무 짧고, 또 뒤에 발표된 시가 더 다듬어진 형태라고 볼 수 있는 근거도 희박하기 때문이다.
188) Renaud Barbaras(공정아 옮김), 『지각』(동문선, 2003), p.7.

단"이다. 르노 바르바라는 그런 측면에서 감각, 혹은 감각 작용을 "일종의 외재적인 살아 있는 중개자"라고 표현하고 있다.[189] 정지용의 후기 시에 드러나는 감각은 주체의 정서로 환원되는 대상의 자극에 머물지 않고, 외부 환경에 대하여 열리는 개체의 개방적인 능동성을 구현하는 것이다. 동시에 그것은 정지된 대상에 대한 것이 아니라 운동하고 지속하는 공간 속에 있는 것이며, 이 때의 감각은 새로운 시간을 열어젖히는 힘을 표상하기도 한다. 운동으로서의 생명체적인 살아 있는 감각은, 나타나면서 스스로의 윤곽을 지우는 대상의 존재 방식에 의존한다. 고정되지 않은 대상은 주체와 함께 하나의 망(網)으로서의 감각장 속에 동등하게 위치한다. 이런 의미에서 「바다 2」와 같은 전기 시에 나타난 감각은 대상에 대한 감각이라기보다, 메를로-퐁티의 비유를 사용하자면, '사물이 놓인 선반'에 대한 감각이라고 할 수도 있을 것이다.

정지용 후기 시의 이러한 감각적 특징은 풍경과 자연 인식에 있어서도 전기 시와 의미 있는 차이를 보여줄 것임은 두말 할 나위가 없을 것이다. 이미 상술했듯이, '풍경'은 여행자의 시선으로서만 발견된다. 그러나 그렇다하더라도, 풍경이 온전히 하나의 경관[190]으로서만 의미가 있다는 것은 아니다. 풍경 체험은 단순히 하나의 공간적 경험이 아니다. 그것은 산책이든, 일상이든, 인간 생활을 통해 시간과 공간의 장에서 얻어지는 연

---

189) Renaud Barbaras, 위의 책, pp.77~78.
190) 조경학에서는, "풍경과 경관은 공히 인간의 가시권역내 시·청·후·촉각 등을 통해 파악되어지는 제 현상으로, 풍경은 쾌·불쾌 개념을 포함한 관조·관상의 심미적 태도가 강한 반면 경관은 과학적·객관적 개념이 내포된 보다 광역적·포괄적 지역 범위의 현상으로 규정"된다. 진희성·노재현, 「팔경의 의미체험에 따른 풍경 개념의 구조에 관한 연구」, 『한국조경학회지』 19(1)(한국조경학회, 1991). 그러나 조경학에 있어서의 이러한 구분과 규정은, 인간의 원초적 공간체험과 이미지인 '원풍경'과 문화적 체험 경관을 구분하여 공간미를 재구성하려는 의도에서 비롯된 것이므로, 이러한 측면은 본고의 문제의식과 관련이 있기는 하지만 일정 부분 초과하는 감이 없지 않으므로, 본고에서는 일단 양자의 관계에 대해 '풍경'을 '외부 세계에 대한 신체적, 정신적 경험'으로, '경관'은 '이러한 경험이 결과한 공간성'으로 규정한다.

속적인 체험의 일종이다. 또한 그것은 특정한 공간에서 이루어지는 인간 행동의 물리적이고 사회적인 사건의 배열이며, 시간적으로는 지속과 배열의 연속적인 변동을 통해 이루어진다. 따라서 우리가 풍경의 체험, 혹은 풍경미의 구조를 파악하기 위해서는 시간과 공간의 연속성과 그 맥락을 파악하는 동시에, 인간의 감각적 요구와 자연의 힘과의 적정한 상호작용을 염두에 두어야 할 것이다. 『白鹿潭』의 시세계가 열리는 시점에서 정지용이 「毘盧峰」, 「九城洞」 등의 여행시를 발표하고 있다는 점은 시사적이다.

담장이
물 들고,

다람쥐 꼬리
숯이 짙다.

山脈우의
가을ㅅ길—

이마바르히
해도 향그롭어

지팽이
자진 마짐

휜들이
우놋다.

白樺 홀홀
허울 벗고,

꽃 옆에 자고
이는구름,

바람에
아시우다.

　　　　　　　　　　　　　　　　　　__「毗盧峰」(1937)

　「毗盧峯」에서, 시적 주체의 시선은 원근법적으로 대상 세계를 배치하지 않는다. 즉, 주체의 시선으로 배치된 사물이 대상 세계의 윤곽으로 설정되지 않는다. 세계에 대한 조망, 즉 전망을 포기하는 대신 세부의 지각 체험을 살려내고 있다. 담장이-다람쥐(꼬리)-산길-해-지팡이(땅)-돌-자작나무-꽃-름-바람으로 파노라마처럼 이어지는 시선은 '산길'을 중심으로 하되, 그것이 풍경의 윤곽을 확정하는 중심이 아니라, 오히려 풍경과 세계의 윤곽을 해체하는 역할을 한다. '산길'은 시적 화자의 위치 -혹은 그 이동-를 설정해 줄 뿐, 어떤 중심적인 역할도 거부한다. 자연 사물과 그것들의 현존은 시인의 시선과 신체적 이동에 따라 다시 깨어난다. 시인의 시선을 중심으로 사물이 배치되는 것이 아니라, 사물들의 배치에 따라 시인의 지각 체험이 개입하는 것이다. 세부로 파고든 지각 체험이 새로운 하나의 풍경을 구성하는데, 그것은 시인의 관념이 처음 맞닥뜨린 풍경과는 다른 풍경이면서, 풍경 뒤의 어떤 것, 즉 시인의 존재가 전제하고 있는 '자연'이라는 관념과 그 관계를 열어주는 공간[191]이다.

───────────────

191) 기존의 공간의식 중심의 논의에서는, 장소가 하나의 space로서, 어떤 형상이나 이미지의 의미가 드러나거나 내재해 있는 정태적인 공간으로서만 상정되었다. 따라서 주체와 세계의 상호 소통 가능성은 처음부터 봉쇄될 수밖에 없다. 공간

이미지에는 두 가지가 있을 수 있다. 사물의 현상을 형상화함으로써, 그 본질에 육박할 수 있다는 가능성을 제시하는 허구로서의 이미지와, 현상의 이면, 즉 보이지 않는 존재에 다가서기 위한 감각적 매개로서의 이미지가 있다. 전자가 리얼리티를 지향하는 모방으로서의 이미지라면, 후자는 사물의 본질이 아니라 사물의 이면과 부재, 즉 주체와 대상과의 관계를 물음으로써 현존을 확인하는 감각적 세계에 속하는 이미지이다. 이 중 정지용의 이미지는 후자에 해당한다. 예컨대, 이 시에서 '구름' 이미지는 구름 그 자체의 형상을 묘사한다거나 그 의미를 묻기 위한 것이 아니고, 풍경의 열림과 닫힘, 그 틈과 간격을 조준하고 감각과 풍경의 거리를 측량하는 역할을 한다.

이 시에 등장하는 사물들은 대부분 색채, 혹은 빛을 매체로 한 이미지들에 기대고 있다. 물든 담장이, 숯이 짙은 다람쥐 꼬리, 해, 흰 돌,[192] 허울 벗은 白樺 등은 밝음과 어둠, 즉 빛의 여부에 따라 형상이 크게 변화될 수 있는 이미지들이다. 따라서 구름의 이동은 이러한 이미지들의 형상화에 가장 중요한 역할을 할 수밖에 없다.

이와 유사한 표현 사례로서, 「비」의 경우를 들 수 있다. "돌에 / 그늘이 차고"란 구절의 해석에 있어 대부분의 논자들은 '차가움'을 뜻하는 촉각적 이미지를 형상화한 것이라고 해석하고 있다. 첫 번째, 문맥상으로 갑자기 돌이 차가워야 할 이유가 없다. 이숭원의 경우 "문맥을 보면 '차갑다'의 뜻이 맞는 것 같다."[193]고 했지만, 문맥상 어떤 측면에서 그러한

자체를 생성이 불가능한 진공의 space로 상정한다면, 주체와 세계가 하나의 공간과 그 공간이 제공하는 지각 체험이 열어젖히는 장으로서의 풍경은 성립할 수 없을 것이다. 이것은 '공간의식' 대신 '풍경' 혹은 '풍경미'의 관점이 필요한 중요한 이유 중의 하나이다.

192) 『白鹿潭』에는 <흰들>이라고 되어 있으나, 처음 발표된 『조선일보』와 『청색지』에는 모두 <흰돌>이라고 표기되어 있다. 이숭원은 이것을 <흰돌>의 오기일 것으로 보고 있으며, 필자 역시 이러한 견해가 타당하다고 생각한다. 이숭원 주해, 『원본 정지용시집』(깊은샘, 2003) 참조.

193) 이숭원 주해, 『정지용 원본 시집』(깊은샘, 2003), p.208.

지는 상술되지 않았다. 아마 이러한 해석은 「春雪」에서의 "눈들자 문득 먼산이 이마에 차라"라는 구절에서도 보이듯 정지용 시에서의 감각적 측면을 중요시하려는 의도에서의 해석이기도 하겠지만, 이 경우는 해당되지 않는다고 보아야 한다. 두 번째, 「비」의 경우 시의 전체적 맥락을 보자면, 소나기의 전조(前兆)와 소나기가 오는 계곡의 풍경을 형상화하고 있다. 시인은 그것을 비를 몰아오는 바람의 움직임으로부터 포착하고 있다는 것이 필자의 의견이며, 바람의 움직임이 구름의 움직임을 불러오고, 구름의 움직임은 당연히 돌에 비치는 그늘의 움직임을 유발하는 것이다.

그렇다면 다시 이 시 「毘盧峯」의 말미에서, 바람에 흩어지거나 사라지는 구름이 묘사되는 것은 당연한 귀결이 아닐 수 없다. 그러나 이러한 묘사가 사실적인 묘사라고 말할 수는 없다. 시각이 아니라 청각, 촉각 등의 감각으로만 지각되는 바람이 구름을 흩어 놓는다는 시각적 관찰이 성립하기 힘든 까닭이다. 그러나 이것을 사실성의 결여라고 보기보다는, 풍경에 대한 지각 체험으로서의 시인의 참여로 보아야 한다. 시인은 구름이 흩어지는 것을 사실적인 관찰로 파악하는 것이 아니라, 지각체험으로써 '느낀다'. 담장이가 물들고, 다람쥐의 꼬리가 숱이 짙어가고, 자작나무가 옷을 벗는 것은 시간의 흐름과 동행하는 직관적 묘사라고 할 수 있다. 이러한 시간의 흐름과 "지팽이 / 자진 마짐"이라는 구절에 드러나는 화자의 위치 이동은 이 시 전체가 구성하는 하나의 풍경을 다시 생성시키는 계기가 되는 것이다.

여기서 우리는 풍경의 존재와 성립에 대한 주요한 시사를 얻을 수 있다. 세계를 구성하는 각각의 사물에 대한—인간의 시각의—'사실적인 관찰'로부터 풍경이라는 일관된 구도가 성립되는 것은 아니라는 것이다. 즉, "자연과학적인 자연 대상으로서의 감각적 소재로부터 그것들의 집합이 시각적 통일 속에 풍경미를 구성하는 것이 아니라, 오히려 자연의 대상들이 그 감각적 소재로서의 존재방식을 넘어설 때, 즉 하나의 정신적인 존재로서 우리들 눈앞에 나타날 때 풍경미가 성립"194)한다는 것은 중요하다.

시 「毘盧峯」의 경우, 심상적 구도를 통어하는 매개로서의 '구름'이 이미 사실적 감각체계를 초월해 있는데, 이러한 관찰과 묘사가 사실적이지 않음에도 '턱없는 것'이 되지 않는 것은 사물에 대한 감각적 관찰이 주체와 대상의 관계에 있어 상호 소통하는 계기가 되고 있기 때문이며, 동시에 이러한 화자의 시선이 풍경에 개입하고 참여함으로써 풍경 그 자체를 생성하는 역할을 하기 때문이다. 메를로-퐁티는 "대상의 형태는 기하학적 윤곽이 아니"[195]라는 점을 간파했다. 신체가 대상을 지각하는 것은 시각이나 청각 등 개별 감각들 사이에 확립된 벽을 돌파하는 과정을 거친다는 것이다. 감각을 단지 개별 감각들의 고립적인 특성에 의해 규정한다면 그 의미를 잃어버리게 되는 것이다.

인간과 자연이 주체와 대상의 관계로 굳어질 때에는 자연의 본질을 체득할 수 없다고 하는 관념은 주체 중심의 서구 근대 사상에 대한 안티테제만은 아니다. 이를테면, 조선시대 유가들의 도학적 존숭의 대상이었던 주자는 은일(隱逸)의 뜻을 밝히는 「운곡기(雲谷記)」에서 다음과 같이 쓰고 있다.

> 하루는 내가 운곡을 가보려고 산비탈을 타고 오르는데 도중에 큰 비를 만나 온 몸이 흠뻑 젖은 채 그곳에 닿았다. 그때 나는 「서명」(「西銘」)에서 <천지(天地)의 색(塞)은 우리가 그 체(體)이며, 천지의 수(帥)는 우리가 그 성(性)이다>라고 하는 구의 뜻을 깨달았다.[196]

주자는 조선조 지식인의 미적 유토피아이자, 성리학적 이데올로기를

---

194) 민주식, 앞의 글, p.11.
195) Maurice Merleau-Ponty(류의근 옮김), 『지각의 현상학』(문학과지성사, 2002), p.350.
196) 『朱子大全』卷 78, 민주식, 「조선시대 지식인의 미적 유토피아」, 『미학』 26(한국미학회, 1999), p.27에서 재인용.

담지한 자연 합일 관념의 미학적 모델이 되었던 「무이구곡가(武夷九谷歌)」를 짓게 되는데, 그는 송대(宋代)의 거유(巨儒) 중 한 사람인 장횡거의 「西銘」에 나타난 천인합일사상을 그 스스로의 자연 체험을 통해 받아들인 것이다. 인용된 문구 중 "천지(天地)의 색(塞)은 우리가 그 체(體)"라는 것은, 세계의 경계, 즉 사물의 현상과 본질에 있어 그 뼈대를 이루는 것은 인간의 몸과 그 운동에 달려 있다는 상대성을 강조하는 뜻으로 해석할 수 있다.

　자연 경관이 인간의 감각체계의 질서와 범주 안에서 파악되지 않는다는 시각은 동아시아의 고전문학 작품에서도 곧잘 나타난다. 다음 인용한 시는 북송(北宋)의 소동파(蘇東坡)의 「題西林壁」이다.

　　　橫看成嶺側成峰　遠近高低無一同
　　　不識廬山眞面目　只緣身在此山中[197]

　　　가로 보면 고갯마루 세로 보면 봉우리
　　　원근도 높낮이도 같은 모습 아니네
　　　여산의 진면목을 알지 못함은
　　　다만 이 한 몸이 산중에 있는 탓

　산중에 있기 때문에 산의 진면목을 알 수 없다는 소동파의 말은 일종의 역설이라고도 할 수 있다. 그러나 소동파의 이와 같은 감각에 대한 겸양은 여산의 거대하고 엄숙한 본모습과 그 진면목을 알 수 없다는 데 그치는 것이 아니라, 진면목을 안다(識)는 것보다 중요한 것은 산중에 있다(在山中)는 사실적이고 직접적인 체험의 과정을 지시한다고 보아야 할 것이다.

---

197) 소동파(류종목 옮김), 『여산진면목』(솔, 1996), 이 시의 번역은 필자의 것임.

하나의 풍경이 시인(관찰자)의 개입으로 인해 또 다른 풍경으로 생성되는 것은, 드러나 있는 것과 드러나지 않는 것과의 상호작용에 인해서이다. 우리는 거칠게, 드러나 있는 것은 자연 사물이고 드러나지 않은 것은 자연—혹은 대자연—이라고도 할 수 있다. 자연 사물과 자연은 시인의 풍경을 통해 가시태와 비가시태 사이를 넘나들며 소통한다. "形體에서는 幽의 원인을 알 수 있는 것이 있고, 形體가 없는 것에서는 明의 원인을 알 수 있는 것이 있다"198)는 장횡거의 언명은 인간과 자연, 그리고 대상으로서의 자연 사물과 풍경의 상대적 주체로서의 자연과의 관계에 대한 성리학적 존재론의 한 축을 설명해 준다. 주체, 혹은 주체로서의 인간은 사물, 혹은 대상으로서의 자연에 대하여 그것들을 관찰하여 배치하는 일자가 아니라, 세계의 현전에 대하여 함께 생성되는 자이다.

이 시 「毘盧峯」이, 해발 1,639m인 금강산의 최고봉인 '毘盧峯' 자체의 경관을 묘사하지 않고 비로봉으로 오르는 도정에 초점을 두고 있는 것 역시 눈여겨보아야 한다. 시인은 '毘盧峯' 자체의 경관이나 봉우리가 가지는 관념적이거나 정신적인 높이보다는 그곳을 향하는 자신의 모습을 시의 풍경 속에 함께 담고 있으며 그것을 포함하여 새롭게 생성되는 자연과 인간의 풍경을 그리고자 한 것이다. 시시각각 변화하는 사물의 움직임 속에 자신의 존재를 스며들게 하는 시인은, 이미 공간이 아니라 시간 속에 거처한다. 시 「毘盧峯」에서의 풍경은, 다가오거나 다가서는 것, 혹은 거머쥐는 어떤 것이 아니라 밀고 당기고 참여하고 스며드는 것이다. 그것은 자연 풍경이 주체의 고립된 감각을 배경으로 하나의 대상으로 한정되거나 고정되지 않음을 뜻하며, 이동하는 화자의 시선으로 하여금 풍경에 능동적으로 개입하고 참여하게 함으로써 상호 소환되는 감각의 장(場)199)을 재구성하는 것이라고 할 수 있다.

---

198) 「張子正蒙註」, 上冊 太和篇, 김길환, 「장횡거의 형이상학과 천인합일사상」, 『사총』 17(역사학연구회, 1973), p.175에서 재인용.

199) 보통 '지각장'이라고 말해지는데, 이는 개체가 "대상을 지각하고 자극에 반응할

골에 하늘이
따로 트이고,

瀑布 소리 하잔히
봄우뢰를 울다.

날가지 겹겹이
모란꽃닢 포기이는 듯.

자위 돌아 사폿 질ㅅ듯
위태로히 솟은 봉오리들.

골이 속 속 접히어 들어
이내(晴嵐)가 새포롬 서그러거리는 숫도림.
꽃가루 묻힌양 날러올라
나래 떠는 해.

보랏빛 해ㅅ살이
幅
지어 빗겨 걸치이매.

기슭에 藥草들의
소란한 呼吸!

수 있는 능력의 범위"를 말하며, 개체가 자신을 "자신의 환경에 적응하게 함으로써 삶을 지탱해 주는 자연적 공간"이라고 할 수 있다. 황수영, 「베르그손(Bergson)의 삶의 철학에서 본 시간과 공간」, 『프랑스학연구』 6(프랑스문화학회, 2000), p.34.

들새도 날러들지 않고
神秘가 안끗 저자 선 한낮.

물도 젖여지지 않어
흰돌 우에 따로 구르고,

닥어 스미는 향기에
길초마다 옷깃이 매워라.

귀또리도
흠식 한양

옴짓
아니 긘다.

—「玉流洞」

정지용은 금강산 여행에 대해 기술한 한 산문에서 내금강의 풍광에 대해 "현란한 색채의 신출귀몰한 변화에 차라리 음악적 쾌감이 몸이 저리게 한다."[200]는 말로 찬탄한 적이 있다. 과연 이 시는 『白鹿潭』에 실린 정지용의 산수시 중에서도 색채감과 감각적 관찰에 의한 생동력 있는 묘사, 그리고 사물에 대한 감각적 체험과 그려진 풍경의 입체성이 음악성을 띠고 있다.

1연의 "골에 하늘이 / 따로 트이고"란 표현은 '옥류동'이라는 공간을 하나의 초월적 공간으로 상정하게 한다. 이는 「九城洞」에서의 "꽃도 / 귀양 사는곳, // 절터ㅅ드랬는데 / 바람도 모히지 않고"와 유사한 공간 인

---

200) 정지용, 「수수어, 내금강소묘1」, 『정지용전집』 2(민음사, 1988).

식에서 출발한다. 그러나 「九城洞」의 공간이 초월적 성격이 강했음에 비해, 「玉流洞」은 화자의 신체성과 감각성이 주변 사물과 밀접하게 연관되어 시의 전체 구조를 역동적으로 이끄는 공간의식을 품고 있다.

2연에서는 폭포 소리가 잔잔하고 한가롭게 울리는 것을 '봄우뢰'라는 청각적 이미지로 표현했다. 이는 「구성동」에서의 "黃昏에 / 누리가 소란히" 쌓인다는 표현과 같이 공간의 적요로움을 오히려 청각적으로 묘사하는 것인데, 정지용의 후기 시에 주로 나타나는 표현이다.201)

3연에서 7연까지는 봉우리와 골짜기의 풍경을 섬세하고 감각적인 언어로 묘사하고 있다. 그런데 이 묘사된 풍경을 자세히 들여다 볼 필요가 있다. 봉우리들의 형상과 골짜기의 기운, 그리고 햇살이 비치는 모습이 입체적이거나 중층적인 시각의 지평 속에서 형상화되고 있다는 점을 주목할 수 있다. "겹겹히", "자위 돌아", "위태로히", "접히어", "꽃가루 묻힌 양", "빗겨" 등의 단어는 가시계의 표면이 아니라 대상 존재의 이면과 그 운동성을 함께 주시하는 화자의 시각을 암시한다. 이 단어들이 표현해 내는 것은 평면적이거나 안정적인 가시지평이 아니라 위태롭고도 역동적인, 그러면서 중첩된 존재성과 운동성을 지닌 풍경을 여는 것이다. 3연의 "겹겹히" 포개진 산의 결줄기들과 "위태로히 솟은 봉우리"들은 결코 안정적인 조망을 가능케 하는 풍경을 이루지 않는다. 그리고 골짜기역시 "속 속 접히어 들어" 그 끝을 알 수 없는 중첩된 형상을 가지고 있고, 햇살은 "꽃가루 묻힌"듯 그 자체 정태적이지 않고 빛의 분말을 떨어뜨리고 있다. 그런 햇살이 7연에서는 또 "폭 지어 빗겨"져 있는 것이다. 이러한 입체성과 역동성을 함께 지닌 옥류동의 풍경은 그 골짜기 속의 사물에게 "소란한 호흡"을 부여할 수밖에 없을 것이다. 이 "소란한 호흡" 역시 2연의 하잔한 "봄우뢰"와 마찬가지로 반어적 효과와 함께 그 분위기 자체의 성격을 각각 강화하는 역할을 한다. 즉, 골짜기의 모든 사

---

201) 「장수산」에서의, "골이 울어 멩아리 소리 쩌르렁 돌아옴즉도 하이"한 표현도 같은 맥락이라고 볼 수 있다.

물과 현상들이 서로를 부대끼는 존재성의 소란스러운 소통과 생명의 약동을 표현한 것이다. 이런 표현은 「九城洞」에서 "黃昏에 / 누뤼가 소란히 싸히기도 하고,"에서 반복되기도 하며, 그 효과는 유사하다고 하겠다.

9연의 "들새도 날러들지 않고 / 神秘가 한끗 저자 선 한낮"을 속세나 현실로부터의 초월성으로 해석할 수 있지만, 여기서는 이러한 옥류동이라는 공간의 역설적인 적요로움을 다시 한번 강조하고 있는 역할을 한다고 할 수 있다.

10연의 "물도 젖여지지 않어 / 흰돌 우에 따로 구르고"라는 구절에 이르면, 화자의 시선은 자신이 서 있는 땅으로 하강한다. 하늘-산줄기-골짜기-해 등으로 조망과 올려다봄을 반복하던 시선이 이제 화자의 신체의 움직임에 따른 위치로 내려앉는 것이다. 화자는 폭포 물이 흘러내리는 개울가에 있는 듯하다. 물이 주변의 바위로 튀기지만 돌 위로 스며들지 않고 따로 구른다는 표현은 매우 사실적이고도 섬세한 관찰에 의한 것이다.

11연의 <닥어 스미는 향기에 / 길초마다 옷깃이 매워라>에서 파악할 수 있는 것은, 화자가 한 곳에 머물러 있는 것이 아니라 이동하고 있다는 것이다. 앞서 시 「毘盧峰」을 해석하면서 걷는다는 것의 의미에 대해 잠시 언급했지만, 걸음으로 이동하면서 사물을 체험한다는 것은 대상 세계를 주체의 시선으로 고정하지 않고 세계의 변화에 자아의 운동을 능동적으로 참여시킨다는 것을 뜻한다. 그것은 세계를 주체의 이름으로 제압하지 않는 것이다. 이 때 주체의 시선은 대상을 향하여 흔들리고 위태로울 수밖에 없는데, 주체는 그 대가로 대상 세계의 역동적 존재성에 다가갈 수 있는 것이다. 세계의 살아 있는 존재성은 사물들의 현란한 운동성을 포착함으로써 선명해진다. 그런데, 마지막 부분의 "귀또리도 / 흠식한양 // 옴짓 / 아니 귿다"라는 구절에서 이러한 세계의 역동성이 주변 사물에 대한 동등한 시선과 호흡에 의한 것이라는 것을 알게 된다. 산중에서 흔히 볼 수 있는 미물인 귀뚜라미의 움직임은 골짜기의 역동적인 존재성과 역설적인 적요를 그대로 체현하는 매개가 된다. "옴짓 / 아니 건다"의 종지부를 통해 시인은 자신의 신체와 사물의 운동으로 가득 찬 옥류동의 공간성을 간결하고도 의미심장하게 소통시킨다.

인간은 시간 앞에 무력하다. 시간은, 유기적인 힘으로서의 생성하는 존재 자체의 모습이다. 그러나 플라톤으로부터 근현대 과학에 이르러서도, 시간은 운동과 변화라는 속성 때문에 불안정하고 불완전하며 존재의 본질을 현시할 수 없는 대상으로 취급되었다. 인간은 시간의 흐름을 거역할 수 없으며, 전적으로 시간이 지시하는 생명의 원리에 종속되어 있다. 그러나 공간은 인간의 욕망이 펼쳐지는 장으로서의 기능을 마음껏 보유하고 있다. 혹자는 인간의 역사가 시간에 대한 무력함을 공간에 대한 지배로 보상하기라도 하려는 것처럼 진행되어 왔다고 말하기도 한다. 시간과 공간의 의미는 이처럼 삶과 생명에 대한 복잡한 균열을 담지하고 있다. 그런데 시간의 흐름을 역행하고 시간의 명령을 거부하고자 하는 자들이 있다. 여행가, 혹은 등산가들이다. 그들은 끝내 집으로 돌아가야 하고, 산을 내려가야 하는 시간의 속박에 묶여 있으면서도 자신의 욕망을 추구한다. 그 욕망은 기하학적 공간으로 획정되지 않은 시간의 지속이다. 근대의 생활양식은 지속으로서의 시간을 기하학과 계량적 공간 속에 편입시킨다. 사실 시간은 인간에게 아무것도 명령하지 않았다. 다만 근대의 인간들이 공간의 역학으로 시간의 의미를 축소했을 뿐이다.

시간 자체의 생성을 추구한다는 것은, 삶의 본래의 모습에 가까이 가고자 하는 생명체의 본체적 욕망이다. 산 오름과 여행을 통해, 인간의 또 다른 자아의 내면과 그 풍경, 들, 꽃, 나무와 꽃들의 공기를 함께 호흡하고 그것들과 타자로서 대화할 수 있을 것이다. 공간 위주의 사고는 모든 타자에 대한 존재성을 배제한다. 그러나 생성되는 시간 자체로 빠져드는 인간은 그 생명의 과정에 직접 참여함으로써 결코 무력하지 않은 자신과 자연과 타자를 대면할 것이다

걷는다는 것은, 발을 옮기는 순간순간의 감각으로 세계와 존재에 대한

느낌을 갱신하는 것이며, 자아가 그 갱신을 수락하는 것이다. 걸으며 세계를 바라본다는 것은, 풍경을 하나의 조망 대상으로 국한하여 소유하고 지배하는 것이 아니라, 풍경들이 스스로 생성해 내는 역학과 그 존재의 떨림 속으로 여행가가 들어가는 것이다. 그것은 고정된 대상으로서의 자연에 대하여 그 내면으로서의 풍경에 닿음으로써 자신이 가진 감각적 절대성을 포기하는 행위이다.

따라서 여행시, 기행시는 산수시와 형식적으로 구별될 수 있다. 산수시는 풍경에 대한 다양한 방식의 조망을 통해 완성된다. 산수시는 어떤 공간의 토포스[202]를 향유하는 것이다. 그러나 기행시는 고정된 공간으로부터 끝없이 멀어져가는 것이며, 시인이 향유하는 것은 공간이 아니라 시간이다.

정지용의 기행시들은, 하나의 공간을 노래하지 않는다. 그는 끊임없이

---

202) 토포스(topos)란, Topography, 즉 지형학이란 단어에서 유래하는 것으로 알려져 있다. 힐리스 밀러는 '지형학'을 정의하면서, topography가 장소(place)를 의미하는 그리스어 topos와 쓴다(write)는 뜻의 graphien이 결합된 말이라고 설명한다(J. Hillis Miller, *Topographies*(Ca : Stanford UP, 1995), p.3). 그러나 토포스를 단순히 '장소'라는 단어로 번역할 수는 없다. 그렇다면 공간과 장소의 의미에 대해 논한 이 푸 투안의 언급을 상기할 필요가 있다. 이 푸 투안에 의하면, 공간은 장소에 비해 추상적이며, 그 공간에 가치를 부여할 때 장소가 된다. 즉 이 장소는 인간이 의식하는 공간이며 인간의 삶의 구체적인 가치가 결속되는 공간이다.(Yi-Fu Tuan(정영철 역), 『공간과 장소』(태림출판사, 1995) 참조. 결국, 토포스는 인간의 정서와 감정과 의식이 개입한 특정한 장소에 대한 관념을 뜻한다고 볼 수 있을 것이다. 물론, 토포스는 수사학에 있어서의 하나의 개념으로, 문학 창작의 지도 원리(박현수, 「토포스의 힘과 창조성 고찰」, 일지사, 『한국학보』 25권 1호, pp.20~25 참조. 이 글은 서구 중세 이후 수사학에서의 토포스의 개념적 역사를 비교적 자세히 고찰하고 있다) 또는 고대 문법가들에 의해 규정된 진부한 비유나 표현, 어구(이재선, 『문학 주제학이란 무엇인가』(민음사, 1996), p.140 참조) 등을 뜻하기도 한다. 그러나 결국 이런 개념들도 '담론이 이루어지는 장소'로서의 토포스에 대한 관념으로부터 비롯되었다고 볼 때, 토포스란 개념의 가장 근원적인 의미는 '장소'에 대한 것이라고 할 수 있다. 또한 토포스가 보편적 척도로 환원되는 '공간'이 아니라 특정한 사건이 벌어지는—시간성이 개입된—'장소'에 대한 관념이라고 할 때, 이 토포스에 대한 논의는 '풍경'의 현상학적 발생에 관심을 두는 본고의 시각과도 연결된다고 할 수 있다.

움직이며, 그 움직임이 그의 감각과 공간에 있어서의 시간을 완성한다. 따라서 그에게 기행시는 일상적인 지각 방식으로 파악할 수 없는 자연과 세계로 접촉하는 수단인 동시에 살아 있는 세계 속으로 빠져 들어가는 작시론이다. 걷는 경험은 일상적인 세계를 벗어난 낯선 세계로 다가서는 훈련이며, 시가문학에서 이러한 종류의 향유는 기행시와 여행시에 주도적으로 나타난다. 정지용의 「白鹿潭」은 이러한 시간과 공간의 이동에 시적 자아의 감각이 틈입하는 기행시의 가장 적절한 유형이 된다.

1

絶頂에 가까울수록 뻑국채 꽃키가 점점 消耗된다. 한마루 오르면 허리가 슬어지고 다시 한마루 우에서 모가지가 없고 나종에는 얼 골만 갸옷 내다본다. 花紋처럼 版박힌다. 바람이 차기가 咸鏡道끝과 맞 서는 데서 뻑국채 키는 아조 없어지고도 八月한철엔 흩어진 星辰 처럼 爛漫하다. 山그림자 어둑어둑하면 그러지 않어도 뻑국채 꽃밭 에서 별들이 켜든다. 제자리에서 별이 옮긴다. 나는 여긔서 기진 했다.

2

巖古蘭, 丸藥 같이 어여쁜 열매로 목을 축이고 살어 일어섰다.

3

白樺 옆에서 白樺가 髑髏가 되기까지 산다. 내가 죽어 白樺처럼 횔것이 숭없지 않다.

4

鬼神도 쓸쓸하여 살지 않는 한모롱이, 도체비꽃이 낮에도 혼자 무 서워 파랗게 질린다.

5

바야흐로 海拔六千呎우에서 마소가 사람을 대수롭게 아니녀기고 산
다. 말이 말끼리 소가 소끼리, 망아지가 어미소를 송아지가 어미말
을 따르다가 이내 헤여진다.

6

첫새끼를 낳노라고 암소가 몹시 혼이 났다. 얼결에 山길 百里를
돌아 西歸浦로 달어났다. 물도 마르기 전에 어미를 여힌 송아지는
움매— 움매— 울었다. 말을 보고도 登山客을 보고도 마고 매여달
렸다. 우리 새끼들도 毛色이 다른 어미한틔 맡길 것을 나는 울었다.

7

風蘭이 풍기는 香氣, 꾀꼬리 서로 부르는 소리, 濟州회파람새 회
파람부는 소리, 돌에 물이 따로 굴으는 소리, 먼 데서 바다가 구
길 때 쏴— 쏴— 솔소리, 물푸레 동백 떡갈나무속에서 나는 길을 잘
못 들었다가 다시 측넌출 긔여간 흰돌바기 고부랑길로 나섰다. 문
득 마조친 아롱점말이 避하지 않는다.

8

고비 고사리 더덕순 도라지꽃 취 삭갓나물 대풀 石茸 별과 같
은 방울을 달은 高山植物을 색이며 醉하며 자며 한다. 白鹿潭 조찰
한 물을 그리여 山脈우에서 짓는 行列이 구름보다 莊嚴하다. 소나
기 놋낫 맞으며 무지개에 말리우며 꽃물 익여 붙인채로 살이 붓는다.

9

가재도 긔지 않는 白鹿潭 푸른 물에 하늘이 돈다. 不具에 가깝도
록 고단한 나의 나리를 돌아 소가 갔다. 좇겨온 실구름 一抹에도

白鹿潭은 흐리운다. 나의 얼골에 한나잘 포긴 白鹿潭,은 쓸쓸하다.
나는 깨다 졸다 祈禱조차 잊었더니라.

_「白鹿潭」

걷는 경험은 자아를 중심으로부터 외곽으로 분산시켜 세계를 복원시키며 인간을 그의 한계 속에 놓고 인식하게 만든다. 그 한계야말로 인간에게 자신의 연약함과 동시에 그가 지닌 힘을 일깨워주는 것이다. 그 힘은, 인간이 세계라는 교직 속에서 자신의 자리를 인식 파악하고 타자들과의 맺는 유대의 바탕에 대하여 생각해보려고 항상 고심하게 만든다.203) 「白鹿潭」에서는, 시간과 공간, 그리고 시인의 신체적 감각이 적극적으로 융화되고 있다.

1연에서, "絶頂에 가까울수록 뼉국채 꽃키가 점점 消耗"된다는 것은, 인간적인 신체의 높이에서 지각되는 산과 시적 화자의 움직임을 묘사하는 것이다. 한발 한발 내밀면서, 그는 그의 신체적 움직임과 산이라는 공간의 육체성을 받아들인다. 산정을 향해 몸을 밀어올리는 시인에게 산정의 추위, 그리고 8월과 밤이라는 시간성이 둘러싼다. <뼉국채 키는 아조 없어지고도 八月한철엔 흩어진 星辰처럼 爛漫하다>는 말에서 보이는 것처럼, 시인과 산정의 사물들은 이미 하나가 되었고, 그의 발걸음은 자신을 백록담이라는 새로운 세계의 현상 속에 잠기게 하는 것이다. 그것은 하나의 자기 변신이며, 풍경에의 발견이다. 이러한 실존적 변화를 시간 속에서 받아들이는 시인은 기진맥진할 수밖에 없다.

2연에서, "巖古蘭"이라는, "丸藥 같이 어여쁜 열매로 목을 축이고 살어 일어섰"다는 진술은, 육체적 고통으로 기진한 시인의 몸과 <백록담>이라는 자연 세계와의 화해를 표상한다. 그는 이러한 고난 속에서도, 자신과 세계와의 화해의 끈을 놓지 않고 있는 것이다.

---

203) David Le Breton(김화영 역), 『걷기예찬』(현대문학, 2002), p.90 참조.

이 백록담이라는 장소는 3연의 "白樺가 髑髏가 되기까지"의 시간과 4연의 "귀신도 쓸쓸하여 살지 않는" 공간 속에 있다. 이 때의 시간과 공간은 초월적인 것이 아니라, 화자의 신체와 감각에 의하여 비로소 '발견'되는 새로운 시공을 의미한다. 이 장소는 "마소가 사람을 대수롭게 아니녀기고", "망아지가 어미소를 송아지가 어미말을 따르"는 상생과 소통의 공간이다. 이 곳의 모든 존재들은 누가 누구를 제압하거나 인간의 시선에 의해 확정되지 않는 무규정적인 생명력으로 약동한다.

이곳은 풍란 향기와 꾀꼬리와 휘파람새 소리, 돌 구르는 소리, 솔소리 등 온갖 소리들로 가득 차 있다. 이 소리들 틈에서 화자는 길을 잃는다. 청각이나 후각은 시각과 달리 대상의 윤곽과 경계를 주체에게 전달하지 않는다. 대신 청각과 후각은 감각 대상의 현존을 직접적으로 주체에게 전달할 수 있다. 그러나 시각이 제공하는 것처럼 대상을 주체의 시선으로 정립시키는 데 청각이나 후각은 미치지 못한다. 이 모든 향기와 소리들의 소용돌이는 주변 사물들의 존재감을 화자의 신체를 향해 직접적으로 육박해 들어오게 한다. 이 잘 잡히지 않는 존재성의 소통 앞에 화자는 혼돈스럽고 길을 잃을 수밖에 없다. 이 길에서 헤어 나왔을 때의, "문득 마조친 아롱점말이 避하지 않는다."라는 구절은 의미심장하지 않을 수 없다. 제압하는 시선, 혹은 우월적인 감각은 공격적이다. 그러나 대상이 아닌, 동등한 타자로 마주치는 화자와 아롱점말은 자연스럽게 어우러지는 존재감을 나눈다.

1연에서 시인은 "기진"했고, 마지막 연에서 그는 "깨다 졸다 祈禱조차 잊"는다. 산마루에서 산의 정상으로 오르는 동안, 별빛과 산그림자, 그리고 망아지와 암소들과의 만남들이 교차한다. 그가 만나는 것들은 단순한 사물들이 아니라, 잠들어 있던 풍경이다. 그가 산을 오름으로써, 시간과 공간, 사물과 동물들, 식물들이 가진 존재론적 표식들은 경계를 잃고 어울려버린다. 이 표식들은 '산'이라는 공간성이 은폐했던 시간성이며, 5연에서 "마소가 사람을 대수롭게 아니녀기고", "망아지가 어미소를 송아지가 어미말을 따르"는 모습은, 경직되고 고정된 생태 존재의 경계를 넘어 자유롭고 자연스러운 삶의 풍경을 일깨우는 것을 표상한다.

시인의 걸음과 감각은 그것들을 깨우고 그것들의 존재의 의미들을 함께 향유한다. 그 시간은 타자를 만나는 시간이며, 생성되는 시간을 향유하는 생명의 순간들이다. 밤과 낮과 어둠과 추위를 뚫고 다다른 세계에의 만남은 어떤 종류의 희열과 신체적 고난을 동반하기 마련이다. 따라서 그는 "기진"하고, "깨다 졸다 祈禱조차 잊"을 수밖에 없다.

"高山植物을 색이며 醉하며 자며 한다"와 "소나기 놋낫 맞으며 무지개에 말리우며 꽃물 익여 붙인채로 살이 붓는다."는 구절에서는, 자연과의 어떠한 위계적 거리도 소거된 화자와 백록담이라는 공간의 존재론적 일체감이 나타나 있다. "실구름 一抹에도 白鹿潭은 흐리운다." 아무리 보잘 것 없는 미물이나 현상이라도 백록담이라는 전체적인 소통의 공간을 흔들 수 있다. 그것은 존재하는 모든 사물을 대상이 아니라 타자로 인식하는 세계에서 가능하다.

정신적 시련의 통과는 걷기라는 육체적 시련 속에서 효과적인 해독제를 발견한다. 인간의 중력중심을 바꾸어 놓는 해독제를, 다른 리듬 속에 몸담고 시간, 공간, 타자와 새로운 관계를 맺음으로써 주체는 세계 속에 자신의 자리를 회복하고 그 가치를 상대적 시각에서 저울질하게 되고 스스로의 저력에 대한 믿음을 되찾는다.[204] 신체적 고난을 통한 감각적 만남을 통해, 인간은 스스로의 내면과 자연 풍경이 만나는 지점을 찾아갈 수 있다.

인간의 몸과 그 감각이 세계라는 지평에 직접 부딪치는 공간은, 인간의 개체와 그 사회적 관계성이라는 타자적 체험을 일깨운다. 그 과정에서 개인은 자신의 몸과 세계의 살이 상호 소환하는 존재의 세계, 상생의 세계를 형성한다는 것을 느끼는 것이다.

---

204) David Le Breton(김화영 역), 『걷기예찬』(현대문학, 2002), pp.257~258.

정지용에 있어서의 걷기와 그 감각에 대해 말하자면, 전기 시에서의 감각이 풍경을 조망하고 소묘하기 위한 것인 반면 후기 시에서의 감각은 풍경 속에 신체를 부딪침으로써 감각과 그 감각의 장(場)을 동시에 쇄신하는 역동적인 탐구에 속한다고 말할 수 있을 것이다.

3. 운동과 생성

자연과 세계를 향한 시인의 시선과 감관의 반응 양식은 '풍경'이라는 창을 통해 들여다볼 때 보다 다양하고 상이한 양상으로 드러난다. 이 때 그려지거나 씌어진 풍경은 창작자의 인식틀을 구성하면서 동시에 작품의 예술적 형상화를 지탱하는 지각 양식의 구조적 원리가 된다. 거기에는 시간과 공간의 주어진 체계를 받아들이거나 거역하는 나름의 문법과 기획이 숨어 있다.

공간에 대한 이해와 그 정도는 인간의 자연 인식과 대응에 밀접한 영향을 미친다는 것이 역사적으로 입증된 바 있다. 가령 20세기 초에 이르기까지 근대의 과학적 공간 개념으로 확고히 자리 잡고 있던 3차원 유클리드 공간 대신, 경험적인 시간 변수를 매개시킨 4차원 유클리드 공간 개념이 제기되자 나타난 자연 법칙의 결과들이 그것이다. 즉, "새 시공간 개념을 바탕으로 표현한 자연법칙들이 전혀 예상치 못했던 단순미(單純美)와 대칭미(對稱美)를 보여준다는 것"[205]이며, 공간의 개념과 존재론적 지위에 관한 이해가 심화될수록 자연의 모습 또한 놀라울 정도로 명료해지는 것이다.[206] 또한 칸트에 따르면, 시간과 공간은 인간이 자연과 관계하는, 즉 자연을 바라보는 직관 형식[207]이다. 따라서 공간과 시간에 대한

---

205) 장회익, 「공간」, 우리사상연구소 엮음, 『우리말 철학사전 ─ 감각 · 근대 · 개인』(지식산업사, 2003), p.79.
206) 위의 글, p.83 참조.
207) 한자경, 「칸트에서의 자연과 인간」, 계명대 철학연구소 편, 『인간과 자연』(서광사, 1995), p.115.

이해는 인간의 자연 인식의 양상에 접근하기 위한 첩경이라고 할 수 있다. 여기서는 정지용 시에 나타난 공간과 시간의 형상화 양상을 통해 자연 인식의 일면을 고찰해 보고자 한다.

정지용 시에서 공간과 시간 인식의 의미에 대해 처음 구체적으로 언급한 논자는 이숭원[208]이다. 그는 「長壽山 1」, 「九城洞」, 「忍冬茶」에서의 정경이 부동(不動)과 정적(靜寂)의 공간이며, 이 자연 공간은 표면적 현재(specious present), 혹은 시간이 정지된 상태로 나타난다고 했다. 즉, 정적의 공간과 무시간성이 지용 시에 나타난 시공간적 특성이며, 이는 동양적 시관(時觀)과 한시(漢詩)의 작시법에서 유래한다고 밝혔다. 특히 후속 연구에서는 이숭원의 이러한 견해가 대체로 받아들여져 정지용 시의 무시간성이 현실인식이나 사회의식의 부재와 연관된다는 의견[209]이 제출되었고, 최근 김종태는 "정지용 후기 시에 나타나는 무시간성은 낙원 상실을 가속화하던 근대적 시간에 대한 역행심리"이며 이는 "탈속적 세계로 향한 중요한 과정이며 밑바탕"[210]이라는 결론까지 이끌어내고 있다. 최승호 역시 「장수산 1」이 "정적의 공간과 무시간성을 보여"준다[211]는 전제 하에 논의를 진행하였다.

예로 든 위의 시편에서 공통적으로 드러나는 시어와 제재, 행 구분을 포함한 형태적이거나 통사적인 특성과 여백미, 그리고 전반적으로 환기되는 분위기를 감안한다면, 이러한 지적은 충분한 설득력을 가지고 있다. 그러나 이러한 견해들은, 고요와 不動이 환기하는 시의 '분위기'를 정지된 공간성으로 곧바로 유추[212]하고 있는 점, 또한 동양과 유럽의 시공간 의식을 선험적인 대립적 구조로 파악하고 있다는 점[213] 등에 논거를 두

---

208) 이숭원, 「韓國近代詩의 自然表象 硏究」(서울대 박사논문, 1986), pp.70~76 참조.
209) 김훈, 「정지용 시의 분석적 연구」(서울대 박사논문, 1990).
210) 김종태, 「정지용 시 연구—공간의식을 중심으로」(고려대 박사논문, 2002), p.80.
211) 최승호, 「정지용 자연시에 나타난 정(情)과 경(景)」, 김종태 편, 『정지용 이해』
    (태학사, 2002), p.109.
212) 이숭원, 앞의 글, p.71.

고 있어 재론을 요한다.

「長壽山 1」과 「九城洞」에 나타난 자연 공간이 인물이나 개체의 활동이 부재한 정적의 정지된 공간이라고 한정하는 것은 공간을 인간의 생활 무대, 혹은 사물이 활동하는 터전으로 규정하는 유클리드적 공간 사유의 시각에서 비롯된다. 공간은 사물이 담기는 그릇으로서의 장소에 한정되지 않는다. 주지하다시피 공간에는 여러 측면이 존재하는데, 가장 일반적으로는 사물의 위치를 나타내는 위치 공간이 있다. 그러나 물리적인 공간이 위치 공간에 한정되는 것은 아니다. 이를테면 사물의 운동량을 표현하는 운동 공간이나, 대상의 상태를 표현하는 상태 공간 역시 존재하며, 이러한 공간의 다양한 양태들은 공간의 존재와 질적 성질에 대하여 동시에 영향을 미친다. 이와 같은 물리적 공간 외에, 우리는 수학적 공간이나 이념적 공간과 같은 관념적 공간 역시 상정할 수 있다. 문학이 인간의 사유와 감성과 뗄 수 없는 관계에 있다면, 우리는 공간 개념의 이러한 다양한 층위 역시 염두에 두어야 할 것이다. 그러나 위에 언급한 정지용 시의 시간과 공간성에 대한 기존의 논의들은 위치 공간으로서의 측면에 한정되고 있다는 점을 일단 지적할 수 있겠다.

"자연적 공간은 표상하는 공간이 아니라 체험하는 공간이다."[214]라는 베르그송의 언급은 자연 공간이 인간의 체험이라는 시간적 요소와 함께 형성되는 하나의 사건이라는 것을 환기하고 있다. 우리는 실제 기하학적

---

213) 이것은 인용된 송욱의 견해라고 할 수 있는데, 동아시아와 서구의 우주관과 세계관이 사유 구조에 있어 기본적으로 대립적이라는 입론이 가지고 있는 편견에 대해서는 재론할 여지가 없을 것이다. 유기체적 자연관, 기계론적 자연관, 목적론적 자연관 등은 동서양 어느 한쪽에서만 전유했던 것이 아니라 공히 시대와 장소적 상황에 따라 다양한 차원에서 논의되고 공유되었다는 점이 사상사에서의 일반적인 시각이다. 이에 대해서는 리기용, 주동률, 「자연과 도덕」, 송영배 외, 『인간과 자연』(철학과현실사, 1998) ; 정연교, 한형조, 「동서양의 자연과 정치」, 송영배 외, 위의 책 참조.

214) 황수영, 「베르그손(Bergson)의 삶의 철학에서 본 시간과 공간」, 『프랑스학연구』 6(프랑스문화학회, 2000), p.34.

이거나 논리적, 수학적 연산으로 환원되지 않는 공간 감각의 경험을 가지고 있다. 동물의 귀소 본능도 그렇지만, 운동선수의 순간적인 몸놀림과 목표물에 대한 타격 등 공간에 대한 무의식적 기억과 관련되는 인간의 공간감각들은 논리적 사유나 도식으로 설명이 불가능하다. 이것은 공간이 사고와 추론의 대상이 아니라 감각과 본능으로 내재화된 인식의 매개임을 말해 준다. 모든 개체들의 신체와 그 삶의 공간 사이에는 유기적 연속성이 있는 것이다.

그렇다면, 시간의 측면에서도 정지용 후기 시에서의 시간이 무시간성으로 나타난다는 논리를 좀 더 구체적으로 살펴볼 필요가 있겠다.

> 이 시의 내면구조를 살펴보면 이 시는 현재라는 시간의 한 접점이나 과거 현재 미래로 이어지는 시간의 방향성과는 별 관계가 없다는 것을 알게 된다. 이 시는 과거 현재 미래를 초월하여 상존하고 있는 사물들의 공간을 그려내고 있다. 그 공간은 시간에 의해 변질되지 않는다.[215]

위의 인용문은 시 「九城洞」에 나타난 무시간성을 설명하고 있는데, 이 논의가 전제하고 있는, 그리고 후속 연구들이 받아들이고 있는 근거는 다음과 같다. 첫 번째, 이 시의 시점이 과거 현재 미래로 이어지는 선조적 시간의 흐름을 표상하고 있지 않다는 점, 두 번째, 공간과 분리된 시간, 즉 표면적 현재의 시점이므로 공간은 시간에 의해 영향을 받지 않으며 시간 역시 마찬가지로 정적(靜的)이라는 것이다. 물론 이러한 지적은 그 자체로 명백한 논리적 흠결을 가지고 있지 않으며, 이숭원은 이뿐만 아니라 앞서 언급했듯이 서술 어구와 시어의 특성 역시 무시간성에 봉사하며, 이 무시간성은 동양적 시간관과 한시와의 관련에 밀착되어 있음도 지적했다. 그러나 여기서 지적하고 싶은 것은 시 작품 속에서 '시간'을

---

215) 이숭원, 앞의 글, p.72.

어떻게 규정하고 있으며 어떻게 바라보는가에 있다.

시간은 현실적으로 존재하는가, 시간은 사물의 속성인가 아니면 사물이 운동하는 궤적인가, 또는 그것들의 관계인가 하는 등 시간에 대한 사유와 물음은 서구 사상사를 통해 끈질기게 이어져 왔다. "데카르트와 로크는 시간과 공간을 사물 그 자체의 성질로 간주했으며, 라이프니츠와 칸트는 시간을 공간과 마찬가지로 우리에게 인식되는 한에서의 사물의 속성이자 사물들의 관계 질서 형식"216)으로 보았다.

시간은 그 자체로는 인지되지도 지각되지도 않는다. 우리가 시간이 흐른다는 것을 지각할 때, 정확히는 지각한다고 느낄 때에 사실 우리는 시간 그 자체를 느끼거나 지각하는 것이 아니라 시간이라는 관념이나 이념, 혹은 사건과 경험의 테두리, 혹은 구획, 혹은 그것들이 배열되며 그 사이의 간격이 형성하는 분절선들을 떠올리는 것이다. 그 분절선들의 간격이 넓어질수록 우리는 시간이 길다, 혹은 짧다라는 느낌을 갖게 될 것이다. 근대의 과학주의적 사유는 이 분절선으로 시간이라는 개념을 대체했다고 할 수 있다. 양적으로 서술 가능한 분절선은 시간이라는 모호한 실체를 일반화하기에 더없이 유용할 것이다. 베르그송이 "과학으로 인식되는 시간, 즉 측정할 수 있고 수치로 나타낼 수 있으며 그 안에서 사물의 운동이 발생하는 시간은 인간이 체험하는 시간, 곧 '지속의 내면적인 느낌'으로 나타나는 시간과는 아무 공통점도 가지지 않는"217)다고 한 것은 근대 과학주의의 시간관에 대한 비판적 성찰에 뿌리를 두고 있다.

그러나 우리는 시간이 계기(繼起)적 사건으로 인해 형성된다는 사실을 또한 진지하게 인정해야 한다. 시간은 오로지 내적 직관의 형식으로만 표상되지 않으며, 직선적인, 즉 공간 표상으로 형상화되는 것이다. 위의 인용문에서, "과거 현재 미래로 이어지는 시간의 방향성과는 별 관계가

---

216) 백종현, 「뉴턴과 칸트의 시간」, 『과학사상』 32(범양사, 2000), p.50.
217) 장회익, 「시간」, 우리사상연구소 엮음, 『우리말 철학사전 ─ 생명 · 상징 · 예술』 (지식산업사, 2003), p.140.

없다는 것", 그리고 "그 공간은 시간에 의해 변질되지 않는다"라는 점을 시간이 부재하다는 논거로 삼는 것은 이러한 측면에서 이해된다. 그러나 시간의 선조적(線條的) 속성을 곧바로 시간의 본질로 이해하는 것에 대해 다음과 같은 언급은 참고할 만하다.

> 시간이 계기(繼起)적이라 함은 의식에서 '방금 전'-'지금'-'조금 후'의 계기들이 생겨 시간이 형상화되는 과정을 말하는 것이지, 현상들의 형식으로서의 시간의 성격을 말하는 것은 아니다. 현상의 형식으로서의 시간은 잇따르는 무수한 시점들을 가진 고정불변적인 것, 마치 하나의 실체와 같은 것이다. 이런 이해에서 '잇달아 있음'이나 또한 '함께 있음(동시적임)'은 시간의 양태가 아니라, 시간상에 나타나는 다양한 현상들의 관계의 양태이다.[218]

시간의 선조적인 계기들은 시간이 형상화되는 과정일 뿐 그 자체가 시간의 성격이 아니며 그러한 선조적 계기는 시간의 형상화를 구성하는 관계의 양태일 뿐인 것이다. 따라서 시간의 방향성, 혹은 선조성, 그리고 공간과의 관계는 시간이 구성되고 형상화되는 하나의 기제인 동시에 맥락으로 이해되어야지 그것이 곧바로 시간의 본질로 규정되지는 않는 것이다.

따라서 우리는 가령 「九城洞」이라는 한 작품의 시공간을 논의하기 위해서는 특정한 시점을 구성하는 선조적이거나 계기적인, 혹은 감각지각을 포함하는 또 다른 관계의 양태를 주시해야 하는 것이다.

칸트는 시간이 "주체가 세계와 인식적인 관계를 맺게 하는, 인간에게 내재된 관념의 틀"[219]이라고 말했다. 이러한 통찰은 양화된 시간을 사물의 객관적 성질로 오판 내지 왜곡하는 근대적 시간관을 비판적으로 바라

---

218) 백종현, 앞의 글, p.66.
219) 장회익, 앞의 글, p.140.

볼 수 있게 한다. 그러나 이러한 선험적 도식의 근거를 칸트는 그 자신 명확히 밝히지 않았음은 물론, 그것은 베르그송이 말한 바 시간의 내재적 성질을 만족스럽게 설명할 수 없다. 그렇다면 우리는 시간이 "지각들의 모든 종합적 통일을, 즉 경험을 가능하게 하는 조건"[220]이라는 설명을 경청할 수 있을 것이다. 이러한 시각은 시간이 대상을 인식하는 주체의 관념적 틀이라는 칸트의 입장이 가진 관념적 도식성과, 시간의 공간 표상적 성질과 배치되는—시간이 경험, 혹은 사건과 동행한다는, 즉 시간을 사건 그 자체와 동일시하는—베르그송의 주장을 비판적으로 흡수 극복하는 것이라고 생각된다.

시간에 대한 의식이 사물이나 대상 세계의 변화에 대한 '지각'으로부터 생긴다는 것은 분명하다. "존재자란 논리적으로 파악되는 것이 아니라 감각지각에서 포착되는 것", 그리고 "감각지각의 보편적 수용 형식이 시간이고 그것의 총체가 자연"[221]이라는 점을 상기한다면, 우리는 신체적 감각과 지각이 시간 사유를 구성하는 핵심적 요소라는 것을 유추할 수 있을 것이다. 감각지각은 인간의 경험과 그 기억, 그리고 상상력을 통해 시간을 공간화한다. 우리는 이러한 측면에서 정지용의 후기 시를 다시 한번 살펴볼 텐데, 기존의 입론인 정지용 후기 시에서의 '무시간성'이라는 규정은 경험과 그 기억, 그리고 상상이라는 기제가 시간을 형성하고 그 질적 성질에 영향을 미치는 사건이라는 점들을 배제하고 있다는 문제 제기에서 출발하는 것이다.

문학 작품에서 시간이 자아 및 자연 세계와 관련되어 다루어지는 방식에 대해 적극적으로 탐구한 논자는 한스 마이어호프이다. 그는 "시간 개념의 과학적이며 논리적인 구성이, 문학이 종종 분석을 위해 *끄집어내었던* 인간 경험에서의 시간의 특정한 측면들로부터 얼마나 멀리 떨어졌는가"하는 물음[222]에서부터 논의를 시작한다.

---

220) 백종현, 앞의 글, p.67.
221) 백종현, 위의 글, p.68.

자연에서 객관적으로 타당하다고 믿어지는 시간의 공리체계를 구축하는 이러한 과정(시간의 과학적 이론화, 계량화 작업 : 인용자)은 인간 경험에서 상당한 의의가 부여된 시간의 특정한 성질들을 배제하는 것이기도 하다 …… 공리적인 논리적 시간 체계는 인간의 경험 세계 내에서 극히 중요한 시간의 특정한 성질들을 무시하거나 배제하는 대가를 치르고서만 획득된다 …… 시간에 대한 문학적인 논의는 시간을 의식의 직접적인 소여로서 분석한다는의미에서 그리고 시간이 "역학과 물리학"보다는 인간적 삶과 행동의 구성요소가 된다는 점에서 언제나 "베르그송적"이었다.[223]

마이어호프는 '시간의 본질' 대신 '시간의 특정한 성질'로서의 경험적 요소에 주목하며, 이러한 요소는 바로 베르그송적인 '지속되는 시간'이다. 기억과 창조적 상상 등의 경험적 요소들이 지속되는 시간을 구성하는데, 그는 이 때의 시간, 즉 프루스트에게서의 시간에 나타나는 영원성을 '무시간성'으로 규정한다. 그런데 이 때의 '무시간성'이라는 개념을 주의 깊게 살펴볼 필요가 있다. 마이어호프의 이 논의에서 '무시간성'은 매우 빈번히, 그리고 중요하게 사용되는데, 이 '무시간성'이라는 단어 속에 들어있는 '시간'이란 물리적 지표로서의 시간을 말한다. 그것은 시간의 본질, 또는 양태로서의 시간이 아니라 공리적 체계와 지표로서의 시간으로, 그는 이런 의미에서 '무시간성'을 사용한다. 그는 "무시간(no time)은 지속하는 순간이다"[224]라고 말하기도 했다. 따라서 마이어호프가

---

222) 이 물음은 서두에서의 베르그송의 시간의 본성에 대한 성찰(각주 301 참조)과 유사한데, 실제 마이어호프는 그가 이 저서에서 다루었던 프루스트의 시간관이 베르그송의 영향력 아래에 있다고 말한 바 있다. 즉 "프루스트의 기억론은 베르그송의 『물질과 기억』에서 발전된 것이다"라고 했다. Hans Meyerhoff(이종철 역), 『문학 속의 시간』(문예출판사, 2003), p.70.

223) Hans Meyerhoff, 위의 책, p.23.

224) Hans Meyerhoff, 위의 책, pp.32~33.

프루스트 소설에서의 시간성을 지적하면서 "영원성은 그러므로 무한한 시간이 아니라 무시간성을 의미한다"고 했을 때, 그것은 이러한 한정된 차원에서의 시간 개념을 전제로 한 언급인 것이다.

마이어호프는 "시간적인 요소들의 역동적인 융화는 근대 문학의 가장 침투력 잇고 놀란 만한 성질들 가운데 하나"[225]라고 하며 그가 논의하는 작품 속에서의 시간의 요소들이 궁극적으로 경험의 문학적 재구성을 위해 집적되며 역동적으로 결합한다고 밝혔다. 그 요소들은 기억, 이미지, 이미지들의 연상, 창조적 회상, 감각지각 등이다. 통일성과 연속성이 반복되는 이러한 요소들의 역동적 결합에 의한 문학적 재구성은 생성되는 시간으로 바꾸어 부를 수도 있을 것이다. 마이어호프는 프루스트와 산타냐의 시간성을 분석한 후 그들의 시간에서는 "경험되고 기억된 각각의 대상의 질적 풍부함과 독특함이 그 본질을 이룬다. 인간 경험의 특정한 성질들의 무시간적 성격을 보존하는 것과 연관되어 있지 않은 시는 거의 없다"[226]고 말하며 경험과 기억이 자아, 혹은 작품 속의 시간을 재구성하는 본질적 요소라고 강조하는 것이다. 그러나 마이어호프는 시간적 요소와 그것들의 작품 속에서의 기능, 효과들을 적극적으로 탐구했지만 '시간' 그 자체에 대해서는 철저히 중립적인 자세를 유지했다. 그래서 베르그송적인 의미에서는 시간의 본질적인 성질이라고 말할 수 있는 질적 경험으로서의 시간을 '무시간성'이라는 개념으로 표현하는 것이다.

본 장에서는 이처럼 시공간에 관한 기존의 입론과 각도를 달리하여 정지용 시의 시공간의식을 다시 음미해 보고자 한다. 이러한 시각은 공간을, 풍경을 형성하고 생성하는 감각적 형상화의 장(場)인 동시에 시간을 매개한 개념으로 바라보는 것이다. 또한 공간 개념을 사물이 담기는 그릇이나 인간이 활동하는 무대라는 위치 공간의 측면을 벗어나 비위치 공간을 포함한 물리적 공간은 물론이고, 관념적이거나 이념적인 공간 개념

---

225) Hans Meyerhoff, 위의 책, p.41.
226) Hans Meyerhoff, 위의 책, p.80.

으로 확장하는 것이다. 시간 역시 마이어호프가 말한 바, 물리적 시간을 넘어서 있는, 그리고 그 시간 밖에 있는 경험의 성질로서의 '무시간성'227)의 측면을 포함한다. 이에 따라 그 시간은 경험과 기억과 상상과 이미지들의 역동적인 침투와 결합에 의해 재구성되는 과정을 겪게 될 것이다.

앞서 언급했듯이, 「九城洞」은 정지용 후기 시의 공간적 특성인 정적의 공간과 무시간성을 적극적으로 반영하고 있다고 지적되어 왔다.

골작에는 흔히
流星이 묻힌다.

黃昏에
누뤼가 소란히 싸히기도 하고,

꽃도
귀향 사는곳,

절터ㅅ드렀는데
바람도 모히지 않고

山그림자 설핏하면
사슴이 일어나 등을 넘어간다.

이 시에서의 공간은 시간이 없는 추상적인 공간이 아니라, 구체적인 공간이라고 생각할 수 있다. 여기서 구체적이라 함은, 추상성이 지배되는

---

227) Hans Meyerhoff, 위의 책, p.79.

공간이 아니라 질적인 다양성을 가진다는 것을 뜻한다. 그리고 관념이나 지성에 의해 구성되는 공간이 아니라 직관에 의해 환기되는 공간이라는 의미를 포함한다. 동양 산수화의 경우, 질적인 다양성과 직관은 수묵(水墨)의 농담(濃淡)과 필법(筆法)이 주로 환기하는 물질적 성질과 여백미로 표현된다. 그러나 「九城洞」에서의 그것은 무엇보다 감각과 그 감각의 충적으로서의 기억의 작용에 의한다.

골짜기에 유성이 묻히는 모습은 흔히 목격되는 광경은 아니다. 이미지를 감각적 작용에 의해 시적 자아의 정서에 남겨진 잔상(殘像)이라고 규정한다면, 이 때의 이미지는 감각적 관찰에 의한 것이라고 보기는 힘들다. 상상적 이미지라고 할 수는 있다. 또 '흔히'라는 부사는 이 구절이 현재적 관찰에 의한 묘사라기보다 일반적 사실을 서술하는 것처럼 보이게 한다.228) 그러나 다음 연에서 우박이 황혼녘에 쌓이는 광경은 감각적 관찰에 의한 표현이라고 볼 수 있다. 4연에서는 '절터'였다는 하나의 기억과 바람도 모이지 않는다는 감각적 관찰이 병치되어 있다. 5연에서 사슴이 산등성이를 넘어간다는 것은 사실적 표현이라고 보기 힘들다. 3연과 마찬가지로 구성동의 공간을 조직하기 위한 상상력의 소산이자 시적 장치라고 할 수 있다.

이렇게 본다면, 「九城洞」의 각 연은 화자의 관찰에 의한 묘사와 상상적 이미지가 교차 반복되면서 구성되었다고 할 수 있다. 그런 점을 감안하고 시를 다시 살펴보자. 골짜기에 유성이 묻히는 것이 사실적인 관찰에 의한 것은 아닐 수 있다고 했다. 또 '흔히'라는 부사가 그 점을 유추할 수도 있다고 했다. 그러나 1연에서의 표현이 보편적 사실을 발화하는 것에 불과하다고 할지라도, 그것이 유성이 떨어지는 하나의 이미지를 환기하고 있다는 것은 분명하다. 이 때 '흔히'라는 부사의 역할을 다른 각도에서 바라볼 수 있다. '흔히'는 보편적이거나 일반적인 사실을 설명하

---

228) 이 점은 이숭원에 의해 지적된 바 있다. 이숭원, 앞의 글, p.72.

기 위한 한정어가 아니라, 하나의 감각적 이미지를 반복적으로 환기하는 역할을 한다고 볼 수도 있다. 2연에서 우박이 쌓이는 모습을 표현한 부분에서는 "소란히"의 청각이 시각적 이미지에 융해되어 있다. 이 공감각이 의도하는 것은 구성동이라는 공간의 '소란한 적요'를 강조하기 위한 것이다. 우박이 쌓이는 황혼녘의 골짜기와 그 적요는 '소란히'로 인해 더 깊어진다. 그런데 1연을 돌아보면 1연과 2연이 환기하는 이미지와 통사형이 유사하다는 것을 알게 된다. 어두운 골짜기를 향해 하강하는 빛나는 어떤 것과 그 광경에 대한 이미지이다. 그렇다면 다시 1연의 표현을 문제 삼을 수밖에 없다. "흔히"가 감각적 이미지를 환기하는 역할을 한다고 했는데, 그것은 "소란히"와 어떤 관계를 가지고 있다고 유추할 수 있다. 다시 말해, "흔히"는 단순한 한정어가 아니라 유성이 떨어지는 이미지를 반복해서 환기하는 감각적 갱신의 역할을 하며, 그것이 유사한 형태와 이미지를 표현하고 있는 2연까지 영향을 미치는 것이다.

이런 관점으로 나머지 부분들을 살펴보면, 3연에서는 상상력과 기억으로서의 공간이, 4연에서는 "절터ㅅ드랬는데"의 기억과 "바람도 모히지 않고"의 감각적 관찰이 융해되어 있고 마지막 연에서는 기억인지 사실적 관찰인지 파악하기 힘든 모호한 경계에 있는 표현이 나타난다. 이 때 '九城洞'이라는 공간은 사물이 담기는 그릇이나 사건의 무대가 아니라, 충적(充積)되어 보존된 감각과 그 기억이 순환하는 현재적 공간을 갱신하는 시간 그 자체가 된다.

「九城洞」에서의 감각적 이미지들은 균일적이거나 계기적인 질서 속에 배열되거나 집적되지 않고, 역동적으로 침투하여 연합하고 혼합되는 연속적인 연상의 구조를 가지고 있다. 그것은 기억의 저장소로서의 '九城洞'이라는 시공간이 기억과 상상의 재구성과 재조직을 통해 진동하는 상이한 층위의 시간을 생성하는 방식으로 드러난다.

초기 그리스의 사고방식에 따르면 시간을 일컫는 크로노스(cronos)라는 말은 무엇인가로 가득 채워진 시간, 사건으로서의 시간 즉 생성(le devenir)

을 의미한다. 시간은 부동(不動)하는 불변의 일자에 대립하는 역동적 본성을 가진 흐름이며, 넓은 의미에서는 운동, 변화와 동일시될 수 있다. 이 관점에서는 시간은 운동하는 존재 자체의 모습일 뿐 그것과 무관하게 흐르는 동일자가 아니다. 시간이 우리의 의식이나 사건과 관계없이, 또는 그 배경에서 균일하게 흐른다는 생각은 유용성의 이념을 바탕으로 하고 이를 극단적으로 추상화한 근대 과학의 시간 개념에서 나온 것이다. 시간을 공간과 더불어 실재의 배경에 불과하며 실재의 운동에 영향을 줄 수 없다든지, 시간을 변화의 '무대'로 파악하는 것이 아니라 변화 그 자체로 파악하며 시간은 존재에게 그 자신의 모습을 각인하며 성숙과 창조의 동인이 된다[229]는 것이 베르그송의 입론이다.

우리는 실제로, 변화하는 시간, 또는 흐르는 시간 자체가 우리에게 의미로 다가오는 순간을 일상 속에서 경험한다. 그러한 변화 자체로서의 시간이 실재적 시간인 것이다. 사건이 발생하는 곳에는 분명 시간이 있다. 시간은 사건의 배경이 아니며, 공간과 대립되는 그 무엇도 아니다. 이런 의미에서, 정지용의 「九城洞」에서 시간의 흐름이 표상되지 않는다고 해서 무시간성을 지향한다고 하는 것은 시간의 본질을 배제한 시각으로부터 도출된 것으로 볼 수 있다. 왜냐하면, 시간은 사건의 배경이 아니라 사건 그 자체이며 공간적 감각체계와 함께 맞물린 복합적인 감각장 속에 위치하기 때문이다. 우리는 「九城洞」에서 체험으로서의 시간, 감각으로서의 시간과 그 기억의 보존과 이행으로서의 시간을 살펴볼 수 있는 것이다.

그렇다면, 정지용 시의 시간 인식의 추이를 먼저 살펴볼 필요가 있겠다. 『정지용 시집』에 실린 「시계를 죽임」이란 시는 시간에 대한 시인의 인식을 잘 드러내고 있다.

---

229) 황수영, 앞의 글, pp.21~24 참조.

한밤에 壁時計는 不吉한 啄木鳥!
나의 腦髓를 미신바늘처럼 쫏다.

일어나 쫑알거리는 「時間」을 비틀어 죽이다.
殘忍한 손아귀에 감기는 간열핀 모가지여!

오늘은 열시간 일하였노라.
疲勞한 理智는 그대로 齒車를 돌리다.

나의 生活은 일절 憤怒를 잊었노라.
琉璃안에 설레는 검은 곰 인양 하품하다.

꿈과 같은 이야기는 꿈에도 아니 하란다.
必要하다면 눈물도 製造할뿐!

어쨋던 定刻에 꼭 睡眠하는 것이
高尙한 無表情이요 한趣味로 하노라!

明日!(日字가 아니어도 좋은 永遠한 婚禮!)
소리없이 옴겨가는 나의 白金체펠린의 悠悠한 夜間航路여!

_「시계를 죽임」

　죽음은 가장 궁극적인 자연을 표상한다. 살아 있는 한 인간은 모두 죽음을 향해 걸어가야 하며, 죽음은 인간에게 피할 수 없는 당위와 필연을 주기 때문이다. 따라서 시간은 인간에게 공포의 이미지로 다가온다. '쫑알거리는 「時間」'과 같은 신경증적인 근대의 기계적 소음은 시인의 시간에 대한 강박관념이 표현된 것이다. 시적 자아는 "琉璃안에 설레는 검은 곰"과 같이 대상화된 근대 세계의 부품일 뿐이다. 그러나 "어쨋던 定刻에 꼭 睡眠하는 것이 / 高尙한 無表情이요 한趣味로 하노라!"에 드러나듯, 분절된 시간과 그것을 향유하는 것만이 근대인의 생활체계에 부합하는 고상한 의식이라는 것을 강조한다. 그의 이러한 인식은 이 시에서 하나의 아이러니를 형성함은 물론이다. 그러나 마지막 연에서 영원히 지속되는 시간("明日!(日字가 아니어도 좋은 永遠한 婚禮!)")을 언급함으로써 아이러니의 효과는 감소되었다. 그러나 시적 아이러니는 약화되었지만, 지속되는 시간과 분절적인 근대적 시간을 내면화하고 있다는 점은 중요하다.

이 시는 1933년 『가톨릭청년』을 통해 처음 발표되었는데, 이 시기 정지용의 시간 의식의 일단을 명료하게 밝혀준다고 하겠다. 후기에 와서는 주로 정지용의 시간 의식이 동양적 관조의 세계에 바탕한 '무시간성'을 지향한다는 평가가 두드러졌음을 이미 서술한 바 있다. 또한 본고에서는 사건의 배경으로 흐르는 시간이 아닌 사건 그 자체로서의 시간이라는 관점에 의해, 「九城洞」과 같은 적요로운 공간에서도 기억의 보존과 이행에 의한 생성적인 시간이 존재함을 지적하였다. 그런데, 위 시의 경우와 같이 시간 인식의 극한이라고 할 수 있는 죽음에 대한 인식이 두드러진 「호랑나븨」와 같은 시편에 드러나는 시간의 의미를 다시 한번 깊이 고찰해 볼 필요도 있겠다. 「호랑나븨」에 나타나는 시간은 「時計를 죽임」에 나타난 근대의 분절적 시간관과 대비되는, 순환적이고 생성적인 시간인데, 이것은 단순히 영속적 시간과 관계된 무시간성이라는 범주로 설명하기 곤란한 함의를 담고 있다. 그리고 그것은 '죽음', 그리고 '에로티시즘'에 대한 인식과 맞닿아 있다.

에로티시즘은, 개체의 불연속성과 그 불안, 그리고 인간의 유한성을 넘어서는 세계를 지향하는 의식이다.[230] 따라서 에로스적 욕구는 생명의

---

230) Georges Bataille, *Eroticism*, trans. Mary Dalwood, New York : Walker, 1986.

온전한 지속을 복원고자 하는, 즉 인간 생명의 원초적이며 자연적 원리를 지향하지만, 동시에 역설적으로 그러한 욕구는 생명의 질서를 죽음이라는 역설적 상황으로 밀어넣음으로써 가능해진다. 바타이유는 『에로티시즘』의 서문에서, "에로티시즘은 죽음의 극단으로까지 자신을 밀어올리는 삶을 긍정하는 것"[231]이라고 말한 바 있다. 죽음의 극단은 생의 극단과 한 몸의 서술이라고 할 수 있다. 죽음의 극한으로 자신을 밀어올리는 것은 죽음이라는 비시간을 나눠 가짐으로써 죽음이 표상하는 한계와 부정성을 능동적으로 받아들이는 것이다. 즉 그것은 생과 죽음의 극단으로까지 자신의 삶과 시간을 밀어올림으로써, 지속되는 모든 것을 균질화된 공간으로 구획시키는 근대적 시간관에 대한 저항과 통한다. 따라서 에로티시즘은 역으로 자신이 처해 있는 상황인 균질적 공간을 죽음을 긍정하는 비균질적 시간으로 전환시킴으로써 지속으로서의 생명성을 재창조하는 것이다. 이런 측면에서 「호랑나븨」의 시간과 공간, 죽음이라는 시간의 원환 속으로 편입되는 풍경을 다시 한번 검토할 필요가 있겠다.

> 화구를 메고 산을 疊疊 들어간 후 이내 踪跡이 杳然하다
> 丹楓이 이울고 峯마다 찡그리고 눈이 날고 嶺우에 賣店은 덧
> 문 속문이 닫히고 三冬내— 열리지 않았다 해를 넘어 봄
> 이 짙도록 눈이 처마와 키가 같었다 大幅 캔바스 우에는
> 木花송이 같은 한떨기 지난 해 흰 구름이 새로 미끄러지고 瀑
> 布소리 차츰 불고 푸른 하늘 되돌아서 오건만 구두와 안 스신
> 이 나란히 노힌 채 戀愛가 비린내를 풍기기 시작했다 그날 밤 집
> 집 들창마다 夕刊에 비린내가 끼치였다 博多 胎生 수수한 寡
> 婦 흰 얼굴이사 淮陽 高城사람들 끼리에도 익었건만 賣店
> 바깥 主人 된 畵家는 이름조차 없고 松花가루 노랗고 뻑 뻑

---

231) Georges Bataille, *Ibid*, p.11.

국 고비 고사리 고부라지고 호랑나비 쌍을 지어 훨훨 靑山
을 넘고.

_「호랑나븨」

　인간은 과거, 현재, 미래로 이어지는 직선적 시간이 아니라, 복수적이
고 중층적인 시간의 리듬 속에 살고 있다. 뉴턴 물리학의 불가역적인 절
대 시간은 근대 세계의 합리성과 객관성을 구축했지만, 인간이 살아가는
시간은 단절되지 않는, 우주의 순환과 주기에 따른 리듬으로서의 시간이
다. 이 시간은 자연 그대로의, 자연적 시간이다. 우리는 자연의 일부로서
특히 생명체로서 자연을 생존의 조건으로 삼으면서 자신의 내부에 고유
한 순환과 리듬, 즉 자연적 시간을 지니고 있는 것이다. 그러나 우리들
삶 속의 시간은 이러한 자연적 시간일 뿐만 아니라, 그것을 넘어선 사회
적·문화적 시간이다. 사회적 시간은 사회 생활상의 효율을 위해 구획되
고 체계화된 시간이며 추상적이고 수평적 시간이다. 그러나 문화적 시간
은 사람들 사이의 교감과 동화에 의해 순환과 리듬이 강화되고, 비실용
적인 가치와 형식에 의해 체계화된 시간이다.[232]

　「호랑나븨」에서의 시간은 분명 순환적인 자연적 시간을 배경으로 한
다. 이 자연적 시간에서 분화된 시간의 한 축인 사회적 시간은 거의 배
제된다. 대신 순환과 리듬이 강화된, 비실용적인 가치와 형식에 의해 체
계화된 시간인 문화적 시간이 이 시의 구조를 지배한다. 「호랑나븨」의
시간이 사회적 시간을 배제한다고 해서, 그것을 비현실적인 초월적 시간,
혹은 무시간성의 시간으로 간주하는 것은 잘못이다. 사회적 시간 역시
문화적 시간과 함께 자연적 시간의 리듬에서 분화된 양태이다. 단, 그것
은 "사회 생활상에서의 기능적이고 실용적인 시간, 표층의 시간"이며, 이
에 반해 "문화적 시간이란 축제의 시간, 심층의 시간"[233]이라고 말할 수

---

232) 中村雄二郎(양일모·고동호 옮김), 『공통감각론』(민음사, 2003), pp.254~256 참조

있다.

"덧문 속문이 닫"힌 매점 속의 시간은 가을과 겨울, 봄이라는 순환의 시간 속에서 그들만의 축제적 시간을 구성한다. 시인은 자연의 순환적 시간을, 화구를 메고 산으로 들어간 화가와 대점 안주인과의 모종의 '사건'과 함께 배치함으로써 '사건' 혹은 '사태'로서의 시간이 자연의 시간으로부터 배태된 것이라는 것을 암시한다. 그 암시는 "호랑나비 쌍을 지어 훨훨 청산을 넘고"란 마지막 구절에서 극적으로 제시된다.

「호랑나븨」의 두 주인공은 사회적 시간, 기능적 시간의 반대쪽에서 자연적 시간에서 배태된 순환의 리듬인 문화적 시간, 축제적 시간을 사는 것이다. 이 축제적 시간과 이어진 두 연인의 '죽음'이 곧바로 세계와의 폐쇄와 단절, 고립으로 연결되지는 안는다. 화가와 매점 안주인 두 주인공의 정사와 죽음이라는 '정보'와 '메시지'는 "집집 들창마다 석간에 비린내가 끼치였다"[234]는 구절에 보이는 것처럼, 산골 마을의 문화적 공간에서 공유되고 전파된다. 이 공유와 전파는 물론 단풍이 이울고 눈이 녹고 봄이 온 후에 이루어지는 자연적 시간의 순환으로 가능하지만, 동시에 두 주인공의 죽음이 얽힌 시간이 단순히 그들만의 축제가 아니라, 자연과 삶의 '리듬'과 '시간'에 의한 것이라는 것을 보여준다.

즉 「호랑나븨」의 '죽음'이라는 시간은, 자연적 순환의 리듬 속에 녹아 있으며, 주인공들의 정사와 죽음이라는 정보가 메시지로서 공유되고 있다는 점에서 구체적이며 중층적이며 문화적인 시간을 구조화하고 있다. 또한, 자연의 리듬을 표상하는 풍경이 지속하그 순환하는 시간성으로 치

---

233) 中村雄二郎, 위의 책, p.256.

234) 이 구절에 대한 대부분의 해석은, 석간신문이 집집마다 배달되어 마을 사람들이 이 소식을 접하는 것으로 되어 있는데, 꼭 그렇게만 해석하는 것이 옳은 것은 아닌 것으로 보인다. 1930년대 후반과 40년대 초반의 시대적 상황으로 미루어 보면, 산골 마을의 집집마다 석간신문을 구독하고 있었다는 것은 납득하기 어렵다. 또한 이 시기는 조선, 동아 등 대부분의 한글 신문이 강제 폐간된 시기이다. 따라서 흔히 '조석간에'라는 말이 쓰이는 것처럼, 이 구절은 '집집 문간에서 입에서 입으로 전하는 저녁나절의 소문' 정도로 해석해도 무방할 것이다.

환됨으로써, 근대의 수평적, 분절적 시간과는 대척적인 자리에 있는 시간의 이미지를 담고 있다고 할 것이다.

마이어호프는 이러한 순환적 시간관이 가진 의미를 다음과 같이 해석하고 있다.

> 그것(순환적 시간론 : 인용자)은 시간의 역사적 행진 밖에서 또 그것을 벗어난 상태에서 무시간적 차원을 보여주는 또 다른 방식을 제공해준다. 그것은 이 같은 역사적이고 시간적인 세계에 대한 중립적인 반응이지, 긍정적이거나 부정적인 태도는 아니다.[235]

그는 이 순환되는 무시간적 법칙을 현실적이고 역사적인 시간과 분리해내고 있다. 그는 이를테면 '선악을 넘어서' 있다는 니체의 입장으로 이 무시간적 순환론을 받아들인다. 그런데 대부분의 사람들은ㅡ'악'도 마찬가지이지만ㅡ'선'이 배제되었다고 해서 그 순환적 시간ㅡ무시간성ㅡ을 부정적이고 비관적인 것으로 받아들이는 것이다. 이런 측면에서 볼 때, 정지용 시의 무시간성이 역사적, 사회적 시간의식에 대한 부재를 뜻한다고 본 기존의 논의들은 '시간'에 대한 보다 엄밀한 규정과 전제를 바탕으로 재론되어야 한다. 즉, 마이어호프가 사용하고 있는 '무시간성'(no time)이라는 개념이 포괄하고 있는 중립적 측면ㅡ현실적, 역사적 시간과 혼동될 수 없는ㅡ과, 이러한 순환적 시간이 가진 내적 원리를 객관적으로 바라볼 필요가 있다.

인류 역사가 진행되어 오면서, 동서양을 막론하고 시간은 결핍과 유한성의 이미지에 갇혀 왔다. 인간은 죽음을 벗어날 수 없으며, 누구도 시간을 제어할 수 없다. 그 때문에 인간은 시간을 두려워하고 부정하기도 하는 것이다. 그러나 인간과 모든 생명적 개체들의 삶은 시간 그 자체이다.

---

235) Hans Meyerhoff, 앞의 책, p.112.

시간과 더불어 삶이라는 개념이 정립된다는 단순한 사실을 긍정할 때, 우리는 결핍과 유한성으로서의 시간의 부정적 이미지로부터 벗어날 수 있다. 이것은 죽음에 대해서도 마찬가지이다. 죽음은 생명의 끈을 지탱하는 조건이기도 하다. 삶의 끝이 죽음이 아니라 그것은 모든 개체들의 생명이 시작되는 지점이기도 하다는 순환적 세계관 앞에서 우리는 삶의 본질과 근원에 닿을 수 있다.

풍경은 고정적인 주체의 공간 체험으로 이루어지는 것이 아니다. 풍경은 사물을 드러나게 하거나 은폐하는 하나의 근원적인 지평을 배경으로 한다. 여기서 공간 체험의 의미, 혹은 공간과 사물의 관계에 대해 생각해 볼 필요가 있겠다. 메를로-퐁티는 "공간은 (사실적이든 논리적이든) 그 안에 사물들이 정리되는 환경이 아니라, 그로 인하여 사물의 설정 그것이 가능하게 되는 수단"236)이라고 했는데, 이는 공간이 하나의 기하학적인 면적이나, 사물을 담는 그릇으로 환원되지 않고 어떤 식으로든 사물들과 관계를 맺는다는 것이다. 또 그가 '공간화된 공간으로부터 공간화하는 공간'을 지향한다고 했을 때 후자가 의미하는 것은 선험적이거나 인지 과정에 의해 조작된 평면적 공간이 아닌, 역동적이며 생성적인 공간이라고 할 수 있을 것이다. 이러한 지적과 사유는 "인간의 주체적 경험에 있어서 공간이 무엇을 의미하는가 하는 문제로부터, 하이데거가 말한 바와 같이 세계와 삶의 근원으로서의 존재의 열림에 대한 성찰로 나아갈 수 있"237)을 것이다.

이와 같이, 공간을 기하학적이거나 2차원적인 평면이 아니라 존재의 근원적인 열림에 관계하는 생성적인 것으로 상정하는 것은, 주체와 사물이 형상하는 감각장으로서의 풍경을 경험적 울타리 안에서 이해하게 해 준다. 그렇다면, 정지용의 후기시에 드러나는 공간과 그 지각 양태들을

---

236) Maurice Merleau-Ponty, *Phenomenologie de la perception*(Paris : Galimard, 1945), p.281 ; 김우창, 앞의 책, p.96에서 재인용.
237) 김우창, 위의 책, p.99.

살펴봄으로써 우리는 정지용의 시가 풍경에 다가서는 또 다른 양식을 발
견할 수 있을 것이다.

> 伐木丁丁이랬거니 아람도리 큰 솔이 베혀짐즉도 하이 골
> 이 울어 멩아리 소리 쩌르렁 돌아옴즉도 하이 다람쥐
> 도 좃지 않고 뫼ㅅ새도 울지 않어 깊은 산 고요가 차라리
> 뼈를 저리우는데 눈과 밤이 조히보담 희고녀! 달도 보름
> 을 기달려 흰 뜻은 한밤 이골을 걸음 이랸다? 웃절 중이 여
> 섯판에 여섯 번 지고 웃고 올라 간뒤 조찰히 늙은 사나히의
> 남긴 내음새를 줏는다? 시름은 바람도 일지 않는 고요에 심히
> 흔들리우노니 오오 견디랸다 차고 兀然히 슬픔도 꿈도
> 없이 長壽山 속 겨울 한밤 내ー

_「長壽山 1」

"伐木丁丁이랬거니 아람도리 큰 솔이 베혀짐즉도 하이"라는 구절은
단순한 상상적 표현이 아니다. 그것은 상상을 포함한 기억의 복합체로서
환기된다. 또한 "메아리 소리"와 다람쥐의 움직임, 산새의 울음 역시 상
상력과 기억의 복합체이며, 이러한 기억은 현재의 시간으로 전이되고 혼
융된다. 이 전이와 혼융이 고립적인 감각이 아니라 심층적인 공통감각과
신체 감각에 의한다는 것은 특징적이다.
　보통 지각은 외부로부터의 감각 자극을 받아들임으로써만 수행된다고
생각하기 쉬우나, 우리의 지각은 수동적인 동시에 능동적이다. "현실 속
의 지각은 운동을 동반하고, 공간 안에 있으며, 지속되는 시간 속에 있
다. 그렇기 때문에 이미 능동성도 가지고 있다. 구체적인 지각은 기억이
라는 심층 속에 숨겨진 의미를 골라서 생각해 내는 작용, 즉 능동적으로
의미를 부여하는 작용을 포함"238)하는 것이다.

「長壽山 1」에서 벌목하는 소리, 메아리 소리, 다람쥐의 흔적과 산새 울음은 화자의 정서를 구성하는 기억이며, 그것은 현재의 시간 속에 녹아 있다. 그 기억은 "깊은 산 고요가 차라리 뼈를 저리우는데 눈과 밤이 조히보담 희고녀!"에 드러나듯이 화자의 감각적 현재성으로 구체화된다. '고요'라는 공간감이 "뼈를 저리우는데"라는 신체 감각과 결합하고, '밤'이라는 시간성이 "조히보담 희고녀!"에서의 시각적 심상과 어울리고 있다. "달도 보름을 기달려 흰 뜻"이 표상하는 이미지 역시 시간성과 시각적 감각성이 결합함으로써 성립된다. 이러한 감각성은 화자가 지닌 기억, 즉 벌목하는 소리와 메아리, 다람쥐의 흔적과 산새 울음의 부재가 환기하는 공간성과 융합되어 있는 것이고 그것들이 전제가 되어 현재적 감각이 증폭된다. 즉, 그러한 시간적 감각과 공간적 감각이 함께 어울림으로써 시간의 공간적 성질, 그리고 공간의 시간적 속성이 함께 진동하는 감각 공간에 생성되는 것이다.

"웃절 중이 여섯판에 여섯 번 지고 웃고 올라 간뒤 조찰히 늙은 사나히의 남긴 내음새를 줏는다?"에서는 표면적인 사건이 나타난다. 웃절 중의 초연한 태도가 남긴 분위기는 앞서 묘사된 장수산이라는 공간에서 다시 한번 진동하며, 그러한 초연이 단순히 세속을 등진 자의 여유에서 오는 것만이 아님을 암시한다. "시름은 바람도 일지 않는 고요에 심히 흔들리우노니 오오 견디란다 차고 兀然히 슬픔도 꿈도 없이"라는 구절에 나타나 있듯이, 화자의 내면이 장수산이라는 공간의 물질성과 부딪치고 있다. 여기서 우리는 「長壽山 1」에 나타난 자연 인식의 양상을 살펴볼 수 있겠다.

고대 그리스인들은 자연을 기하학적인 질서를 가진 유기체로 인식하고 그것의 생성 원인과 궁극적인 질서(cosmos)를 파악하고자 했다. 동아시아의 전통 사유 역시 자연 세계를 유기체적인 실체로 상정하고 화해와

---

238) 中村雄二郎, 앞의 책, p.117.

조화의 원리를 모색하고자 했다. 다만 유가의 경우 그러한 조화에 대한 의지가 인간 세계의 자기 정위를 위한 목적으로부터 파생되었다면, 도가의 경우 자연에 대한 인간의 우위를 설정하지 않았다는 차이가 있다. 이러한 시각은 매우 범박하고 거친 것이지만, 고대 그리스와 동아시아의 전통 사유가 유기체적 사유와 조화와 질서에의 의지를 근본적인 기조로 하고 있다는 것은 분명하다.

이 시에서 나타난, 메아리도 울리지 않고 다람쥐와 산새의 흔적도 드문 장수산의 철저한 적요는 기하학적 질서를 추구하는 그리스적 자연과도, 유기체적인 조화와 합일을 지향하는 동양적 사유의 공간과도 일정한 거리를 두고 있다. 무엇보다 '장수산'이라는 공간은 엄밀히 말해 그다지 조화롭지 않은 자연 공간이며, 그리고 그 속에서 자연의 원리를 통해 인간에게 깨달음을 줄 수 있는 우주론적 지향을 담고 있는 공간도 아니다. 이와 유사한 자연 인식을 담고 있다고 보이는 「長壽山 2」를 인용해 본다.

> 풀도 떨지 않는 돌산이오 돌도 한덩이로 열두골을 고비
> 고비 돌았세라 찬 하눌이 골마다 따로 씨우었고 어름이
> 굳이 얼어 드딤돌이 믿음즉 하이 꿩이 긔고 곰이 밟은
> 자옥에 나의 발도 노히노니 물소리 귀또리처럼 啷啷하
> 놋다 피락 마락하는 해ㅅ살에 눈우에 눈이 가리어 앉다
> 흰시울 알에 흰시울이 눌리워 숨쉬는다 온산중 나려앉는
> 횕진 시울들이 다치지 안히! 나도 내더져 앉다 일즉
> 이 진달레 꽃그림자에 붉었던 絶壁 보이한 자리 우에!
>
> —「長壽山 2」

「長壽山 1」의 일견 기이하고 조화롭지 못한 자연에 비해 「長壽山 2」

에 나타나는 자연 공간에서는 화자와의 소통이 부분적으로 드러난다. "어름이 굳이 얼어 드딤돌이 믿음즉 하이"에 보이는 것처럼 장수산의 매서운 추위가 인간을 고난에 처하게 하는 자연 현상으로 인식되지는 않고 화자의 움직임을 되레 수월하게 해 주는 역할을 한다. 또 「長壽山 1」에서는 살아있는 자연물과 그 흔적이 거의 등장하지 않는데 비해, 「長壽山 2」에서는 "꿩이 긔고 곰이 밟은 자옥"과 같이 생명체의 흔적이 나타나고, 더욱이 그 흔적 위에 "나의 발도 노히노니"라고 하여 자연물과 화자의 소통 의지가 암시된다. 이것은 「長壽山 1」에 나타난 공간, 즉 극기를 위한 고난으로 가득 찬 자연 공간과는 매우 상이한 것이다.

그러나 이곳의 자연 역시 생명력이 경직된 "풀도 떨지 않는 돌산"이며 골짜기마다 하늘이 따로 덮여 있다고 할 만큼 인적이 드문 깊은 산중이다. 「長壽山 1」의 공간과 차이가 있다면, 「長壽山 1」에서는 화자의 시선이 비교적 고정되어 있고 주위의 공기에 미세하게 반응하는 공간감각을 보여주는 반면 「長壽山 2」의 공간에서는 화자의 시선이 돌산-골짜기-시내-햇살-산 위로 이동하고 있다. 화자의 시선의 이동은 묘사되는 풍경에 역동적인 느낌을 더한다. 「長壽山 1」에서는 매우 미세하고 예민한 감각에 의해 산 속의 풍경이 묘사되었지만 고정적인 시선으로 인해 전체적으로 정적인 분위기가 고조될 수밖에 없었다. 그러나 「長壽山 2」에서는 자연의 비인간적 위엄이 한층 강화된 듯한 묘사 속에서도 단순히 시선의 이동만으로도 생동감을 부여하는 것이다. 여기에서 '장수산'의 메마르고 차가운 공간감각을 전환시키는 표현이 "물소리 귀또리처럼 喞喞하놋다"란 생명체의 청각적 이미지가 사용된 부분이다. 청각적 이미지가 장수산이라는 공간이 형성하는 차갑고 메마른 분위기를 전환시키고 있다. 「長壽山 1」의 경우도 그렇지만 이 시에서도 주로 시각적 공간감에 의한 감각적 형상화가 두드러진다. 시선의 고정과 이동이 시 전체의 분위기를 이완시키고 있어 더욱 그렇다. 「長壽山 2」는 「長壽山 1」에 비해 매우 풍부한 이미지를 품고 있는 것이다. 그렇다면 여기서 감각성과 이미지에 대해 잠시 검토할 필요가 있겠다.

김종길은 이미지에 대한 미국 신비평계의 오랜 논의와 논쟁[239]을 소개한 후, 문학에 있어서의 이미지를 변별하는 근거로, 문학의 이미지는 감각 그 자체에 의존하는 것이 아니고 감각의 유사물, 혹은 잔존물이라는 리쳐즈의 견해를 들고 있다.[240] 웰렉과 워렌 역시 리쳐즈의 이 말을 인용하며 "이미지의 효과는 그것이 감각의 '잔존'이며 '재현'인 데서 생겨난다"[241]라고 말하고 있다.

> 이미지들의 감각적인 속성들에 대해 그동안 너무 많은 중요성이 부여돼 왔다 이미지에 효과를 부여하는 것은 이미지로서의 생생함보다는 오히려 감각과 특수하게 연결된 정신적인 사건으로서의 그것의 특징이다.[242]

리쳐즈의 이 말은 이미지와 관련한 논의에 있어 감각성이 과대평가되었다는 의미라기보다, 그동안 감각적 속성의 '수동적인 측면'이 지나치게 강조되었으며, 이미지의 효과는 그것의 수동적이고 정적인 속성이 아니라 '감각과 연결된 정신적인 사건', 즉 정신적 연속성으로서의 사건에서 비롯된다는 주장으로 받아들여야 할 것이다. 이런 관점에서 웰렉과 워렌은 이미지를 "감각적인 특수성, 혹은 감각적이고 미학적인 연속체"[243]로 파악하고 있는 것으로 보인다. 이런 측면에서, 이미지를 정적

---

239) 이미지의 개념과 층위에 대한 랜섬, 브룩스와 워렌, 스퍼전, 퍼뱅크 등의 논의들을 말한다. 김종길, 「이미지의 개념」, 『시를 어떻게 읽을 것인가』(고려대학교출판부, 1999) 참조.

240) 김종길, 위의 책, pp.48~51 참조.

241) René Wellek & Austin Warren,(이경수 역), 『문학의 이론』(문예출판사, 1998), p.271.

242) I. A. Richards, *Principles of Literary Criticism*(London, 1924), René Wellek & Austin Warren, 위의 책에서 재인용.

243) René Wellek & Austin Warren, 위의 책, p.270.

이며 수동적인 회화적 대상으로 받아들이는 것이 아니라, 감각의 동적인 사건, 혹은 사건의 연속으로 받아들일 때 이미지의 효과가 결정된다고 할 수 있다. 이미지를 시각적 이미지 혹은 다른 하나의 감각에 묶어두는 것은 이미지가 표상하며 재현하는 다양한 유추적 사건을 문학적 감흥의 영역에서 배제하는 결과를 불러올 수도 있는 것이다.

이미지의 효과가 감각의 동적인 사건과 사건의 연속으로부터 비롯된다는 것은, 「長壽山 1」과 「長壽山 2」에 각각 상이하게 나타나는 감각적 측면과 심상적 효과에 있어서의 차이를 파악할 수 있게 해 준다. 「長壽山 1」에서는 주로 시각적 감각과 고정적인 공간감각이 주조를 이루어 전체적 심상을 정적인 분위기로 이끌고 있지만, 「長壽山 2」에 와서는 시각에 있어서도 시선의 이동으로 인해 다양한 이미지를 생산하고 있는 것이다. 그것은 웰렉과 워렌이 말한 '감각적이고 미학적인 연속체'를 구성한다고 할 수 있으며 리처즈의 '감각과 특수하게 연결된 정신적인 사건'을 이끈다고도 할 수 있을 것이다. 각각의 이미지들은 개별적인 영향력을 가지면서 동시에 연속적인 감각적 사건으로 형성되며, 일정한 물리적 공간을 점유하는 데까지 상상력이 확대된다. 더구나 앞서 지적했듯이, 「長壽山 2」에서 "물소리 귀또리처럼 喞喞하놋다"라는 유일하게 청각적 표현이 사용됨으로써 정적인 분위기에 다시 한번 생명력을 불어넣고 있다. 그렇다면 청각이라는 감각의 성격과 다른 감각과의 관계에 대해서도 생각해 볼 필요가 있겠다.

생태주의 철학자 정화열은, 시각이 거리감을 나타내는 지각이라면 청각이나 촉각은 친밀감의 상징이라는 것을 밝힌 바 있다. 특히 자연 사유와 지각에 있어 시각 중심주의를 극복하고 청각에 대해 중심점을 둔다면 타자에 대한 배려를 바탕으로 한 생태학적 전망으로 나아감은 물론, 대상을 지각하는 몸의 구체성과 신체적 관계성을 되살릴 수 있다고 지적하고 있는 것이다.[244]

자연은 인간에게 언제나 전체로서, 직접적인 감각으로 다가온다. 그것은 단일한 주도적 감각으로 수렴되지 않는 통일적인 체험이다. 레이더와 제섭의 다음과 같은 통찰은 이 점을 잘 설명하고 있다.

> 어느 맑은 봄날 숲 속을 거니는 것은 어떤 예술작품보다도 우리의 모든 감각을 두근거리게 할 것이다. 그러한 분위기 속에서 우리는 또 하나의 감각만을 통해서 격리되거나 받아들인 설질을 경험하는 일은 거의 없다. 대신 거기에는 어떠한 예술가도 창조해낼 수 없는 다양한 감정이 존재한다. 냄새, 소리, 색조와 형태, 감촉과 일종의 미적 인상 같은 것들이 다각도로 우리 감각에 작용을 하게 되는데, 우리는 그 중 단 하나의 자극만으로는 큰 흥분을 느끼지 못하고 많은 자극의 결합에 의해서 커다란 감동을 느끼게 될 것이다.[245]

이렇게 볼 때, 「長壽山 2」에서의 감각의 동적인 연결, 그리고 공통 감각적 이미지가 주는 효과는 이 시에서 화자가 자연을 대하는 자세와 긴밀한 관련을 맺고 있다. 화자는 꿩과 곰의 흔적 위에 자신의 발을 놓고, 굳게 언 얼음을 차가움과 관련된 고통이나 환경적 고난으로 인식하는 대신 운신을 위한 편의로 받아들이며, "온산중 나려앉는 휙진 시울들이 다 치지 안히! 나도 내더져 앉다"에 드러나는 것처럼 자연 현상과 사물을 있는 그대로 받아들이며 소통하고자 하는 것이다.

정지용 시의 이러한 관점은 동아시아의 전통 사유에 비춰보면 도가적 입장에 가깝다. 장자에게 자연을 인식하는 목적은 자연을 대상화하지 않고 상호 소통하는 타자로서의 자연을 정위하는 데 있다. "홀로 천지의 정신과 오가며 만물을 얕보지 않"[246]는다는 구절에서도 장자의 자연에

---

244) 정화열, 「Nature and Humanity : A Postmodern Configuration」, 박현모 역, 『인간다운 삶과 철학의 역할』(한민족철학자대회, 1995), p.127.

245) Melvin Rader & Bettram Jessup(김광명 역), 『예술과 인간가치』(까치, 2001), p.247.

246) 『莊子』, 「天下」, "獨與天地精神往來. 而不敖倪於萬物"

대한 평등한 관점을 엿볼 수 있다. 그러나 정지용의 후기 시에 나타난 자연 인식을 이런 측면에서 도가적이라고 단정할 수는 없다. 유가의 자연 인식 역시 인간세계와 자연의 조화와 합일을 지향하는 전통적인 유기론에 바탕하고 있기 때문이다. 물론 유가의 자연관이 근원적으로는 인간관을 지향하지만, 유가의 자연은 늘 변화하는 생명적 유기체로 이해되었다는 데에는 이론의 여지가 없다. 성리학의 심화기인 송대 이학과 조선 성리학에 이르러 자연관에 대한 논의가 매우 관념적으로 흐르고 있지만, 유가의 근본적인 지도 원리는 자연과 인간의 가치론적 합일에 있었다.[247] 또한 동아시아 지역의 농경적 생활기반과 자연 조건은 고대의 동아시아인들에게 자연에 대한 관념을 형성하게 한 중요한 요인이다. 낮과 밤, 계절의 변화와 같은 자연의 주기적인 변화 양상과 불가측한 천재지변 등은 주된 생업으로 농경을 행해 온 동아시아인들에게 자연을 하나의 대상이 아닌, 적응해야 할 환경으로 이해하게 했다. 자연에 대한 적응과 응용을 통해 동아시아인들은 자연으로부터 '생명'의 특성을 깨달았다. 생식·번식·재배를 통해 깨달은 생명을 자연의 특성으로 파악한 것이다.[248] 소위 유기론적 자연관은 고대 동아시아의 자연 조건에 말미암아 배태되었고, 이후 동아시아 자연 사상의 주요한 모태로 발전하게 된다.

따라서 자연에 대한 조화와 합일의 태도는 동아시아의 전통적인 사유 체계 속에 복합적으로 형성된 것이라고 볼 것이다. 그런 즉 정지용 시에 나타나는 자연 인식 역시 도가적이거나 유가적인 입장에서 일원론적으로 논단할 수는 없는 것이다.[249]

---

247) 본고 제1장 (2)절 참조.

248) 윤사순, 「유학의 자연철학」, 한국사상사연구회, 『조선유학의 자연철학』(예문서원, 1999), p.25.

249) 정지용의 후기 시를 노장적 관점에서 바라본 연구는 최동호, 「山水詩의 世界와 隱逸의 精神」, 『하나의 道에 이르는 詩學』(고려대출판부, 1997)과 정의홍, 『정지용 시의 연구』(형설출판사, 1995) 등이며, 최승호의 『한국현대시와 동양적 생명사상』(다운샘, 1995)에서는 정지용의 생명사상이 유가적인 형이상학에 근거하고 있다고 보았으며, 황종연의 「한국문학의 근대와 반근대」(동국대 박사논문, 1991)

시인의 자연에 관한 인식 양상을 어떤 특정한 사상 체계나 사유 구조로 귀속시키는 것은, 자연 공간이 인간의 삶에 부여하는 존재성의 문제와 인간의 의식과 사유를 지나치게 소박하게 한정하는 자세로부터 비롯된다. 현실과 초월적 세계에 대한 인간의 다양한 대응과 그 양식들은 단순히 외부로부터 주입되거나 자발적으로 학습된 결과는 아니다. 그것은 외부로부터의 존재론적 충격과 문화적 학습, 그리고 외부를 향한 지성적 기획이라는 양면성을 가지고 있다. 따라서 우리가 시인의 자연에 대한 인식의 양태를 살펴보기 위해서는, 시에 드러난 감각의 형상화, 생명 개체가 자연을 지각하는 능력의 범위인 지각장, 그리고 그 주변의 문화적 범주를 함께 고려해야 하는 것이다.

본 장에서는 정지용 후기 시에 나타난 시공간 의식이 정적인 공간과 무시간성을 배경으로 한다는 기존의 입론에 문제를 제기하면서 논의를 시작했다. 시간과 공간은 사물이나 인간의 행동, 혹은 사건의 기하학적 배경이 아니라, 사건이 개체의 존재성과 동행하는 생성적인 지각장(知覺場)이다. 또한 기존의 시각이 공간의 개념을 위치 공간적인 측면에만 한정하고 있었던 반면, 본고에서는 비위치 공간과 관념적 공간 등 공간 개념을 확대 상정하였다. 시간 개념 역시 선조적이거나 계기적인 성격에 국한시키지 않고, 즉 그것―선조적, 계기적 성격―은 시간이 형상화되는 과정이나 시간상에 나타나는 관계의 하나일 뿐 시간 그 자체의 성격이나 본질적 양태가 될 수 없음을 지적했다. 따라서 시간 개념 역시 경험, 기억, 상상 등의 모티프가 시간성을 구성, 형성하는 지각장의 구조 원리라는 측면에서 접근하였다. 또한 시간과 공간을 각각 별개의 범주가 아닌, 서로 연관된 것으로 전제하였다. 즉 자연 공간은 인간의 체험이라는 시간적 요소가 개입된 사건의 장(場)이다.

이렇게 볼 때, 『白鹿潭』에 나타난 시공간은 생성으로서의 시간이 시적

역시 유가 사상에 바탕을 두고 있다는 점에서 논의를 진행하였다.

자아의 신체적 감각성을 바탕으로 진동하는 공간이라고 할 수 있다.『정지용 시집』시기에서의 원근법적 공간과『白鹿潭』시기의 공간을 비교해보면,『白鹿潭』의 공간이 인간으로 하여금 보다 실제적인 경험을 가능하게 해 주는 공간이라고 볼 수 있다. 원근법의 공간과 그 시각 지평은 앞서 지적한 대로 세계를 향한 자아의 영역의 확대라는 기획 속에 있음은 틀림없다. 그러나 그것이 세계에 대한 주체의 가시권역을 확보하기 위한 일종의 조작적 장치라고 한다면, 또한 원근법의 공간이 균질적인 기하학적 공간을 전제로 설정된다고 한다면, 그러한 시각 지평이 필연적으로 자기 충족적 미학의 한계에 놓이게 될 가능성을 지적하지 않을 수 없다. 이에 반해『白鹿潭』의 시편에 나타나는, 원근법을 버린 비균질적 자연 공간에 대한 감각 체제는 인간과 세계와의 관계성에 대하여 열려 있으며, 나아가 세계에 대한 인간의 신체적 경험을 더욱 풍부하게 할 수 있다.

"균질적이며, 동방위적이고, 무한한 공간, 수학적 필연성을 지키는 규칙적 구성의 보편적 공간은 비인간화의 가능성을 가진 것"이다. 분절된 과학적 공간은 풍경을 체험자로부터 분리시키며, 이 때 기하학적 평면 위에 욕망을 가진 주체, 혹은 자연의 신비에 대해 유연하게 노출되어 있는 자연스러운 자아는 억압된다.[250] 이러한 현상은 자연적 공간이 생명 개체의 활동과 부딪치면서 인간에게 안겨 주는 구체적이고 풍부한, 질적 차이로 가득 찬 체험의 사실성을 왜곡하거나 축소시킬 수밖에 없다. 원근법의 공간과 생성적 풍경의 공간이 가지는 차이의 양상은『정지용 시집』과『白鹿潭』에 나타난 시공간의식에 대한 분석으로 파악될 수 있는 것이다. 정지용의 '바다'는 모든 사물을 자기 앞으로 끌어 당겨 주체의 시선 앞에 배열하기 위한 평면적 캔버스이다. 이 때 모든 사물들의 개별적인 존재성은 사상되고 주체의 불안과 두려움, 그리고 역설적인 자신감

---

250) 김우창, 앞의 책, pp.117~119.

이 솟아오른다. 이 자신감은 사물들의 타자성과 차이를 의도적으로 소거하여 균질화시키려는 신경증적인 기하학에서 비롯되기에 자기 기만적인 일면을 지니고 있다. 「바다 2」에서 대상을 장악하려는 주체의 욕망이 어그러지는 장면[251]을 분석한다면 그 편린을 엿볼 수 있었다. 반면 '산'에서 모든 사물들은 화자를 통과해서 지나가고, 화자는 사물들이 놓인 자리를 밟고 지나감으로써 그 존재성을 확인한다. 정지용은 산에서 비로소 감각적 주체로서의 '눈'이 아니라 '신체'를 발견하는 것이다.[252]

자연은 잘 분석되거나 구획되지 않는 무엇인가 불분명한 것으로 가득 차 있다. 자연 공간은 균질화되지 않는 구체적인 성질로 가득 차 있는 것이다. 자연 공간의 이러한 질적 특성은 이성에 익숙하고 지성적 판단에 의해 삶을 영위해 온 인간에게 두려움과 불안감을 줄 수밖에 없다. 그러나 이질적인 자연의 속성은 근본적으로 시간적이며 생명적 본성을 가진 인간의 삶과 근원적인 차원에서 일치한다. 인간은 시간에 대한 두

---

251) "힌 발톱에 찢긴 / 珊瑚보다 붉고 슬픈 생채기!"(「바다 2」 부분)

252) 신범순은 「정지용의 시와 기행산문」, 김종태 편, 『정지용 이해』(태학사, 2002)에서, 정지용의 감각주의에 대해 매우 시사적인 언급을 한 바 있다. 그는, 「長壽山」에 나타난 '평정'이 초기 시의 신경증적인 감각주의와 불안을 극복하고 대아적 평정(大我的 平靜)을 향해 나아가는 것이며, 정지용 시가 이룩한 이러한 평정은 육체적 감각주의에 맞서는 것임과 동시에 그러한 감각주의를 초극하는 곳에서 이루어진다고 지적했다. 이 글은 정지용의 후기 시와 산문에 대한 정치한 분석을 통해 정지용의 후기 시에 있어서 시의식의 향방을 추적한 노작(勞作)이다. 그러나 본고의 입장은 이러한 시각에 부분적으로 동의할 수밖에 없음은 물론이다. 정지용의 후기 시에서 '궁극적으로' 구현되는 평정은 감각주의를 초극하거나 그로부터 일탈함으로써 이루어지는 것이 아니라, 감각주의를 적극적으로 수용함으로써, 즉 원근법을 근저로 한 시각중심적 감각주의에서 사물과 자연의 타자성을 인정하는 신체적 감각주의, 혹은 공통감각으로 나아감으로써 가능한 것이다. 이미 분석한 바 있지만, 「長壽山」 시편에 나타난 공간도 이러한 시각 하에서는 평정의 공간이 아니라 창조적 혼돈과 생성의 공간으로 파악되는 것이다. 그것은 하나의 주도적 감각이 여타의 감각을 제압하는 것이 아니라 다양한 신체 감각에 의해 사물의 타자성을 지각하는 공간, 이를테면 전천후적인 감각의 진동이 끓어오르는 공간이다. 이런 공간을 단순히 '평정'의 공간이라고 말할 수는 없을 것이다.

려움을 극복하면서 삶의 본성을 되찾고, 아울러 자연 공간을 모든 생명적 개체가 함께 숨쉬고 어울릴 수 있는 타자적 공간으로 이해할 수 있게 된다.

정지용 후기 시에 나타난 자연 공간의 의미 역시 이런 차원에서 이해될 수 있다. 「九城洞」과 「長壽山」 시편에서 물질적 공간과 화자의 정서, 혹은 기억이 맞부딪치며 진동하는 생명의 소리는 공간과 시간이, 사건이 일어나는 배경이 아니라 사건 그 자체라는 것, 그리고 그것이야말로 인간과 생명체의 삶의 본질이라는 것을 일깨운다. 또한 「호랑나븨」에서의 순환적이며 생성적인 시간은 질적이며 지속적인 자연의 리듬과 구체적인 생명의 리듬을 일치시킨다. 이들 시편에서의 시인의 감각과 고난에 대한 극복 의지, 자기 성찰은 매 순간 기억의 층으로 쌓이고 보존되어 다시 감각적 형상화의 장으로서의 현재적 풍경의 질적 변화를 이끄는 것이다.

V. 결 론

  본 연구는 정지용 시에 나타난 자연 인식과 시적 형상화의 양상을 고찰함으로써 정지용 시에 대한 통괄적인 이해와 맥락을 구하고자 하였다. 정지용에게 '자연'은 시 창작의 초기부터 후기까지 일관되게, 시인의 내면과 정체성을 자각하는 계기로써, 그리고 시적 과제와 전략으로써 인식되었다는 점은 본고의 논의가 촉발되는 계기이다.

  이 연구를 진행하기 위해, I 장 1절에서는 연구의 목적을 밝히고 연구 방법론을 제시하였다. 2절에서는 그간 진행된 정지용 시의 자연에 관한 논의들을 검토했다. 선행 연구 검토와 더불어 기존 논의의 문제점과 지향점을 아울러 짚어 보았다. 정지용 시의 자연에 대한 문제는 그의 '감각'과 관련해서도 심도 있는 논의로 발전되어야 하며, 정지용 시의 자연에 대한 기존의 시각, 즉 '산수미'에 대한 시각이 정지용 시의 전체적 국면을 조망할 수 있는 척도가 될 수는 없다는 점을 논의했다. 3절에서는 '자연'의 개념과 그에 연관된 연구의 범위를 설정했다. 본고의 고찰 대상인 자연의 범위는 인간에게 지각과 경험의 대상이 되는 외부 세계의 사물과 물리적 현상으로서의 자연, 자연 사물과 현상에 대한 인간의 의식이 형성하는 관념적 공간, 추상적 공간, 그리고 대상 세계와 사물에 대한 시인의 상상력이 형성한 자연 사물과 관련된 이미저리, 시간과 공간 등을 아우른다.

Ⅱ장 1절에서는 정지용의 초기 동시, 그리고 '고향'을 주요 모티프로 하고 있는 시편을 분석하여 자연 인식의 양상을 고찰했다. 즉, 정지용이 자연을 바라보는 시선의 변모 양상을 시적 자아의 고향 인식과 더불어 파악하려 하였다. 타자화되지 않는 고향과 그 자연이 선험적 부재의식에 고착된 자아에게 이입되고 동일화되는 양상이 드러나는데, 동시와 정지용의 대표시 중 하나인 「鄕愁」가 주요 분석 대상이다.

정지용 초기 시에서의 자연은 주로 '고향'을 중심으로 표상된다. 이 고향은 두 개의 층위로 나타난다. 첫째, 인간 존재의 근원적 공간으로서의 자연이다. 이 경우 자연 사물과 자연은 자아의 내면과 그대로 합치된 행복한 합일의 상태를 보여 준다. 그러나 타자를 인식하지 못하는 이상적 자아(Ideal I)의 욕망은 그 관념적인 자연 합일과 폐쇄적인 자연 친화의 심상 속에 고착된다. 두 번째의 자연은, 근대 문명에 대한 대타적 가치를 지닌 공간으로서의 자연이다. 이는 체험에 의한 자연이라기보다 기억과 상상에 의해 변용된 자연, 상상적 공동체로서의 고향의 모습으로 나타난다.

Ⅱ장 2절에서는 시적 자아의 시선이 고향 외부로 향하고 있는 초기 시편, 즉 「슬픈 印像畵」와 초기 '바다' 소재 시편, 그리고 「故鄕」과 「風浪夢 1」 등을 집중적으로 분석하였다. 이 고찰을 통해, 상실한 대지로서의 상상적 고향을 동경하던 자아가 방랑과 회상의 기억을 거쳐 미지의 세계로 열린 문, 그러나 자연이 가진 고유한 힘과 대상 세계의 시선을 인식하지 못하는 시적 자아의 내면과 정서로 착색되는 공간으로서의 '바다'에 도착하는 과정이 드러났다.

상실한 대지로서의 상상적 고향을 동경하던 자아가 방랑과 회상의 기억을 거쳐 도착한 곳이 미지의 세계로 열린 문인 '바다'이다. 그러나 정지용 초기 시에서의 자연 표상은 자아의 내면을 재현하기 위한 상징으로서의 매개에 불과할 뿐이며, 자아는 자연이 가진 고유한 힘과 대상 세계의 시선을 인식하지 못한다. 1920년대 후반에서 30년대 초반에 이르는 시기는 고향을 객관화, 타자화하기 위한 시선의 변천 과정이다. 타자화된 자연, 다시 말해 초월적 자연에서 이탈한 구체적 대상으로서의 자연으로 가는 길에 시적 주체가 마주치는 것은 다름 아닌 주체를 확인하고 대상을 인지하려는 욕망의 모색이다.

Ⅲ장 1절은 근대 사회에 내던져진 방황하는 시적 자아가 불안한 정체성을 뚫고 일어서기 위해, 세계와 자연을 대상으로 확정하고 스스로 주체의 자리로 일어서기 위한 물음과 모색을 개진하는 시편들을 다루었다. 「幌馬車」, 「갈메기」, 「바다 5」, 「琉璃窓 2」와 같은 시편에서의 주체의 자기 정체성에 대한 물음, 그리고 대상 세계에 대한 감각의 작동과 욕망의 전개 방식 등이 분석되었다.

근대 사회에 내던져진 방황하는 시적 자아는 불안한 정체성을 뚫고 일어서기 위해, 세계와 자연을 대상으로 확정하고 스스로 주체의 자리로 일어서기 위한 물음과 모색을 개진한다. 「바다 5」, 「바다 1」, 「琉璃窓 2」와 같은 시편에서 분석한 것처럼, 이것은 대상 세계에 대한 관계의 방식, 즉 감각의 작동과 욕망의 감각적 전개 방식과 맞물린다

Ⅲ장 2절에서는 앞 절의 문제의식을 이어받아 시적 자아의 '자연'에 대한 '감각'의 형상화 양상을 보다 구체적으로 탐색하였다. 의식 세계의 투영으로서 자연을 자아화하는 초기 동시에서의 감각을 살펴본 후, 관찰의 대상이 된 '바다' 소재 시편에서 드러나는 감각화 양상을 분석했다. 정지용의 초기 동시에서 시적 자아는 대상 세계를 감각한다기보다 의식 세계의 투영으로서 자연을 자아화한다. 따라서 묘사된 이미지들은 자연에 대한 관찰과 감각의 산물이 아니라 이미 어떤 형태로 고정된 의식의 반영이다. 그러나 '바다'를 소재로 한 시편들에 와서는 관찰의 대상이 된 자연이 비로소 등장한다. 시적 자아의 정서가 이 관찰적 시선과 동행하기는 하지만, 자연을 감정과 정서의 등가물로 인식하는 초기 시편의 경

향과는 확연히 달라진 면모를 보인다. 그리고 「湖面」과 「겨울」, 「밤」 등 정지용의 감각성이 적극적으로 구현된 시편을 분석함으로써, 감각적 역동성이 충일한 시작방법론의 이면에 있는 지향점을 추출했다.

대상 세계를 냉혹하고도 객관적으로 묘사하는 한편 그 이미지의 역동성을 드러내고자 하는 욕망은 사물의 이미지가 가진 풍부한 상상적 가능성을 시화(詩化)하지만, 역설적이게도 사물의 역동적이고 복합적인 이미지를 시각적 구도로 고착화시킬 것을 요구한다. 정지용은 대상 사물의 역동적인 이미지를 드러내는데 성공하고 있지만 이 복합적인 이미지들은 궁극적으로 시각 이미지로 번역되고 있었다. 시적 자아와 분리되지 않던 상상적 합일의 자연에서 벗어나는 자리에서, 정지용에게 자연은 대상으로 다가왔다. 정지용은 이 대상으로서의 자연의 본질과 그 세부를 장악하여 시적으로 완성하고자 했다. 그러기 위해서 대상을 일정한 틀 속에 가둔 후 그것의 현상을 감각적으로 포착하는 방식으로 나아갔던 것이다. 그 과정에서 등장한 것이 '유리창'과 원근법이다. '유리창'은 대상에 대한 감각적 개방과 존재론적 단절을 동시에 표상한다. 또 원근법은 대상을 주체의 시각상에 묶어두기 위해 대상이 가진 구체적 개별성을 사상시키고 보편적 단위와 척도로 대상을 배치한다. '유리창'과 원근법은 세계를 바라보고 그것을 시적인 형상화의 대상으로 배치하고자 했던 정지용의 시적 인식틀을 이루고 있었다. 이러한 방법론의 극단에 위치하는 것이 바로 「바다 2」이다.

「바다 2」에서 시인은 지금까지 지향해왔던 인식론의 파탄을 선언한다. 그것은 '海圖'에로의 욕망과 구체적 감각의 현전 사이에서 오는 필연적인 파탄이다. "海圖"는 장소로서의 모든 질적 차이를 사상(捨象)하고, 동일화될 수 있는 보편적 표지를 지표면과 해수면 위에 아로새김으로써 성립 가능한 시각 체계이자 인식론적 틀이다. 그러나 정지용은 이 "海圖"를 자신의 구체적인 '감각'을 통해 완성하고자 했다. 이 실패는 특수와 구체를 통해 보편을 구현하고자 했던 시인에게 필연적으로 예견되어 있는 것이었다. 세계를 움켜잡으려는 주체의 감각적 욕망이 좌절된 자리에서 솟아오르는 것은 세계 속에 홀로 놓인 고득한 자아이다. 인간은 세계를 가시적 형식 속에 고정시킴으로써 스스로 세계 속에 고착된다. 정지용의 「바다 2」는 자연을 움켜잡아 주체의 시선 아래에 부착하려는 자아가 필연적으로 마주치게 되는 자기 속박의 고정을 보여 준다. 정지용은 대상으로서의 바다에 이르러 비로소 자연을 하나의 표상으로 완성하고자 하나 이 재현된 표상이 시적 자아에게 되돌려주는 것은 주체를 삼켜버리는 시각지평의 권력인 것이다.

그러나 정지용은 이 海圖와 감각의 생채기를 바라보면서 또 다른 이미지를 발견해 낸다. 그것은 '연잎처럼 오므라들고 펴지는' 살아있는 생명체로서의 지구와 바다이다. 정지용이 자신의 시적 지향이었던 감각의 상처와 그 한계를 드러낸 자리에서 솟아 오른 유기적인 자연과 그 힘의 이미지는 또 다른 시적 가능성과 그 의미를 내장하고 있다. 아직 암시에 머물 뿐인 그것은 정지용이 스스로 설정했던 공간의 포획과 자기 속박을 뚫고 새로운 창조력을 뿜어 낼 새로운 방법론에 닿아 있다.

Ⅳ장에서는 『白鹿潭』의 시세계를 다룬다.

Ⅳ장 1절에서는 정지용 후기 시에 있어 자연 인식의 특성으로 지목된 바 있는 '은일'과, 산수화적 세계가 함의하는 초월적 자연의 의미를 감각성을 중심으로 살펴보았다. 「九城洞」과 「비」를 미시적으로 분석함으로써 정지용에게서의 은일과 시적 지향은 단순한 은거나 은둔이라기보다 적극적 초월의 성격을 띠고 있음을 밝혔다.

Ⅳ장 2절에서는, 정지용이 상상적 공동체로서의 자연인 '고향'에 눈을 돌린 순간 대상으로서의 '바다'를 발견했듯이, 노동과 일상으로부터의 탈피를 의미하는 여행이라는 형식을 통해 발견해내는 '풍경'의 세계를 탐구하였다. 중층적 시간 아래 사건이 발생하는 장소로서의 풍경, 지속하는 시간이 인간의 신체를 통해 타자와 관련된 세계라는 지평을 여는 장소로서의 풍경을 「毘盧峯」과 「玉流洞」, 「白鹿潭」 등의 시에 나타난 형상

화 양상을 통해 분석했다. 주체의 고립된 감각을 배경으로 하나의 대상으로 한정되거나 고정되지 않는, 이동하는 화자의 시선이 경관에 능동적으로 개입하고 참여함으로써 상호 소환되며 열리는 감각의 장(場)이 풍경이 그것이다.

정지용의 후기 시는 정지용이 '풍경' 속으로 걸어 들어가 그것의 생성과 은폐를 경험하고자 하는 자기 성찰의 기록이다. 여행이란 일상으로부터의 탈피이다. 풍경은 비일상적인 인간, 노동을 떠난 인간에게 비로소 발견된다. 정지용은 '자연'이라는 풍경 속에 참여하고, 생성되는 풍경을 그리기 시작한다. 후기시의 풍경은 시인의 신체에 기록되는 하나의 탐색의 도정으로 나타난다. '금강산'은 이미 수많은 텍스트에 의해 그 의미가 뒤덮인 공간이다. 그러나 정지용의 시는 '금강산'이 내포하고 있었던 형이상학적 모델로부터 떨어져, 금강산의 '내부'로 걸어 들어간다. 금강산은 시인의 신체에 기록되는 생성되는 풍경으로 태어난다. 풍경은 중층적 시간 아래 사건이 발생하는 장소이다. 지속하는 시간이 인간의 신체를 통해 타자와 관련된 세계라는 지평을 여는 곳이 풍경이다. 「毘盧峯」과 「玉流洞」, 「白鹿潭」 등에 나타난 자연 풍경은 주체의 고립된 감각을 배경으로 하나의 대상으로 한정되거나 고정되지 않는다. 이동하는 화자의 시선이 경관에 능동적으로 개입하고 참여함으로써 상호 소환되며 열리는 감각의 장(場)이 풍경이다.

Ⅳ장 3절에서는 이 풍경이 가진 역동성을 시간과 공간의 측면에서 논의하였다. 「九城洞」, 「長壽山」 등의 분석을 통해 자연 공간은 표상 공간이라기보다 인간의 기억과 체험이라는 시간적 요소와 함께 생성되는 하나의 사건으로서의 시공임을 확인하였다. 이에 따라 정지용 후기 시의 시공간은 정적과 무시간성이 아니라 생성과 소통의 풍경으로 구현되며, 자연의 리듬을 내재화하는 풍경이 지속하고 순환되는 시간성으로 치환되는 양상을 분석하였다.

본 연구는 그간 정지용의 시에 나타난 자연 인식이 후기 시의 산수미를 중심으로 논의되어 왔으며, 또한 모더니즘을 중심으로 한 전기 시세계와 전통 지향적 측면이 강한 후기 시세계로 작가론적 관점이 이원화되었다는 연구 관행에 문제를 제기하고 정지용의 전체 시세계를 감각의 형상화 양상으로서의 '풍경'이라는 측면에서 접근할 것을 제안하였다. '풍경'이란 인간의 눈에 비친 경관이자, 인간의 감각체계로 인해 질서 지워지며 생성되고 확장되는 역동적인 세계상이라고 정의되는데, 본고에서는 이러한 풍경에 대한 다양한 지각 양상을 밝힘으로써 그 이면에 자리 잡고 있는 시인의 자연 인식을 심도 있게 고찰할 수 있으리라 보았다. 자연 사물과 환경에 대한 시인의 실존적 거리와 신체적 경험은 '자연'이라는 형이상학적 배경 대신 '풍경'이라는 생성적인 시공간을 창출한다. 서구에서 근대적 시선이 등장한 17세기 이후 본격적인 의미의 풍경화가 그려졌듯이, '풍경'에 대한 관념은 근대적 생활 양식과 뗄 수 없는 관계를 맺고 있다. 우리는 근대적 생활 양식과 시선을 당대 삶의 조건에 결부시켜 바라보는 동시에 '풍경' 자체가 형성되는 지각 과정을 주목해야 하는 것이다.

정지용의 시는, 자연에 대한 직접적인 체험으로부터 죽음과 시간과 공간, 즉 실존의 원근법으로 접근한다는 데에서 전통적 자연관으로부터 가깝다. 그러나 그러한 직접적인 체험이 예컨대 寒山의 시와 같이 가난을 포함한 삶의 구체적 경험과는 거리를 두고 있다는 점에서 전통적 시인의 그것과는 거리가 있다. 한편 정지용의 시가 실존적 근원을 자연 속에서 어느 정도 길어오고 있다고 하더라도, 그것이 전통적 의미의 형이상학과 도덕으로부터 비롯되거나 형이상학적 체험인 것은 아니며 의도적으로 자연에 대한 감각적 체험을 통해 그것을 구현하고 있다는 점에서 우리는 그의 자연 의식이 다시 전통적 자연관으로부터 멀리 떨어져 있음을 확인할 수 있다.

'바다'와 '산'이 정지용 시의 전체를 통해 주요한 제재와 모티프가 되고 있음은 부인할 수 없다. '바다'와 '산'에 대한 정지용의 자연 인식은 정복과 지배로서의 근대와 형이상학과 도덕학으로서의 전근대를 넘어, <물음—발견—성찰>의 양쪽에 서 있는 타자로서의 <바다>와 <산>이라는 상징적 이미지로 각각 표상된다. 시인 정지용에게 '물음'과 '발견'의 모티프로서 도착한 곳이 '바다'였다면, '산'은 '발견'과 '성찰'의 도정에 있는 상징적 실재라고 할 것이다.

근대는 인간이 자연을 계량화함으로써 인간 스스로 자연을 떠나고 자연의 그 거대한 있음으로부터 인간의 눈을 가린 시대이다. 정지용의 시가 그러한 자연의 은폐를 시적 지향의 일부로써 적극적으로 수용하지 못했음은 분명해 보인다. 그러나 더욱 분명한 것은, 정지용의 자연은 전통적 시인의 자연과는 달리 모든 자연 사물들이 주체와 동등한 층위의 존재성을 지닌 객체로서 자아의 존재에 스며드는 타자로서의 가능성을 드러낸다. 그 가능성은 고정되고 배치되는 경관이 아니라 생성되는 풍경으로서의 자연, 주체와 대상의 경계를 넘어 스며들고 소통되는 자연에 대한 생태학적 전망으로 이어진다. 정지용의 시에서 우리는 '자연은 즉자가 아님'을 비로소 확인하게 된다. 자연을 되살리는 문제는 20세기 후반의 화두이다. 그러나 자연에 대한 느낌과 시선을 잃어버린 시대는 훨씬 이전이다. 외세의 침탈과 근대의 환희가 교차하던 시기가 정지용의 시대이다.

근대는 인간이 자연을 계량화함으로써 인간 스스로 자연을 떠나고 자연의 그 거대한 있음으로부터 인간의 눈을 가린 시대이다. 정지용의 시가 그러한 자연의 은폐를 시적 지향의 일부로써 적극적으로 수용하지 못했음은 분명해 보인다. 그러나 더욱 분명한 것은, 정지용의 자연은 전통적 시인의 자연과는 달리 모든 자연 사물들이 주체와 동등한 층위의 존재성을 지닌 객체로서, 자아의 존재에 스며드는 타자로서의 가능성을 드러낸다. 그 가능성은 고정되고 배치되는 경관이 아니라 생성되는 풍경으로서의 자연, 주체와 대상의 경계를 넘어 스며들고 소통되는 자연에 대한 생태학적 전망으로 이어진다. 정지용의 시에서 우리는 '자연은 즉자가 아님'을 비로소 확인하게 된다. 자연을 되살리는 문제는 20세기 후반의 화두이다. 그러나 자연에 대한 느낌과 시선을 잃어버린 시대는 훨씬 이전이다. 외세의 침탈과 근대의 환희가 교차하던 시기가 정지용의 시대이다.

정지용 시의 다기한 양상을 자연 인식과 풍경의 감각적 형상화라는 초점과 주제로 고찰하였다. 정지용의 시가 담고 있는 감각적 경험들은 이미 당대 시단에 의해 문학이 인간의 언어와 정신에 기여할 수 있는 한 정점을 표현했다고 평가받았다. 본 연구에서는 이러한 감각주의가—후기에 이르러 정지된 공간과 무시간성을 특징으로 한다는 기존의 시공간의식에 대한 평가와 달리—생성으로서의 역동적 자연에 대한 인식과 시적 지향으로 발전했다고 보며 여기에서 정지용 시의 또 다른 의의와 시사적 가능성을 도출할 수 있으리라 본다.

■ ■ ■ ■
참고문헌

1. 기본 자료

정지용, 鄭芝溶詩集, 詩文學社, 1935.

______, 白鹿潭, 文章社, 1941.

______, 지용詩選, 乙酉文化社, 1946.

______, 文學讀本, 博文出版社, 1949.

______, 정지용 전집1·2, 민음사, 1988.

2. 국내논저(단행본)

강영조, 풍경에 다가서기, 효형출판, 2003.

고형진, 한국현대시의 서사지향성과 미적 구조, 시와시학사, 2003.

곽신환, 주역의 이해, 서광사, 1990.

권영민, 정지용 시 126편 다시 읽기, 민음사, 2004.

권정우, 정지용의 『정지용 시집』을 읽는다, 열림원, 2003.

김명인, 시어의 풍경, 고려대 출판부, 2000.

김용직, 한국현대시사, 한국문연, 1996.

김우창, 궁핍한 시대의 시인, 민음사, 1977.

______, 풍경과 마음. 생각의나무, 2003.

김은자·정지용, 새미, 1996.

김인환, 기억의 계단, 민음사, 2001.

______, 다른 미래를 위하여, 문학과지성사, 2003.

김재홍 편, 한국현대시 시어사전, 고려대 출판부, 1997.

김종태 편, 정지용 이해, 태학사, 2002.

김택규, 한국민속문예론, 일조각, 1991.

김학동, 정지용 연구, 민음사, 1987.

문덕수, 한국모더니즘시 연구, 시문학사, 1981.

서울 사회과학연구소, 근대성의 경계를 찾아서, 새길, 1997.

손오규, 산수문학연구, 부산대 출판부, 1994.

송영배 외, 인간과 자연, 철학과현실사, 1998.

송항룡, 중국철학사(중), 동명사, 1987.

신범순, 한국현대시의 퇴폐와 작은 주체, 신구문화사, 1998.

안동림 역주, 莊子, 현암사, 1998.

오탁번, 한국현대시사의 대위적 구조, 고려대 민족문화연구소, 1988.

______, 현대문학산고, 고려대 출판부, 1976.

우리사상연구소 엮음, 우리말 철학사전1 · 2 · 3, 지식산업사, 2003.

유종호, 비순수의 선언, 신구문화사, 1962.

유종호 외, 현대한국문학 100년, 민음사, 1999.

이규행, 단전호흡과 정신문화, 중앙일보이코노미스트, 2000.

이남호, 녹색을 위한 문학, 민음사, 1998.

이명찬, 1930년대 한국시의 근대성, 소명, 2000.

이민홍, 士林派文學의 연구, 형설출판사, 1985.

이숭원 편, 정지용 : 시집 · 산문 · 평전 · 논집, 문학세계사, 1996.

______, 정지용 시의 심층적 탐구, 태학사, 1999.

______ 편, 원본 정지용 시집, 깊은샘, 2003.

전형대 · 정요일 · 최웅 · 정대림, 韓國古典詩學史, 홍성사, 1979.

정문길 외, 발견으로서의 동아시아, 문학과지성사, 2000.

조동일, 韓國文學思想史試論, 지식산업사, 1978.

조윤제, 조선시가사강, 동광당서점, 1937.

______, 韓國詩歌史綱, 을유문화사, 1954.

______, 한국문학사, 동국문화사, 1963.

최동호 편, 정지용 사전, 고려대학교 출판부, 2003.

______, 디지털 문화와 생태시학, 문학동네, 2002.

______, 하나의 도에 이르는 시학, 고려대학교 출판부, 1997.

______, 불확정시대의 문학, 문학과지성사, 1987.

______, 현대시의 정신사, 열음사, 1985.

최승호, 한국 현대시와 동양적 생명사상, 다운샘, 1995.

최진원, 국문학과 자연, 성균관대 출판부, 1977.

한국사상사연구회 엮음, 조선유학의 자연철학, 예문서원, 1998.

________________, 조선유학의 <개념>들, 예문서원, 2002.

한국정신문화연구원 편, 한국민족문화대백과사전23, 한국정신문화연구원, 1991.

3. 국내논저(논문과 평론)

강창민, 「이육사 시에 나타난 '자연'의 시적 변용」, 국제어문17, 국제어문학회, 1996.

고형진, 「지용 시와 백석 시의 이미지 비교 연구」, 현대문학이론연구18, 현대문학이론학회, 2002.

______, 「지용시의 '물' 이미지와 모성의식」, 한국시학연구』10, 한국시학회, 2004.

구승회, 「자연이란 무엇인가」, 대학원연구논집27, 동국대 대학원, 1997.

권정우, 「정지용의 바다시편과 산시편의 연속성 연구」, 비교한국학, 국제비교한국학회, 2004.

김경재 · 허우성, 「기독교와 불교에서의 자연」, 송영배 외, 인간과 자연, 철학과현실사, 1998.

김기림, 「모더니즘의 역사적 위치」, 인문평론, 1939. 10.

김길환, 「장횡거의 형이상학과 천인합일사상」, 사총17, 역사학연구회, 1973.

김동근, 「정지용 시의 공간 체계와 텍스트 의미」, 한국문학이론과 비평22, 한국문학이론과 비평학회, 2004.

김동리, 「삼가시와 자연의 발견」, 예술조선4, 1948. 8.

김명인, 「1930년대 시의 구조 연구」, 고려대 박사논문, 1985.

______, 「우리 시어의 근대성과 근대적 자각-김소월과 정지용의 시어를 중심으로」, 한국학연구, 고려대 한국학연구소, 2003.

김신정, 「정지용 시 연구」, 연세대 박사논문, 1999.

______, 「'미적인 것'의 이중성과 정지용의 시」, 현대문학이론연구14, 현대문학이론학회, 2000.

김영수, 「시가에 수용된 '자연'의 의미 소고」, 국문학논집15, 단국대국어국문학과, 1997.

김용직, 「정지용론-순수와 기법, 시 일체주의」, 현대문학409~410호, 1989. 1-2.

김용희, 「정지용 시에서 자연의 미적 전유」, 현대문학의 연구22, 한국문학연구학회, 2004.

______, 「정지용 시에서 은유와 미적 현대성」, 한국문학논총35, 한국문학회, 2003.

김우창, 「산의 시학, 산의 도덕학, 산의 형이상학 : 산과 한국의 시」, 산 과 한국인의 삶, 나남, 1993.

＿＿＿, 「한국시와 형이상」, 궁핍한 시대의 시인, 민음사, 1977.

김인환, 「한국문학의 사회사 문제」, 기억의 계단, 민음사, 2001.

김유중, 「정지용 시 정신의 본질」, 한국문학이론과 비평19, 한국문학이론과 비평학회, 2003.

김정숙, 「정지용 시 연구」, 세종대 박사논문, 2000.

김종진, 「三峰詩의 한 局面－自然과 儒者의 삶」, 선청어문, 서울대 국어교육과, 1988.

김종태, 「정지용 시 연구」, 고려대 박사논문, 2002.

김준오, 「現代詩의 自然考」, 한국문학논총4, 한국문학회, 1981.

김지숙, 「일제 강점기 한국시의 자연에 관한 연구」, 동아대 박사논문, 2003.

김창완, 「현대시에 나타난 자연으로부터의 인간 소외 연구」, 새국어교육62, 한국국어교육학회, 2001.

김창원, 「16세기 사림의 강호시가 연구」, 고려대 박사논문, 1997.

김충렬, 「天人관계를 둘러싼 논쟁의 기조」, 중국철학연구회, 논쟁으로 보는 중국철학, 예문서원, 1994.

김 훈, 「정지용 시의 분석적 연구」, 서울대 박사논문, 1990.

나희덕, 「1930년대 시의 자연과 감각－김영랑과 정지용을 중심으로」, 현대문학의 연구25, 한국문학연구학회, 2005.

리기용·주동률, 「자연과 도덕」, 인간과 자연, 철학과현실사, 1998.

문덕수, 「한국 모더니즘 시 연구」, 고려대 박사논문, 1981.

＿＿＿, 「김현승 시 연구」, 홍대논총16, 홍익대학교, 1985.

문재구, 「韓國 現代文學의 自然愛思想」, 어문연구54, 한국어문교육연구회, 1987.

민주식, 「조선시대 지식인의 미적 유토피아」, 美學26, 한국미학회, 1999.

＿＿＿, 「풍경의 미학－풍경미의 원리와 구조」, 美學31, 한국미학회, 2001.

＿＿＿, 「한국 전통미학사상의 구조」, 미학예술학연구17, 한국미학예술학회, 2003.

박낙규·이창환, 「자연과 예술」, 인간과 자연, 철학과현실사, 1998.

박남희, 「한국 유기체 시론 연구－박용철, 정지용, 조지훈을 중심으로」, 숭실어문18, 숭실어문학회, 2002.

박석준, 「한의학의 몸」, 아카필로2, 산해, 2001.

박영선, 「문화과정으로서의 자연미」, 철학탐구14, 중앙대 중앙철학연구소, 2002.

박영주, 「강호가사에 형상화된 산수풍경과 생활풍정」, 한국시가연구10, 한국시가학회, 2001.

박철석, 「한국시에 나타난 자연관 연구」, 수련어문논집2, 수련어문학회, 1974.

박학래, 「天人之際 : 인간 삶의 지표와 이상」, 한국사상사연구회, 조선유학의 개념들, 예문서원, 2002.

방 인, 「「역학의 자연관」에 대한 논평」, 철학연구28, 철학연구회, 1991.

배다니엘, 「중국 자연시와 워즈워드 자연시에 나타난 자연관 서사 비교」, 중어중문학 30, 한국중어중문학회, 2002.

변종식, 「박목월의 자연관—시집 <산도화>를 중심으로」, 새국어교육, 국어교육학회, 1981.

손병욱·정병훈, 「동서양의 자연과 과학」, 인간과 자연, 철학과현실사, 1998.

송기한, 「정지용의 「향수」에 나타난 고향의 의미」, 우리말글28, 우리말글학회, 2003.

______, 「산행체험과 시집 『백록담』의 의미」, 한국문학이론과 비평19, 한국문학이론 과 비평학회, 2003.

송영배, 「유기체적 자연관과 동서철학 융합의 가능성」, 인간과 자연, 철학과현실사, 1998.

송재영 외, 「東西詩文學에 나타난 自然觀」, 논문집19(2), 충남대 인문과학연구소, 1992.

신범순, 「정지용의 시와 기행산문에 대한 연구」, 현대문학연구9, 한국현대문학회, 2001.

______, 「정지용 시에서 '헤매임'과 산문 양식의 문제」, 한국문학의 양식론, 한양출판, 1997.

오성호, 「「향수」와 「고향」, 그리고 향토의 발견」, 한국시학연구7, 한국시학회, 2002.

오세영, 「현대시와 자연, 그리고 문화」, 유종호 외, 현대한국문학 100년, 민음사, 1999.

______, 「지용의 자연시와 성정의 탐구」, 한국현대문학연구12, 한국현대문학회, 2002.

오승희, 「한국시가에 나타난 자연관」, 한국어문교육8, 한국교원대 한국어문교육연구 소, 1999.

오탁번, 「지용詩 研究 : 그 環境과 特性을 中心으로」, 고려대 석사논문, 1970.

우남득, 「東里文學의 死의 究竟探究」, 이화어문논집3, 이화여자대학교, 1980.

유초하, 「동서의 철학적 전통에서 본 육체—주희와 데카르트를 중심으로」, 문화과학4, 문화과학사, 1993.

윤사순, 「유학의 자연철학」, 한국사상사연구회, 조선유학의 자연철학, 예문서원, 1999.

윤석산, 「소월시와 지용시의 대비적 연구 : 자연관을 중심으로」, 한양대 석사논문, 1981.

윤의섭, 「정지용 시에 나타난 시간성의 수사학적 의미」, 한국시학연구, 한국시학회, 2003.

이남호, 「한국 현대문학에 나타난 자연의 모습」, 유종호 외, 현대한국문학100년, 민음사, 1999.

이미순, 「1920年代 韓國 浪漫的 自然詩 硏究」, 서울대 박사논문, 1995.

______, 「한국 근대문인의 고향의식 연구」, 비교문학23, 비교문학회, 1999.

이상오, 「정지용 시의 풍경과 감각」, 정신문화연구98, 한국학중앙연구원, 2005.

______, 「정지용 후기 시의 시간과 공간」, 현대문학의 연구26, 한국문학연구학회, 2005.

______, 「정지용 시의 자연은유 고찰」, 한국현대문학연구16, 한국현대문학회, 2004.

______, 「이성선 시의 이미지와 감각성」, 민족문화연구39, 고려대 민족문화연구원, 2003.

______, 「정지용의 山水詩 考察」, 한국시학연구6, 한국시학회, 2002.

______, 「신석초 문학 연구」, 민족문화연구34, 고려대 민족문화연구원, 2001.

______, 「미당 서정주론—무속적 사유체계와의 관련양상을 중심으로」, 호원논집8, 고려대 대학원, 2000.

이숭원, 「한국근대시의 자연표상 연구」, 서울대 박사논문, 1986.

______, 「정지용 시가 후진에 미친 영향」, 태릉어문연구11, 서울여대 국어국문학과, 2003.

이양하, 「바라든 지용 시집」, 조선일보, 1936. 6. 5.

이용훈, 「한국시의 자연수용 태도」, 국어교육18, 한국국어교육연구학회, 1972.

이형대, 「17·18세기 기행가사와 풍경의 미학」, 민족문화연구40, 고려대 민족문화연구원, 2004.

장경렬, 「이미지즘의 원리와 <詩畵一如>의 시론」, 작가세계, 1999 겨울.

장영희, 「한국 현대 생태시에 나타난 자연관—1980년대~1990년대 시를 중심으로」, 문예운동70, 2001. 6.

장인애, 「퇴계의 詩文學에 나타난 自然觀」, 중부사회산업대학논문집3, 중부사회산업대학, 1992.

정연교·한형조, 「동서양의 자연과 정치」, 인간과 자연, 철학과현실사, 1998.

정화열, 「Nature and Humanity : A Postmodern Configuration」, 박현모 역, 인간다운 삶과 철학의 역할, 한민족철학자대회, 1997.

정현종, 「감각·이미지·언어」, 인문과학49, 연세대 인문과학연구소, 1983.

조기영, 「전통적 자연관의 유형과 현대적 수용성—자연에 대한 기본적 태도에 따른
　　　유형」, 東洋古典硏究12, 東洋古典學會, 1999.
조동일, 「산수시의 경치, 흥취, 주제」, 동방문학비교연구총서2, 한국동방문학비교연구
　　　회, 1992.
조성술, 「自然觀의 哲學史的 考察」, 龍鳳論叢10, 전남대 인문과학연구소, 1980.
진순애, 「소월 시의 자연과 근대성」, 우리말글27, 우리말글학회, 2003.
진희성·노재현, 「팔경의 의미체험에 따른 풍경 개념의 구조에 관한 연구」, 한국조경
　　　학회지19(1), 한국조경학회, 1991.
최동국, 「古時調의 道家的 自然觀 硏究(1)—隱逸과 隱遁을 중심으로」, 문학과 언어
　　　10, 문학과 언어학회, 1989.
최동호, 「山水詩의 世界와 隱逸의 精神」, 하나의 道에 이르는 詩學, 고려대출판부,
　　　1997.
＿＿＿, 「난삽한 지용 시와 '바다 시편'의 해석」, 디지털 문화와 생태시학, 문학동네,
　　　2000.
＿＿＿, 「정지용의 <장수산>과 <백록담>」, 현대시의 정신사, 열음사, 1985.
＿＿＿, 「정지용의 '금강산' 시편에 대하여」, 동서문학32(4), 동서문학사, 2002.
최미정, 「국문학에 나타난 자연관의 역사적 고찰」, 韓國學論集15, 계명대학교, 1988.
최원식, 「한국발(發), 또는 동아시아발(發) 대안 : 한국과 동아시아」, 정문길 외, 발견
　　　으로서의 동아시아, 문학과지성사, 2000.
최정례, 「정지용과 백석이 수용한 전통의 언어」, 어문논집48, 민족어문학회, 2003.
최창록, 「청록파의 자연관과 시사적 의의」, 어문학23, 한국어문학회, 1970.
허남춘, 「이효석 소설의 자연관—1930년대 소설을 중심으로」, 백록어문9, 제주대학교,
　　　1992.
황수영, 「베르그손(Bergson)의 삶의 철학에서 본 시간과 공간」, 프랑스학연구6, 프랑
　　　스문화학회, 2000
황종연, 「한국문학의 근대와 반근대」, 동국대 박사논문, 1991.

4. 국외논저

國谷純一郎, 自然思想史, 심귀득·안은수 역, 『환경과 자연인식의 흐름』, 고려원,
　　　1992.
金谷 治 외, 조성을 옮김, 중국사상사, 이론과 실천, 1986.

大西克禮, 浪漫主義の美學, 東京 : 弘文堂, 1961.

笠原仲二, 中國人の自然觀と美意識, 東京 : 創文社, 1982.

柄谷行人, 日本 近代文學の起源, 박유하 옮김, 『일본근대문학의 기원』, 민음사, 1997.

徐復觀, 中國藝術精神, 권덕주 외 역, 동문선, 1990.

유협, 文心雕龍, 최동호 역편, 민음사, 1994.

李澤厚, 華夏美學, 權瑚 역, 동문선, 1999.

張法 中西美學與文化精神, 유중하 외 옮김, 『동양과 서양, 그리고 미학』, 푸른숲, 1999.

井上庄七 編, 自然觀の展開と形而上學, 東京 : 紀伊國屋書店, 1988.

朱光潛, 詩論, 鄭相泓 역, 동문선, 1991.

朱伯崑, 周易漫步, 김학권 역, 『주역산책』, 예문서원, 1999.

中村雄二郎, 共通 感覺論, 양일모·고동호 옮김, 『공통감각론』, 민음사, 2003.

陳衛平, 中西哲學比較面面觀, 고재욱·김철운·유성선 옮김, 『일곱 주제로 만나는 동서비교철학』, 예문서원, 1999.

韓少功, 우리들에게 있어 자연의 정신적 의미-도시화의 맥락에서 성사 (省思)하는 자연의 의미, 정문길 외, 발견으로서의 동아시아, 문학과지성사, 2000.

Barbaras, Renaud, La perception-Essai sur la sensible, 공정아 옮김, 『지각』, 동문선, 2003.

Bachelard, Gaston, La Poétique de L'espace, 곽광수 역, 『空間의 詩學』, 민음사, 1996.

___________, L'eau et Les Reves, 이가림 역, 『물과 꿈』, 문예출판사, 1998.

___________, L'air et les songs, 정영란 역, 『공기와 꿈』, 민음사, 1993.

___________, La Poétique de la reverie, 김현 역, 『몽상의 시학』, 기린원, 1989.

Bergson, Henri, L'évolution Créatrice, 황수영 역, 『창조적 진화』, 아카넷, 2005.

Breton, David Le, Eloge de la marche, 김화영 역, 『걷기예찬』, 현대문학, 2002.

Caillois, Roger, Esthétique généralisée, 이경자 옮김, 『일반미학』, 동문선, 1999.

Collongwood, R. G., The Idea of Nature, New York : Oxford University Press, 1978.

Debray, Regis, Vie et mort de l'image 정진국 옮김, 『이미지의 삶과 죽음』, 시각과언어, 1994.

Deleuze, Gilles, La Philosophie Critique de Kant, 서동욱 옮김, 『칸트의 비판철학』, 민음사, 1995.

___________, Le Bergsonisme, 김재인 역, 『베르그송주의』, 문학과지성사, 1996.

Deleuze, Gilles·Guattari, Félix, Mille Plateaux : Capitalisme et schizophrénie 이진경

외 역, 『천의 고원 : 자본주의와 정신분열증』, 연구공간 '너머', 2000.

Dirlik, Arif, Confucins in Borderlands : Global Capitalism and the Reinvention of Confucianism, Boundary 2, v.22. n.3. 1995.

__________, 김수영 옮김, 역사와 대립하는 문화인가, 정문길 외, 발견으로서의 동아시아, 문학과지성사, 2000.

Edwards, Paul. ed. The Encyclopedia of Philosophy, New York : Macmillan, 1967.

Foucault, Michel, Naissance de la clinique, 홍성민 옮김, 『임상의학의 탄생』, 인간사랑, 1993.

__________, Les Mots et les choses, 이광래 옮김, 『말과 사물』, 민음사, 1987.

Furst, Lilian R, Romanticism, 李相沃 譯, 『浪漫主義』, 서울대학교 출판부, 1987.

Heidegger, Martin, Sein und Zeit, 이기상 옮김, 『존재와 시간』, 까치, 1998.

__________, 소광희 역, 『휴매니스트에의 便紙』, 東洋出版社, 1960.

Held, Klaus, Die Entdekung der Natur, 『자연의 발견』, 철학사상3, 서울대 철학사상연구소, 1993.

Jauß, Hans Robert, Studien zum Epochenwandel der aesthetischen Moderne, 『미적 현대와 그 이후』, 문학동네, 1999.

Levinas, Emmanuel, Le Temps et L'Autre, 강영안 옮김, 『시간과 타자』, 문예출판사, 2001.

Levin, David Michael, Modernity and the hegemony of vision, 정성철·백문임 옮김, 『모더니티와 시각의 헤게모니』, 시각과언어, 2004.

Link, Jurgen, Literaturwissenschaftliche Grundbegriffe, 고규진 외 옮김, 『기호와 문학』, 민음사, 1994.

Magliola, Robert R, Phenomenology and Literature, Indiana : Perdue University Press, 1977.

Mcfague, Sallie, 정연복 역, 기독교인과 자연 : 과거와 현재, 세계의 신학43, 한국기독교연구소, 1999.

Megill, Allan, Prophets of extremity ; nietzsche, Heidegger, Foucault, Derrida, 정일준, 조형준 옮김, 『극단의 예언자들 : 니체, 하이데거, 푸코, 데리다』, 새물결, 1996.

Merleau-Ponty, Maurice, Phénoménologie de la Perception, 류의근 옮김, 『지각의 현상학』, 문학과지성사, 2002.

__________, 현상학과 예술, 오병남 역, 서광사, 1989.

Meyerhoff, Hans, Time in Lirerature, 김준오 역, 『문학과 시간현상학』, 심상사, 1979.

Miller, Hillis, Topographies, Ca : Stanford University Press, 1995.

Otto, Rudolf, Das Heilige, 길희성 역, 『성스러움의 의미』, 분도출판사, 1987.

Rader, Melvin & Jessup, Bettram, Art and Human Values, 김광명 역, 『예술과 인간 가치』, 까치, 2001.

Ritter, Joachim, Landschft—Zur Funkion des Ästhetishen in der modernen Gesellschaft, Subjektivität, Frankfurt am Main, 1989.

Runes, Dagobert D. ed. Dictionary of Philosophy, New Jersey : Littlefield, Adams & Co, 1962, L'etre et le neant.

Sartre, Jean Paul, L'etre et le neant, 손우성 옮김, 『존재와 무』, 삼성출판사, 1978.

Secretan, Dominique, Classicism, 姜大虔 譯, 『古典主義』, 서울대출판부, 1984.

Scruton, Roger, Spinoza, 정창호 옮김, 『스피노자』, 시공사, 2000.

Sze, Mai-Mai, The Way of Chinese Painting : Its ideas and Technique, with Selections from the Seventeenth Century Musrard Seed Manual of Painting, New York : Vintage Books, 1959.

Vergez, André et Huisman, Denis, Nouveau cours de philo 남기영 옮김, 『인간과 세계』, 삼협종합출판, 1999.

Whitehead, A. N. Concept of Nature, Cambridge : CUP, 1971.

Wimsatt, W. K., The Structure of Romantic nature imagery, The Verbal Icon, Lexington, Ky. : University of Kentucky Press, 1954.

Yi-Fu Tuan, Space and Place : The Perspective of experience, 정영철 역, 『공간과 장소』, 태림출판사, 1995.

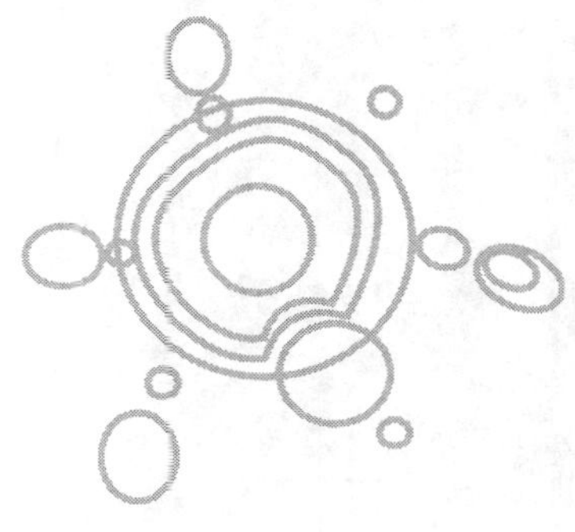

[제2부] 한국 현대시의 감각과 상상력

현대시와 무속적 상상력 [서정주론]

1. 한국의 무속과 전통적 상상력

예술이란, 생명이 그 주어진 육체나 사회나 민족의 질서 속에 놓이면서 발하는 목소리, 존재하는 의식의 순수 결정이 어떤 형태를 취한 것이다.[1]

김윤식은 『질마재 신화』를 논하면서, 미당은 이 시편들에서 전통, 정확히는 한국적 예(藝)의 의미를 가장 원초적이며 본질적인 형태로 구현하고 있다고 보았다.[2] 그것은 "생명의 촉각"에 기반한 존재성의 절실한 표출을 뜻한 것이다. 이 "생명의 촉각"이 정확히 무엇을 뜻하는 지는 자세히 설명되어 있지 않으나 인용한 구절을 참조한다면, '실존적으로 주어진 질서 속에서의 생명이 발하는 의식의 순수결정이 인간의 일상적 삶에 깃들이는 양상'으로서 이해할 수 있겠다. 그렇다면 한민족에게 존재의 가장 순수한 형태로서 발현되는 목소리의 근원, 즉 한국인으로서의 예술적 의식이 존재성의 표출로서 나타나는 예의 하나로 우리는 무속, 혹은 민간신앙으로서 각인된 세계인식과 자아인식의 미적 현현(顯現)의 양태들

---

1) 김윤식, 「文學에 있어 傳統繼承의 問題」(≪세대≫, 1973. 8), p.219.
2) 김윤식, 같은 글, 같은 곳.

을 주목할 수 있을 것이다.

무속(巫俗)이란, 민간층에서 생활을 통해 전승되는 자연종교적 현상이자 민간 신앙의 한 형태로서,[3] 민간층의 종교의식이 집약되어 한 민족(民族)의 정신 속에 뿌리 깊게 자리 잡아 생활화한 종교 현상이라 볼 수 있다. 무속은 한국인의 종교 문화의 적층(積層)을 통해 한결같이 흘러온 정신사적 기층으로서 한국 문화와 예술의 동력원으로 내재하여 왔다. 우리는 굿과 탈춤 등 각종 민속 연희들을 통해 그 실례를 쉽게 확인할 수 있을 것이다.

본고는 한국 현대시의 사유 원형과 그 구조적 기층이 한국인의 의식에 깊고 광범위하게 축적되고 잠재해 있는 무속적 원리에서 시작된다는 것을 하나의 가설로 한다. 따라서 미당 서정주의 시를 통해서 무속적 사유의 원형들이 어떻게 현대시의식과의 접점을 이루며 어떤 시적 의미망을 형성하는지 고찰하고자 한다. 또한 이방면의 기존 연구가 미당 초기시에 한정되었던 점을 반성하여 미당의 무속적 사유가 본격적으로 시의 배경으로 드러나는『질마재신화』까지 텍스트의 범위를 넓혀 보고자 한다.

무속과 한국현대시와의 관계를 다룬 본격적인 연구로는 이몽희의 논문[4]이 있다. 이몽희는 한국근대시 초창기의 대표적 시인인 김소월, 이상화, 이육사, 서정주의 시세계를 무속적 구조원리를 폭넓게 적용하여 분석하는데, 그 세부적 통찰의 성실함에도 불구하고 몇가지 문제점을 노출하고 있다. 첫째, 무속과 샤마니즘의 종교적 상징을 시적 상징에 과도하게 대비시키고 있다.[5] 무속을 비롯한 민간 전승신앙이 가진 의식의 기층에는 다른 모든 종교와 마찬가지로 생명과 신성(神聖)에 대한 외경과 초월

---

3) 김태곤,『韓國巫俗硏究』(집문당, 1981), pp.18~20.
4) 李蒙熙,『韓國近代詩와 巫俗的 構造 硏究－金素月·李相和·李陸史·徐廷柱를 中心으로』(동아대 박사논문, 1988).
5) 한 예만 들어본다면, 그는 이육사의 <靑葡萄>의 공간을 "특별하게 聖化된 시공 속에 神樹(포도나무)와 神壇(식탁)을 갖춘 祭場"으로 설정하고 포도를 "하늘과 땅, 즉 天神과 地神의 화합으로 결실된 씨 또는 알"로 분석하고 있다. 이몽희, 위의 책.

의지가 어떤 형태로든—이를테면 이미지와 상징으로—투영되고 있으며 그것은 생활세계 속의 다양한 의식(儀式)의 형태들에서 발견될 수 있다. 둘째, 시와 무속과의 연관성을 시의 의미구조와 무속의 제의구조를 예시하여 지목했는데, 예컨대 바리공주 신화와 초혼(招魂), 오구굿, 제석본풀이 등이 그것이다. 그러나 이 경우 해당 무속 제의의 표층적 구조와 시적 상징과 소재의 유사점만이 지적되어 비교의 의의가 실종되는 느낌을 지울 수 없다. 셋째, 서정주의 경우에 집중적으로 논의되지만, 나머지 시인들의 경우에도 간간이 분석의 대상이 되는 것이 강신무(降神巫)의 신병체험(神病體驗)이다. 저자는 이 신병체험과 현상을 <花蛇>를 비롯한 대부분의 서정주 초기시를 분석하는 근거로 삼고 있다. 그러나 '神病'은 그 원리에서 현상의 측면에 이르기까지 비단 한국 무속에 한정되는 것이 아니라 고대 샤마니즘의 하등종교에서 현대의 고등종교에 이르기까지 다양하게 발견되는 현상이다. 김태곤은 샤마니즘과 기독교 등 타 종교의 신령체험(神靈體驗) 현상을 다양하게 채집한 실증적인 사례목록을 제시하여 무속의 神病과 비교하였는데 주로 유사성의 측면이 두드러짐을 실증하고 있다.6) 따라서 신병체험(神病體驗)을 한국 무속의 본질적이며 독자적인 사유구조의 원형으로 단정할 수는 없는 것이다.

그러나 이몽희의 연구는 형성기의 한국현대시사가 서구의 그늘에 빚지고 있었던 학문적 현실 위에서 무속(巫俗)이라는 가장 한국적이며 전통적인 의식적 층위를 대표적 시인들의 시세계에 접목시킴으로써 한국 현대시의 자생적이며 주체적인 기반을 구축하게 하는 계기가 되었음 역시 부인할 수 없겠다.

이 외에 이몽희의 또 다른 연구7)와 김지향의 연구8)가 있다. 김지향은,

---

6) 김태곤, 앞의 책, pp.228~241.
7) 이몽희, 「서정주의 시와 무속과의 연관성에 관한 스고」, 『청천강용권박사 송수기념논총』, 1986.
8) 김지향, 「서정주 시에 나타난 무속신앙적 특성」(≪한양여전 논문집≫, 1985. 2).

전래신앙으로서의 불교와 신라정신과 토착종교인 무속과의 내적 연관체
제를 분석적으로 제시하지 않은 채 병렬적으로 접합시켰다는 약점을 가
지고는 있지만, 무속과 시의 구조적인 측면을 논의하는 방법론적인 실증
성을 견지하고 있다는 미덕을 가지고 있다. 즉 서정주의 고향인 고창지
역의 무가를 직접 선별하여 무가 계통 시(詩)와의 구조적 연관성을 고구
(考究)한 점을 의의로 지적할 수 있겠다.

이상과 같이 기존의 이 방면의 연구는 그 바탕이 될 민속학적인 성과
들에 비추어 만족할 만한 내적인 깊이와 방법론적 전거를 확보하지 못하
고 있다고 할 수 있겠다.9)

어떤 종족이나 민족에게라도 무속, 혹은 민간신앙은 그들에게 존재적
계시의 의미로, 또한 실존의 불완전함에서 벗어나기 위한 생존의 무의
식적 양태로 이어져 왔다. 그것은 과거와 현재와 미래를 수직으로 연결
하고자 하는 모든 인간 생명의 욕구의 소산이다. 따라서 인간의 초월적
욕구는 시간과 공간적 한계를 뛰어 넘은 절대적 우주를 상정한다. 한국
민족의 예를 들자면, 민간신앙의 숭배 대상으로서 가장 작은 단위인 가
신(家神), 동지(洞里)의 수호신인 서낭신에서부터 시조신(始祖神)과 천신(天
神)에 이르기까지 한국인의 신성 지향은 하나의 절대성의 공간을 구축
하였다.

한국 무속의 본질과 특성에 대해 지금까지 연구된 대체적인 성과는 다
음과 같다.

동북아시아의 종교현상인 샤머니즘과 고대 중국의 무교(巫敎)와의 일치
를 주장하는 설10)에서부터 한국 무교의 문화적, 지역적 특성에서 비롯된
독자적인 종교현상으로 이해하는 논의,11) 또는 시베리아 기원설, 북방기

---

9) 무속과 서사문학과의 연관을 다룬 연구로 이수자, 「무속과 국문학」, 『종교연구 7』
   (한국종교학회, 1991)이 있다.
10) 유동식, 『韓國 巫敎의 歷史와 構造』(연세대 출판부, 1975), p.66.
11) 이필영, 「북아시아 샤머니즘과 한국 무교의 비교 연구」(≪白山學報≫ 25, 1979),
    p.8.

원설, 남방기원설12) 등이 다양한 측면에서 제기되고 있다.

초창기의 한국 무속연구에 실증적인 자료를 제시한 바 있는 일본학자 아끼바(秋葉隆)는 북아시아 원시종교와 비교되는 한국 무속의 특징을 애니미즘 및 자연 숭배의 경향이 강한 점, 숭배의 대상이 뚜렷이 인격화되는 점, 도교 및 불교의 영향이 수용되는 점 등을 지적했거니와 이런 측면들은 지금가지 전승되는 무속적 양상들에 비추어보아도 상당한 시사점을 던져 준다. 또한 동시에 그가 지적한 가장 강력한 특징의 하나는 '제의(祭儀)'에 관한 것이다. 그는 한국의 무속에서 가제(家祭)와 동제(洞祭)는 물론이고 관아에서 행정적으로 이루어지는 굿에 이르기까지 그 행사의 복잡하고 치밀하며 성대한 연행과정, 그리고 각각의 기능에 따른 무당과 보무(보조무당)의 분화와 역할 등은 북방이나 시베리아, 혹은 남방 샤먼의 어느 계통에서도 찾기 힘든 특성이라 지적하고 있다.13)

한국 고대종교로서의 무속에 관한 연구 성과들에 의하면, 오늘날과 같은 형태의 무속의식(巫俗儀式)이 집행된 사실을 확인할 수 있는 상한선은 12세기경까지이다. 이규보(李奎報)의 『동국이상국집(東國李相國集)』에 실려 있는 「노무편(老巫篇)」과 『고려사(高麗史)』의 기록들이 그러한 점들을 입증한다. 또한 종교의식의 주제자를 무(巫), 화랑(花郎) 등으로 불렀다는 가록이나 왕의 명칭인 차차웅(次次雄)이 무당의 의미를 가졌다는 『삼국유사』의 기록들은 무속의 기원을 고대 신라 이전까지 거슬러올라 가게도 한다.14)

그러나 본고에서는 한국 무속의 본질적 기원과 특성에 주목하기보다

---

12) 이는 주로 **M. Eliade**의 견해인데, 그다지 신뢰할 만한 실증적 자료를 제시하지는 못하고 있다.
   최길성, 앞의 책, pp.21~23.
   M. Eliade, 『샤마니즘』(까치, 1992), 역자후기(이윤기) 참조.
13) 최길성, 『한국 무속의 이해』(예전사, 1994), pp.19~21.
14) 김인회, 「한국무속연구사」, 『한국무속의 종합적 고찰』(고대민족문화연구소출판부, 1982), pp.4~5.

는 무속을 한국의 토착적, 종교적 정신현상이라는 개념으로 한정하고 그 사유구조를 통해 한국 현대시의식의 미학적 원리를 추출하고자 한다. 따라서 무속과 종교학 등 이와 관련한 여러 연구 성과를 참고하여 한국 무속의 여러 특성 중 무속적 우주관과 세계관에 해당하는 원형사고(原型思考), 神病(巫病), 그리고 그러한 원형사고에서 발현되는 예술적 양상이라 규정될 만 한 '神明현상'의 측면에 대해 논구하기로 하겠다. 결국 고대 종교현상으로서의 무속이 현대인에게 전승된 사고체계의 보다 보편적이고 확대된 개념으로서의 '민간종교현상'으로서 무속을 받아들이고자 하며 본고에서 사용되는 개념인 '원형'사고, 신병(무병) 등의 용어 역시 이러한 일반적 측면을 염두에 둔 것임을 일러두고자 한다.

2. 무속적 사유의 時空

시는 다른 모든 예술 장르와 마찬가지로 종족적이고 근원적인 영역에서 은유와 상징 등의 내적 구조원리를 체득한다.

무속이라는 종교적 현상을 예술장르의 형식과 연관시켜 분석할 때 우리가 봉착하는 가장 큰 문제는 어떤 종교적 상징들이 작품의 의미구조의 어떤 지점에 위치하는가 하는 가치론적 문제이다. 엘리아데는 이에 대한 시사할 만한 답변을 준비해 주고 있다.

> 의미작용의 집합으로서의 이미지 그 자체가 진실한 것이지, 이 의미작용 가운데 어느 하나, 또는 관계되는 수많은 차원 중의 어느 하나가 진실한 것은 아니다. 하나의 이미지를 한가지 관계와 맺어줌으로써 한 개의 용어로 해석하는 것은 이미지를 훼손하는 것보다 오히려 더 나쁜 일이며, 인식의 도구로서의 이미지를 절멸시키고 폐기시키는 일이다.[15]

---

15) M. Eliade, 『이미지와 상징』(까치, 1998), pp.18~19.

모든 이미지와 상징은 원초적 통일성을 지향하며 대립적 성질에의 극복을 지향하는 다가적(多價的) 의미를 지니고 있는 것이다.[16] 따라서 무속, 혹은 신화적 사유를 표상하는 상징과 현대시와의 이미지, 그리고 상징구조의 유사성을 추적하고 논증하며 때로 추론하는 것은 하나의 부분적인 영역에 한 민족의 종교적, 정신적 경험의 복합체인 무속적 현상을 감금하는 결과를 빚을 수도 있다는 점이 우려되는 것이다. 우리는 무속적 사유가 인간 사유의 원초적, 실존적 측면과 어떻게 소통하고 있는가를 시의 심층적 의미구조를 통해 밝혀내야 하는 것이다. 동시에 그러한 소통의 양상이 현대시의 미적 의미망을 어떻게 확장하고 집약하는지 밝히는 것이 보다 생산적인 논의를 위한 첫걸음일 것이다.

시집 『花蛇集』의 첫머리에 수록되어 있는 「自畫像」은 흔히 미당 서정주의 시적 여정의 출발점으로 논구되어온 바 있다.[17] 식민지 청년의 실존적 고뇌와 자의식이 절절히 형상화된 작품이란 평이 주조를 이룬다. 그러나 시 「自畫像」은 어린 미당의 무속적 공간의식이 우주적 상상력을 중심으로 확산되고 있다.

애비는 종이었다. 밤이기퍼도 오지않었다.

파뿌리같이 늙은 할머니와 대추꽃이 한주 서 있을뿐이었다.

어매는 달을두고 풋살구가 꼭하나만 먹고 싶다하였으나…… 흙으로 바람벽한 호롱불밑에

손톱이 깜한 에미의 아들.

甲午年이라든가 바다에 나가서는 도라오지 않는다하는 外할아버지의 숯많은 머리털과

---

16) M. Eliade, 위의 책, p.18.
17) 이 점은 물론 서정주 문학의 초기 연구에 해당한다.
    조연현, 「원죄의 형벌」, ≪문학과 사상≫(세계문화사, 1949. 12).
    천이두, 「지옥과 열반─서정주론」(≪시문학≫, 1972. 6~9) 참조.

그 크다란눈이 나는 닮었다한다.

이 시에 등장하는 <늙은 할머니>, <어매>와 화자는 서로 소통하고 교류하는 대상과 주체가 아니라 각각 독립된 고독한 객체이다. 김열규는 미당의 대모신으로서 친할머니, 외할머니와 어머니를 성인 대모신으로, 소꼽친구인 <서운니>를 어린 대모신으로 지적하였다.[18] 이러한 지적은 미당 시의 무속적 상상력에 있어 주요한 하나의 모티프를 제공하는데, 최길성은 부락제에 대한 한 논문에서 한국 전통사회에서의 남성문화, 여성문화를 각각 전자는 유교, 후자는 무속이 지배하는 것으로 상정했다.[19] 이에 착안하여 그는 무속에서의 여성성의 주력적인 유래를 하나의 가설로 추론한다. 집터를 관리하는 터주, 건물을 관리하는 성주신, 방을 관할하는 삼신, 혹은 제석신 등 대부분의 신은 집안에 있고 집 바깥에 있는 신은 산신과 부락신이 있지만 명확한 역할과 내력 등이 전해지지 않는다. 따라서 남자(바깥사람)은 밖으로 나가 일을 하며 아내(안해)는 집안의 길흉화복을 관장하는 무당의 역할을 하게되는 것이다. 물론 이 견해는 여성성과 무속의 관계에 대한 여러 논의 중 하나의 견해에 불과하지만, 미당 시의 경우에 김열규의 대모신에 관한 지적이 시의 이해를 위한 적절한 시사를 준다. <늙은 할머니와 대추꽃 한 주>는 미당의 유년기를 지배하는 순환적 가계를 형성하는 공간의 정점인 신주(神柱), 즉 솟대를 상징한다. 이 정적(靜的)인 표상은 <할머니와 대추꽃>을 정점으로 하고 울타리를 경계로 신성을 간직한 집의 내밀한 공간성을 형성한다. 하늘─땅─지하(혹은 지옥)으로 이어지는 삼계적(三界的) 인식이 민간 습속에서는 보편화되었다고 상정한다면, 이 대추나무는 우주의 세 층위를 꿰뚫고 상승하며 하강하는 유년 기억의 무의식을 형성하고 있다.

---

18) 김열규, 「俗信과 神話의 서정주론」, 『미당 연구』(민음사, 1991) 참조.
19) 최길성, 「무속에 있어서의 '집'과 '여성'」, 『한국 무속의 전통적 고찰』(고대민족문화연구소출판부, 1982), pp.93~98.

집은 한 인간의 상상력이 세계와 최초로 얽히기 시작하는 공간이다. 미당은 자신의 시적 출발을 암시하는 <自畵像>의 첫 번째 모티프를 자신의 고향집에서 떠올리는 것이다. 그리고 그 時空은 <애비와 外할아버지>는 돌아오지 않고 <어매와 할머니>가 지탱하는 大母神의 靈通性이 관류하는 세계이다. 화자는 바다에 빠져 죽은 外할아버지의 환생으로 스스로를 기억한다. 이 바다와 관련된 모티프는 『질마재신화』의 「海溢」이라는 시에서 더욱 구체적으로 형상화되는데, '바다'는 '물'과 '홍수'의 이미지와 연결된다. 종교적인 측면에서 '물'은 "죄를 씻어내기", 그리고 '홍수'는 창조와 소멸을 상징하며 양자는 다 같이 신성성(神聖性)을 내포한다.[20) 또한 바다에 얽힌 출생의 순환구조와 연결되는 이미지는 3행의 <달>과 <풋살구>이다. 달은 시간의 순환을 암시한다. 그것은 죽음과 부활, 혹은 결핍과 충만의 기억으로서 인간에게 각인되어 있다. 이러한 비워짐과 채워짐은 바다의 조수(潮水)를 연상시키기도 하며 여성성의 생리적 순환성에 미치기도 한다. 이 때 생리적 순환성이 수태와 출산을 전제한다고 할 때, 설익은 풋살구의 이미지는 청년기의 미성숙과 광기를 표상한다. 청년 미당에게 집이라는 공간은 고독과 방황의 공간이며 그러한 원죄적 고통이 순환되는 제의적 장소로서 기억되어 있다.

> 스물세햇동안 나를 키운건 八割이 바람이다.
> 세상은 가도가도 부끄럽기만하드라
> 어떤이는 내눈에서 罪人을 읽고가고
> 어떤이는 내눈에서 天痴를 읽고가나
> 나는 아무것도 뉘우치진 않을란다.

화자는 이 내밀한 공간의 신비로움을 마시며 자라났다. 전술했듯이 그

---

20) Mircea Eliade, 『이미지와 상징』(까치, 1998), pp.165~166.

공간은 철저히 고립된 공간이며 따라서 청년기까지 그를 키운건 <팔할이 바람>이다. 바람은 형체가 없다. 바람은 만물에 묻어 있는 신기(神氣)를 이리저리 옮겨내는 영매(靈媒)의 역할을 한다. 동시에 바람은 세속적 고난과 황폐한 자아의 주변을 휩싸는 배경이기도 하다. 화자가 <罪人>이 되기도 하고 <天痴>가 되기도 하는 것은 바람이 옮겨다 준 세속의 고통과 고난에 찌들었기 때문이다.

무병(巫病), 즉 신병(神病)은 온갖 세속적, 신체적 고통이 극에 달했을 때 그 유일한 출구이자 회피의 통로로써 다다른다. 그의 시야는 이제 극적으로 새로운 인식세계를 향해 열리는 것이다.21) 巫는 본질적으로 비본위적이고 관습에 항거하며 비도덕적이라는 측면에서 <罪人>이며, 이미 신성(神聖)을 입고 신(神)과 신(神)이 깃들인 사물과 대화하는 그의 언어는 일반인들의 일상적 언어에서 떨어져 있다는 점에서 역설적으로 <天痴>이다. 그러나 무병(巫病)의 과정은 "인간의 고통을 극복하고 보다 적극적인 능력자(초월자)가 되는 것을 상징"한다.22) 무병(巫病)은 반드시 질병이지만은 않으며 무병(巫病)에 든다는 것은 신(神)에 의해 선택된 자임을 증거하기도 한다. 그래서 그는 <아무것도 뉘우치>지 않는 것이다.

> 찰란히 티워오는 어느아침에도
> 이마우에 언친 詩의 이슬에는
> 몇방울의 피가 언제나 서꺼있어
> 볓이거나 그늘이거나 혓바닥 느러트린
> 병든 수캐만양 헐덕거리며 나는 왔다.

이제 화자가 소유하게된 영능(靈能)은 세계를 보고 세계를 구성하는 주

---

21) 이 부분에 대해서는 다음장 '무속과 神明'에서 자세히 언급된다.
22) 최길성, 「巫俗信仰의 現代的 意味考察」, 『청천 강용권박사 송수기념논총』, 1986, p.141.

술적 힘이다. 미당에게 그것은 <詩의 이슬>과 그 속에 섞여 있는 <몇 방울의 피>를 발견하는 과정이다. 신성(神性)을 느끼고 그것을 자각하려는 자에게 세계의 모든 아침은 <詩의 이슬>을 내려 준다. <詩>는 그에게 모든 세속적인 죄(罪)와 존재적 불안을 씻어주는 무구(巫具)이다. 그러나 그가 완전히 신(神)과 동화한 것은 아니다. 거기에는 언제나 <몇방울의 피>가 묻어 있는 것이다. 청년 미당의 시적 출발은 모든 인간의 실존적 고통으로부터의 투쟁과 극복, 그리고 신성(神聖)을 지향하는 초월적 의식으로 이루어진다.

미당은 이제 현실적 시공의 억압으로부터 초월하고자 한다. 그것은 시간에 대한 반역이자 카오스로 돌아가 새로운 시공을 창조하려는 무속적 상상력과 결부되어 있다.

다음 인용하는 시는 『花蛇集』의 끝부분에 수록된 「復活」이다.

> 내 너를 찾어왔다……臾娜. 너참 내앞에 많이있구나 내가 혼자서 鐘路를 거러가면 사방에서 네가 웃고오는구나. 새벽닭이 울때마닥 보고싶었다……내 부르는소리 귓가에 들리느냐. 臾娜, 이것이 몇萬時間만이냐. 그날 꽃喪阜 山넘어서 간다음 내눈동자속에는 빈하눌만 남드니, 매만저 볼 머릿카락 하나 없드니, 비만 자꾸오고……燭불밖에 부흥이 우는 돌門을 열고 가면 江물은 또 몇천린지, 한번가선 소식없든 그 어려운 주소에서 너무슨 무지개로 네려왔느냐.

시적 화자의 유년시절의 사랑이었던, 그러나 이젠 이 세상 사람이 아닌 <臾娜>는 잊혀진 사랑했던 먼 기억의 여인에서 죽음을 넘어 현실로 향해 <무지개>처럼 내려온다. 종로 거리를 헤매고 있는 화자의 눈에, 지나가는 수많은 여인들의 눈 속에서 <臾娜>는 다시 살아나는 것이다.

그녀가 떠나간 곳은 이승의 사람들은 이렇게 결코 근접할 수 없는 세계이다. 그러나 지금 그가 맞이하는 것은 이승과 저승의 프리즘을 함께

통과한 무지개로써 겹쳐지는 세계이다. 억겁의 시간을 건너, 고향과 서울
이라는 공간적 경계를 넘어서 눈앞에 펼쳐진 세계, 이것은 죽음에 대한
초월이라기보다 죽음과 시간에 대한 저항의 양식으로 설명될 수도 있을
것이다. 한스 마이어호프에 의하면, 영원은 무한한 시간이 아닌, 무시간
성(無時間性), 즉 물리적 시간에 대한 초월이며, 이 시간 밖에 있는 경험의
한 성질을 의미한다.[23] 무속적 시간의식 역시 이와 유사한 인식 양태를
보인다. 그것은 '코스모스'로 분화되기 이전의 '카오스' 상태, 즉 시간 질
서의 역사 관념이 형성되지 않는 상태로서의 시간관념일 것이다. 그것은
바로 무속적 사유의 근간이 되는 '미분성(未分性)' 개념과 일치한다. 존재
에 관한 무속의 사유는, 존재의 근원을 혼돈chaos으로 보고 존재가 카오
스에서 질서 cosmos로 갔다가 다시 카오스로 되돌아가는 순환이 반복되
어 영원한 것으로 믿는 입체적 존재사유이다.[24] 코스모스는 존재의 시원
인 카오스로부터 분화된 질서이지만 이는 시간과 공간의 제약 속에 있으
며 이로 인해 인간은 그 한계성으로 말미암아 종말로 치달을 수밖에 없
다는 인식에 가 닿는다. 따라서 인간의식은 코스모스의 시공을 초월해
분화 이전의 미분화(未分化)된 카오스로 돌아가 존재를 영원히 지속시키
려 하는 것이다.[25] 이러한 사유를 기반으로 한 무속적 세계인식은 필연
적으로 초월성을 지향하게 되는 것이다.

　이 시는 <내 너를 찾아왔다>로 시작된다. 臾娜를 만난 것은 서정주에
게 우연이 아니다. 그의 그간의 열정과 고통과 방황의 여정이 바로 臾娜
를 찾기 위한 모색의 여정이었던 것이다. 종로 거리에서 방황하는 시인
의 모습은 고독과 소외, 그리고 결핍으로 점철되어 있었을 것이다. 그러
나 수많은 여인들의 눈망울 속에서 현현하는 臾娜의 모습으로 인해, 그
의 감각과 상상력은 물리적 시간에 갇힘을 거부하는 수직적 깊이와 지평

---

23) Hans Meyerhoff, 『문학과 시간현상학』, 김준오 역(심상사, 1979), p.91.
24) 김태곤, 『韓國巫俗研究』(집문당, 1981), p.519.
25) 김태곤, 위의 책, 같은 곳.

을 얻고 영원의 門을 두드린다.

　이 시에서 또하나 지적될 수 있는 것은 <돌>에 대한 이미지이다. <돌>은 그 견고함과 항구성을 물질적 특성으로 하며 따라서 영원성을 상징한다. 이후 서정주의 시편들에서 보이는 <돌>의 이미지들은 하나같이 영원, 혹은 영원성에 대한 갈구를 표징한다. <돌>이 상징하는 것은 죽음과 변화에 저항하는 원시성과 영원성이다. <새파란 바위ㅅ속>(「무제」), <이 싸늘한 돌과 돌 새이>(「石窟庵觀世音의 노래」), <大門열고 中門열고 / 돌門을 열고>(「누님의 집」 『歸蜀途』)에서 보이는 것처럼 돌의 이미지는 시집 『歸蜀途』의 주조적 심상을 이루고 있다. 그것은 이승과 내세를 이어주는 끈, 혹은 현세적 육체성과 시간성의 한계를 벗어난 시공, 그리고 그곳에 도달하기 위한 매개체로써 표상된다. 오랜 순화와 변용을 거쳐 자신의 존재를 단련시키는 돌의 물질적 속성은 인간의 육체적 한계와 정신적 가변성에 대비될 수 있다.

　서정주에 있어 <돌>의 이미지에 대한 이러한 천착은 『歸蜀途』 이후 『冬天』, 『新羅抄』, 『질마재신화』 등이 보여주게 될 초월, 영원성의 시적 지향의 전단계로서 발아한 것이라 할 수 있을 것이며, 그 단초는 이미 『花蛇集』의 말미에 자리잡고 있는 것이다.

> 鐘路네거리에 뿌우여니 흐터져서, 뭐라고 조잘대며 햇볓에 오는애들. 그중에도 열아홉살쯤 스무살쯤 되는애들. 그들의눈망울속에, 픗대에, 가슴속에 드러앉어 臾娜! 臾娜! 臾娜! 너 인제 모두다 내앞에 오는구나.
>
> ＿「復活」 끝 부분

　이제 臾娜는 부활하여 시인의 감각을 가득 메우며 지상으로 내려앉는다. 뿌우옇게 흩어지는 영상들, 그리고 그들이 안고 다가오는 광대무변의 햇빛, <열아홉살쯤 스무살쯤> 되어보인다고 말할 수 있을 만큼 조금씩

다가옴, 그 <눈망울>, 그 <핏대>, 그 <가슴속>으로까지 점점 더 구체화되어 눈앞으로 다가오는 것이다.

'臾娜'는 이제 과거의 한 여인이 아니라, 순간의 이별에서 영원한 재회로 이어지는 보다 충만하고 역동적인 존재로 그려진다. 그것은 시간과 역사성의 한계를 벗어나 신성(神聖)과 합일됨으로써 영원으로 상승하는 자유의 정신이다.

미당의 이와 같은 초월과 영원의 정신은 이제 시공의 한계를 벗어나 한국인의 정신 내부이 침잠해 있던 공동체의 역동적인 정서를 현현(顯現)하게 된다.

3. 무속과 神明 - 공동체적 접신체험과 美

시간과 역사, 그리고 공간의 한계를 초월하여 신성(神聖)의 시공과 합일하여 죽음과 질병이라는 세속적 액(厄)으로부터 구속(救贖)되려는 염원의 양태인 무속이 민간의 생활상에 전면적으로 드러나는 것은 역시 갖가지 형태의 '제의(祭儀)'를 통해서일 것이다. 대동굿, 별신굿, 조왕굿, 배뱅이굿 등 우리 민간의 생활상에 밀접히 연관된 여러 제의의 시공을 통해서 우리는 인간의 행동이 신의 영역과 소통하는 영적(靈的) 지점을 목격할 수 있다. 무당의 그것을 접신(接神)이라 한다면 그 접신현상이 공동체적으로 파급될 때, 우리는 그것을 일단 '神明'이라 부를 수 있을 것이다.

신명(神明)이란, 한국인 고유의 신비 경험에서 우러난 종교 현상이다. 그것은 "神靈과 인간과의 일체감이 불러 일으키는 영적인 감정적인 상태",26) 혹은 "일종의 降神상태를 동반시키는 歡喜의 상태",27) 또는 "神人合一을 통한 극치의 흥분상태"28)라 설명되기도 한다. 그렇다면 '신이

---

26) 김열규, 『한국인의 신명』(주류, 1982), p.7.
27) 최길성, 앞의 책, p.181.
28) 金仁會 외, 『韓國무속의 綜合的考察』(고려대민족문화연구소, 1981), p.119.

오르다', '신이 들다', '신이 내리다' 등으로 표현되는 신명 혹은 신내림은 왜 발생하며 그 정신적 의미는 어떤 것인지 살펴볼 필요가 있겠다.

일반적으로 신병(神病)을 경험하여 무당이 되는 사람들을 살펴보면 대부분 가난하고 소외된 집안 출신이며 거기다 상대적으로 사회적 피억압자인 여성이다. 그들이 신병(神病)을 앓고 성무(成巫)하게 되는 시기는 대부분 삶이 부여한 어떤 고통의 극단에 처해 있는 시점이다. 또는 성정체성의 위기와 혼돈을 겪고 있기도 했다.[29]

일상적 삶이 강요하는 억압과 고통을 더 이상 지탱할 수 없을 때 찾아든 것이 신병(神病)이다. 신병(神病)으로 인해 무후보자(巫候補者)의 생은 그 한계적 상황을 회피, 혹은 극복하게 되며 또 다른 삶의 국면으로 치닫게 되는 것이다. 그때 무당(혹은 巫候補)에게 굿은 일종의 해원(解怨)의 장이다. 개인적 원한, 눌려진 욕구, 일상적 억압과 부조리 등이 제의라는 특별한 시·공간을 통해 발산하는 것이다. 이런 측면에서 신명의 현상을 볼 때, 신명은 무당의 개인적, 개별자적 동기에서 비롯된 것임을 유추할 수 있다.

그러나, 무당의 신명은 개인적인 것에서 촉발하지만 마을굿, 대동굿과 난장이라는 특별한 시·공간의 제의를 통해 집단적 현상으로 파급된다. 무당의 개인적 원한과 고통은 이제 우리 사회의 억압 양태와 부조리와 계급적 갈등상황으로 전이된다. 그러한 갈등을 조직화하고 풀어내는 과정으로서의 탈춤의 제의적 측면을 김열규는 이미 사회적 발언의 측면에서 갈파한 바 있거니와,[30] 여기서는 그러한 신명이 무속적 사유양태로서의 인식력을 어떻게 담지하고 특유한 우주적 상상력을 펼치는지에 대해 살펴보겠다.

시집 『질마재신화』의 「上歌手의 소리」에는 미당이 가진 심미성과 생명의식이 미(美)와 추(醜)라는 예술적 사유의 양 극단을 오가며 소통하는

---

29) 김태곤, 앞의 책, p.9.
30) 김열규, 앞의 글, pp.37~40.

과정으로 잘 드러나 있다.

> 질마재 上歌手의 노랫소리는 답답하면 열두 발 상무를 젓고, 따분하면 어깨에 고깔 쓴 중을 세우고, 또 喪輿면 喪輿머리에 뙤약볕같은 놋쇠 요령 흔들며, 이승과 저승에 뻗쳤습니다.
>
> 그렇지만, 그 소리를 안하는 어느 아침에 보니까 上歌手는 뒤깐 똥오줌 항아리에서 똥오줌 거름을 옮겨 내고 있었는데요, 왜, 거, 있지 않아, 하늘의 별과 달도 언제나 잘 비치는 우리네 똥오줌 항아리, 비가 오나 눈이 오나 지붕도 앗세 작파해 버린 우리네 그 참 재미있는 똥오즘 항아리, 거길 明鏡으로 해 망건 밑에 염발질을 열심히 하고 서 있었습니다. 망건 밑으로 흘러내린 머리털들을 망건 속으로 보기좋게 밀어넣어 올리는 쇠뿔 염발질을 점잔하게 하고 있어요.
>
> 明鏡도 이만큼은 특별나고 기름져서 이승 저승에 두루 무성하던 그 노랫소리는 나온 것 아닐까요?

서정주에게 이승과 저승을 오가는 그 초월성의 가교는, 김윤식의 표현을 빌리자면 이른바 "변두리 인간(marginal man)"[31]이다. 일상적, 관습적 삶의 테두리에서 소외된 인간, 그러나 이들에 의해 한국인들은 <이승과 저승에 두루 무성한 노랫소리>를 듣는다. 그 노랫소리는 현실에서 유토피아로의 고양이나 상승이 아니라 이승과 저승의 "소통의 양식"으로 규정되어야 할 듯하다.

上歌手의 노랫소리가 우러나오는 明鏡은 <하늘의 별과 달도 언제나 잘 비치는…… 비가 오나 눈이 오나 지붕도 앗세 작파해 버린 우리네 똥오줌 항아리>이다. "뒤깐(화장실)"은 '집'이 내포하는 모든 모티프 중에서도 가장 은밀하고 개인적인 공간이다. 바슐라르는 세계와 자연의 폭력성,

---

31) 김윤식, 앞의 글, p.220.

적대성으로부터 보호받는 거소로서, 닫혀 있는 공간이자 위안의 공간이며 내밀함과 응축의 공간으로서 집의 이미지를 통찰했지만,[32] 우리네 시골의 '뒤깐'은 지붕이 없다. 미당의 또 다른 시 <소망(똥깐)>에서 이 한국적 화장실상이 절묘하게 묘사되어 있거니와, 한국 전통의 사회적·문화적 풍토에서 자연과 세계는 폭력과 적대성이 아니라 화합과 조화의 대상으로 그려진다. 우리는 우리 삶(의 배설물)을 통해 하늘의 질서를 비춰볼 수도 있다. 하늘과 지상의 삶에는 아무런 경계가 없다. 그 사이를 자유롭게 넘나들며 하늘의 문법과 지상의 목소리를 주재하며 온갖 실존적 욕망과 좌절의 간극을 메우고 그 영험을 범인에게 나누어주는 이가 '上歌手'이고 한국의 시인이다. 이 소외받은 전승자(傳承者)들은 인간의 삶의 한계를 가장 한국적인 양식으로 극복하는 영매(靈媒)이다. <뙤약볕같은 놋쇠 요령>과 같은 격렬한 은유는 시각과 촉각과 청각의 교차를 통한 심미적 효과에 그치지 않는다. 그것은 이승과 저승을 넘나드는 초월적 제의(祭儀)에서의 현기증나는 공동체적 경험, 혹은 집단무의식의 구체적 발현이다.

신명은 일종의 신비체험 현상임을 앞서 지적했다. 신명에 든 인간의 시야는 일상적인 인식체계의 경계를 넘어선다. 엑스타시가 "믿음의 대상에 대한 통합적이고 암시적인 몰입"이며 "강한 집중력을 가진 명백하고 의식적이며 또한 현실적인 지각상태"라고 규정되는 것은 신비체험의 인식력을 강조한 것이라 할 수 있을 것이다. 또한 신명(神明)은 도취와 흥분 이외에 신의 권능의 향유를 함축하고 있다.[33]

무당이 신들린 상태에서 보고 듣고 느낄 때, 그는 이미 인간의 세속적 의식에서 벗어나 있다. 그의 감각과 지각은 영적인 세계, 곧 이승과 저승의 이분적 세계를 벗어난 몽환적 상태로 떠오르는 것이다. 우리가 예술 작품을 감상할 때에도 이와 비슷한 체험을 할 수 있다. 일상적, 논리적

---

32) Gaston Bachelard, 『空間의 詩學』(민음사, 1996), pp.166~169, p.117.
33) 김열규, 앞의 책, p.14.

가치체계와 인식체계가 전복되는 현상은 예술창작자의 어떤 신비적 체험, 영적 체험이 전이된 것이라 볼 수 있는 것이다. 시인은 숨겨진 불가시의 세계를 드러내기 위해 그의 정신을 가시적, 합리적 세계 그 너머의 세계로 자신의 온 감각과 지각을 개방하는 것이다.

<上歌手의 노래>는 그러한 불가시의 세계에 존재하는 신을 영접하기 위한 촉매(觸媒)이다. 시인(상가수)은 일상에서의 그 숨겨진 불가시의 세계를 드러내기 위해 그의 온 정신을 코스모스 너머의 세계로 개방하는 것이다.

이 詩「上歌手의 소리」에서는 우리 농경사회 특유의 자연과의 일체감이 완벽히 구현되고 있다. <하늘의 별과 달, 비와 눈> 등 자연이 인간에게 부여하는 생의 끊임없는 쇄신 속에서 上歌手는 정겨운 감흥과 도취감으로 고무, 융합되어 있다. 똥물을 통해 자신의 얼굴을 비춰보는 그에게 지도적이고 억압적이며 위선적인 美의 기준들, 유교적이며 봉건적인 도덕적 가치들은 자리를 잃는다. <上歌手의 노래>는 가장 창조적인 생태의지를 바탕으로 생과 인간의 의미를 혁신하고 재생산하는 역동적인 리듬을 살고 있는 것이다. 그러한 역동성은 <上歌手>의 자연에 대한 무의식적인 공감과 소통으로부터 가능하다. 인간의 분비물이라는 무기력하고 지저분한 관습적 일상, 그리고 지역사회에서 가장 소외되고 천대받는 인간상이 제시된다. 시인은 이 관습성과 일상성을 그들을 둘러싼 세계의 경이로운 소통의 양상으로 연결하면서 거기에 신비하고 초자연적인 미적 초월성을 환기시키는 것이다.

영매(靈媒)로서의 상가수(上歌手)가 접신(接神)하여 그 신명을 공동체적으로 확산하는 난장판이 된 굿판에서는 모든 금기가 허물어진다. 보통 마을굿, 대동굿 등에서 함께 연희되는 탈춤을 볼 때, 우리는 우리를 둘러싼 계급적, 윤리적, 성적 금기가 제거되고 모든 인간적 욕망이 스스럼없이 드러나는 지점을 발견하게 된다. 신명(神明)은 모든 것을 가능하게 한다. 난장굿에 휘몰아들어 신명에 감염된 인간들, 신의 영역을 넘나드는 인간

들에게 모든 불가능한 것들은 힘을 잃는다. 그것이 大同이며 마을 사람
들은 가장 원시적이며 야성적인 본능에 스스로의 욕망을 충족시킨다. 그
리하여 그것은 잠재된 사회적, 성적 억압과 갈등을 노출시켜 발산하여
일시적이나마 그 해결을 기도하는 역할을 하는 것이다. 여기서 우리는
또 하나의 시편을 떠올릴 수 있다.

> 윈 마을에서도 品行方正키로 으뜸가는 총각늠이었는데, 머리숱도 제일
> 짙고, 두 개 앞이빨도 사람 좋게 큼직하고, 씨름도 할 라면이사 언제나
> 상씨름밖에는 못하던 아주 썩 좋은 놈아었는데, 거짓말도 에누리도 영
> 할 줄 모르는 숫하디 숫한 놈이었는데, <소 × 한 늠>이라는 소문이 나
> 더니만 밤 사이 어디론지 사라져 버렸다. 저의 집 그 암소의 두 뿔 사이
> 에 봄 진달래 꽃다발을 달고 다니더니, 어느 밤 무슨 어둠발엔지 그 암
> 소하고 둘이서 그만 영영 사라져 버렸다. 「四更이면 우리 소누깔엔 참
> 이뿐 눈물이 고인다」 누구보고 언젠가 그러더라나, 아마 틀림없는 聖人
> 녀석이었을거야. 그 발자취에서도 소똥 향내쯤 살풋이 나는 틀림없는 聖
> 人 녀석이었을거야.

_ <소 × 한 놈>

신명과 신명풀이가 궁극적으로는 대립적 양상에서의 갈등과 조화, 화
해를 맺고 푸는 구조로 갖고 있지만, 이 시편에서 성적 윤리의 금기가
깨지고 파탄에 이르는 과정은 차라리 애상적이고 응축되며 모호한 여백
을 남기고 있다. 미당이 남긴 여백은 앞 장에서 지적한 바 있는 카오스
의 세계이다. 모든 소외된 인간들의 고정적인 권위와 억압으로부터의 저
항이 가장 순수하고 비폭력적으로 승화되는 양상을 여기서 본다. 소몰이
청년의 행위는 제도화된 유교적 윤리, 그 중에서도 성적 윤리라는 억압
성에 대한 극단적인 일탈(逸脫)이다. 그러나 그 일탈은 별신굿과 같은 난

장판에서의 파괴적이고 혼돈적인 일탈이 아닌 암소 뿔 사이에 진달래 꽃을 꽂아주고 남들이 모두 잠 든 <四更>에 소의 눈물을 보며 애상에 잠기는 유미적 세계에 닿아 있다. 그 청년은 이제 인간이 인간으로서 남긴 억압의 굴레를 벗어던지고 가장 순수한 혼돈의 세계로 날아간 것이다.

무속의 번역어인 샤만(shaman)의 어원은 만주어나 퉁구스어의 '흥분하는 사람, 춤추는 사람'으로 알려져 있다.34) 이러한 어원적 접근이 샤마니즘의 본질을 전면적으로 밝혀주지 못한다는 것은 당연하겠지만 고대 민간신앙의 가장 본질적인 두 요소를 함축하고 있다. 첫 번째는 엑스타시, 즉 '정신적 황홀상태'35)이며 두 번째는 무구(巫舞)와 무가(巫歌) 등 연행적 요소라 할 수 있다. 이는 다시 말해 강신무(降神巫)와 세습무(世襲巫)의 두 가지 핵심적 요소를 대변하고 있다고 할 수 있겠다. 지금까지 한국 무속의 연구는 주로 강신무와 강신무의 신병현상에 대체적인 연구방향이 집중된 것으로 보인다. 그러나 '흥분하는 사람'과 '춤추는 사람'을 따로 떼어놓을 수 없듯이 엑스타시, 특히 한국적인 집단적 접신체험의 경우는 보다 복합적인 성격을 지니고 있다고 생각된다. 그것을 본고에서는 "神明"이라 규정하였다.

한국인의 신명이 궁극적으로 지향하는 것은 투쟁과 화해의 이분적 구도를 넘어서는 화해와 조화의 세계이다. 시집 『질마재 신화』에서는 싸움과 갈등, 그리고 금기의 파탄 등이 시의 표면적 대립양상으로 나타난다. <小者 李 생원네 마누라님의 오줌 기운>, <姦通事件과 우물>, <말피> 등이다. 이 시편들에서 <오줌>, <우물>, <말의 피> 등은 유교사회의 경직된 금기를 조소하고 해방하는 무구(巫具)의 역할을 한다. 이러한 몸짓들은 전통적 의미의 미적 투쟁이라할 만 하며, 이 때의 싸움은 갈등과

---

34) 최길성, 앞의 책, p.14.

35) 이 정신적 황홀상태, 혹은 降神 등의 현상을 과학적으로 증명한다거나 하는 것은 정신문석학, 혹은 분석심리학의 영역일 것이다. 본고에서는 '민간신앙', 혹은 '민간습속'으로서의 문화적 현상으로서의 그것에 한정하였다.

대립 그 자체로 끝나는 것이 아니라 새로운 인간관계, 사회관계를 형성하는 동시에 화해와 조화, 즉 大同으로 가는 통로이다. 그것이 한국적 엑스타시의 메카니즘이라 할 것이다. 가장 천대 받는 무당과 똥지게꾼, 그리고 소와 성교했다 하여 마을에서 쫓겨난 청년 등에게서도 신성(神聖)을 발견하는 것은 한국인의 신명(神明)을 발현하는 매체이자 통로이며 그것은 지상적인 것과 천상적인 것의 조화와 혼융, 그 넘나듦을 통해 가능해지는 것이다.

4. 맺으며

본고는 미당 서정주의 시세계를 무속과의 관련 양상을 통하여 살펴보았다.

한국 무속에 특징적으로 드러나는 세계관과 우주관을 형성하는 시간과 공간의식, 그리고 그러한 사고가 시의 의미구조를 통하여 드러나는 양상을 考究하였으며 그 미학적 결정체이자 예술현상으로서의 神明에 대하여 살펴보았다. 한국인의 전통적 정신현상의 맥과 닿아 있는 미당의 시는 세속성과 초월성의 가교를 "神明"이라는 예술적 가치를 통해 구현하고 있었음을 확인했다.

미당의 시편들에서 세속성과 초월성·영원성이 대립이 아니라 조화와 통일로써 이루어지고 있음을 볼 수 있었다. 나아가 이것이 문학예술 내적인 아이러니와 역설의 방법론에서 비롯된 것이 아니라 지상과 천상, 聖과 俗을 소통하려는 우리 한국인에게 깊이 각인된 일상적 정신세계의 표출이라는 점을 고찰하였다.

미당의 초기시인 「自畵像」에서 어린 미당의 실존적 공간의식이 초월적 우주관으로 확산되는 무속적 사유의 출발점으로 확인했으며 「復活」에서는 무속적 시간 사유의 근간이 되는 "未分性" 개념과 대비하여 물리적 시간에 대한 저항으로부터 현세적 육체성과 시간성의 한계를 벗어나려는 초월의식을 엿보았다. 또한 시집 『질마재신화』의 「上歌手의 소리」 와 「소×한놈」을 분석하며, 미당 시의 심미성과 생명의식이 "神明"이라는 무의식적 발현을 통해 기성 사회의 도덕적 억압에 항거하고 스스로의 미적 가치와 생의 의미를 쇄신하는 역동적인 리듬으로 재생산되고 있음을 밝혔다.

시문학과 무속과의 관련 양상에 대한 연구성과가 아직 폭과 깊이를 충족할 만큼 진행되지 않은 상황이지만 본고는 기존의 연구가 지나치게 소재 중심으로 기울어져 있다는 반성에서 출발하였다. 따라서 무속의 우주관과 세계관이 어떻게 한국인의 정신세계를 형성하였으며 그것이 현대시의 미학관과 어떤 지점에서 만날 수 있는가 하는 데 본고의 일차적인 목적이 있었다. 그러나 한국 무속만의 원초적 사유구조를 규명하고 그 바탕 위에서 미당 서정주의 시세계가 함의하고 있는 정신사적 의의를 도출하는 데에는 미흡하였다는 것이 본고의 한계이다. 또한 한국 무속의 특징인 불교와의 습합 양상을 작품 분석을 통해 다루지 못한 것도 앞으로의 과제로 남는다. 이는 미당의 시세계가 시집 『新羅抄』에서 드러나듯 불교문화의 영향관계에서 자유로울 수 없다는 점에서도 추후 검토되어야 할 문제로 보인다.

■ ■ ■ ■
참고문헌

金仁會 외, 『韓國무속의 綜合的考察』, 고려대민족문화연구소, 1981.

김열규, 「俗信과 神話의 서정주론」, 『미당 연구』, 민음사, 1991.

______, 『한국인의 신명』, 주류, 1982.

김윤식, 「文學에 있어 傳統繼承의 問題」, ≪세대≫, 1973. 8.

김지향, 「서정주 시에 나타난 무속신앙적 특성」, ≪한양여전 논문집≫, 1985. 2.

김태곤, 『韓國巫俗研究』, 집문당, 1981.

서정주, 『미당 시전집』 1, 민음사, 1994.

유동식, 『韓國 巫敎의 歷史와 構造』, 연세대 출판부, 1975.

李豪熙, 『韓國近代詩와 巫俗的 構造 研究－金素月·李相和·李陸史·徐廷柱를 中心
　　　으로』, 동아대 박사논문, 1988.

______, 「서정주의 시와 무속과의 연관성에 관한 소고」, 『청천강용권박사 송수기념논
　　　총』, 1986.

이승훈 편저, 『문학상징사전』, 고려원, 1995.

이필영, 「북아시아 샤머니즘과 한국 무교의 비교 연구」, ≪白山學報≫ 25, 1979.

조연현, 「원죄의 형벌」, ≪문학과 사상≫, 세계문화사, 1949. 12.

천이두, 「지옥과 열반－서정주론」, ≪시문학≫, 1972. 6~9.

최길성, 『한국 무속의 이해』, 예전사, 1994.

______, 「巫俗信仰의 現代的 意味考察」, 『청천 강용권박사 송수기념논총』, 1986. p.141.

Bachelard, Gaston, 『空間의 詩學』, 곽광수 역, 민음사, 1996)

Brooks, Cleanth, 『잘 빚어진 항아리』, 이경수 역, 문예출판사, 1983.

Meyerhoff, Hans, 『문학과 시간현상학』, 김준오 역, 심상사, 1979.

Eliade, M., 『샤마니즘』, 이윤기 역, 까치, 1992.

________, 『이미지와 상징』, 이재실 역, 까치, 1998.

감각적 이미지와 생태주의적 전망 [이성선론]

1. 이미지와 감각성

심상(心象)으로 번역되기도 하는 이미지(image)는 의도와 맥락에 따라 다양하게 정의될 수 있다. 예컨대 미국 신비평의 논자들 역시 이미지의 개념과 성격에 대해 상당히 다양하면서도 논쟁적인 시각을 피력한 바 있다.

랜섬은 마음에 어떤 상(象)을 떠올릴 수 있게 하는 모든 묘사와 진술이 이미지를 담을 수 있다고 생각했으며, 브룩스와 워렌은 개념적인 진술은 이미지를 표출할 수 없으며 구체적인 사물의 상태나 움직임을 특수하게 언급할 때에만 이미지가 성립한다고 보았다. 한편 스퍼젼은 직유와 은유, 즉 비유를 통해서만 이미지가 발생한다고 했는데, 반면 데이루이스는 이미지를 "말로 만들어진 그림"이라고 정의함으토써 최대한 이미지의 개념적 내포를 확장시키기도 했다.[1]

김종길은 신비평에서 진행되었던 이미지의 개념 논의를 위와 같이 상세하게 검토하고 있는데, 그에 의하면 이 견해들은 1) 개념적 진술도 이미지가 될 수 있다는 것, 2) 직유나 은유만이 이미지를 만든다는 것, 3)

---

1) 김종길, 「이미지의 개념」, 『시를 어떻게 읽을 것인가』, 고려대학교출판부, 1999, pp.48~51 참조.

비유와 이미지는 다르다는 것, 4) 묘사와 비유가 다 이미지를 성립케 한
다는 것으로 요약된다. 첫 번째 견해, 즉 개념적 진술까지도 이미지로 볼
수 있다는 입장에 의하면, 모든 어구나 진술, 이를테면 관념(觀念, idea)까
지도 이미지를 성립시킨다고 할 수 있으므로, 문학에서의 이미지라는 용
어의 특수한 지위는 더 이상 유효하지 않을 것이다. 또 직유나 은유만이
이미지를 성립시킨다는 주장은 그것이 "이미지의 언어로서의 특징과 윤
곽을 객관적으로 한정함으로써"[2] 개념적 적용에 있어서 유용성을 담보
할 수는 있지만, 이미지의 개념을 지나치게 편협하게 설정하고 있다는
비판에 직면한다. 주로 퍼뱅크에 의해 이루어진 이 비판은 이미지와 은
유가 근본적으로 다르다는 전제에서 출발한다. "은유는 두 가지의 것들
사이에서 성립되는데 그 두 가지의 것들을 하나의 이미지로 심안에 떠올
릴 수는 없으며, 이미지는 일정하게 떠오르는 것인데 은유를 그처럼 일
정하게 떠올릴 수는 없다는 것"[3]이다. 그는 은유의 기능을, 이미지를 환
기하는 것이 아니라 추리를 유발하는 것으로 본다. 그에게 하나의 심상
을 형성한다는 것은 사물의 복사물을 관찰하는 것이 아니라, 일종의 가
탁(假託)이자 모방인데, 이 가탁은 시각적 심상에만 존재한다. 따라서 청
각, 후각, 촉각적 이미지란 용어는 있을 수 없다는 주장에까지 이른다.

　이 주장의 근본적인 난점은 "미술이 제공하는 이미지와 문학에서의
이미지가 같은 성질의 것이라는 가정"에서 논의를 출발시킨 데 있다.[4]
미술이 제공하는 이미지가 어느 정도 일정하고 정적인데 반해 심리학이
나 문학에 있어서의 이미지는 그것을 떠올리는 사람이 구성하는 것이기
때문에 경우에 따라 상이할 수도 있으며 동적인 성격을 지닐 수밖에 없
다는 것이다.

　김종길의 논의는, 문학에 있어서 이미지의 객관적 특징과 윤곽을 설정

---

2) 김종길, 앞의 글, p.58.
3) 김종길, 앞의 글, p.58.
4) 김종길, 앞의 글, p.63.

함으로써 그 개념적 위상을 확립하려는 데 목적이 있다. 따라서 그는 각 견해들을 수용, 비판하면서 문학용어로서의 이미지에 대한 개념적 유효성을 가장 중요시한다. 그는, 이미지는 비유만으로 성립한다는 견해와 하나의 명사나 진술조차도 이미지를 발생시킬 수 있다는 두 견해를 양쪽에 놓고, 이미지의 문학적 개념으로서의 타당성과 유효성을 정립시키기 위한 전제를 확보하려 한다. 결국 김종길은 데이루이스의 포괄적인 이미지 개념을 수용하면서,—지나치게 포괄적이라는 난점을 일단 보류하고—그 범위를 다소 한정시켜 이미지는 "직유와 은유, 그리고 묘사적인 어구나 구절을 그 내용으로 한다"5)고 규정한다. 그는 묘사적 어구도 이미지를 발생시킬 수 있지만, 한 개의 형용사나 명사, 혹은 개념적 진술들은—명확한 반대 입장을 개진하지는 않지만—이미지의 성립 근거에서 제외되어야 할 필요가 있음을 암시하고 있다.

이와 같이 이미지의 개념과 성격에 대한 논의에 있어 쉽게 합의가 도출되지 못하는 것은, 이미지란 용어가 순전히 문학으로부터 비롯된 것이 아니라는 데 기인한다. 이미지는 반응자의 정서와 관련된 심리학적 측면과 언어의 특성을 매개로 하는 문학적 측면을 동시에 가지고 있다. 또한 미술이 제공하는 이미지와 문학에서의 이미지가 그 성격을 달리한다는 점 역시 이미지의 개념적 혼란을 뒷받침한다. 그렇다면 논의의 초점은 문학에서의 이미지가 타 예술, 특히 회화에서의 이미지와 어떻게 다른가 하는 쪽으로 옮겨가야 할 것이다. 김종길은 문학에 있어서의 이미지를 변별하는 근거로, 문학의 이미지는 감각 그 자체에 의존하는 것이 아니고 감각의 유사물, 혹은 잔존물이라는 리차즈의 견해를 들고 있다. 웰렉과 워렌 역시 리차즈의 이 말을 인용하며 "이미지의 효과는 그것이 감각

---

5) 이것은 김종길의 견해이기도 하지만 웰렉과 워렌의 "이미지는 묘사로서 존재할 수도 있고 메타퍼(은유)로 존재할 수도 있다"는 견해와 관련 있으며 이에 대한 웰렉과 워렌의 논의는 뒤에 서술함. 김종길, 앞의 글, p.73. René Wellek & Austin Warren(이경수 역), 『문학의 이론』(문예출판사, 1998), p.272.

의 '잔존'이며 '재현'인 데서 생겨난다"[6]라고 말하고 있다.

> 이미지들의 감각적인 속성들에 대해 그동안 너무 많은 중요성이 부여
> 돼 왔다 이미지에 효과를 부여하는 것은 이미지로서의 생생함보다는 오
> 히려 감각과 특수하게 연결된 정신적인 사건으로서의 그것의 특징이다.[7]

리차즈의 이 말은 이미지와 관련한 논의에 있어 감각성이 과대평가되
었다는 의미라기보다, 그동안 감각적 속성의 '수동적인 측면'이 지나치
게 강조되었으며, 이미지의 효과는 그것의 수동적이고 정적인 속성이 아
니라 '감각과 연결된 정신적인 사건', 즉 연속성으로서의 사건에서 비롯
된다는 주장으로 받아들여야 할 것이다. 이런 관점에서 웰렉과 워렌은
이미지를 "감각적인 특수성, 혹은 감각적이고 미학적인 연속체"[8]로 파악
하고 있는 것으로 보인다.

이렇게 볼 때 이미지에 대한 논의는 감각의 문제를 배제한 채 이루어
질 수 없으며, 감각성은 문학에서의 이미지의 윤곽을 파악할 수 있는 가
장 유효한 접근점을 제공한다고 볼 수 있다. 특히 이미지를 정적이며 수
동적인 회화적 대상으로 받아들이는 것이 아니라, 감각의 동적인 사건,
혹은 사건의 연속으로 받아들일 때 이미지의 효과가 결정된다고 할 수
있다. 이미지를 시각적 이미지 혹은 다른 하나의 감각에 묶어두는 것은
이미지가 표상하며 재현하는 다양한 유추적 사건을 문학적 감흥의 영역
에서 배제하는 결과를 불러올 수 있는 것이다.

> 떨리는 가지 위에 앉아 / 자유롭게 움직이고 있는 새 한 마리. // 그 떨

---

6) René Wellek & Austin Warren, 앞의 책, p.271.
7) I. A. Richards, 『Principles of Literary Criticism』(London, 1924), René Wellek & Austin Warren, 앞의 책에서 재인용.
8) 앞의 책, p.270.

림이 방안 가득 / 넘쳐 있습니다. // (중략) // 그의 움직임 하나하나가 /
시방 내 안에 향기를 뿌립니다.

_「저녁 창을 바라보며」 부분9)

위 시에서는 가지의 떨림, 새의 움직임, 떨리는 가지 위에 앉은 새의
움직임, 공간을 점유하는 나무와 새의 떨림, 움직임이 발산하는 향기 등
과 같은 시각, 촉각, 후각이미지들이 병렬적이며 중첩적으로 환기되고 있
다. 각각의 이미지들은 개별적인 영향력을 가지면서 동시에 연속적인 감
각적 사건으로 형성되며, 일정한 물리적 공간에 대한 상상력으로 뻗어나
간다.

이성선의 시는 이처럼 복수적 감각 이미지, 혹은 감각 이미지의 복수
적이며 동적인 형성과정이 잘 드러나 있다. 위에서 살펴본 바와 같이 감
각성은 이미지의 문학적 효과와 그 영역을 설정한다고 할 수 있는데, 본
고는 이성선 시의 경우 이미지와 감각성의 동적인 속성이 적극적으로 드
러난다는 측면을 주목하였다. 따라서 본고는 이성선의 초기시에서부터
후기시에 이르는 과정을 개괄적으로 검토하면서, 이성선의 시세계에 있
어서 감각이미지의 형성 과정과 그 의미를 살펴보고자 한다.10) 복수적이

---

9) 이성선, 『별까지 가면 된다』(고려원, 1988).
10) 일반적으로, 감각적 체험으로 다가오는 최초의 象(mage)과 그 상이 재생된 결과
   로서의 재현(imagery)은 엄밀히 구분된다. 최동호에 의하면, "시 작품을 전개할 때
   자신이 전달하고자 하는 바에 독자들이 효과적으로 반응하게 하기 위해 시인들은
   이미지를 빌어오고, 문맥을 구성하고, 작품 전체를 조직화한다. 이때 기능적으로
   작용하는 것이 이미지이며, 이것이 조직화되어 시의 문맥을 복합적으로 떠받치게
   하는 것이 이미저리라고 구분할 수 있다" 최동호, 「이미지」, 현대문학사 편, 『詩
   論』(현대문학사, 1996), p.50.
   이렇게 볼 때, 본고에서 다루고자 하는 이성선 시의 이미지들은 이미저리의 역할
   을 담당한다고 말할 수 있다. 이미저리는 이미지의 재현, 그리고 이미지의 복합적
   구현이라는 두 측면에서 이미지와의 상관성과 변별성을 드러내는데, 이성선 시의
   이미저리는 이 중 후자의 측면이 보다 강하다고 할 수 있다. 이 글에서는 이미지
   의 복합적 구현과 감각적 연대를 주도하는 이미저리의 효과와 특성을 주로 고찰
   하고자 하기 때문에 이미저리와 이미지의 개념적 차이에 의한 규정은 보류하고,

며 연대적인 감각성은 이미지의 효과를 결정하는 동시에 타자-사물-자연에 대한 근본적인 인식의 변화를 유도해 낸다는 것을 드러내는 것역시 본고의 목적 중의 하나이다.

2. 초월지향성과 '물(거울)' 이미지

이성선은 자신의 시세계에 대해 "우주 혹은 자연의 세계에 뿌리를 박고 나름대로 그를 시로 개화시키고자 노력해 왔다"[11]고 말한 바 있다. "우주가 바로 우리의 집이고 영육의 근원이며 우리에게 젖과 기를 부어주는 살아 있는 생명체, 현실을 현실로 있게 하는 더 큰 어머니라는 자각"[12]이 1970년 등단 이후 2001년 타계할 때까지 그의 시세계를 지탱해온 시의식이라고 할 수 있다.[13] 자연 친화, 생명, 초월성, 정신주의[14] 등의 용어가 그의 시세계를 논하는 자리에서 어김없이 등장하는 키워드인만큼, 이성선은 꾸준하고 변함없는 시적 지향을 생애에 걸쳐 일관되게보여준 드문 시인이라 할 만하다. 그리고 이런 평가들은 아직 별다른 거

이미지라는 용어로 통일하여 사용하고자 한다.
11) 이성선 외, 「우리시의 正體性을 생각한다」, ≪현대시학≫ 264, 1991. 3, p.42.
12) 이성선 외, 앞의 글, 같은 곳.
13) 이성선, 「나의 시세계」, 『나의 나무가 너의 나무에게』 부록, 오상, 1985.
　　이성선 외, 「특집좌담 : 오늘의 지역시단과 그 현황」, ≪현대시≫ 1, 2, 1990. 2.
　　이성선·나태주·송수권, 「우리시의 正體性을 생각한다」, ≪현대시학≫ 264, 1991. 3.
　　이성선, 「동양적 자연관 속에」, ≪시와 시학≫, 1994 여름.
　　이성선, 「山노래 속에 사는 길」, 정진규 편, 『나의 시 나의 시쓰기』, 토담, 1995.
　　이성선, 「정신주의의 서정성과 우주적 생명관 확보」, ≪문학사상≫ 290, 1996. 12.
　　이성선, 「생명, 우주율, 시」, ≪녹색평론≫, 2000년 5~6월호 등 참조
14) ≪문학사상≫ 1996년 9월호와 10월호에는 최동호와 이승훈에 의해 정신주의와해체주의의 시학적 정당성에 관한 대립적 구도의 논쟁적 평문이 각각 실려 있다.특히 그 해 12월호에 이성선은 「정신주의의 서정성과 우주적 생명관 확보」란 글을 통해 이 논쟁을 염두에 두고 정신주의를 옹호하는 논지를 편 바 있다.

부감이나 이견 없이 받아들여지고 있는 듯 하다. 그러나 그의 등단작인 「詩人의 屛風」 이후 13권의 시집을 거슬러 올라가면, 우리는 이성선의 시적 지향들이 초기시의 초월지향성에서 출발하여 일정한 변별적 양상을 드러내고 있음을 알 수 있다.

첫시집 『詩人의 屛風』에는 세밀한 감각과 복합적인 이미지의 직조가 돋보이는 유미적 세계와 초월지향적 시세계가 공존한다. 특히 「詩人의 屛風」은 모호한 관념과 수사의 과잉이 간간이 드러나긴 하지만 1970년대 초반의 다른 젊은 시인들과는 구별되는 독자적인 세계를 구축하고 있다. <신기롭게 樂器소리 열리는 병풍을 치고>, <樂器소리 삐걱이는 풀잎을 / 건너>, <좁그러운 피릿소리 / 달이 뜨고>(「詩人의 屛風」)와 같이 공간성으로 환치되는 복합적인 감각 이미지들, 혹은 <여인의 넘치는 乳房은 꽃을 씹어 먹는다. 꽃의 心臟을 씹어 먹는다. (중략) 밖에선 어둠이 날카로이 흔들리며 / 木蓮 쪼개어지는 소리 들린다>(「밤」)와 같은 격렬한 은유를 동반한 감각성은 이 즈음의 시인들에게선 찾아볼 수 없는 참신함으로 다가왔을 것이다. 다음과 같은 이례적인 평가는 등단 당시 그에게 향한 주목과 관심의 일단을 보여 준다.

> "이를테면 드뷔시의 음악과도 같은 월광이 부서지는 그런 소리다. 그의 시 전체를 그저 무심히 죽 훑어만 봐도 그런 소리가 여기저기서 튕긴다. 그의 시는 지금 청순하고 투명한 하나의 元素와도 같은 상태이다"15)

두 번째 시집부터 본격적으로 나타나는 초월지향적 세계는 이후 이성선의 시를 일관하는 모티브가 된다. 초월적 절대자에 대한 외경은 시인이 인간과 세계를 바라보고 마주치는 통로이다.

---

15) 성찬경, 『하늘 門을 두드리며』 해설(전예원, 1977).

　　홀로 되어 그분 음악의 수풀 그 무궁의 하늘에 닻을 내리고자 (중략)
나는 그분 곁에서 육체를 벗어버리고

__「하늘문을 두드리며 3」(2)[16] 부분

　　우주의 비밀 그릇을 내 영혼에 쏟아 부어 주시는 그분…

__「하늘문을 두드리며 2」(2) 부분

　　이와 같이 「하늘문을 두드리며」 연작시들은 초월자이며 절대자인 <그분>과 시적 화자의 초월적 열망을 비추는 <하늘>에 대한 직설적인 신앙고백으로 점철되어 있다. 두 번째 시집은 첫 시집에서 보였던 관념적 수사와 모호성에서는 훨씬 비켜서 있지만, 첫 시집에서 보여주었던 시적 긴장과 인식론적 밀도 역시 무뎌진 모습을 보여 주고 있다.
　　첫 시집에서 네 번째 시집까지의 시세계는, 유한자로서의 인간과 초월적 절대자인 하늘과의 소통을 주조로 하고 있다. 그런데 제 5시집인 『나의 나무가 너의 나무에게』 이후의 시집들에는 자연에 대한 애정어린 관찰과 몰입을 통해 그것을 인간의 일상적 세계로 내려 앉히는 짧고 투명한 시편들이 실려 있다. 이 시집과 제 6시집인 『별이 비치는 지붕』에는 이성선 초기시의 특징인 세밀하고 날카로운 감각성과 초월지향성, 그리고 중기 이후의 특징인 자연 사물에 대한 감각적인 연대, 여성적 상상력 등이 복합적으로 드러나는 시들이 실려 있다.[17]

---

16) 이후 인용되는 모든 시는 시집에 의거하며 출처는 시제 뒤에 시집번호로 표시함. (예 : (1), (2)…). 공동시집 및 시선집 제외. 제 1시집 『詩人의 屛風』(현대문학사, 1974) ; 제 2시집 『하늘 門을 두드리며』(전예원, 1977) ; 제3시집 『몸은 지상에 묶여도』(시인사, 1979) ; 제 4시집 『밧줄』(創元社, 1982) ; 제5시집 『나의 나무가 너의 나무에게』(오상, 1985) ; 제6시집 『별이 비치는 지붕』(전예원, 1987) ; 제7시집 『별까지 가면 된다』(고려원, 1988) ; 제8시집 『새벽꽃 향기』(문학사상사, 1989) ; 제9시집 『향기나는 밤』(전원, 1991) ; 제10시집 『절정의 노래』(창작과 비평사, 1991) ; 제11시집 『벌레시인』(고려원, 1994) ; 제12시집 『산시』(시와시학사, 1999) ; 제13시집 『내 몸에 우주가 손을 얹었다』(세계사, 2000)

이 시기의 시편들에 특징적으로 나타나는 것은 '물' 이미지인데, 이 물은 자연 사물과 자아를 함께 비춰 주는 거울의 상징 의미를 띠고 있다. 일반적으로 물은 생명력, 성스러움으로의 정화, 영원한 삶의 흐름 등을 내포하는 이미지로 표현되어 왔다. 그런데 이성선 시의 경우, 자아 성찰과 사유(인식)의 매개적 상징으로 물 이미지가 사용되는 것은 다소 특이하다.

우물을 들여다 보면 / 한 寺院이 숨쉬고 있다.

— 「우물을 들여다보며」(5) 부분

산 물을 들여다보다가 그 속에 또 / 얼굴마저 빠뜨리고 돌아왔네

— 「산에 시를 두고」(6) 부분

문득 물에 몸 비치고 서 있는 / 나무 한 그루를 마신다.

— 「물을 건너다가」(5) 부분

물방울 속에 들어 있는 / 산 하나 // 물방울 속에 들어 있는 / 사람 하나

— 「물방울 우주」(8) 부분

『莊子』에, "사람은 흐르는 물을 거울 삼지 않고 [잔잔하게] 가라앉은 물을 거울 삼는다. 잔잔하게 가라앉았기 때문에 다른 모든 가라앉은 것을 잔잔하게 할 수 있다."[18]라는 말이 있다. 또 "물의 고요함조차도 이처

---

17) 본고에서는 초월지향성을 주조로 하는 4시집(1982)까지의 시기를 초기, 자연 사물에 대한 세밀한 관찰과 애정어린 시선, 그리고 초기의 초월성이 공존하는 8시집(1989)까지를 중기, 감각성의 통합과 연대가 본격화된 시들이 주조를 이루는 1990년 이후의 시기를 후기로 보고 있다.

18) "人莫鑑於流水, 而鑑於止水", 『莊子』, 德充符, 이후 해석은 안동림 역주, 『莊子』

럼 밝은 데 하물며 성인의 마음의 고요함이야 더 말할 나위 있겠는가. [그것은] 천지를 [그대로] 비춰주는 거울이며 만물을 [있는 그대로] 비춰주는 거울이다"[19]라고 하여 고여 있는 물의 이미지가 인간의 마음과 사물을 성찰하게 하는 거울이 됨을 강조하고 있다.

이것은 고여 있는 물의 이미지에 대한 것이다. 그런데 앞서 지적했듯이 일반적으로 물에 대한 상상력이 정화, 재생, 그리고 생명력과 우주의 변화를 상징하는 '흐름으로서의 물'에 대한 것이라고 생각할 때, 이러한 『莊子』에 나타나는 비유는 독특하다고 생각된다. 같은 동북아문화권 내에서도 유가에서 "가는 것이 이 물과 같다. 밤에도 낮에도 머물지 않는다."[20]라고 하여 흐르는 것, 변화하는 것으로서의 물의 본질(道)을 사유한 것과는 상당한 차이가 있다. 이런 측면들은 이성선 시에서 노장사상과의 친화성을 논급하는 근거가 될 수는 있다. 그러나 고여 있는 물이 가진 이미지는 시인의 시세계를 역동성이 결핍된 정체된 세계로 상정할 수도 있게 한다. 따라서 '물-거울-세계'라는 비유 체계에 주목하기보다는 그러한 인식을 가능하게 하는 사유 구조의 측면 또한 동시에 바라보아야 할 것이다.

이성선 시의 '물' 이미지는 단순히 물의 상징적 본질에 대한 상상력이 표현된 것은 아니다. 시인은 '물 그 자체'를 보는 것이 아니라 그 속에 담긴 세계와 사물과 이것들이 형성하고 있는 유기체로서의 우주이다. 우리는 이것을 '자연반조적 인식'이라고 말할 수 있겠는데, 이를테면 "자연과 인간은 둘이면서 하나가 되어, 생명 전체가 서로 융화하고 교섭"[21]한다는 유기론적 우주관으로 설명할 수도 있을 것이다.

그런데 시인의 이러한 사유는 앞에서 본 노장사상뿐 아니라 시인의 불

(현암사, 1998)에 의함.

19) "水靜猶明, 而況聖人之心靜乎. 天地之鑒也, 萬物之鏡也", 『莊子』, 外篇, 天道.

20) "子在川上, 曰, 逝者如斯夫, 不舍晝夜", 『論語』, 「子罕」.

21) 구모룡, 「미학의 전통과 문학 유기론」, 『한국문학과 열린 체계의 비평 담론』(열음사, 1992), p.18.

교적 인식과도 깊은 관계가 있는 것으로 보인다. 첫 시집의 시편들에서 보이는 <涅槃의 눈물>(「아침」), <손바닥에 달을 들고 내리는 佛陀>, <行業>(「諸行」), <觀音의 微笑>(「月出地에서」), <밤중 法堂의 종소리가 / 이승을 흔든다.>(「法堂마당」), <보살님의 궁전>(「가을」), <波羅密의 사다리>(「움직이는 아침의 音樂」)과 같은 어구들은 불교적 정신세계가 시인의 인식 저변에 깊게 침잠되어 있음을 보여준다.

유식불교에 의하면, "우리가 흔히 인식의 대상으로 파악하고 있는 사물은 의식으로부터 독립된 객관적 실재가 아니라는 것"이며 그것은 단지 인간의 마음에 나타난 사물의 겉모습, 즉 표상일 뿐이며, "모든 사물은 내 의식의 스크린에 투영된 이미지(影像)에 불과하다는 것"22)이다. 사물들의 빛이 발산하여 인간의 망막에 맺히고 그것이 두뇌활동을 통해 인식으로 이어지는 것이 아니라, 인간의 마음이 사물들을 지어내는 것이다. 즉 인간의 마음이 사물의 형상을 구성하여 다시 인간의 인식체계로 반조되어 돌아오는 것이다. 이러한 유식무경(唯識無境)의 원리가 가르치는 것은, 감관에 의해 지각되는 현상이 의식으로부터 독립된 객관적 실재라는 맹신은 허구일 수 있으며, 이것은 또한 모든 집착과 번뇌의 근원이라는 것이다. 그러므로 대상은 인식 속에서만 존재하는 것이라는 자각과 깨달음은 집착과 번뇌에서 벗어날 수 있게 한다는 것이다.

하늘에 자신을 비추어보고 다시 비추어보고 / 별에게 비추어보고 또 비추어보고 // 사람에게 비추어보고 사람에게 비추어보고 // 잎 다 떨어진 나무처럼 홀로 될 때 / 마지막 제 영혼에 비추어보는 기도이어라.

_「기도」(5) 부분

이 시에서 말하고 있는 것처럼 자연은 시인에게 단순히 명상적 관조의

---

22) 한자경, 『唯識無境, 유식불교에서의 인식과 존재』, 예문서원, 2000 참조. 직접인용은 고영섭, 「고영섭 교리 강의」, 《불교신문》, 2003년 5월 8일자.

대상이 아니라, 지상의 유한한 인간에게 존재론적 성찰을 던져 주는 이웃과 같다. 또한 이 '비추어 봄'과 '거울' 이미지는 세계에 대한 소유와 집착을 벗으려하는 시인의 구도자적 자세를 표상하기도 하다. 그에게 자연이라는 이웃은 멀찌감치 떨어져 유미적 아름다움을 느끼게 하는 대상이 아니라 시인의 감각과 소통함으로써만 스스로를 드러내는 타자이다. 그러나 아직 자연의 사물들은 시인의 몸을 통해 직접적으로 대화하지 못한다. 자연은 단지 초월자를 향한 시인의 외경과 희구, 그리고 유한자로서의 한계를 자각하고 겸손해지기 위한 '거울'에 불과하기 때문이다.

3. 감각의 연대와 이미지의 연속성

① 북은 하늘이 낳았습니다. / 알보다 희고 달보다 둥근 / 어디로부턴가 신비롭게 걸어내려온 얼굴 / 그 가슴이 울리면 별이 뜹니다. / 전신이 비어서 아름다운 / 북이 울리면 / 심장이 됩니다. / 생명의 중심이 흔들리는 소리 / 하늘의 눈썹달이 떨리는 소리 (중략) 고요함 속에 춤을 춥니다. / 하늘의 아들이 되어.

_「북」 부분

② 하늘을 만지는 나무의 손가락에서 / 피아노 소리가 울린다.

_「전율」 부분

③ 향기로운 소리 열리는 퉁소 곁에서 / 삶의 깊은 곳을 듣고 있다. / 말하지 말라. 내가 닿을 곳을 / 매혹적인 모두가 일어서 하늘을 받드는 / 이 고요 속에 (중략) 먼 해협의 그 무아경으로부터 / 내 안으로 꽃이 하나 피어오는 소리. (중략) 수평선 바라보며 / 황홀히 빈 몸으로 듣고 있다.

_「퉁소 불며」 부분

④ 연주자가 악기 위에 활을 움직일 때 / 소리를 만드는 자는 누구인
가. / 눈을 감고 고요히 / 대나무에 입을 가져가는 순간 / 빈 피리로부터
/ 천상의 소리를 여는 아름다운 이는 누구인가.

_「숨기는 자의 노래」 부분

인용시 ①에서 <북>이란 제재는 생명을 움틔우는 약동하는 이미지로
나타난다. 그것은 <알>과 <달>이 상징하는 재생의 이미지로 충만한 우
주적 생명성이다. 북<소리>는 생명의 시초를 알리는 전령인 동시에 생
성과 증식, 그리고 그 우주적 조화에 힘과 원리를 부여하는 생명력의 근
원으로 표현된다. 그런데 이 시에서 보는 것처럼 <북은 하늘이 낳았>다.
천상에서 내려온 어떤 <얼굴>을 통해 북은 울리고 그로 말미암아 인간
들은 원초적 생명력을 회복하고 <원시인>이 되어, <하늘의 아들>이 되
어 춤을 추는 것이다. 우주의 궁극적이고 근원적인 초월적 힘 앞에 옷을
<벗어던지고> 춤을 추는 것이다.

이 생명력을 가능케 하는 소리는 인간과 자연의 연대와 소통으로 가능
한 것이 아니라 하늘로부터 온다. 그것은 <천상의 소리>(④)인 것이다.
그 소리는 시인이 나무를 바라볼 때가 아니라, 나무가 하늘을 만질 때(②)
나는 피아노 소리이며, 고요 속에 <하늘>을 받들 수 있을 때, 내 안으로
소리의 꽃이 피어 오는 것이다.(③)

이성선에게 자연은 인간으로서의 한계를 자각하게 하는 거울인 동시
에 서로의 몸과 감각을 통해 존재의 무게를 함께 나누는 이웃이다. 그런
데 시인과 자연 사물이 동등한 위치에서 존재의 비의를 일깨우고 교환하
는 진정한 이웃으로 다가서기 위해서는, 시인은 더 몸을 낮추고 자연의
소리 자체에 스스로 귀를 기울여야 했다.

그러나 위의 시들에서 형성하고 있는 이미지들이―비록 천상, 혹은 하
늘이라는 초월적 상징을 배경으로 하고 있지만― 청각 이미지를 중심으

로 조직되고 있다는 것은 주목을 요한다. 타자와 동등한 입장에서 상호 소통한다는 것은 주체가 대상을 조준하고 가시거리에 장착시키는 원근법적인 방식23)으로는 가능하지 않다. 생태주의 철학자 정화열은 이리거레이(Luce Iriraray)의 목소리를 빌려 다음과 같이 언급하고 있다. "눈과 시각은 남성을 지배한다. 시각만을 강조하여 다른 감각을 희생할 경우 몸의 구체성과 신체적 관계성이 빈곤해진다."24) 데카르트의 코기토는 시각중심적 인식론을 강화하고 논리중심주의와 남근중심주의와의 일체성을 갖는다고 정화열은 강조한다. 또한 시각이 거리감을 나타내는 지각이라면 청각이나 촉각은 친밀감의 상징이라는 것이다.25) 그는 서구 근대적 사유의 주축이었던 시각중심주의를 극복할 때만이 타자에 대한 배려를 바탕으로 한 생태학적 전망으로 나아갈 수 있다고 주장하기도 한다.

또한 메를로-퐁티에 의하면, "대상의 형태는 기하학적 윤곽이 아니다."26) 신체가 대상을 지각하는 것은 시각이나 청각 등 개별 감각들 사이에 확립된 벽을 돌파하는 과정을 거친다는 것이다. 감각을 단지 개별

---

23) 서구 르네상스 이후 유럽인들이 세계를 바라보는 주도적인 방식으로 정착된 원근법은 주체의 시각과 시점으로 세계를 관찰하고 대상을 배치하는 방법이다. 회화에 있어서는 하나의 소실점으로 집약되고 확산하는 일원투시법의 방식을 취한다. 그러나 사진과 과학기술이 발달하면서 인간의 대상 인식 방법 역시 일정한 변모를 겪게 된다. 주체는 대상을 일정한 인지과정으로 여과한 후에 재배치하는 것이며 또한 하나의 시점으로 대상을 구성하는 것은 불확실할 수밖에 없다는 것을 깨닫는 것이다. 19세기 이후 후기 인상파화가들이 원근법의 파괴에 몰두하는 것은 이러한 주체 중심의 서구 근대정신이 몰락하게 되는 전주곡이었는지도 모른다. 14세기의 유럽인들이 원근법을 세계 인식을 위한 절대적 잣대로 삼을 수 있었던 것은, 세계를 인간을 중심으로 파악하고 배치할 수 있다는 르네상스적 자신감의 반영이었다. 그것은 대상에 대한 정확한 '인식'을 넘어서 '소유'에까지 이르려는 욕망의 소산으로 볼 수 있으며 실제로 중세 이후 서구 근대 이성의 역사는 자연을 절대적으로 대상화하고 소유하고 재배치하는 과정에 다름 아니었다. 졸고, 「정지용의 山水詩 考察」, 『한국시학연구』 제 6호(한국시학회, 2002) pp.167~168 참조.

24) 정화열, 「Nature and Humanity : A Postmodern Configuration」, 박현모 역, 『인간다운 삶과 철학의 역할』(한민족철학자대회, 1995), p.127.

25) 정화열, 앞의 글, 같은 곳.

26) Maurice Merleau-Ponty(류의근 옮김), 『지각의 현상학』(문학과지성사, 2002), p.350.

감각들의 고립적인 특성에 의해 규정한다면 그 의미를 잃어버리게 되는 것이다. 메를로-퐁티는 "새가 방금 떠나버린 나뭇가지의 운동에서 사람들은 그 나뭇가지의 유연성이나 탄력성을 읽"[27]는 것에서 감각들의 소통 양상을 예시한다.

① 달 뜨는 나뭇가지에 / 새가 앉아서 / 아무 이유없이 / 하늘을 쳐다보다가 / 고개 갸우뚱이며 다시 보다가 / 아래르 내려 앉는다. / 위로 올라앉는다. / 흔들리는 나뭇가지. / 아무 / 이유없이 / 오랫동안 흔들리는 나뭇가지. / 이것이 그러나 / 나를 흔든다. / 나를 흔들고 오래 / 세계 전체를 흔든다.

_「달과 나무와 새」(7)

② 1 새가 날아갈 때 분명 이상한 일이 일어난다. / 세상이 텅 빈 채 나뭇가지만 흔들린다. 아니다 샘물이 반짝이고 구름이 깃을 떤다. 무한이 가슴을 두근거린다. / 물 밑은 더욱 선명하다. (중략) 2 욕심이 없는 자는 볼 수 있다. 새가 날아갈 때 그도 날아간다. / 우주 전체가 날아간다. // 가지가 혼자 남아 흔들릴 때 그 뒤에 누군가 돌아와 그림자로 떨고 섰다. (중략) 하늘에 등을 기대고 기도하는 나무들 / 염불 소리가 들린다. 그들 얼굴에 물방울이 엉킨다. 3 그빛 너머 보이지 않는 이가 치는 하늘의 악곡. / 고요 속에 추는 춤이 보인다. / 램프를 켜 든 이. 새가 날아갈 때 흔들리는 이. (후략)

_「하늘의 기둥을 받들고 서 있는」 부분(5)

①시에서, 나뭇가지에 내려 앉는 새의 움직임은 시인의 존재와 세계의 윤곽을 건드린다. 새의 움직임은 개체로서의 개별적 움직임으로 고립되

---

27) Maurice Merleau-Ponty, 앞의 책, 같은 곳.

는 것이 아니라 그것을 바라보는 인간과 세계의 확장된 공간을 향해 열린다.

②시는 감각연대적[28]인 심상이 가장 구체화된 예를 보여준다. 새가 날아오르고 나뭇가지가 흔들리는 가장 단순한 현상은 시인의 신체적 감각성을 매개로 해서 샘물과 구름과 물밑의 공간을 밝히고, 이 감각적 소통의 두근거림이 시인의 존재적 각성으로 이어진다. 이러한 사물들과 그 움직임들의 소통 주변에서 이루어지는 것은 흔들림 뒤의 잔상이다. 그 잔상은 나무들의 기도, 염불소리, 하늘의 악곡, 춤과 같은 초월적 희구의 이미지로 남기도 하지만 이러한 연대하는 감각적 세계들을 밝히는 것은 <램프>로 상징되는 공간적 이미지이다. 이 <램프>는 단순한 시각적 매체는 아니다. 이것은 나뭇가지의 흔들림과 함께하는 뭇 사물들의 깨어남에 존재의 자리를 마련하는 확장된 시인의 눈이고 귀다. 인용된 시들에서도 나타나듯, 사물에 대한 지각들은 개별 감각들의 분리를 넘어서는 것이다. 메를로-퐁티는 또 이렇게 말하고 있다.

> 청각이 우리에게 참다운 '사물'을 제공한다는 것을 사람들이 의심할 수 있다 해도 그것이 공간에서 들려오는 소리를 넘어서 '울려 퍼지는' 어떤 사물을 우리에게 제시하고, 그렇게 해서 그것이 다른 감각들과 의사 소통하는 것은 적어도 확실하다.[29]

시각의 우월성은 신체의 지각을 분리하고 분리된 지각의 양태들은 논리적 확실성을 바탕으로 대상에의 지배를 가능케 한다. 따라서 시각 위주의 고립적 감각성에서 탈피한, 청각을 주조로 한 공감각적 이미지들은 분리된 세계를 일으켜 세우고 신체와 세계를 소통하게 하는 시적 전략이 된다.

---

28) 보편적으로 사용되는 "공감각적"이란 용어가 적절하지 않은 것은 아니나, "감각연대적"이란 용어를 사용한 것은 감각의 능동성을 강조하려는 의도이다.
29) Maurice Merleau-Ponty, 앞의 책, p.351.

① 개울물을 건너는 아침 / 징검다리에 엎드려 물을 마시다가 / 문득 물에 몸 비치고 서 있는 나무 한 그루를 마신다. / 聖人을 먹는다. / 물에 떠내려오는 황소를 먹는다. 초가집 한 채도 먹는다. 문살에 비치는 호롱불빛 / 여물 써는 소리 / 천도복숭아 가지에 머달린 아이들 / 감자꽃 사이에서 웃고 있는 할아버지 / 靈穴寺에서 막 문 열고 나오는 / 스님도 하나 먹는다. / 먹고 그냥 앉아서 / 두 다리 사이로 얼굴을 디밀고 / 거꾸로 바라본다. 거울처럼 반짝이는 세상 / 내 안일까 밖일까 / 저 아래 / 염소 한 마리가 또 둑에서 내려와 / 궁둥이를 하늘로 뻗치고 / 물을 마시고 있다. / 나를 먹는 모양이다.

_「물을 건너다가」(5)

② 손으로 들을 수 있는 음악 / 발가벗은 영혼의 소리 // 몸으로 들을 수 있는 / 귀가 되어 들으며 서으로 흘러가며 / 나를 찾아오는 // 산 그림자 하나

_「물소리」(6)

③ 다친 몸 이끌고 그는 / 바닷가에 쓰러진다. // 어느 자정 / 육신의 껍질을 벗어버리고 / 악기가 된다. // 바닷가 모래 위에 / 누운 악기 // 바닷물이 올라와 부순다. / 별빛이 내려와 뜯는다. // 바람이 다가와 흔든다. 새벽이 짐승처럼 와서 / 마저 나누어 가지고 간다. // 바닷가는 비어 있다. / 세상도 비어 있다. 비어 있는 세상을 / 대신 내가 걸어간다. // 별에서 소리가 들린다. / 바다에서 소리가 들린다.

_「부서진 樂器」(5)

인용시 ①에는 시인의 우화적인 상상력이 자연 사물들과의 교감을 통해 인간과 육체적 소통에까지 이르는 과정이 드러나 있다. 나무와 황소

와 초가집과 호롱불빛과 할아버지와 스님은 모두 시인에게는 하늘 아래 동등한 사물이 된다. 함께 서로의 삶을 나누는 형제요 이웃이다. 깨달음과 영혼의 깊이(<靈穴寺에서 막 문 열고 나오는 / 스님>[30])마저도 <호롱불빛>과 <여물 써는 소리>와 함께 생명의 조화와 약동을 위해 동등한 눈높이로 어울리고 있는 것이다. 그래서 이 세상이 <내 안일까 밖일까> 묻는 시인의 물음은 자신의 존재에 대한 절박한 물음이 아니라 안도 밖도 아닌, 육체도 정신도 아니며 사람도 사물도 아닌 차별 없는 상생의 세계에 대한 투명하고 소박한 깨달음으로 읽힌다. 사물과 인간, 소리와 빛, 육체와 정신이 가진 이분법과 인식론적 위계가 허물어진 자리에서 시인의 시선은 <나를 먹는> 염소를 지긋이 바라보는 상생의 풍경으로 넓고 깊어지는 것이다.

②시에서, 물소리라는 음악은 단순히 청각적 음역의 테두리에 묶여 있지 않다. 물소리는 청각적 공명을 넘어 시인의 몸과 손끝을 울리는 리듬으로 되살아난다. 온 몸이 귀가 된 시인에게 물소리는 시인의 손끝을 지나 영혼을 적신다. 그때 시인은 물소리와 산 그림자와 자신이 하나가 된 상생과 소통의 영역을 거느리는 것이다.

③시는 시인의 이러한 감각적 연대가 유한자로서의 인간의 육체(혹은 주어로서의 정신)를 초극하려는 열망에서 비롯되었음을 보여 준다. 시인은 스스로 악기가 되지 않으면 어떤 자연의 리듬도 읽을 수 없으리라 생각했을 것이다. 바닷물과 별빛과 바람과 새벽에게 시인의 자신의 육체를 모두 내어 준다. 모두 내어 준 자리는 비어 있지만 그 빈 자리에서 시인은 비로소 걸어갈 수 있다. 그 때 시인의 걸음은 시인이 <육신의 껍질을 벗어버리고> 되고자 했던 <악기>만이 들을 수 있는 별빛의 소리를 들

---

30) 靈穴寺는 고승 원효가 경주를 떠나 설악산으로 들어가서 토굴을 파고 지었다는 고찰이다. 이 절을 짓고 원효는 의상의 낙산사를 방문했는데, 그곳에는 물이 귀해 원효가 영혈사의 물줄기를 낙산사 쪽으로 돌려 놓자 낙산사에는 물이 풍부해지고 영혈사에는 물이 줄어들었다는 古事가 전해진다.

는다.

이와 같이 이성선 시의 이미지들은 고립된 감각성을 환기시키는 데 그치지 않고, 이미지와 이미지들이 연결되고 소통함으로써 또 다른 이미지, 이를테면 리차즈가 말한 바 있는 감각의 잔존물들을 역동적으로 생성해 낸다. 이렇게 만들어진 감각이미지들은, 시각중심주의로 경직된 인간의 신체적 감각성을 타자를 향한 연대와 소통의 지평을 향해 개방시킨다.

4. 후기시의 감각성과 '집' 이미지

① 내가 최후에 닿을 곳은 / 외로운 설산이어야 하리. / 얼음과 백색의 눈보라 / 험한 구름 끝을 떠돌아야 하리. 가장 외로운 곳 말을 버린 곳 그곳에서 모두를 하늘에 되돌려주고 / 한 송이 꽃으로 / 가볍게 몸을 벌리고 / 우주를 호흡하리. (후략)

　　　　　　　　　　　　　　　　　__「절정의 노래 1」(10) 부분

② 큰 산이 큰 영혼을 기른다. 우주 속에 / 대붕의 날개를 펴고 / 날아가는 설악산 나무 / 너는 밤마다 별 속에 떠 있다. (중략) 다 타고 스러진 잿빛 하늘을 딛고 / 거인처럼 서서 우는 너를 보았다. / 너는 내 안에 있다.

　　　　　　　　　　　　　　　　　　__「큰 노래」(11) 부분

③ 비 오시는 날 연꽃잎 위에 / 빗방울이 눕그 // 빗방울 뒤에 빗방울이 / 꽃잎 위에 꽃잎이 / 몸을 눕힌다. // 하늘이 다시 포개어 눕고 / 달이 옷을 벗고 / 따라 눕고.

　　　　　　　　　　　　　　　　　　　__「새로운 하늘」(10)

④ 밤에 이곳은 아직 / 원시의 박쥐가 날고 이야기가 있고 / 잠들지 못

하는 달이 내려가 / 지평의 마른 잎새에 귀를 묻는다. // 바람이 짐승의
발자국을 만지고 / 허공에 찍힌 새 발자국마다 별이 새로 깨어난다. / 저
녁 산 능선이 고요히 / 나뭇가지에서 나뭇가지로 오솔길처럼 걸려 있다.

—「목숨의 배경」(11) 부분

　시집 『절정의 노래』와 『벌레시인』은 이성선 중·후기 시세계의 특징
을 담고 있다. 이 시집들에는 설악과 동해로 표상되는 고절한 정신의 세
계를 엄숙하고 장중한 목소리로 토해내는 수직적 상승 지향의 시와 이전
의 시세계에서 보여 주었던 자연 사물들과의 감각적 만남이라는 수평적
포용의 이미지가 담긴 시들이 공존하고 있다. 인용한 ①, ②가 전자에
해당하고 나머지는 후자의 예에 속할 것이다.
　수직적 상승 지향의 시들은 초기 시에서 보였던 초월 지향성과는 일정
한 거리를 두고 있다. <내가 최후에 닿을 곳은 외로운 설산>이라는 말
처럼 시인은 더 이상 초월자에 대한 외경과 천상의 소리에 자신의 귀의
처를 정해두지 않는다. 하늘의 것은 <하늘에 되돌려>준다는 그는 그가
그토록 갈구해 왔던 <큰 영혼>은 <내 안에 있다>고 당당히 선언한다.
그런데 이러한 수직 지향의 시와 수평적 이미지의 시의 심상적 근원은
그리 멀리 떨어져 있지 않다. 시인의 영혼을 일으켜 세우는 고절의 상징
으로 기능하는 <산>, <달>, <나무> 등의 이미지들은 수평적 포용의
시들에서는 시인의 눈높이로 낮아지고 시인의 몸 속으로 스며들고 있기
때문이다. ③시는 비 오는 날 연못(혹은 호수)의 한 풍경을 잔잔히 소묘하
고 있다. 하늘과 달은 지상의 꽃잎과 빗방울 위에 차례 차례 얹히듯 포
개져 눕고 있다. 연꽃잎과 빗방울의 미시적 움직임 위로 하늘과 달이라
는 확대된 풍경이 감각적으로 겹쳐짐으로써 이미지들이 분절되지 않고
자연스럽게 결합된다. ④에서, 달은 <지평의 마른 잎새>로 스며들고 새
의 발자국은 별빛과 대화를 나눈다. <저녁 산 능선>도 나뭇가지에 걸쳐

있다가 시인이 걸어가야 할 오솔길로 내려앉는다.

이처럼 산과 달과 별빛 등 시인의 초월적 상징들은 이전의 시에서 보였던 것처럼 인간의 손길이 닿지 않는 곳으로부터 시인의 몸으로 내려앉고 있다. 수직적 상승의 이미지와 수평적 포용의 이미지들이 자연스럽게 결합하는 것은 이성선의 '집'을 제재로 한 시편들에서 두드러지게 볼 수 있다.

① 큰 산 밑으로 이사를 오니 저녁이면 산그림자 덮고 자네. 꽃잎 아래 눕듯이 산의 숨소리 덮고 자네. 지붕 위에 물소리 뿌리가 흘러내리고 내 몸 골짜기에 짐승 소리 들리네. / 산이 우는 날은 그 울음소리로 몸이 떨리네. / 바람 가득하여 문고리 흔드는 밤, 산상에 눈이 높이 쌓여 고요의 흰빛으로 깨어 있는 밤은, 산과 마주한 내가 꽃봉오리처럼 열려서 천만 밤 천만 시간을 법열로 깨어 있네. / 몸이 천만 귀로 피어나 듣네. / 이사를 온 뒤부터는 산에 몸을 묻고 사네. 크신 그분 도포자락 덮고 자네.

_「이사」(10)

② 산은 허깨비 같은 큰 키로 일어나 / 그림자로 나를 덮는다.

_「벌레시인」(11) 부분

③ 시간과 공간의 이 큰 / 천둥 번개가 모두 나의 집 / 나의 몸이다.

_「풀잎과 앉아」(11) 부분

④ 하늘을 이불로 땅을 요로 / 해와 달이 등불이요 별이 지붕이다.

_「입산」(11) 부분

시인의 집은 산이다. <산그림자>와 <산의 숨소리>를 덮고 자는 시인은 산바람 소리에도 몸을 떨고 시인의 지붕에는 산의 물소리가 흘러내리고 있다.

바슐라르는 세계와 자연의 폭력성, 적대성으로부터 보호 받는 거소로서, 닫혀 있는 공간이자 위안의 공간이며 내밀함과 응축의 공간으로서 집의 이미지[31]를 탐구한 바 있지만, 이성선에게 <집>은 폭력과 공포로부터 보호받는 자족적인 공간이 아니다. 자연과 인간은 이미 하나이다. 이성선의 집은 산 그림자와 산의 숨소리, 그리고 산바람과 물소리로 엮인 산의 일부이다. 산과 인간의 이러한 유기적 연대는 산을 떠나 자연을 잊었던 인간에게 원초적 감각을 일깨우고 되돌려준다. 그래서 시인의 몸 골짜기마다 <짐승 소리>가 들리고 시인은 산의 일부가 되어 <꽃봉오리처럼 열>린다. ③과 ④에서 보이는 것처럼, 시인에게는 세계의 폭력과 위협도 시인의 몸이고 집일 뿐이다. 거기에는 인간의 삶의 안락함을 파괴하는 적대자로서의 자연이 없다. 그것은 자연에 대해 인간으로서의 오만도 공포도 없는, 자연과 인간이 그대로 유기적 관계를 형성하는 상생의 세계라고 할 수 있다.

> 산길은 산이 가는 길이다. / 나의 몸은 내가 가는 길 / 모자 쓰고 저기 구름 앞세우고 / 산이 나설 때 그 모습 뒤에서 / 길은 우레를 감추고 낙엽을 떨군다. / 산의 가슴 속으로 絃처럼 놓여서 / 바람이 걸어가도 소리가 난다. / 새가 날아도 자취를 숨긴다. / 그것은 또 쇠뿔에도 걸리지 않는 / 달이 가는 길 / 바람에 씻지 않은 발은 들여놓지 않는다. / 귀와 눈이 허공에 뜨여 / 도토리 떨어지는 소리 눈 오는 저녁을 간직한다. / 산이 나에게 걸어올 때 / 산길은 내 안에 있다.
>
> —「산길」(11)

이 시에는 자연과 존재의 근거를 함께 나누려는 시인의 시적 지향이

---

31) Gaston Bachelard(곽광수 역), 『空間의 詩學』(민음사, 1996), p.117, pp.166~169 참조

내밀하게 응축되어 있다. <산길은 산이 가는 길이다. / 나의 몸은 내가 가는 길>이라는 두 행은 사실 중층적인 의미 구조를 가지고 있으며 이 시 전체의 의미를 관통하는 문장이다.

산길은 산이 가는 길이고 내가 가는 길은 내 몸이라는 말은, 산길은 산의 길일뿐이고 나의 길은 내 몸일 뿐이라는, '나는 내 몸을 가고 산은 산길을 간다'라는 관조적인 성찰을 담고 있지만 동시에 건조한 언급에 지나지 않는다. 그런데 시인은 지금 산길을 걸어가고 있으면서, 이 산길은 '원래는' <산이 가는 길>이라는 것이다. 이 말은, 시인은 지금 산길을 걸어가고 있는 것이 사실이지만, 산은 시인의 인간적인 측량 그 너머에서 산의 보법으로 언제나처럼 걸어가고 있다는 것을 말한다. '내가 산길을 걸어가고 있다'고 말하는 순간부터 인간은 산의 호흡으로부터 멀어지고 산의 보법을 잃어갈 것이다. 그래서 시인은 실제 산길을 걸어가고 있으면서도 산이 걸어갈 뿐이라고 말한다. 그런데 시인은 자신의 몸을 걸어갈 뿐인데도 어느새 산길 한가운데 있다.

바람은 산의 가슴을 울리는 絃이다. 새가 날아간 흔적도 산의 길 속에 녹아들고 자취가 없다. 시인의 걸음은 산의 가슴과 바람의 絃을 통과하고 있다. 산이 내는 소리, 산의 가슴이 내는 소리에 시인은 눈을 뜨고 도토리 떨어지는 소리에 눈 내리고 있음을 짐작한다. 이것은 <달이 가는 길>이며 동시에 산의 걸음걸이라고 할 수 있다. 산의 보법을 닮아가려면 언제나 발은 바람에 씻어야 하고, 육신에 매어 있던 귀와 눈은 허공에 띄워 놓아야 한다. 그때 산은 시인에게 걸어오고 그 산길도 시인의 몸 안으로 온다. 그렇게 시인은 산의 몸을 걸어가고 있는 것이다.

이 시의 이미지들은 거의 묘사적 진술에 의지하고 있다. 그러나 '산길'이라는 단일한 공간 위에 자연 사물과 그 현상들, 그리고 산길을 걷는 시인의 모습이 중첩된 이미지로 연결된다. 구름 모자를 쓰고 가는 산의 <모습 뒤에서> 우레와 낙엽의 이미지가 투영되고, 가는 달, 산의 絃을 울리는 바람, 눈이 내림을 알려주는 도토리 떨어지는 소리 등과 같은 복수적 이미지들이 연속적으로 누적된다. 시인은 산의 絃을 울리는, 즉 산의 육체를 스쳐 지나가는 <바람>에 씻지 않은 발은 들여놓지 않는다고 말한다. 시인의 몸은 이미 산이며 산은 그의 몸이다. 이 몸의 복수적인 감각을 열어두지 않고는 눈과 귀를 뜰 수 없다. 바람의 <소리>, 도토리 떨어지는 <소리>만이 시인에게 진정한 삶의 시간과 신체의 공간을 열어준다. 그 소리는 시인의 신체를 감각의 유한성 밖으로 뻗어나가게 하며, 자연 사물과 인간의 신체가 살을 맞대는 소통의 접점을 형성한다.

5. 맺으며

리차즈가 이미지를 '손에 잘 잡히지 않는 용어'라고 말한 바에서도 드러나듯, 이미지의 개념과 성격은 그 의도와 맥락에 따라 상이하게 규정될 수 있다. 서론에서는 이미지의 개념에 관한 논의를 간략히 짚어 보았는데, 문학에 있어 이미지의 개념적 성격을 정립시키기 위한 변별적인 논거가 되는 것은 감각성의 문제라는 것에 주목하였다. 즉 감각의 동적인 속성, 혹은 사건과 연속성으로서의 감각이 문학에서의 이미지의 효과를 결정한다는 것이다. 감각성은 이미지의 문학적 효과와 그 영역을 설정하게 하는 가장 유효한 접근점 중의 하나이며, 이성선 시에서는 이미지와 감각성의 동적인 속성이 적극적으로 드러난다고 보았다.

본론에서는 이성선의 초기시에서부터 후기시에 이르는 과정을 개괄적으로 살펴봄으로써 시세계 전체를 조망하고, 아울러 감각 이미지의 형성 과정과 그 의미를 살펴보았다.

이성선의 초기 시세계는, 유한자로서의 인간과 초월적 절대자인 하늘과의 소통이 주요한 모티브로 나타난다. 초월 지향성의 배면에서 자연에 대한 애정어린 관찰과 몰입이 세밀하고 날카로운 감각성으로 표출되는 것이다. 중기 이후의 시에서는, 감각성이 구체화되면서 초월 지향성은 시의 배면에 자리잡는다. 물, 거울, 집 등의 이미지들은 유기론적 자연관이 구체화되는 중·후기 시세계의 특징을 이룬다. 청각과 촉각을 주조로 한 자연 사물에 대한 감각적인 연대, 여성적 상상력 등이 복합적으로 드러난다.

이성선 시의 이미지들은 주로 복수적인 감각성으로 환기되는데, 이미지와 이미지들이 연결되고 소통함으로써 또 다른 이미지, 이를테면 감각의 잔존물들을 역동적으로 생성해 낸다. 이렇게 만들어진 감각이미지들은 경직된 신체적 감각성을 타자를 향한 연대와 소통의 지평을 향해 개방시킨다.

복수적이며 연대적인 감각성, 연속적인 사건으로서의 감각성은 이미지의 역동적인 효과를 생성하는 동시에, 사물―자연―타자에 대한 근본적인 인식의 변화를 유도한다. 이성선의 시에 나타나는 자연은 인간의 삶을 파괴하는 적대자로서의 자연, 혹은 유미적 아름다움을 느끼게 하는 대상으로서의 자연이 아니다. 그것은 인간의 감각과 소통함으로써만 스스로를 드러내는 타자로 나타난다. 세계를 지각하는 감각의 창을 몸으로 열어둠으로써 시인은 세계에 소속되고 세계는 시인의 몸을 통해 모든 개체들과 연대한다. 이러한 연대와 소통은 자연에 대한 인간의 오만이 극에 달한 근대 세계의 공격적 가치관에 맞설 수 있는 화해의 단서를 제시한다.

■ ■ ■ ■
참고문헌

고영섭, 「고영섭 교리 강의」, ≪불교신문≫, 2003. 5. 8.

구모룡, 「미학의 전통과 문학 유기론」, 『한국문학과 열린 체계의 비평 담론』, 열음사, 1992.

김종길, 「이미지의 개념」, 『시를 어떻게 읽을 것인가』, 고려대학교출판부, 1999.

안동림 역주, 『莊子』, 현암사, 1998.

이성선 외, 「우리시의 正體性을 생각한다」, ≪현대시학≫ 264, 1991. 3.

이성선, 「정신주의의 서정성과 우주적 생명관 확보」, ≪문학사상≫, 1996. 12.

정화열, 박현모 역, 「Nature and Humanity : A Postmodern Configuration」, 『인간다운 삶과 철학의 역할』, 한민족철학자대회, 1995.

최동호, 「이미지」, 현대문학사 편, 『詩論』, 현대문학사, 1996.

한자경, 『唯識無境, 유식불교에서의 인식과 존재』, 예문서원, 2000.

Gaston Bachelard, 곽광수 역, 『空間의 詩學』, 민음사, 1996.

Maurice Merleau-Ponty, 류의근 역, 『지각의 현상학』, 문학과지성사, 2002.

René Wellek & Austin Warren, 이경수 역, 『문학의 이론』, 문예출판사, 1998.

인식론과 상상력 [신석초론]

1. 신석초 문학의 맥락

한 시인을 문학사라는 맥락에 편입시킨다는 것은 시인의 전 생애와 시 세계에 대한 집적된 연구 성과는 물론 이에 대한 일정한 문학적 동의를 전제로 한다. 문학사라는 공시적·통시적 의미망은 한 작가를 둘러싼 제반 사회사적·문화사적 맥락과 항상 연관되어 있다. 또한 작가는 전대(前代)의 문학적 전통의 계승과 후대(後代)에 미친 영향에 따라 문학사의 맥락으로 포괄된다. 따라서 한 작가의 문학 세계는 문학사를 구성하는 일정한 단위소로서의 완결된 논리적 형태를 지닐 것이 요구되는 것이다.

이런 측면에서 볼 때 시인 신석초의 시사적 위상에 대한 기존의 평가는 연구사적 측면에서 다소간의 불협화음을 빚을 소지를 안고 있다. 왜냐하면 모두(冒頭)에 기술한 두 가지의 전제조건을 아직 만족시키지 못했을 뿐더러 특히 신석초의 시의식의 내재적 동인(動因)을 밝혀내지 못했다고 보여지기 때문이다.

시인 신석초에 대한 지금까지의 연구는 대체로 노장사상, 불교를 바탕으로 한 동양 전통의 영향[1]과 발레리와의 연관성[2]이라는 두 가지의 판

---

1) 신동욱, 「申石艸 詩에 있어 삶의 한계와 그 초극의 미」, ≪현대문학≫, 1986. 7.
   최승호, 「신석초 시와 '멋'의 미학」, 『관악어문연구 19』, 1994. 12.

이한 시각을 중심으로 다루어져 왔다. 이 논의들은 신석초 시의 일면적 특질을 다루고 있지만, 축적된 연구자들의 시각은 이 두 가지의 문학적 경향이 신석초 시에 공존한다는 데에서 나름의 동의를 이끌어내고 있는 것으로 보인다.3) 그러나 최근의 연구 성과에까지도 지속되는 문제점이지만, 석초 시에서의 발레리적 방법과 동양 전통 사상과의 접합점이 그다지 명쾌하게 해명되었다고는 볼 수 없다. 그 이유는 여러 가지 측면을 상정할 수 있겠으나 무엇보다, 논의의 근거를 작품의 내밀한 미학적 구조와 의미에서 찾기보다는 시인이 작품 밖에서 드러낸 문학적 경향에 대한 언급이나 작품에 가시적으로 드러난 제재―佛敎, 老莊思想, 발레리와 서구 신화 등―에 바탕하여 창작 방법과 배경 사상을 논증하려 한 태도에서 찾을 수 있을 것이다. 문학사의 맥락에서 한 시인의 시세계를 온전하게 밝히기 위해서는 그의 모든 저술과 환경에 대한 자료들을 참고해야 하겠지만, 동시에 산문을 포함한 주변 자료(2차 자료)에 지나치게 의존하는 것 역시 경계해야 함은 재론의 여지가 없다

시인 신석초(申石艸)를 문학사적 맥락에 포괄하는데 걸림돌이 되는 또 다른 부분은 과거 신석초의 카프(조선프로레타리아예술동맹) 활동 경력에 관한 것이다. 지금까지의 연구는 거의 이 부분을 빠뜨리고 있고, 언급하더라도 사실 관계를 확인하는 선에서 우회(迂回)하고 있다.4) 이는 다음 두 가지 측면에 기인한 듯 하다. 첫째, 카프 활동시의 문학적 지향과 탈퇴 이후 시작(詩作)의 방향이 전혀 상반된 길을 걷고 있다는 점, 둘째, 시인

---

2) 성춘복, 「申石艸의 발레리的 方法 散見」, 《心象》, 1975. 5.
3) 중요한 연구성과를 들자면 다음과 같다.
　　정태용, 「신석초론」, 《현대문학》, 1970. 11.
　　김은자, 「신석초 研究」, 서울대 석사논문, 1978.
　　이성교, 「신석초론」, 《월간문학》, 1978. 4.
　　홍희표, 「신석초 研究」, 『동악어문논집』 12, 1980. 4.
　　김종길, 「영혼과 육체의 드라마」, 《문학사상》, 1984. 8.
　　오택근, 「石艸詩의 意味構造」, 『한양어문연구』 5, 1987. 10.
4) 대표적으로 김용직, 『한국현대시사』, 한국문연, 1996을 들 수 있다.

자신이 과거의 경력을 "완강히 은폐"[5]하고자 한 점들이 연구자들의 시각을 당혹스럽게 한 것이 사실이다. 그러나 바로 이러한 점들은 더더욱 이 문제에 대한 보다 명확한 해명을 필요로 하는 이유가 된다.

본고는 신석초가 카프 활동시에 발표한 두 편의 평론을 중심으로 미학적 관심의 흐름을 추적하고 초기시 「바라춤」(1941)의 분석을 통해 1930년대 후반 전통지향적 시의 맥락과 관련하여 「바라춤」의 시적 성격을 규명하고자 한다. 본고의 이러한 목적과 방법은 신석초 연구에 있어서의 공백 지점을 메꾸는 동시에 일제 말기 문학사적 동향을 토대로 시 「바라춤」(1941)의 의미를 시사적 의미망 속에서 포착하고자 하는데 있다.

2. 세계관과 작가적 인식 : 유물변증법적 창작방법론

신석초는 신유인(申唯仁)이라는 이름으로 1931년 조선중앙일보에 「문학창작의 고정화에 항(抗)하여」를 발표하여 당시 카프 지도부의 볼셰비키화된 급진적 창작방법론을 강하게 비판한다.[6] 그는 당시 카프의 창작 경향을 "현실을 호도하고 공식적 비속 기계론과 형이상학적 왜곡된 주관"이 지배하는 "표면의 공허한 泡沫"로 규정하고 있다. 이에 따라 그는 "유물변증법적 예술의 건설"[7]로 나아가야 한다고 주장한다.[8] 이어 그는

---

5) 김윤식은 시집 『暴風의 노래』에 실려 있는 신석초가 직접 작성한 年譜와 자신의 생애에 대해 기술한 산문 등에서 일본 유학시의 카프 가입과 비평활동 경력을 "고의적으로" 누락시키고 있다고 지적했다. 김윤식, 「잃어버린 술과 잃어버린 화살」, ≪문학사상≫, 1975. 5 참조

6) 신석초의 본명은 신응식이다. 신유인이 신석초라는 증거는, 朴英熙의 언급("…그 일례를 이곳에 소개하면 1932년에 申應植(石艸)이 발표한 두 편의 논문이 있다." 「現代韓國文學史」, ≪사상계≫, 1959. 4)에서 찾아볼 수 있으며(宋影, 「1932년 창작의 실천방법」, ≪중앙일보≫, 1932. 1. 10에도 언급되어 있다), 근래의 카프·비평사 연구에서는 신석초와 신유인이 동일인임을 인정하고 있다. 일례로 김영민의 연구에서는 아예 신석초라는 이름으로 통일하여 서술하고 있다.
   김영민, 『한국근대문학비평사』(소명출판, 1999), pp.378~423 참조.

7) 신유인, 「문학창작의 고정화에 항(抗)하여」, ≪조선중앙일보≫, 1931. 12. 1~12. 8

≪新階段≫에 발표한 「예술적 방법의 정당한 이해를 위하여」에서 이전의 논의를 더욱 심화시킨다. 철저한 (프롤레타리아적 : 인용자) "인식"과 "사유"에 기반하여 "현상을 통하여서의 본질에의 심원한 투철"9)을 강조하는 것이다.

신유인의 이러한 비판은 카프 지도부에 의해 그다지 적극적으로 대응되지 않았고 따라서 활발한 논쟁으로 발전되지도 않았다.10) 이기영과 박태석은 신유인의 비판에 대하여 비교적 직접적인 언급을 하고 있으나,11) 체계적인 비판이라기 보다는 심정적이거나 감정적인 태도가 앞서 발전적인 토론으로 유도되기에는 부족했다. 이 밖에 임화와 한설야 등은 직접적으로 신유인을 언급하고 있지는 않지만 "관념적 도식주의", "기교편중주의"등의 언급을 통해 신유인의 비판적 시각을 간접적으로 반박하고 있다.12)

두 번째 논문을 발표한 다음해에 박영희와 함께 탈퇴원을 제출하면서 일단 카프와의 관계는 끝난 것으로 보인다. 그러나 신유인의 이러한 비판이 문학사의 간과될 수 없는 부분으로 남는 것은, 1930년대 초반까지는 한국문단의 주도세력이었던 카프 내부에서 카프 지도부(소장강경파)의 창작 강령에 대하여 정면으로 대응한 본격적이고 체계적인 비판의 양상

; 임규찬 · 한기형 편, 『카프비평자료총서』 IV(태학사, 1989)에서 재인용 : 이 글과 「예술적 방법에의 정당한 이해를 위하여」, 『신계단』 창간호, 1932. 10에 관한 앞으로의 인용은 이 책에서 하며 제목과 면수만 표시함.

8) 「문학창작의 고정화에 抗하여」, p.376.

9) 「예술적 방법에의 정당한 이해를 위하여」, p.450.

10) 김용직은 1931년의 카프 1차검거 선풍으로 인한 조직의 와해 위기, 그리고 볼세비키화를 체질화하기에는 아직 미숙했던 당시 카프의 이론적 상황등을 원인으로 보고 있다.

김용직, 앞의 책, pp.340~341.

11) 이기영, 「文藝時感」, ≪조선중앙일보≫ 1931. 12. 14.

박태석, 「창작방법의 氣運」, ≪文學建設≫, 1932. 12.

12) 임화, 「1932년을 당하여 조선 문학운동의 신단계—카프 작가의 주요 위험에 대하여」, ≪조선중앙일보≫, 1932. 1. 1~1. 28.

한설야, 「변증법적 사실주의의 길로」, ≪조선중앙일보≫, 1932. 1. 18~1. 19.

을 띠고 있었다는 점에서 비롯된다. 또한 박영희가 자신의 전향선언문에 해당하는 「최근 문예이론의 신전개와 그 경향」에서 수 차례 신유인의 글을 인용하면서 자신을 정당화하고 있다는 것은 당시 신유인의 비판이 카프에 미친 영향과 역할을 가늠하게도 한다.[13]

이 두 논문은 신석초의 예술관을 드러낸 카프 시기의 처음이자 마지막 비평이라는 점에서 카프 시대 이후 신석초의 문학활동에 대한 일정한 이해의 실마리를 제공할 수 있다. 무엇보다, 한국근현대문학사에서 카프문학운동과 사회주의(적) 문예운동이 식민지 현실에서의 근대, 혹은 근대 극복을 향한 고민과 저항으로서의 담론으로 자리잡고 있다는 사실에서 신석초의 사회주의 문예론은 그 미학적 성격이 구명되어야 할 필요가 있다. 또한 카프가 해산된 직후인 1935년부터 시를 발표한 것[14]으로 보아 1932년 무렵은 신석초에게 있어 사회주의적 문예론과 순수문학적 경향이 혼재해 있는 시기로 볼 수 있으며, 이 점 역시 이 시기 시의식의 본류를 해명해야 할 필요성을 제공한다.

> 우리들은 다만 하나의 정열과 자만을 가지고 있었다. 그것은 모순 많은 '옛것'에 대하여 분기한 '새것'의 증오의 넘(念)이고 사멸하며 있는 '옛것'에 대하여 투쟁하며 탄생하면서 있는 '새것'의 역사적 전염인 것에 틀림없었다. (중략) 그러나 우리들은 그 정열과 자만이라는 것이 다만 자각한 인텔리겐차의 급진성에서의 관념적 산물에 불과한 것이며 그 자신 극히 개념적 주관적인데서 면치 못할 것이었다.[15]

신유인은 유물변증법적 과학의 기초 위에 선 그동안의 문학적 실천,

---

13) 김용직, 앞의 책, p.342.
14) 신석초는 1935년 6월과 12월 『新朝鮮』을 통해 「翡翠斷章」, 「蜜桃를 준다」를 각 각 발표한다.
15) 「문학창작의 고정화에 抗하여」, p.373.

즉 '옛것'에 대한 '새것'의, 전통에 대한 혁신의 정열과 자만이 다만 급진적이며 경박한 투쟁 관념에서 비롯되었음을 반성하고 있다. 이어 그는 (프롤레타리아문학의 독자적 건설을 위하여 : 필자) "확호(確乎)한 프로의 이니셔티브 밑에서 모든 부르조아지의 문학을 이용"[16]할 것을 당면 과제로 하고 있다. 또한 그는 파제예프를 인용하면서 "'옛것' 가운데에서의 '새로운 것'의 탄생"[17]을 강조하고 있다. 여기서의 '옛것'은 舊來의 문학예술적 유산을 뜻한다. "'새로운 것'의 '옛것'에 대한 승리"[18]와 같은 표현으로 보아 과거의 문학적 유산에 대한 긍정 보다는 기존의 프롤레타리아사실주의의 관념론과 볼셰비키적 기계론을 넘어서는 유물변증법적 예술로서의 인식론, 즉 세계관의 문제를 강조하기 위해 사용되었다. 그러나 다른 문맥에서는 논조를 달리하고 있다.

> 유물변증법적 예술의 건설은 선진제국의 많은 동지들의 문학작품은 물론 일체의 부르조아지의 문학 가운데로 들어가서 진실한 태도로 그것을 배울 것이 비상히 중요하다. (중략) 왜 우리들이 부르조아지의 문학을 배우지 않으면 안되고 또 사실에 있어서 그렇게 되는고 하니 프로는 부르조아지의 유산을 버릴 수는 없는 것이고 반대로 프로는 그 유산 가운데서 성장하고 그리고 그 과거의 유산 위에다 건설하는 것이다.[19]

그는 부르주아문학을 포함한 그 유산의 적극적인 수용을 주장하는 것이다. 한편으로 그는 카프 문학의 경직된 현실 인식과 창작 방법을 강하게 비판한다. "현실의 고정화에 반역하여 '통용하여 있는 선입견으로부터 사물의 가장 표면적 외부적 가현성으로부터 청결된 생활의 제광경을

---

16) 위의 글, p.375.
17) 위의 글, p.377.
18) 위의 글, 같은 곳.
19) 위의 글, p.385.

부여함'으로서 …… 즉 '산 대중'의 생활의 형상 가운데 나타난 사상 고양에 의하여 생기하는 현실적 과정의 본질의 요원한 투철"20)을 요구하는 것이다. 여기에 나타나는 "산 대중"의 개념은 경직된 계급관념에 결박되지 않은, 보다 자유롭고 복합적인 인간성을 표현하기 위해 도입한 개념으로 보이는데, 이후 송영에 의해 '산 인간'이란 말로 사용되기도 한다.21) 또한 그는 권환의 시를 예로 들어 문학이 경직되고 추상화되며 정치적 슬로건화 되어가는 경향을 비판한다. 그는 "예술이 사회과학과 틀린 것은 사회과학이 이성에 의하여 사회를 설명하는데 대하여 예술은 감정에 의하여 사회를 표현하는 것"이라고 하며 "더 높은 사상적 수준과 보다 더 커다란 예술적 힘을 가진 문학"을 요구한다. 이에 미달한 시는 "저능의 시"22)라고 규정하는데, 시와 문학에 대한 이런 가치론적 인식은 당대 카프문예운동의 이념적 경향과는 상당히 격절되어 있을뿐더러 '옛것' 즉 전통에 대한 그의 인식과 함께 카프 활동기 이후의 詩作 경향에 대한 암시를 보여주는 듯하다.

권환은 카프의 창작 방법론을 10개항에 걸쳐 제시23)하고 있는데, 그것은 창작 방법론이라기보다 창작 강령에 가까운만큼 당시 카프가 볼셰비키화에로 급격히 경사하고 있음을 예증한다. 신유인의 비판은 이러한 조류에 대한 강력한 반발에서 시작된 것이다.

3. 인식론에서 형식의 문제로

신유인은 첫 번째 논문에서, 유물변증법적 창작방법론에 입각한 프롤레타리아문학을 건설하기 위해 부르조아지문학의 유산을 계승해야 한다

---

20) 의의 글, p.377.
21) 송영, 「1932년의 창작의 실천 방법 – 작가로서의 감상과 제의」, ≪조선중앙일보≫, 1932. 1.
22) 「문학창작의 고정화에 抗하여」, p.378.
23) 권환, 「조선예술운동의 당면한 구체적 과정」, ≪중외일보≫, 1930. 9. 3.

고 지적했다. 그러나 두 번째 글에서 그는 임화의 다음과 같은 말을 비판함으로써 자신의 논지에 대한 약간의 모순을 드러낸다.

> 사회적 사실주의는 어떻게 해석할 것인가. 이것은 결코 상기한 것과 같이 문학의 형식상의 일유파가 아니라 철학에 있어서 부르조아적 유물과도 같은 부르조아적 사실주의에서 그 객관적 태도를 섭취하여 사회적인 성질의 것을 표현하는 것이다.[24]

신유인은 "부르조아 유물론에 입각하는 부르조아 사실주의의 그 객관적 태도라는 것은 부르주아 유물론의 세계관 이외의 아무것도 아니"[25]며 이는 "우리들의 문학을 기계주의 또는 부르주아적 객관주의로 인도"[26]할 것이라며 임화를 신랄히 비판한다. 부르주아문학은 물론이고 "실재에 있어서 객관세계에는 사회적인 성질의 것이 아닌 아무것도"[27] 없음에도 불구하고 임화는 "객관적 태도"와 "사회적 성질의 것"을 기계적으로 결부시켰다는 것이다. 결국 그의 논지는 '부르주아사실주의의 객관적 태도'라는 것은 있을 수 없으며, 이는 또하나의 관념주의의 귀결이라는 것이다. 그런데 일단 여기서 '부르주아지의 문학유산을 계승하자'는 신유인 자신의 주장과는 어긋나는 지점이 발생한다. 신유인이 말하는 '부르주아지의 문학유산'은 어떤 것인가. 받아들이는 것은 내용인가 형식인가 세계관인가. 이것은 그의 글 어느 곳에도 분명히 적시되어 있지 않다. 임화의 주장을 살펴보자

> …… 우리는 부르조아적 예술이 일찍이 가졌던 그 '리얼리즘'의 객관

---

24) 임화, 「탁류에 항하여」, 《조선지광》, 1929. 8 : 여기서는 김재용 편, 『카프비평의 이해』(풀빛, 1989), pp.220~221에서 인용.
25) 「예술적 방법의 정당한 이해를 위하여」, p.446.
26) 위의 글, 같은 곳.
27) 위의 글, p.447.

적인 태도를 계승한다고 하였었다. 그러나 문제는 실로 여기에서부터인
것이고……28)

이 글은 김기진, 염상섭, 양주동 간에 이루어진 리얼리즘의 내용·형식 문제에 대한 논쟁을 결산하려는 목적으로 씌어졌다. 임화는 염상섭과 양주동을 "조박한 관념적 속학배"29)로 매도하면서 김기진의 '변증적 사실주의론'을 옹호하는 한편, 염상섭과 양주동의 사실주의에 대한 몰이해를 타박하고 있다. 그러나 임화는 김기진의 변증적 사실주의론이 혁명적 원칙의 무장해제적 오류를 지니고 있다고 비판하며 사회적 사실주의(Social Realism)론을 주장하였다.30) 그러나 그가 설명한 이 사회적 사실주의론은 김기진이 제기했던 변증적 사실주의31)에서 제기된 수준을 넘어서지 못하는 것이었다. 그래서 임화는 자신의 사회적 사실주의에 대해 변별력 있는 설명을 가할 필요를 가지게 되었고, '부르주아 예술의 유산 계승' 문제가 드러난 것이다. 임화가 의도했던 부르주아사실주의란, 이른바 비판적 리얼리즘의 다른 이름으로 이해할 수 있을 것이다. 임화는 부르주아사실주의의 객관화된 태도, 즉 비판적 리얼리즘의 객관적 세계관을 받아들이자는 것이다. 이 논점은 임화가 전개하고 있는 논리의 핵심은 아니지만, '사회적 사실주의'의 성격을 규정하는 유일한 언급이다.

임화의 「탁류에 항하여」는 부르주아사실주의의 성과, 즉 비판적 리얼리즘의 객관화된 태도를 합목적적으로 받아들이려는 의도와 주장을 담고 있는 것이다. 신유인은 부르주아의 세계관으로 프롤레타리아의 예술문학을 건설하자는 주장의 추상성과 관념성을 비판하고 그것이 결국 "객관주의적 가상(假象)에 불과한 것이고 본질적으로는 칸트적 불가지론적 견지

---

28) 임화, 위의 글, p.216.
29) 임화, 위의 글, p.217.
30) 김영민, 앞의 책, p.422.
31) 김영민, 앞의 책, pp.347~353 참조.

의 적용"일 뿐이라고 단언한다. 구체적으로는, 1) '부르주아적 사실주의의 객관적 태도'라는 것이 안고 있는 추상적 객관주의와 관념론, 2) '사회적 성질의 것'이 지칭하는 바의 허구성과 무목적성, 3) 임화의 이러한 주장이 전제하고 있는 '세계관과 창작방법의 공공연한 분리'를 비판한다. 그런데, 1)과 2)의 비판은 논리적 설득력을 획득하고 있지만, 정작 임화에 대한 신유인의 비판의 핵심이 되는 '세계관과 창작방법의 합일'이라는 문제에 대해서는 논의가 진전되지 않는다. 그것은 인식론으로서의 예술에 관한 것이다. 그는 "인식론으로서의 유물변증법적, 변증법적적 유물론의 본질로서의 인식론"32)에 대해 말하고 있지만, 정작 인식론으로서의 예술은 어떤 것인가, 인식론으로서의 유물변증법이 마르크시즘의 예술 창작에 어떤 식으로 결합할 것인가에 대해서는 구체적으로 설명하고 있지 않다.

신유인은 문학에 있어 세계인식의 문제를 거론하기 위해 "본질은 현상한다. 현상은 본질적인 것이다"는 레닌의 언급을 인용한다. 현상과 본질은 "하나의 객관적 존재의 양면"이며 부단한 변화속에 있다. 따라서 그는 "현상을 통한 본질에의 심원한 투철"33)을 강조하는 것이다. 현상은 본질만큼 확정적이지 않으며 단독으로 본질을 표현하지 않는다. 그는 이런 측면에서 현상세계의 풍부성을 간파하고 있는 것이다. 그러나, 그렇다고 하더라도 현상이 그대로 본질을 구현할 수 있는 것은 아니다. 물론 예술은 현상의 구체적이고 직접적인 지시성을 통해 예술적 형상을 얻는다. 다만 그 구체성과 지시성을 부여하는 것 또한 추상의 과정이기도 하다.

비본질적인 것, 가상적인 것, 표면에 위치하는 것들은 비교적 쉽게 사라지며, 본질처럼 그렇게 긴밀하게 지속되지도 않고 그렇게 확고부동하게 자리를 잡고 있지도 않다. 예컨대 강물의 움직임에서 위쪽의 거품과

---

32) 「예술적 방법의 정당한 이해를 위하여」, p.444.
33) 위의 글, pp.449~450.

아래쪽의 깊은 흐름들을 생각할 수 있다. 그러나 거품 역시 본질의 한 표현이다. …… 가상으로서 나타나는 것은 한 가지의 규정, 한 가지의 측면, 한 가지의 계기로서 본 본질이다.[34]

본질과 현상의 변증법에 관해 설명하고 있는 레닌의 언급에 의하면, 예술적 인식의 특수성을 형상화하는 원리로, 현실의 부분이나 전체를 단순히 재현하거나 묘사하는 것이 아니라 '현실 중의 현실'을 그 특수성에서 객관화해야 한다는 것이다.[35] 따라서 '현상'과 '현실'에 대한 인식이 유물변증법적 창작방법의 핵심이 된다. 신유인이 염두에 둔 현상과 현실은 "산 생활"[36]로 표현되는 일상적 의미의 현실이다.

그러나 문학이 과학과 틀리는 것은 그 생생한 직관, 직접적 존재, 그것의 지시를 통하여서의 직접성, 가시성, 산 생활의 일루션 그러한 것이 보유되지 않으면 안 된다.[37]

프롤레타리아문학은 웃고 울고 슬퍼하고 오늬하고 그리고 연애할 수가 있으며 또 창공에 빛나는 월색(月色)과 유유히 흐르는 하천의 물결을 노래할 수가 있고 봄날의 밭에 우는 종달새의 소리에 귀를 기울일 수가 있는 것이다.[38]

그러나 사회주의 리얼리즘에서의 '현실'이란 이른바 '궁극적 현실'을 가리킨다. 그것은 사회주의에서 공산주의로 이행해가는 역사 발전의 필

---

34) V. 레닌, 『철학적 유산』, 1932(빈, 베를린), 44., 강성원, 『미학이란 무엇인가』(사계절, 2000), p.181에서 재인용.
35) 강성원, 『미학이란 무엇인가』(사계절, 2000), p.181.
36) 「예술적 방법의 정당한 이해를 위하여」, p.452.
37) 위의 글, 같은 곳.
38) 위의 글, p.454.

연성이고, 이를 실현하기 위한 계급 투쟁이 가장 객관적인 현실이자 진리가 된다. 계급 투쟁의 주체인 노동 대중의 계급성과 민중성, 그리고 전위 조직인 노동자당의 당파성의 반영이 사회주의적 현실주의의 기본 창작 원리이다.39)

이와 같이 신유인의 문예론적 입장은 마르크스·레닌주의적 통찰에서 비롯된 것이었으나 사회주의 리얼리즘에로 전면적으로 투사되지 못했다. 그는 레닌의 저작에서 단지 유물변증법적 예술인식의 단초를 얻었을 뿐이며, 그의 유물변증법적 창작방법은 임화에 대한 비판의 논조와는 달리 인식론에서 시작했으나 작품의 내용과 형식의 문제로 다시 귀결되는 것이었다. 임화에 대해서 "치명적 무장해제적 오류"40)라는 비판의 표적이 되었던 김기진의 "극도로 재미없는 정세에 있어서 우리들의 '연장으로서의 문학'은 그 정도를 수그리어야 한다"41)는 논조가 신유인에게 와서는 전혀 다른 어조로 프로 문예에 있어서의 형식론으로 전화되는 것이다.

임화에 대한 신유인의 비판과 자신의 논의에서 드러난 '부르주아 문학 유산'의 계승과 수용 문제 역시 명확히 밝혀져 있지 않다. 다만 두 번째 평문의 말미에서 그 암시가 될 구절을 찾을 수 있다.

> 괴테는 「파우스트」에서, 세익스피어는 「햄릿」에서, 위고는 「레미제라블」에서 부르조아 발흥기의 시대, 봉건 사회에 대한 부르조아지의 투쟁을 조명하였고, 트프게네프는 「처녀지」에서, 톨스토이는 「어둠의 힘」에서 19세기 노서아의 지주사회를 조명하였고42)

여기서 당시까지의 서구 낭만주의와 자연주의, 사실주의에 대한 나름의 비판적 입지와 지향을 드러낸다. 그러나 그의 이러한 시각이 마르크

---

39) 강성원, 위의 책, pp.181~182.
40) 임화, 앞의 글, p.222.
41) 김기진, 「변증적 사실주의」, ≪동아일보≫, 1929. 2. 26.
42) 「예술적 방법의 정당한 이해를 위하여」, p.457.

시즘 예술론, 즉 사회주의 미학의 핵심적인 논점과 적절하게 만나지 못했다. 과거의 부르주아 문학의 유산으로서 그가 받아들이고자 한 괴테, 세익스피어와 위고와 톨스토이의 문학은 당대에 대한 작가의 시대성과 세계관의 통찰에서 말미암은 것에 다름아니다. 그런데 이것이 바로 임화에 대한 공격의 한 표적이기도 했던 것, 그리고 카프의 볼셰비즘적 경사를 비판화는 과정에서 일관적 논점으로 발전하지 못했다 점이다. 신유인은 그의 이론적 사유들을 적용할 창작성과를 만나지 못했을뿐더러 그의 사유 역시 마르크시즘 예술론으로 철저히 무장하지 못했으며 당시 카프의 볼셰비키화라는 격랑에 맞서기에는 너무나 무력했고 더구나 시대적 흐름은 그를 비껴가고 있었다. 그의 사상이 무르익어 가는 시기에 카프는 해산되어야 했고 이 땅의 모든 창조적이며 진보적 사상은 압살되고 있었다. 그는 자신의 이론이 적합한 예증과 동의를 찾지 못하는 초조함을 '세계관과 창작방법의 합일'이라는 편집적 논점으로 일관했으나 끝내 그 정점에는 이르지 못했다.

문학을 보는 입장의 하나로서 우리는 두 가지의 상반된 태도를 일단 제시할 수 있을 것이다. 예술 작품의 미적 완결성, 그리고 인간성의 보편성과 영원성을 기반으로 문학을 인식하는 태도가 그 하나가 되겠고, 한 시대의 예술적 상황이라는 상대성 속으로 인간 존재의 특수성을 반영하려는 인식 방편이 나머지 하나로 범박하게나마 나눌 수 있을 것이다. 그런데 후자가 바로 마르크스주의 문학론의 인식론적 원류를 이룬다고 할 수 있다. 따라서 마르크스주의 철학에서는 예술과 문학의 고유한 내적 변증법을 인정하지 않는다. 모든 것의 발전 과정은 사회적 생산의 전체 역사적 과정 속에서 규정된다는 것이다. 이 점에 대한 과도한 강조가 속류맑시스트와 볼셰비키에 의해 예술 창작에 있어서의 경직성을 초래하게 된 것으로 보인다. 그러나, 맑시즘이 예술의 내재적 독립성을 인정하지 않는다고 말할 때, 그것은 동시에 과학이나 법률 등의 다른 영역에 대해서도 마찬가지의 지위를 부여한다. 마르크스가 부정하는 것은, 이들 각각의 영역이 오로지 자신들의 내재적 연관성을 토대로 발전한다는 것이다.[43] 따라서 이들 영역에 있어서의 <상대적인> 자립성은 결코 부정되지 않았던 것이다. 실존과 본질, 문학의 생성과 영향은 전체적 체계의 역사적 연관성으로서만 이해될 수 있다.

신석초가 제시한 현상과 본질, 그리고 예술 인식의 논점들, 그리고 '전통'—부르주아 문학유산—에 대한 강조는 이러한 문제틀 속에서 이해될 수 있을 것이다. 그러나 그의 논리 또한 일관성을 지니고 있지는 않았으며 카프와 대중에 의해 받아들여지지도 않았다. 다만 20년대 후반의 아나키즘논쟁과 함께 그의 비판은 카프 내부에서 카프의 아픈 곳을 통렬히 찌르는 역할을 했다는 점, 그리고 30년대 중반까지 이르는 창작방법론 논쟁의 선구적 역할을 했다는 점에서 의의를 찾을 수 있을 것이다.

카프 탈퇴 후 그는 직접 창작에 손을 댔을 뿐 아니라 외견상 전혀 상반된 문학적 경향을 보였다. 그러나 그것이 완전히 격절된 예술적 지향은 아님을 알 수 있다. 게다가 다음과 같은 언급은 그의 이후의 행보를 암시해 준다.

> 현실은 보담 진실하고 보담 광범하고 보담 복잡하고 보담 모순에 충만되어 있지는 않은가? 인류의 긴 역사가 가져온 사상적 문학적 재유산은 우리들이 그것을 비판적 실천적으로 연마할 것을 기다리고 있다.[44]

"프롤레타리아문학은 웃고 울고 슬퍼하고 오뇌하고 그리고 연애할 수가 있으며 또 창공의 빛나는 월색(月色)과 유유히 흐르는 하천의 물결을 노래할 수가 있고 봄날의 밭에 우는 종달새의 소리에 귀를 기울일 수가 있"[45]다는 신석초의 관점은 다분히 동양의 전통적 사유 체계인 유기론

---

43) 게오르그 루카치, 「마르크스·엥겔스 미학 입문」, L.박산달, S.보라브스키 엮음, 『마르크스엥겔스 문학예술론』(한울, 1988), p.195.
44) 「예술적 방법의 정당한 이해를 위하여」, p.456.

에 닿아 있다. 전통적인 상징과 자연 유비(類比), 그리고 전통에 대한 향수를 내포하고 있는 유기론은 전통을 통하여 주체가 자기 정체성을 지키려는 노력과 결부된다.[46] 이런 관점은 넓은 의미의 역사적 근대성의 기획인 마르크시즘에 대한 대타적 담론으로서의 위치도 점하고 있다. 유기론적 세계관은 근대에 대한 단순한 대립과 저항을 넘어 근대성 체계에 대한 궁극적인 극복으로서 그 의의가 성립될 수 있다.

그런데 제국주의와 자본주의라는 근대에 의해 파괴된 주체를 재생하려는 의지로서의 유기론적 시학의 일면이 신석초의 카프 활동기 평론의 말미에 드러난다. 과거 유물론자이자 식민지 피압박민족의 지식인으로서의 자신의 세계관과 자아의 분열상이 초기시 「바라춤」의 세계로 이어진다.

4. 「바라춤」, 주체−욕망의 생성과 분열

신석초는 1935년 ≪新朝鮮≫에 시 「翡翠斷章」을 처음 발표한 후 1975년 타계할 때까지 40여 년간 불교, 노장, 무속 등 동양적 전통의 시적 형상화를 끈질기게 시도했다. 한국현대시사에서 그는 정신사나 사상사의 입장에서 유별난 정도로 다양한 분야의 관심을 표명한 시인이다. 물론 이런 사상적 탐색이 얼마나 그의 시에 성공적으로 조화되었는가는 문제될 수 있을 것이다.[47]

초기 시부터 후기에 이르기까지 석초의 시에는 대부분 시적 자아가 전면에 드러난다. 또한 언어에 대한 탁마(琢磨)나 절저보다는 시의 주제가 개인적 서정의 기복에 따라 영탄이나 비유에 의해 이끌리며, 후기에 와서는 완연히 회고조(懷古調)와 복고풍(復古風)의 경향이 두드러진다. 바로 이런 점이 신석초를 현대시사의 '대가적 시인'[48]으로 여기면서도 시사의

---

45) 위의 글, p.454.
46) 구모룡, 『문학과 근대성의 경험』(좋은날, 1998), p.39.
47) 김용직, 『한국현대시사』 2(한국문연, 1996), p.356.

중심적 맥락으로 위치 짓지 못하게 하는 요인이 된다. 또 기존의 연구는 석초 시의 일면적, 외면적 특질－노장, 불교의 영향, 발레리적 특징 등－에 치중하여 문학 내재적 차원에서의 심화된 시사적 성과를 도출해내지 못하고 있다.

앞서 지적한 석초 시의 일반적 경향에 대해, 시 「바라춤」은 뚜렷한 변별점을 지니고 있다. 개인의 실존과 욕망에 대한 고뇌가 시적 화자의 육성을 빌어 유장(悠長)한 흐름으로 전개된다. 총 421행에 달하는 작품 전체를 일관하여 탄탄한 구성과 정서의 긴장을 꾸준히 유지하고 있다. 그러나 「바라춤」이 신석초의 대표작이라고 흔히 거론되고 있음에도 불구하고, 「바라춤」에 대한 본격적인 해석은 아직 이루어지지 않고 있다. 「바라춤 本詞」를 대상으로 김은자가 발레리의 시 「La Jeune Parque」와의 유사성을 바탕으로 주제와 구성의 특질을 논했고,[49] 김종길이 운율과 주제의 있어서의 특질을 간단히 언급한 글[50]이 있을 뿐이다.

「바라춤 序詞」가 주제, 형식, 운율과 구조 면에서 「本詞」의 압축된 형태를 지니고 있다는 점, 「本詞」는 「序詞」의 주제의식이 보다 심화되었다기보다 되풀이되고 있는 측면이 강하다는 판단 하에서 본고는 「바라춤 序詞」를 중심으로 신석초 시의 특질을 밝혀보고자 한다. 또한 「바라춤 序詞」는 1930년대 후반에 씌어졌을 것으로 짐작되는데,[51] 1930년대 후반의 전통 지향적 시 경향의 맥락에서 신석초의 시가 소외되어 왔다는

---

48) 김윤식, 「잃어버린 술과 잃어버린 화살」, 《문학사상》, 1975. 5, p.24.
49) 김은자, 앞의 글.
50) 김종길, 앞의 글.
51) 시 「바라춤 序詞」는 1941년 4월 《문장》 4호에 처음 「바라춤」이라는 제목으로 발표되었으나 이후 신석초 본인은 이 시기 작품들이 1933년에서 1938년 사이에 씌어졌다고 밝히고 있다. 『석초시집』(乙酉文化社, 1946) 서문 참조.
본고에서는 《문장》 발표본을 주로 인용하며 「바라춤」의 本詞가 완결되어 함께 수록된 시집 『바라춤』(통문관, 1959)에 실린 「바라춤 序詞」도 참고로 한다(이 「바라춤 序詞」는 《문장》 발표본에서 몇 구절의 수정이 있을 뿐 그 형태를 거의 유지하고 있다. 다만 「바라춤 本詞」의 경우 최초 발표본이 몇 차례에 걸쳐 대폭적으로 수정된다).

점[52]을 염두에 둔다면 이에 대한 시사적 연구의 필요성이 제기된다고 하겠다.

「바라춤」은 총 10연 70행으로 이루어져 있으며, 尼僧의 破戒에 대한 존재론적 고뇌의 몸짓이 서사적으로 구성되어 있다. 영혼과 육체, 도덕적 이상과 관능적 현실의 내면적 모순을 첨예한 갈등구조를 통해 交織하고 있다. 그 갈등은 현실과 이상이라는 평면적인 이항대립에 머물지 않고, 현실과 이상을 각각 표상하는 상징체계를 사유의 圓環構造 속에서 심화하고 증폭시키는 것이다.

> 묻히리랏다 靑山에 묻히리랏다 / 靑山이야 變하리없어라 / 내몸 언제
> 나 꺾이지않을 / 無垢한 꽃이언마른 / 깊은 절 속에 덧없이 시드러지느니
> / 생각하면 갈갈히찌어지는 / 내마음 설허어찌하리라

화자는 '청산(靑山)'이라는 탈속(脫俗)의 순수하며 영원성이 내재된 공간을 동경하고 있다. 그러면서 자신을 "꽃"으로 인식하고 있는데, 그 인식은 처음부터 절망적이며 비극적이다. 화자는 꽃이 피어나는 과정보다 꽃핌의 절정에서 조락하는 것에 꽃과 육체성의 의미를 부여하는 것이다. 청산에서도, 속세에서도 꽃은 언젠가 시들 것이 틀림없다. 그런데 꽃 피고 시들어가는 생명의 순환에 대해 화자는 유독 "깊은 절 속에"서 시들어 갈 것을 서러워하며 아파하고 있다. 이는 '靑山'을 동경하는 화자의 태도와는 모순되는 것이다. "내몸 언제나 꺾이지 않을 無垢한 꽃",(1연)

---

52) 김용직은 『한국현대시사』(한국문연, 1996)에서 신석초를 유치환, 장만영, 백석, 이용악 등과 함께 '신세대 시인'이라는 항목으로 서술하고 있을 뿐이며 정지용, 조지훈 등 "文章派"를 중심으로 당시의 전통지향적 시의식의 흐름을 다루고 있고, 한형구의 「일제말기세대의 미의식에 관한 연구」(서울대 박사논문, 1992)와 최승호의 「1930년대 후반기 시의 전통지향적 미의식 의연구」(서울대 박사논문, 1994) 역시 유사한 입장이다. 조동일의 『한국문학통사』(지식산업사, 1995)와 권영민의 『한국현대문학사』(민음사, 1993)는 아예 언급하지 않고 있다.

“桃花떠 눈부신 거울”,(5연) “탐하는 薔薇의 넌츨”,(7연)에서 보이는 것처럼 “꽃”은 육체를 상징한다. 구체적으로는 육체의 유한성과 생명의 덧없음을 표상한다. 이런 측면은 꽃의 본질적인 성질에 기반한 상징 해석이라 할 수 있다. 그런데, 꽃의 형상에 주목해 보면, 꽃은 중심을 정점으로 하여 여물고 중심에서부터 자신의 육체와 향기와 아름다움을 세계로 향해 뻗어나간다. 꽃은 축소 지향적이자 확산 지향이라는 이중적 지향을 동시에 가지고 있다고 할 수 있다. 하나의 생명이 축소와 확산이라는 양극적 인식을 동시에 내포하고 있다면, 그것은 영원성과 소통하려는 의미 또한 가지고 있다. 타오르는 태양이 가진 열렬한 생명의 이미지와 활짝 핀 꽃의 이미지가 때때로 동일시되는 것도 이런 측면에서 가능할 것이다. 꽃은 이 시의 중핵적인 상징으로 화자의 의식 흐름을 이끌어가고 있는데, 이와 같은 꽃이 가진 상징의 이중적 원형은 이 시에서 의미구조를 중층화시키는 역할을 한다. 표면적으로 이 시에서 “꽃”은 ‘현실적인 육체성’, 즉 생명의 유한성을 표상한다고 볼 수 있겠다. 그러나 화자가 갈구하는 초월적 심상은 1연의 “내몸 언제나 꺾이지 않을 無垢한 꽃”에서처럼 다시 꽃의 육체를 빌어 나타난다. 즉 한계와 초월의 양극적 인식이 꽃의 이미지를 통해 갈마들고 있으며 이러한 이중적 심상체계는 이 시의 의미구조가 가진 이중성, 근원적인 분열성을 다시 환기하고 뒷받침한다.

묻히리랏다 靑山에 묻히리랏다 / 靑山이야 變하리없어라 / 나는 혼자이로라－찔레얽어진 /숲사이로 豹범이 부러에우고 / 재올리 바라소래 뷘 山을울녀 / 쩡쩡우는 산울림과 밤이면달피해 우는杜鵑이 없으면－나는 혼자이로라

숨어라 장긴뜰안에 숨어리랏다 / 숨으어 菩薩이아마니 싁이런만 / 空山 蘿月은 알았으리라 / 필데도 필데도없이 /나는우노라 혼자서 우노라 / 밤들어 푸른 장막뒤의 / 偶像은 아으 멋없는 장승일러라

2연은 깊은 산중의 절대적 고립감을 표범과 두견, 그리고 산울림의 공명(共鳴)으로 심화하는데, 3연에 와서 그러한 심상은 "숨어라, 장간(잠긴 : 인용자) 뜰안에 숨어리랏다"에 보이는 것처럼 은둔(隱遁)하고자 하는 심정으로 구체화되며, "偶像은 아으 멋없는 장승일러라"에 이르러 존재론적 고립감이 허무의식으로 나타난다. 2연에도 청산에 있으되 청산과 합일되지 못하는 자신이 그려져 있다. 찔레, 숲, 표범, 바라 소리, 산울림, 두견, 이 모든 자연 대상으로 어우러져 조화된 청산이지만 화자는 끝내 "나는 혼자이로라"라고 되뇌는 것이다. 3연에서는 "숨으리란다"라고 말하면서도 "필데도 필데도 없이", 진정으로 자연의 일부로서 융화되지 못하는 존재임을 직정적으로 토로하고 있다. 이런 화자의 분열된 의식은 9연에서, "혼과 몸의 씨앗을 쪼갤 장검"을 자신이 지니고 있었다는 생각에서도 확인할 수 있다.

4연에서 7연까지는 화자의 고독이 "마야" 즉 환영(幻影)을 통해 육체적 욕망으로 전화(轉化)되며, 부풀어오른 "꽃잎의 深淵", 즉 달아오른 관능적 육체 속에 "다디단 이슬"(6연)이 솟아난다.

아으 과일같은 내몸의 / 넘치는 이 욕구를 어찌하리라 / 익어 두렷한 꽃닢의 / 深淵속에 다디단 이슬은 떠돌아서 / 환장할 누릴꿈을 나는 꾸노나 / 袈裟벗어메고 袈裟벗어메고 / 맨몸에 바라를치며 춤을 추리라

현세적 욕망에의 탐닉과 유혹은 袈裟를 벗어 걸치고 알몸으로 춤을 추는 행위로 표상된다. 승려로서의 존재 현실과 인간적인 관능적 욕망이 엉크러진다. 여기서 袈裟를 벗어 걸친다는 것은 승려로서의 존재적 한계를 초월하려는 일탈적 행위를 표징한다. 승려로서의 존재적 표상인 袈裟를 벗어걸친다는 것은, 율법적 규범에서 벗어나려는 욕망을 상징한다. 그것은 규범과 질서의 시공인 코스모스로부터 카오스로 회귀하여 근원적 생명력을 획득하려는 무속적 제의(巫俗的 祭儀)의 일환으로 볼 수 있다. 춤

을 추고 있는 화자가 형상화되는 7연에서 9연의 배경은 깊은 산의 고적한 공간에서 성(聖)과 속(俗), 규범과 욕망과 고뇌로 분열된 존재들이 혼융하여 휘몰아치는 무속적 제장(巫俗的 祭場)으로 전환된다.

> 몸하 맨몸하 풀흔내몸하 / 빛나라 魔의숲풀을 가노라 / 젊음은 덧없는 즐김을 좇아서 / 暴虐한 가싯길을 가노라 / 탐하는 薔薇의 넌츨우에 / 뻗는 강줄을 뉘라긋이리오 / 어느 뉘라 긋이리오

"몸아! 맨몸아! 푸른 내몸아!"라고 화자는 절규한다. 푸른색은 인간사의 일회성과 대비된 자연적인 색체이며 따라서 움트는 생명력을 내포한다. 그대로의 몸, 즉 고뇌와 번민과 욕망으로 점철된 몸, 계율과 규범 속에 묶인 몸에서 화자는 가사(袈裟)를 벗어던진 자유로운 "맨몸"으로, 그리고 영원과 초월에 접근하는 "푸른 내몸"을 갈망하는 것이다. 그러나 그 몸은 "魔의 수풀"을 가고 있으며 인생고해(人生苦海)의 "불타는 바다"에 버려진 "쪽달"이고 "꽃가지"(8연)일 뿐이다.

> 아스리 나는 밋쳤어라 / 나는 김승이 되었어라 / 나는 마-라의 김승이 되었어라 / 내魂과 몸의 시앗을 쪼개일 / 빛날 長劒을 난 잃었는가 / 宿命의 우리안에 날 진힐 / 오로한 자랑을 나는 잃었는가

9연은 시 전체를 흐르는 갈등구조가 분출되는 엑스타시의 상태를 보여준다. "아스리 나는 미쳤어라 / 나는 짐승이 되었어라"에서처럼 모든 고뇌를 벗어던지고 철저히 원초적인 직관의 세계, 즉 카오스로 들어가는 것이다. "혼과 몸", 영혼과 육체, 이성과 감정을 제어할 수 있는 모든 코스모스적인 매개들은 사라졌다. 자신이 "宿命"의 틀을 가를 수 있다고 믿었던 "칼", 계율과 규범 속에서 번뇌를 벗어 던질 깨달음의 믿음, 스스

로의 영혼과 육체를 제어할 수 있다는 믿음, "날"새운 "오롯한 자랑"도 이젠 사라진 것이다.

　묻히리랏다 靑山에 묻히리랏다 / 靑山이야 變하리없어라 / 나는 절로 질 꽃이여라 / 지새여 듣는 머-ㄴ 북소래 / 이제하 난 굳세게 살리라 / 날 잇끄을 흰百合의 손도 바람도 / 아무것도 내몸을 껼을이[53] 없어라

　마지막 연에서, 화자는 자신이 "절로 질 꽃"이라는 한계적 존재임을 인식한다. 욕망과 법열이 뒤엉킨 환란의 밤을 지새웠을 때 들려오는 새벽의 법고(法鼓) 소리! 화자는 긴 꿈에서 깨어난 듯하다. 이제는 "백합"에게도 "바람"에게도 흔들리지 않는 단지 "절로 질 꽃"인 것이다.

　"바라춤"은 영혼과 육체의 분열에 따른 절망의 몸짓이 격렬한 내면적 투쟁 속에서 그려지는 무속적 제의를 상기시킨다. 그런데, 시 「바라춤」의 역동성을 이끌어내는 또하나의 모티프는 "물"의 이미지이다. 기존 연구자들은 이 "물"이 가진 원형적 상징성에 대해 주목하여, 정화(淨化)와 생명(生命)의 보존, 순수성과 신생(新生)의 의미를 강조한 바 있다.[54] 대체로 타당한 지적이며 이 시의 핵심적인 심상과 의식의 맥락을 잘 설명해내고 있다. 그러나 이 시에 쓰이고 있는 물의 구체적인 형상을 살펴본다면, 한가지 항목을 추가할 수 있을 것이다. "밤으란 달빠진 시냇물에 / 벗어 흰 내몸을 싯쳐라"(5연), "물소리! / 어지러운 시름의 여울"(序詞 6연), "저 흐르는 여울"(序詞 9연), "물아. 흐르는 물아. 철철 흐르는 / 물아."(本詞 23연)에 보이는 것처럼, 이 시의 물은 대개 '흐르는' 물, 움직이며 굽이치는 물의 형상을 가지고 있다. 흐름은 이동이고 변화를 의미한다. 깊은

---

53) "껴을이"의 오식으로 보인다.
54) 김은자, 위의 글, pp.206~208.
　김종길, 「영혼과 육체의 드라마」, 『시를 어떻게 읽을 것인가』(고대출판부, 1999), p.166(단, 이 글들은 「바라춤 本詞」를 언급한 글이다).

산의 계곡물이나 바닷물이나 다같은 물이다. 그 차이는 흐름을 통해 발생한 것이다. 그러나 물의 본성은 변하지 않는다. 물로 세례(洗禮)하는 종교적 의식은 일차적으로 변화를 뜻하는 동시에 변하지 않는 인간의 본성, 즉 신성(神聖)에로의 귀의를 의미한다. 孔子가, "가는 것이 이 물과 같다. 밤에도 낮에도 머물지 않는다."55)라고 한 것도 변하면서도 변하지 않는 도(道)의 본질에 대해 말한 것으로 이해할 수 있다. 따라서 「바라춤」에서의 물의 심상 역시 꽃의 이중적 상징구조와 마찬가지로 변화와 본질에 대한 시인의 내적 갈등을 표상하고 있으며 동시에 의식의 흐름을 역동적으로 이끄는 역할을 한다. 이런 측면은 변화와 전통에 대한 시인의 갈등과 분열상에서 비롯된 것으로 볼 수 있다.

시 「바라춤」의 공간적 배경은 "절"이다. 절(寺)은 하늘(道, 혹은 解脫)과 지상(俗世)을 연결하고 교통하는 지점이다. 또한 삶과 죽음, 고통과 구원, 세속적 욕망과 초월적 이상이 대면하는 곳이다. 보들레르가 "자연은 하나의 사원"56)이라고 표현했을 때, 그것은 천상과 지상, 인간과 자연, 인간과 천상과의 교감이 이루어지는 "자연(Nature)"에 대한 은유로 "사원(temple)"을 노래한 것이다. 그러나 그곳은 신의 세계와 인간의 세계, 聖과 俗이 서로 소통하는 곳이면서 동시에 갈라지는 지점이다. 「바라춤」의 화자는 이러한 소통과 분열의 접점에서 자신의 존재 근거를 묻고 또 묻는다.

그것은 스스로의 욕망을 드러내는 주체의 생성을 통해서이다. 라캉에 의하면, 허용과 금지를 명시하는 법이 있는 곳에 비로소 주체가 있다.57) 허용과 금지의 법이 있기 때문에 나는 욕망할 수 있고, 이러한 욕망 가운데 자아의 주체는 만들어진다. 금지와 허용을 담고 있는 문화의 규칙

---

55) "子在川上, 曰, 逝者如斯夫, 不舍晝夜", 『論語』, 「子罕」.
56) "La Nature est un temple…" 「相應CORRESPONDANCES」 1연 1행
　　Ch. Baudelaire, 『악의 꽃』, 김봉구 역(민음사, 1998)에서 인용.
57) 강영안, 『주체는 죽었는가』(문예출판사, 1996), p.22.

들, 무의식과 상징적 질서들. 시적 자아는 "바라춤"이라는 의식(儀式ritual)의 허용과, 파계라는 금지의 소용돌이 속에서 주체로서 나타난다. 나의 존재는 타자, 즉 자연과 종교적 계율과 파계 사이에 존재하지만, 그렇다고 해서 나의 존재가 타자에 의해 완전히 충족되거나 소진되지 않는다. 시적 자아의 욕망은 타자의 욕망 틈에서 자주 미끄러진다.

법과 파계, 금지와 허용의 수사(修辭)들이 일관성없이 분출된다. 자신의 욕망하는 사유가 주체의 실존을 확인하는 것이 아니라, 재현된 욕망 사이의 잉여와 결핍이 남는다. 그것은 분열되고 상처 입은 근대적 주체의 모습이다.

「바라춤」에 있어 상처 입은 주체의 모습은 감각적 심상에 의해서도 드러난다. 자아의 실존을 위로하는 것은 주로 청각적 심상("쩡쩡우는山울림과…우는 杜鵑이 없으면-나는 혼자이로라"(2연), "맨몸에 바라를 치며"(6연), "지새여 듣는 머-ㄴ 북소래"(10연))에 의지하고 있다. 그리고 시각적 심상("푸른 장막뒤의 偶像"(3연), "홀목도 흰 百合으로 어리어"(4연), "닉어 두렷한 꽃잎의 深淵"(6연))은 주로 자아의 분열과 욕망의 분출에 관계한다. 인간의 신체의 문제를 현상학적 정치학으로 다루어 온 정화열에 의하면, "시각만을 강조하여 다른 감각을 희생할 경우 몸의 주체성과 신체적 관계성이 빈곤해진다."[58] 시각중심주의는 데카르트철학과 여기에서 비롯되는 근대성의 산물이며, 지배주의적, 위계적, 수직적 사고라는 것이다. 이와 관련하여 그는 '청각중심주의'를 주장하며 수평적 사고와 생태학적 전망을 연결시킨다.[59] 감각과 신체성, 그리고 주체에 관한 정화열의 지적은 「바라춤」을 구성하고 있는 감각적 심상들에 의한 시적 자아의 주체 빈곤을 적절히 설명하고 있다.

「바라춤」이 근대적 경험을 직접적으로 담고 있지는 않음은 분명하다.

---

58) 정화열, 「자연과 인간 : 포스트모던의 지형」, 『인간다운 삶과 철학의 역할』(한민족철학자대회, 1995), p.127.
59) 정화열, 같은 글.

그러나 시 「바라춤」의 전면을 휘몰아치는 육체적 욕망의 향연은 자아의 존재에 대한 물음, 즉 주체의 생성과 분열을 표상하는 기표이다. 「바라춤」에서의 '나'는 '욕망하는 나'와 '욕망되어진 나'가 분열됨으로써, 그 욕망의 틈새로부터 새어나온다. "桃花떠 눈부신 거울속에 / 神도 와서 어릴 거꾸러진 / 誘惑의 眞珠를 남은 보리라"에서는 '욕망되어진 나'의 모습이 보인다. 그러나 '욕망하는 나'도 '욕망되어진 나'도 올곧은 주체로서 정립되지 않는다. 이미 주체는 그 자리에 없다. 카오스적 욕망의 기표들, 즉 '보는 나'도 '보이는 나'도 명확하게 구분되지 않는 기표에 의해 주체가 존재의 주체를 응결시키는 대가를 치르고 타자의 자리로부터 떠오른다.60) 자아의 욕망이 결코 충족되지 않듯 주체 역시 언제나 상처와 그 흔적으로써만 남는 것이다.

타자와 타자의 욕망에 의해 상처 입은 주체가 선택하는 길은 '주체로서의 욕망과 그 집착'에서 벗어나는 것이다. 「바라춤」의 마지막 연에서 '나'는 첫 연에서와 같이 '묻히리랏다'를 되뇌이며 자연으로의 귀의를 암시한다. 그런데 지금의 '묻히리랏다'는 첫 연에서의 그것과는 다르다. 첫 연에서는 '나'를 "내 몸 언제나 꺾이지 않을 / 無垢한 꽃"으로 인식하고 있지만, 이제 '나'는 "절로 질 꽃"임을 알게 된다. '바라춤'이라는 혼돈과 격정의 카오스적 祭場을 넘어, 이제 자아는 욕망과 주체의 무한 집착이라는 굴레에서 벗어나 있는 그대로의 모습, 자연과 나를 발견한다. 그것은 "절로 질 꽃"과 같이 소멸을 인정하는 것이다. 소멸을 인정하는 것은 생성과 상생의 가능성을 인정하는 것이다.

무한정 확산되고 분열되는 욕망의 기표들은 '나'의 정신을 미치게 만들고, 나의 육체와 영혼을 "짐승"(9연)으로 돌려 놓았다. '나'는 끊임없는 욕망의 흔적으로부터 다시 주체의 흔적을, 그 이미지를 볼 수 있었으며, 그것은 이미 규정된 類的 인간으로서의 정체성에서 탈루된 이미지이다.

---

60) 로잘린드 카워드·존 엘리스, 「라깡과 주체의 문제」, ≪현대시사상≫, 1994 여름, p.168 참조.

'나'는 '승려'였으나 육체적 쾌락에 탐닉하는 요부도 되었다가 광인도 되었다가 마침내 짐승으로까지 미끄러져 왔다.

'올곧은 나', '참나'는 없었던 것이며, "절로 질 꽃"과 같이 유한하며, 소멸과 생성의 길목에서 흔적으로만 떠오르는 이미지이다. 마지막 연에서, "북소리"를 들으며 자신에 대한 새로운 다짐으로 산을 내려가는 화자의 모습은 소멸과 죽음의 두려움에서 벗어나 자연과 개체의 실존 모두를 여여(如如)하게 받아들이는 상생의 세계에 대한 가능성으로 해석될 수 있다.

5. 맺으며

1930년대 후반 형성된 전통 지향적 시의 흐름은 카프문학의 퇴조, 일제 파시즘의 광포한 압박 등의 문화사적, 사회사적 변동의 맥락 속에서 형성되었다. 계급주의와 제국주의의 외피를 입고 식민지 조선사회의 문화적 지향을 강제하려던 근대주의에 대하여 주체의 자기정체성을 지키려는 노력으로서 형성된 것이 1930년대 후반의 전통지향의식이다. 이 주체성의 미학 정신은 김동리와 유진오에 의해 전개된 이른바 '세대논쟁'에서 촉발되었다고 볼 수 있겠는데, 김동리는 "제 자신에서 배태하여 제 자신에서 빚어진 정신", 혹은 "제 근원적 유래와 구경적 의의"[61]라는 말로 풀어내고 있다.

미학에 있어서의 이러한 주체 지향적 의식은 이후 '문장파'[62]의 '고전

[61] 김동리, 「신세대의 정신」, 《문장》, 1940. 5, p.82.
[62] 김윤식과 황종연은 문장파의 주체세력으로 이병기, 정지용, 이태준, 김용준을 들고 있고, 최승호는 전통 시론의 확립에 주목하여 조지훈을 추가, 이병기, 정지용, 조지훈의 시를 집중 연구하였다.
　　김윤식, 『한국근대문학사상사』(한길사, 1984).
　　황종연, 「문장파 문학의 정신사적 성격」, 『동악어문논집』 21, 1986.
　　최승호, 『한국 현대시와 동양적 생명사상』(다운샘, 1995).

부흥론'으로 집약된다. "『문장』 중심의 고전 부흥론은 고전이 현실 도피로 고발당하"는 와중에서도 의욕적으로 창작에 중심을 둠으로써 "살아 있는 고전, 미래의 발전을 위해 계승될 수 있는 전통"을 수립했다는 데 의의를 찾을 수 있다.63) 그러나 문장파의 시의식은 이후 다분히 자문화 중심주의로 기울게 되는 점, 주자학적 세계관을 바탕으로 한 상층문화를 재생산하는 것으로 귀결되었다는 비판64)에서 자유로울 수 없다.

이렇게 볼 때, 申石艸의 「바라춤」은 당시의 미적 주체성을 확립하기 위한 전통지향적 시의 흐름과 대별되는 독특한 성격을 지니고 있다. 예를 들어 유사한 소재와 주제를 가진 조지훈의 「僧舞」와 비교한다면, 「僧舞」의 정적(靜的)인 명상의 세계와 「바라춤」의 실존(實存)에 대한 역동적 고뇌의 표출은 같은 제재와 유사한 전통의 맥락에 있지만 전혀 다른 시적 주제와 발성법으로 나타났다. 주체를 향한 물음을 위해 신석초는 자기동일성을 향한 형이상학적 초월로 나아가는 대신, 자아의 원초적인 욕망에 귀 기울임으로써 초월적 세계에 은폐된 '주체'의 얼굴을 찾으려 했다. "靑山"은 은둔을 위한 공간이 아니라 내면세계의 들끓음에 대해 귀 기울이며 그 몸부림의 흔적을 확장하는 공간이다. 그 갈등과 변화의 소용돌이 속에 자신의 육체를 스며들게 하는 것, 「바라춤」에는 존재에 대한 시인 자신의 부정적 정신과 그에 대결하려는 확고한 결단의 자세가 있다. "주체"는 세계의 근원, 혹은 근거가 아니라 오히려 사회적 관계와 욕망에 의해 생산된다. 종교적 계율과 세속적 욕망, 금지와 허용의 언설이 갈마드는 「바라춤」의 시적 공간은 타자와 그 욕망의 흔적으로서의 주체가 어떻게 생성되고 분열하는지 보여 준다. 「바라춤」이 보여주는 자아에 대한 물음은 근대 속에서 근대성으로 근대를 극복하려는 미적 모더니티의 기획과는 또 다른 자리에서 주체의 문제를 제기하고 있는 것이다.

---

63) 박호영, 「문장파의 전통주의」, 한계전 외, 『한국현대시론사 연구』(문학과지성사, 1998), pp.219~220, p.232.
64) 남기혁, 「1950년대 시의 전통지향성 연구」, 서울대 박사논문, 1998. pp.130~132.

그것은 상처와 치욕으로 점철된 한국근대사에 스스로를 비춰보는 한 결코 낯선 모습은 아니다.

　본 연구는 신석초의 카프 활동기 평론에 나타난 문예론적 입장의 추이를 통해, 그의 문학적 고민이 창작방법론과 세계관, 즉 인식론에서 형식의 문제로 전화되는 과정을 볼 수 있었다. 그러나 이 시점의 문학적 과제와 시「바라춤」사이의 미학적·논리적 거리가 명쾌하게 결합되지는 않았다. 그것은 신석초 자신에게도 곤혹스러운 표정으로 남는다. 다만, 그의 평론에서 줄곧 문제시되던 전통, 즉 부르주아 문학유산의 문제가 이후의 시 창작에 있어서도 지속적인 고민의 흔적으로 나타나는 것은 확인할 수 있다. 또한 두 번째 평론의 말미에 나타난 유기론적 시의식의 일면이 시「바라춤」의 미학적 배경이 되어 있으며, 마지막 연에서 보이듯, 자연 귀의와 상생 세계에 대한 믿음으로 이어짐을 어렵지 않게 추측할 수 있다. 유기론 시학은 "자연적인 삶의 형쾌들의 자연발생적인 통합성을 지니고 있는 사회공동체와 미학적 공동체, 구성원 간의 조화로운 상호의존성이라는 특징을 지닌 통합적 체계를 지향한다."[65] 한국 현대시사에서 유기론은 해방 전의 문장파의 전통주의에서 계보의 연원을 찾을 수 있다. 이것은 제국주의와 근대주의로부터 민족의 발견이라는 생존의 서사 형식을 띤다.[66]

　그러나「바라춤」의 유기론적 시학은 자연과 인간으로부터 '개인의 발견'이라는 또 다른 입지의 근대적 물음을 제출한다. 일반적으로 유기론과 근대주의는 세계관의 측면에서 대척적인 위치에 있다. 지금까지의 "문장파" 관련 연구 역시 유기론과 반근대성을 위주로 다루어져 왔다. 그러나「바라춤」의 경우 이같은 도식에 적용되지 않는다. 본고에서는「바라춤」이 내포한 유기론적 세계관을 심층적으로 고찰하지 못했지만,「바라춤」은 물론이고 신석초의 이후 시편들에서도 유기론적 본질시학의 측

---

65) 구모룡, 앞의 책, pp.26~27.
66) 구모룡, 앞의 책, p.17.

면이 두루 발견되는 것은 의심할 수 없는 사실이다. 문제는 이 유기론적 세계관이 근대주의와 어떻게 조우할 수 있었는지에 대한 것인데, 이 점은 차후의 숙제로 미룬다.

신석초에게 근대는 맑시즘으로 다가온 이념으로서의 정신적 가치와 일제의 수탈 방편으로 강요된 식민자본이라는 사회경제적 가치로 양분되었을 것이다. 대부분의 식민지지식인에게 그랬듯, 신석초에게도 근대는 집착과 모멸이라는 양가적 가치체계 속에서 분열될 수밖에 없었다. 일제 치하의 카프 문예운동과 전통 지향이라는 당대적 사유 체계 속을 정면으로 통과하면서 산출된 것이 시 「바라춤」의 세계일 것이다.

■ ■ ■ ■
참고문헌

『文章』폐간호, 1941. 4.

강성원, 『미학이란 무엇인가』, 사계절, 2000.

강영안, 『주체는 죽었는가』, 문예출판사, 1996.

구모룡, 『문학과 근대성의 경험』, 좋은날, 1998.

권영민, 『한국현대문학사』, 민음사, 1993.

김동리, 「신세대의 정신」, 《문장》, 1940. 5.

김용직, 『한국현대시사』, 한국문연, 1996.

김윤식, 「잃어버린 술과 잃어버린 화살」, 《문학사상》, 1975. 5.

______, 『한국근대문학사상사』, 한길사, 1984.

김은자, 「신석초 硏究」, 서울대 석사논문, 1978.

______, 「갈등과 충돌의 미학적 조화」, 정한모, 김재홍 편저, 『한국대표시 평설』, 문학
      세계사, 1995.

김재용 편, 『카프비평의 이해』, 풀빛, 1989.

김종길, 「영혼과 육체의 드라마」, 《문학사상》, 1984. 8.

남기혁, 「1950년대 시의 전통지향성 연구」, 서울대 박사논문, 1998.

朴英熙, 「現代韓國文學史」, 《사상계》, 1959. 4.

박호영, 「문장파의 전통주의」, 한계전 외, 『한국현대시론사 연구』, 문학과지성사,
      1998.

성춘복, 「申石艸의 발레리的 方法 散見」, 《心象》, 1975. 5.

신동욱, 「申石艸 詩에 있어 삶의 한계와 그 초극의 미」, 《현대문학》, 1986. 7.

신석초, 『석초시집』, 乙酉文化社, 1946.

______, 『바라춤』, 통문관, 1959.

______, 《조선중앙일보》, 1931. 12. 1~12. 8.

오택근, 「石艸詩의 意味構造」, 『한양어문연구』 5, 1987. 10.

이성교, 「신석초론」, 《월간문학》, 1978. 4.

임규찬, 한기형 편, 『카프비평자료총서』 IV, 태학사, 1989.

정태용, 「신석초론」, 《현대문학》, 1970. 11.

조동일, 『한국문학통사』, 지식산업사, 1995.

조지훈, 『조지훈 전집』, 일지사, 1973.

최승호, 「신석초 시와 '멋'의 미학」, 『관악어문연구 19』, 1994. 12.

______, 「1930년대 후반기 시의 전통지향적 미의식의 연구」, 서울대 박사논문, 1994.

______, 『한국 현대시와 동양적 생명사상』, 다운샘, 1995.

한형구, 「일제말기세대의 미의식에 관한 연구」, 서울대박사논문, 1992.

홍희표, 「신석초 硏究」, 『동악어문논집』 12, 1980. 4.

황종연, 「문장파 문학의 정신사적 성격」, 『동악어문논집』 21, 1986.

『論語』, 「子罕」 편.

Ch. Baudelaire, 『악의 꽃』, 김붕구 역, 민음사, 1998.

게오르그 루카치, 「마르크스·엥겔스 미학 입문」, L.박산달, S.보라브스키 엮음, 『마르크스엥겔스 문학예술론』, 한울, 1988.

로잘린드 카워드·존 엘리스, 「라깡과 주체의 문제」, ≪현대시사상≫, 1994 여름.

분석철학과 낭만주의 시론 [박이문 시론 비판]

1. 들어가며

철학자 박이문은, 1970년대 이후 근래에 이르기까지 철학과 문학예술, 특히 철학적 인식과 시 창작, 그리고 시적 향유의 문제에 깊은 관심을 기울여왔다. 첫 시론집인 『詩와 科學』으로부터 최근의 『문학과 언어의 꿈』(민음사, 2003)에 이르기까지, 문학·예술·철학의 연관을 다룬 다수의 지적 작업을 수행해 왔으며, 『나비의 꿈』(일조각, 1981)과 같은 시집을 발간하는 등 직접 시를 창작하기도 했다. 전공을 불문학에서 철학으로 옮기고 난 후, 그는 주로 분석철학의 눈으로 본 예술, 문학, 동양사상 등의 문제에 대한 저술에 주력했다. 본고에서 주로 다루게 될 시론「詩的 言語」의 인식론은, 초기 저술부터 후기 저작에 이르기까지 비교적 일관된 사유의 틀을 유지하고 있는 분석철학과 논리실증주의적 시각을 잘 축약하고 있다. 본 연구는 이 시론과 시론집 『詩와 科學』을 분석함으로써, 언어학과 문예학의 양축을 지탱하는 그의 시론을 철학, 특히 분석철학이 구성해가는 하나의 양상을 추적해 볼 수 있으리라 본다.

또한 1970년대 한국 시론의 지형을 참조하면서 이 시론의 의미를 비판적으로 성찰하고, 동시에 철학과 시가 만나야 할 지점에 대한 하나의 시도를 엿보면서 그 만남의 보다 궁극적인 의미를 돌아보자는 데 또 하나의 목적이 있다.

2. 시의 본질과 언어의 내포적 의미

　　그렇다면 '文學의 本質' 혹은 '文學性 littéralité'은 무엇인가. 엄청나게
방대한 이 문제에 대한 정확한 해결은 本稿에서는 말할 나위도 없이 불
가능하지만, 문학의 본질이 言語表現者의 意圖나 그 表現形式에 의해서
완전히 결정되지 않음은 분명하다. '文學性'은 언어 표현의 내용에서보
다는 언어 표현의 機能에서 찾아내야 할 것이다.(116)[1]

　　박이문의 시론 「詩的 言語」는 <문학성>, 혹은 <문학의 본질>에 대한
물음에 우회적으로 답변하기 위해 씌어졌다. '문학성'을 '언어 표현의 내
용' 즉 표현된 언어가 내포하고 있는 관념, 혹은 의미나 가치, 장르적 역
사성과 관련한 형식성 등에 대한 탐구로부터 시작하지 않고, '언어 표현의
기능' 이를테면 표현된 언어가 지탱하고 있는 서술 주체와 대상과의 '관
계'에서 찾겠다는 문제의식[2]은 대체로 다음과 같은 자세에서 비롯된다.

　　1) 문학의 본질은 문학 언어를 떠나서는 알 수 없으며, 시의 언어는
문학적 언어의 특징을 가장 극명하게 나타낸다. 2) 시적 서술과 과학적
서술의 차이를 규명하는 것은 시적 언어의 특징을 추출해 내는 근거가
될 것이며, 이것은 서술된 언어들의 기능을 분석함으로써만 가능하다. 3)
시적 언어는 과학적 언어와 달리 비인식언어(非認識言語)[3]이기 때문에, 서

---

1) 이하 「詩的 言語」에 대한 인용은 박이문, 『詩와 科學』(일조각, 1975)에 근거하며
　 본문에는 면수만 표시함.
2) 문학의 본질이 언어표현자의 의도나 그 표현 형식에 의해 '완전히' 결정되지 않는
　 다는 말이 그 자체 틀린 말은 아니겠으나, 그렇다고 해서 그 이유('완전히' 결정되
　 지 않음)를 문학성을 의도나 형식 대신 언어 표현의 기능에서 찾아야 하는 논리로
　 삼는 것은 명백한 비약으로 보인다. 그러나 이에 대한 논의는 잠시 유보한다.
3) "시적 서술이 인식으로 받아들여지지 않는 근본적인 이유는 그것이 객관성을 갖고
　 있지 않기 때문이다. 이러한 원인은 시적 서술에 있어서 의식은 언제나 구체적인

술된 언어의 내용(의미/가치) 층위보다 기능 중심(외연적/내포적 기능)의 분석이 객관성을 보장받을 수 있다. 저자의 이런 자세는 다음과 같은 언명을 통해 확인된다.

> 모든 언어는 대체로 두 가지 다른 의미를 갖게 마련이다. 첫째는 外延的 혹은 論理的 意味로서 客觀性을 갖는 의미이고, 둘째는 內包的 의미로서 主觀性을 벗어날 수 없는 의미이다.(116)
>
> 하나의 언어가 外延的 意味로서 쓰이면 쓰일수록 그것은 과학적인 것, 미학적인 것에 가까워지고 그 언어가 內包的인 의미로서 쓰이면 쓰일수록 문학적인 것, 詩的인 것에 가까워진다. (중략) '詩的인 것', 즉 '詩性'은 언어의 內包的 意味의 機能이 최대한도로 살려졌을 때에 생기는 言語 意味의 상태를 말한다.(117)
>
> 詩의 本質, 즉 '詩性'은 언어의 內包的 意味를 분석하고 밝힘으로써 확실해질 것이다.(118)

3. 인식과 언어

박이문은 대상에 대한 인식에 있어서, 인식의 전제조건은 '언어'라는 것, 즉 "언어 이전의 인식이나 의미가 불가능"(119)하다는 입장에 있다. 이러한 입장은 이 시론, 그리고 『詩와 科學』의 문제 설정과 논점에 깊이 연관되어 있는데, 시론을 전개하기 앞서 이에 대한 반대이론을 비판하고 있다.

> 프로이트나 융과 같은 심리학자, 메를로-퐁티나 그리인 같은 철학자들

것, 개별적인 것으로 남아 있어야만 하기 때문이다. 오직 논리적 개념적 사고에서만 객관성을 발견하게 되는 이유는 논리적 사고가 비개별적이기 때문이다. 오직 그럼으로써만 객관성은 성취될 수 있다." 박이문, 「詩와 科學」, 앞의 책, pp.40~41.

은 언어 이전의 의식, 언어 이전의 인식이 있음을 주장한다. 이와 같은 견해는 실상 전문가 아닌 사람들 대부분이 자명한 사실처럼 믿고 있는 견해이다. 말을 배우기 전 어린애들은 어머니를 알아본다. 말을 늘 쓰는 성인들도 표현 이전에 많은 것을 느끼고 안다. 강아지나 돼지, 하다못해 굼벵이도 어느 정도 사물을 가려낼 줄 안다. 그러나 이와 같은 앎은 엄밀한 의미에서 인식이라기보다는 본능적인 반응이라고 함이 좋을 것 같다. 왜냐하면 엄밀한 의미에서의 인식은 그 인식이 스스로 인식됐을 때만 가능하다. 참다운 앎은 내가 무엇인가를 알고 있다는 것을 알 때만, 즉 자의식이 섰을 때만 있을 수 있다. 자의식은 한편으로 의식과 그 대상, 또 한편으로는 그 의식 자체에 논리적 거리를 둠으로써만 가능하다. 이 거리는 다름 아닌 언어인 것이며, 이 언어를 매개로 해서 주체로서의 의식과 객체로서의 대상이 구별되고, 이런 구별이 이른바 인식을 만들어 내는 것이다.(119)

동물이나 아기의 분별능력은 인식이라기보다는 '본능적인 대응'이라는 것, 엄밀한 의미에서의 인식은 자의식을 전제로 한 인식이어야 한다는 것, 따라서 동물이나 유아의 분별력은 자의식을 바탕으로 하지 않았기 때문에 인식이라고 할 수 없다는 것이 비판의 요지이다.

그러나 프로이트의 전의식/무의식 이론은 이미 초자아, 자아, 이드 등의 다층적 자아 개념을 전제하고 있다는 점을 감안한다면 이러한 비판은 설득력이 약하다. '본능적인 대응'의 측면은 이 중 이드 개념에 가깝다. 또한 현상학의 기층 논점을 구성하는 '의식의 지향성'은 이미 그 의식이 주체 내재적인 것이 아니라, 주체가 대상을 향해 지향하는 것으로서의 의미를 담고 있다. 그러므로 그 의식은 이미 주체−대상의 분리와 분열을 전제로 한 의식이다. 따라서 박이문의 인식론은 프로이트나 현상학의 그것과 범주를 달리하고 있다. '엄밀한 의미에서의 인식은 그 인식이 스스로 인식됐을 때만 가능하다'는 말은 엄밀한 의미의 인식은 의식일 때만, 의식을 기반으로 할 때만 가능하다는 말일 것이다. 데카르트의 코기토와 주체 동일성에 기반한 서구 관념철학의 이런 입장은 프로이트와 현상학의 문제의식과는 분명 거리가 있다.[4]

또 저자는 "언어를 떠나서는 엄밀한 뜻에서 의식도 없고 의미도 없다. 이런 관점에서 '언어는 존재의 居所'라는 하이데거의 말이 이해된다"(118)고 하며 하이데거의 유명한 명제를 인용하고 있다. 그런데 저자는 사실 '예술 작품 자체가 직접 존재의 진리를 현시한다'는 하이데거의 예술인식론에 분명 반대하는 입장을 견지하고 있음을 이 시론의 곳곳에서 확인할 수 있다. 저자에 의하면 예술작품이 나타내 보이는 것은 단순히 사물에 대한 시인의 반응일 뿐이다.[5] 저자는 인식에 있어서의 언어를 강조하기 위해 하이데거의 명제를 인용하고 있으나 이런 측면은 하이데거 언어관의 주요한 맥락에서 벗어나고 있으며, 일정 부분 왜곡하고 있다. 이 말이 포함된 하이데거의 「휴머니즘에 관하여」의 일부를 인용한다.

一切에 앞서서 있는 것은 존재(sein)입니다. 사유는 인간 본질에 대한 존재의 관여를 완성합니다. 사유는 이 관여를 낳거나 만들지는 않습니다. 사유는 이 관여를 다만 존재로부터 위임받은 것으로서만 존재에 제시해 줄 따름입니다. 이 제시한다는 것은, 사유함으로써 존재를 언어로 나타낸다는 뜻입니다. 언어는 존재의 집입니다. 그 언어라고 하는 주택 가운데 인간이 살고 있습니다.[6]

하이데거는 인간은 언어라는 집 속에 살고 있다고 분명히 말하지만, 여기에서 말하고 있듯, 이 때 사유, 즉 인식은 존재에 대한 관여를 '낳거

---

4) 언어-의식-인식에 관한 현상학의 이론과 입장은 메를로-퐁티, 오병남 편역, 『현상학과 예술』(서광사, 1983)의 제 3장 「언어의 현상학에 관해서」 참조.
5) "그러나 시가 나타내 보이는 그러한 존재는 그 존재 자체를 나타내는 것이라기보다는 그 존재에 대한 시인의 반응에 더 가깝다"(129)
6) Martin Heidegger, 소광희 역, 『휴매니스트에의 便紙』(동양출판사, 1960), p.79.

나 만들지 않'는다고 하여, 인식이 존재에 직접 관여하지 않음을 분명히 하고 있다. 따라서 이 글의 맥락은 존재 현시와 관련된 언어의 특수한 지위를 말하는 가운데 놓여 있는 것이며, 박이문의 기본적인 인식론적 입장과는 상이하다고 볼 수 있다. 또한 하이데거의 같은 글에서, 현실적으로 존재와 언어의 이 관계는 "주관성의 지배하에 은폐"[7]되어 있으며 "언어는, 존재의 집이라고 하는 언어의 본질을 언어 자신이 우리에게 거부하고 있"[8]다고 말한다. 이처럼 하이데거에게 언어는 개시성과 은폐성의 두 가지 양상을 전제로 하고 있다. 하이데거는 서구 전통적 언어관— 언어는 대상을 지칭하거나 명명한다—에 대해 명확히 반대하는 입장을 취하고 있으며 이러한 대상에의 명명은 그에게 '존재 망각'으로 해석된다.

'언어는 존재의 집'이라는 언명이 함축하고 있는 것은, 인간이 존재에 언어와 의미를 부여하는 것이 아니라, 존재가 언어로 하여금 인간을 통해 말하게 함으로써 스스로의 존재 진리를 현시한다는 것이다.[9]

아무튼 박이문은 '의식이 그 자체에 거리를 두는 능력, 즉 언어를 사용할 수 있는 능력은 오직 인간에게만 부여되어 있'(119)으므로, 인식의 근거이자 전제인 언어에 대한 탐구를 재삼 강조하고 있다.[10]

---

7) Martin Heidegger, 위의 책, p.85.

8) Martin Heidegger, 위의 책, p.86.

9) 하이데거의 언어/인식론에 대해서는 박유정, 「하이데거에 있어서 언어와 세계」, 『철학연구』 제78집(대한철학회, 2001), 혹은 Martin Heidegger, 오병남·민형원 공역, 『예술작품의 근원』(예전사, 1998)의 제 3장 「언어」 참조.

10) 이 시론에서는 이와 같이 언어-인식에 있어 '인간의 인식'만을 대상으로 하고 있고 또 그와 관련해서 언어를 강조하는 입장에 서 있으나, 메를로-퐁티의 첫 주저인 『행동의 구조』는 "인간 행동의 구조뿐만 아니라 이를 탐구하기 위한 유비적인 기초로서 아메바, 잉어, 닭, 침팬지 등의 행동의 구조"를 탐구하고 있다. 즉 "인간 정신의 우월성을 포기한 메를로-퐁티는 우선 인간이 어떻게 이 세계를 체험하고 살아가는가를 다른 유기체들과 같은 차원에서" 탐색하는 것이다. 이렇게 본다면 의식, 혹은 인식을 다루는 양자 간의 범주적 거리가 더욱 명확해 진다. 조광제, 「모리스 메를로-퐁티」, 박정호 외 엮음, 『현대철학의 흐름』(동녘, 1996), p.86.

4. 대자연으로의 귀환과 언어 해방에의 욕구

인간이 사물의 관계를 고찰하고 그것을 지배하는 원칙이나 법칙을 찾아내서 보다 더 효율적으로 사물을 지배할 수 있게 된 것은, 다름 아니라 人間이 事物을 象徵化, 즉 意味化함으로써 그것을 空間이나 時間을 초월한 論理의 世界 속에서 다룰 수 있기 때문이다. (중략) 언어로 해서 인간은 動物 아닌 動物이 되어 自然과 뛰어 넘을 수 없는 距離를 갖게 되었다. 우리는 이미 자연 속에서 살지 않고, 자연의 완전한 일부가 아니며, 언어의 세계, 의미의 세계 속에서 살고 있는 것이다.(120)

自然과 人間 사이의 쐐기이기도 하며 동시에 距離인 언어는 인간을 自然으로부터 疎外시키는 原因이 된 것이다.(121)

인간은 언어를 창조해서 상징을 사용함으로써 사물과의 거리를 조정하고, 대상 세계를 지배하게 되었으나, 바로 이런 과정이 인간을 자연과 분리하는 원인이 되었다는 것이다. 따라서 "자연에서 떨어지는 인간, 자연에서 이탈된 인간의 보편적인 불안"(121)이 생겨나는데, 이렇게 분리된 대자연에 회귀하여 "완전한 조화를 이룬 이상적 상태"(121)를 추구하는 것은 인간의 보편적인 본능이며, 詩的인 활동, 詩作이 "인간을 언어로부터 해방"하는 동시에 "원초적 자연의 상태에 귀의하려는 노력"(121)이라고 말해진다.

원초적 자연상태로 돌아가기 위해서는, 우선 그 소외의 원인인 언어에 대한 구속에서 벗어나 언어로부터 해방되어야 한다. 저자는 시작(詩作)이 왜 언어에 대한 해방을 목적으로 하고 있는지 설명하고 있다. 요약하면 다음과 같다.

(가) 산문의 본질은 '개념과 개념을 논리를 따라 일선적으로' 이어나가는 데 있다. 그러나 시는 개념을 전개하기보다 논리를 어기면서까지도

이미지를 구성/종합하여 전체적인 하나의 뜻을 발전시키려고 한다. 따라서 시는 근본적으로 비정상적인 언어, '언어 아닌 언어'(123)를 추구할 수밖에 없는데, 시인은 언어를 씀으로써 언어로부터 해방된 의미를 전달하고자 한다.

　(나) 산문에 있어서의 언어가 사물, 사태, 개념 등을 전달하기 위한 수단이라면, 시인은 그러한 사물, 사태, 개념을 보다 잘 알기 위해 언어를 재조직하는 동시에 새로운 언어를 만들고자 한다. 즉 시에 있어서 언어는 그 자체로 목적이며 따라서 시는 '언어를 통한 언어의 제거작업'(123)이다.

　산문과 시의 담화적 기능에 대한 차이를 설명함으로써 박이문은 시작(詩作)의 언어 해방적 측면을 규명하려 시도하고 있다. 발레리가 "散文을 徒步에, 詩를 舞踊에 비교"(124)한 것을 인용한 부분에 나타나기도 하지만, 산문과 시의 언어 기능에 대한 이론은 발레리의 순수시론에 적극적으로 기대고 있다. 위에 인용된 문장이 실린 「시에 대한 담화론」에서 발레리는 산문과 시의 목적과 기능을 세밀하게 분석하고, 시적 영감의 근원과 그 시적 발현 양상을 밝히고 있다. 산문이 언어의 전통적인 기능을 지향하고 또 전달성이라는 목적에 귀착하는 것과 달리, 시는 "언어의 기능을 변화시키려는 의지를 함축하고 있다"[11]는 발레리의 지적이 이 시론에서 그대로 되풀이되었다고 할 수 있다. 그러나 발레리의 이러한 구분이 궁극적으로 의도하는 것은, "[산문이라는 언어 작용에 있어서] 형식은 보존되지도 않고 이해작용이 끝난 후까지 존속되지도 않"[12]고 해소, 소모되어버리는 반면, 시의 형식과 내용은 사용된 후에도 끊임없이 스스로를 재생하고 재구성한다는 것이다.

---

11) Paul Valéry, 심재상 역, 「시에 대한 담화론」, 정현종 외 편, 『詩의 理解』(민음사, 1994), p.242.
12) Paul Valéry, 위의 글, p.243.

이와는 반대로, 시는 사용된 후에도 사라져버리지 않습니다. 분명 그것은 자신의 잿더미 속에서 다시 태어나 조금 전의 자신으로 무한히 되돌아가도록 창조되어 있습니다. / 시는 이 놀라운 작용에 의해 판별됩니다. 이것에 근거하여 우리는, 시는 자신의 형식 속에서 재생을 지향한다, 시는 우리의 영혼에 있는 그대로의 자신을 재구성하라고 부추긴다, 라고 훌륭하게 시를 정의할 수 있을 것입니다. (중략) 시적 형식은 자동적으로 자신을 회복시킵니다.13)

시가 끝없이 자신을 재생하고 재구성한다는 말은, "시가 나타내 보이는 존재는 그 존재 자체를 나타내는 것이라기보다는 그 존재에 대한 시인의 반응"(129)에 불과하다는 박이문의 입장보다는 오히려 앞서 언급한 하이데거와 현상학의 근본 입장에 가깝다. 또한 발레리의, "그는 [시인은] 자신이 그 근원이 아닌 시에 영향을 미치지 않습니다. 그는 자신을 통해 흘러나온 것들과 전혀 무관할 수도 있습니다. (중략) 영감, 그것은 독자에게 속하며 독자를 위해 예비된 것"14)이라는 지적은 하이데거의 입장보다 오히려 더 과격하게 예술 현상에 있어서의 작품의 자발성을 강조하는 듯하다.

5. 시의 욕망과 이상, 그 근원과 한계

박이문은, "언어를 통해서 언어로부터 해방되려는"(122) 시의 시도는 "근본적으로 모순된 꿈이며 이상으로 끝나기 마련"(124)이라고 단언한다. 그런데 이러한 시의 모순된 꿈은, Burnshaw에 의하면 '언어 기호에 의지하게 된 인간의 대지와의 접촉의 상실, 대자연으로부터의 분리'(124)에서 유래한다고 했다. 따라서 "시적인 것에의 어쩔 수 없는 인간의 요구"(125)

---

13) Paul Valéry, 위의 글, 같은 곳.
14) Paul Valéry, 위의 글, pp.247~248.

는 박이문에 의하면 '언어를 갖게 됨으로써 생긴 인간 존재 구조의 필연적인 소외'(125)에서 비롯된 것이다.

인간의 시적인 것에의 욕망과 이상의 유래를 이와 같이 파악한 박이문은, 언어의 기능을 분석함으로써 시의 명확한 존재 양식을 밝히고자 한다. 이 시론의 서두에 잠깐 논의되었던 언어의 '외연적 의미와 내포적 의미'는 "사고된 차원의 개념적 의미와 감각된 차원의 경험적 의미"(126)로 다시 구별된다. 시는 "사고되기 이전의 피부로 느낀 가장 원초적이며 직접적인 체험을 표현코자, 즉 의미코자"(126) 한다. 이것은 "언어를 통해서 언어 이전의, 언어로는 대치할 수 없는 가장 구체적인 경험이나, 경험의 대상 자체를 그냥 그대로 언어라는 매개체를 삽입하지 않고 직접 보이려"(127)는 시도인데, 이러한 시인의 욕망은 "완전히 모순된 꿈일 수밖에 없다"(127) 왜냐하면 "경험의 의식과 표현에 불가피한 언어는 그 본질상 추상이어야 하며, 따라서 그 언어가 표현하고 의미하려는 대상과 거리를 갖게 마련이다. 아무리 정확하고 적절한 언어라 하더라도 논리상 그 언어는 그가 표현하려는 대상과는 일치하지 않는다. 즉 그 대상과는 다르"(128)기 때문이다. 이에 따라 "시인이 하고자 하는 시도는 모순된 악순환"(128)에 빠질 수밖에 없다는 것이며 박이문은 다음과 같은 결론을 유도한다.

> 시인의 시도는 다름 아니라 하나로서의 모든 존재로부터 소외된 인간이 다시금 그 존재 속에 통합되어 그것과 하나가 되어 조화를 찾고자 하는 인간존재학적인 욕망을 나타내는 것이다. (중략) 시는 추상화 이전의 한 유기체로서의 완전한 존재에 대한 인간 본연의 향수다.(128)

그런데 박이문이 이와 같이 파악한 시의 한계는 시 자체의 한계라기보다 언어 일반, 혹은 동일성에 기반한 서구 전통적 사유 일반의 한계와 다르지 않다. 그렇게 보면 박이문이 말하고 있는 '시의 모순된 꿈'의 본질은 아직 설명되지 않고 있는 셈이다.

박이문은 서구 철학의 주류적 형이상학 전통에 비판적인 베르그송과 하이데거의 인식론과 존재론적인 입장에 명확하게 반대하고 있다.(129) 박이문의 예술, 문학론은 이 시론이 실린 『시와 과학』 전체를 통해 철저히 분석적 논리실증주의의 시각으로 기술되고 있다. 따라서 서구 철학의 전통적인 "과학주의와 정적인 형이상학을 비판하면서 이러한 입장들이 인간 지성의 산물이라는 점을 강조하고, 지성은 실재하는 생명적 흐름을 고정시키는 인식 기능이므로 생명의 본래적 의미에 접근할 수 없다는 것을 역설"[15]한 베르그송적인 인식론을 받아들일 수 없음은 자연스러운 것으로 보인다.

박이문은 개개의 문학 작품의 독립성과 자율성을 강조하는데, 서구 낭만주의적 예술관에서 영향 받은 것으로 보이는 이 유기론적 문학관이 그의 논리실증주의적 철학체계와 만나는 지점은 분명치 않으며, 시론으로서의 적절한 체계를 제시하지도 않는다. 앞서 살펴본 것처럼 정신분석학이나 현상학에 대한 비판 역시 명확한 비교의 논점을 전제하지 않은 채 이루어지고 있다. 시의 언어에 대해 크게 영향 받은 것으로 보이는 발레리에 대한 이해 역시 편의적이거나, 논의의 맥락이 적확히 수용되고 있지는 않아 보인다.[16]

개개의 문학작품에 대한 유기론적 자율성을 강조하는 박이문의 시각으로는, 문학을 의식의 한 형태로 간주하면서 한 작가의 작품 전체를 넘나

---

15) 황수영, 「베르그손(Bergson)의 삶의 철학에서 본 시간과 공간」, 『프랑스학연구』 6 (프랑스문화학회, 2000), p.18.

16) 앞서 지적한 점 외에 예를 들어, "만약 시인이 자기 예술의 최상을 겨냥하고 있다면, 그의 욕망은 그의 조화된 삶의 숭고한 지속durée, 모든 형식이 구성, 측정되며 그의 온갖 감각적, 운율적 잠재력의 誦들이 교환되는 지속으로 낯선 영혼을 안내해 가는 수밖에 없기 때문입니다"와 같은 발레리의 언급은, 최소한 전통적인 인식론의 정적 논리주의로부터는 탈피하고 있을뿐더러 예술 현상에 있어서의 인식론적 역동성과 '지속'의 강조는 베르그송의 시간성과도 맥이 닿을 수 있을 것 같다. Paul Valéry, 위의 글, p.248.

들며 주석하는 (리샤르를 포함한) 제네바학파의 현상학적인 비평적 시각
역시 받아들이지 않는다. 그런데 이에 대한 비판이, '예술 작품은 항상 구
체적인 것, 독립적인 사물, 사태에 대한 기술이므로 어떤 작가의 모든 작
품을 대상으로 하는 비평은 올바른 비평이라고 할 수 없다'는 식으로 다
소간 소박하고 단순한 논리로 이어지고 있음을 지적할 수 있겠다.[17]

　문학 비평에 관한 박이문의 시각을 잠시 살펴보면, 1960년대, 70년대
의 순수·참여 논쟁을 염두에 두고 있는 글에서는 참여문학에 대한 반대
입장을 분명히 하며 구조주의와 신비평을 바람직한 비평 자세라고 밝히
고 있다. 그 이유로, 참여문학적 비평의 예로 든 실존주의이건 심리비평
이건 문학의 자율성을 전제하지 못하므로 문학을 사회과학에 종속시키게
되는 결과를 빚으므로 바람직하지 못하다는 정도의 논지가 전부이다.[18]

　한편, 박이문의 언어 문제와 관련한 낭만주의적 문학관은 다소간 독일
초기 낭만주의사상에서 영향 받은 것으로 보인다. 낭만주의 기관지인
『Athenäum』의 창간호(1798)와 종간호(1800)에는 각각 대표적인 초기 낭
만주의자인 슐레겔 형제의 논문이 실려 있다.[19] 이 글들은 인식과 관련
한 근본적인 언어의 가능성을 문제화하고 있지는 않지만 소박한 수준에
서의 언어 비판을 수행하고 있었던 것으로 보인다. 이를테면 "언어에 관
련된 개별적인 특수 힘의 우세(상상력에 대한 오성의 우세, 시에 대한 문법의
우세)"[20] 문제 등이 거론되고 "의사소통을 가능케 해주는 문법의 규칙성
으로부터 언어를 통한 이해의 불충분함, 즉 '불가해성'을 적극 인정하는
데에 이르고 있다."[21] 초기 낭만주의의 언어 문제는 이후 노발리스와 하

---

17) "예술로서의 작품은 반드시 독립된 구체적인 것인 만큼 한 작품은 독립된 한 작
　　품으로서 독립해서 분석되고 비평됨으로써만 비로소 한 작품은 예술 작품으로서
　　비평되었다고 볼 수 있다." 박이문, 「현상학으로서의 문학비평」, 앞의 책, p.196.
18) 박이문, 「문학비평의 기능과 한계」, 앞의 책.
19) Peter Putz, 독일학연구소 역, 「현대에 있어서 언어 문제와 인식의 문제−초기 낭
　　만주의에서 니체에 이르기까지」, 『독일학연구』 4(서울대학교 독일어문화권연구
　　소, 1995).
20) Peter Putz, 앞의 글, p.30.

먼 등의 논의를 거쳐 결국 "언어에 대한 비판적 성찰을 한 결과, 언어에서는 없는 어떤 것을 보상해 주리라는 염원 하에 문학을 더 높이 평가"[22)]하는 것으로 귀결된다.

박이문은 언어의 기능에 대한 논리실증주의적 자세를 철저히 견지함으로써 언어의 한계를 도출하고, 이를 자신의 낭만주의적 문학관으로 연결시킨다. 그러나 저자의 이러한 낭만주의적 시각은 18,19세기 독일 초기 낭만주의에서의 성찰이 보여주었던 것보다 더 나아간 문제의식을 상정하고 있지는 않다. 이런 점은 저자의 낭만주의적 문학관이 (문학/예술에 관한) 일종의 윤리적 자세에서 비롯된 것은 아닌가 하는 의문을 품게 하는 요소가 된다.

6. 맺으며

박이문 시론의 논의를 요약해 보면 다음과 같다.

1) 문학의 본질, 즉 문학성은 언어 표현의 내용에서보다는 언어 표현의 기능을 분석함으로써 밝혀질 것이다.

2) 모든 언어는 객관성을 갖는 외연적 의미와 주관성을 벗어날 수 없는 내포적 의미를 가지는데, 시적인 상태는 언어의 내포적 의미의 기능이 최대한도로 발현했을 때의 상태이다.

3) 따라서 내포적 의미의 언어 기능을 분석하는 것이 詩性을 究明하는 방법이다.

4) 언어 이전에는 인식이 있을 수 없는데, 인간은 언어를 가짐으로써 자연으로부터 분리되는 비극을 운명적으로 안게 된다.

5) 따라서 대자연에 귀의하기 위해 인간은 언어를 사용함으로써 언어로부터 해방되고자 하는 모순된 노력을 계속하게 된다.

---

21) Peter Putz, 앞의 글, 같은 곳.
22) Peter Putz, 앞의 글, p.38.

6) 그 노력이 바로 詩인데, 시는 인식되기 이전의 경험, 혹은 경험된 사물이나 사태를 언어의 질곡을 뛰어넘어 직접적으로 표현하고자 한다.

7) 그런데 언어작용은 본질적으로 추상일 수밖에 없으므로 이런 노력은 모순된 악순환에 빠진다.

8) 그러나 시의 이러한 노력은 추상화 이전의 한 유기체로서의 완전한 존재에 대한 인간 본연의 향수이며, 인간의 근본적인 존재학적 욕망에서 나오는 필연적인 표현이다.[23]

시론 「시적 언어」는 저서 『시와 과학』의 축약판이라고 할 수 있을 정도로 '시'와 '과학'에 대한 박이문의 시각이 집약적으로 제시되어 있다. 이 시론을 통해 저자는 과학적 인식과 예술적 인식[24]의 차이를 세밀히 분석하고 시의 본질을 규명하기 위해 언어의 기능면에서의 객관적인 분석을 충실히 수행하고 있다. 그러나 그러한 과학적 분석의 정치함과는 별개로, 저자 스스로 의도했던 바 '詩性'의 본질은 적극적으로 탐구되지 못했다. 시론의 마지막 문장에서 저자는 "시는 언어를 통해서 언어를 파괴하고 존재와 일치하려는 언어 표현"(132)이라고 말하고 있지만, 시의

---

23) 시와 문학에 대한 이런 소박한 낭만주의적 시각이 최근 환경철학, 생태철학 쪽으로 관심을 돌리기 전의 저작들을 일별해 보면, 큰 변화 없이 유지되고 있는 것으로 보인다. 문학과 철학의 관계를 직,간접적으로 다루고 있는 저서는 『예술철학』(문학과지성사, 1983), 『사물의 언어』(민음사, 1988), 『문학과 철학』(민음사, 1995) 『철학의 여백』(문학과지성사, 1997), 『자연, 인간, 언어』(철학과현실사, 1998) 등이 있는데, 한 서평에서, 서양철학 전공자인 서평자는 "문학과 철학에 대한 그의 견해는 매우 '문학소녀적'"이라는 점을 지적하고 있기도 하다. 즉, 문학의 순수성에 대한 열정이 그와 관련한 철학적, 미학적 탐구의 열정으로는 더 이상 발전하지 않는다는 것이다. 김광수, 「서평 : 『문학과 철학』」, 『철학』 45(한국철학회, 1995), p.263.

24) 박이문은 예술은 인식의 대상이 아니며, 결코 객관성과 보편성을 띨 수 없음을 반복하여 강조하나, 「시적 언어」의 후반부에서는 소극적으로나마 인정하고 있으며, 정확한 논리적 근거를 대지 않는 애매하고 절충적인 입장을 취하고 있다. "시가 내포하고 있는 보편성은 보통 말하는 의미로서의 인식으로 인정되기에는 너무나 미약하다. (중략) 시에 있어서의 보편성은 아직도 너무나 미약하며 역시 주관성을 벗어날 수 없기 때문에 엄밀한 의미로서의 앎(認識)일 수는 없다."(131)

언어를 파괴하는 것이 어떻게 [왜] 존재와 일치하는가 하는 데까지는 논의가 미치지 않는다. 그것은 저자가 서두에서 밝힌 '문학성', '문학의 본질', '시성(詩性)' 등에 대한 것일 터이다. 저자는 언어의 기능을 분석함으로써 이러한 측면을 규명할 수 있으리라 생각하고 있지만, 결국 이 논의는 시와 문학에 대한 것이 아니라 언어 일반, 인식 일반의 제 측면에 대한 논리 실증주의적 명제를 은유로서의 문학성으로 치환한 것일 뿐이다.

이 시론의 외부적 논리 전개 배후에 깔고 있는 전제는 1) '언어 이전의 인식은 불가능하다.' 2) '시의 언어는 객관성을 가질 수 없으므로 (진리로) 인식되지 못한다'로 볼 수 있다. 언어와 인식에 대한 문제는 그 각각의 범주를 어떻게 설정할 것인가에 따라 상당히 복잡한 전제를 필요로 할 것이다. 그러나, 대상에 대한 인식의 근거와 객관성, 과학주의 등이 현대철학의 주요한 비판 대상이 되어 있음은 분명한 사실이다. 이런 문제들이 훗설과 현상학의 주요한 문제의식을 이루고 있지만 이 시기의 박이문은 그러한 문제의식의 일단을 수용하는 대신, 실증주의적 인식론의 논리를 강화하기 위해 편의적인 비판의 대상으로 삼고 있는 것으로 보인다.

시에서의 인식 문제에 대한 가능/불가능의 논점을 일단 유보하고 나면, 시에서의 인식을 단호히 배제하는 박이문 시론은, 시의 본질과 시적 감동의 근원, 시적 장치와 표현들의 발현 양상, 그것이 독자에게 울리는 감흥의 정체들에 대한 (시 자체에 관한) 모든 탐구들이 동시에 배제되는 것으로 귀결된다.[25]

1960년대의 순수시/참여시 논쟁은, 문지파와 창비파의 크고 작은 논

---

25) 예컨대 이 시론보다 약 5년 전에 발표된 김주연의 「시의 인식의 문제」라는 글에서 김주연은 "보편적인 존재의 문제를 제기하는 효과적인 묘사가 시의 인식이 될 것이다"라고 시에서의 인식 문제에 관해 발언하고 있다. 물론 논리실증주의적 입장에서 이 문장에 쓰인 단어들의 함의들은 충분히 분석적으로 검토될 여지가 있다. 그러나 박이문의 글과 달리 엄격한 객관주의에서 한걸음 물러난 자리에서 펼쳐지는 상대적으로 풍요로운 시적 논의들을 접할 수 있다. 김주연, 「시의 인식의 문제」, 정현종 외 편, 앞의 책, p.30.

쟁, 혹은 입장들로 1970년대까지 잔상을 남긴다. 김춘수의 난해한 무의미시론과, 명확한 시학적 체계를 제시하지 못하는 김수영의 전위시론, 김용직, 정한모, 김종길 등이 도입하기 시작한 신비평의 유입과 적용 등 1970년대 시론의 양상을 일별해 보면, 박이문의 이 시론이 서 있는 자리가 비교적 명확해진다. 박이문은 넓은 의미의 시적 언어가 왜 일상적 언어와 구별되는지 명징한 논리와 분명한 언어로 분석해 내고 있다.[26] 이 점은 이 시론의 가장 큰 미덕이다. 이 시론에서 보여주는 '과학의 눈으로 본 시와 문학'이 1970년대의 당대적 상황에서 다른 어떤 경향의 시론보다 분명하고도 의미 있는 자세를 견지하고 있음은 부인할 수 없다.

---

26) 물론 이것은 박이문의 독창적인 발상이나 성과가 아님은 물론이고, 논리실증주의나 분석철학만의 성과도 아니다. 우리는 이미 18,19세기 독일 초기낭만주의에서도 이러한 논의가 이어져 왔다는 점을 확인했으며, 훗설 이후 하이데거, 메를로-퐁티 등에게 이어지는 현상학의 근본적인 문제의식을 이루고 있음은 자명하다. 그리고 (본문에서 언급하지는 않았지만) 언어의 한계와 관련한 저자의 언어 분석은 니체의 근대 형이상학 비판의 기본적 주제인 언어 비판에서 논의되었던 수준을 벗어나지 않는다. 그러나 저자는 이러한 언어 비판이 이루어졌던 당대적 문제의식을 거절하는 철학적 입장에 있다. 니체의 언어비판에 대해서는, Peter Putz, 앞의 글 외에, 이진우, 「진리의 허구성과 허구의 진실성 – 니체의 탈현대적 언어 이해」, 『철학연구』 35(철학연구회, 1994) ; 임홍배, 「해체론과 맑스주의 : 니체의 언어비판과 근대인식」, 『문예미학』 6(문예미학회, 1999) 참조.

■ ■ ■ ■
참고문헌

김광수, 「서평 : 『문학과 철학』」, 『철학』45(한국철학회, 1995)

김주연, 「시의 인식의 문제」, 정현종 외 편, 『詩의 理解』(민음사, 1994)

박유정, 「하이데거에 있어서 언어와 세계」, 『철학연구』제78집(대한철학회, 2001)

박이문, 『詩와 科學』, (일조각, 1975)

이진우, 「진리의 허구성과 허구의 진실성―니체의 탈현대적 언어이해」, 『철학연구』
35(철학연구회, 1994)

임홍배, 「해체론과 맑스주의 : 니체의 언어비판과 근대인식」, 『문예미학』6(문예미학회,
1999)

조광제, 「모리스 메를로-퐁티」, 박정호 외 엮음, 『현대철학의 흐름』(동녘, 1996)

황수영, 「베르그손(Bergson)의 삶의 철학에서 본 시간과 공간」, 『프랑스학연구』6(프랑
스문화학회, 2000)

Martin Heidegger, 소광희 역, 『휴매니스트에의 便紙』(동양출판사, 1960)

______________, 오병남·민형원 공역, 『예술작품의 근원』(예전사, 1998)

Maurice Merleau-Ponty, 오병남 편역, 『현상학과 예술』(서광사, 1983)

Paul Valéry, 심재상 역, 「시에 대한 담화론」, 정현종 외 편, 『詩의 理解』(민음사,
1994)

Peter Putz, 독일학연구소 역, 「현대에 있어서 언어 문제와 인식의 문제―초기 낭만주
의에서 니체에 이르기까지」, 『독일학연구』4(서울대학교 독일어문화권연구소,
1995)

이 · 상 · 오 부산 출생
고려대학교 사학과 및 동 대학원 국어국문학과 졸업
2003년 「우연에 기댄 경계의 토포스―황동규론」으로 <문학사상> 신인상
에 당선되면서 문단에 데뷔
2005년 「정지용 시의 자연 인식과 형상화 양상」으로 문학박사학위 받음
현재 고려대 출강중

한국 현대시의 상상력과 자연

초판 인쇄 2006년 3월 23일
초판 발행 2006년 3월 30일
지은이 이상오
펴낸이 이대현
편집 권분옥
펴낸곳 도서출판 역락
주소 서울 성동구 성수2가 3동 301-80
전화 3409-2058, 2060
팩스 3409-2059
등록 1999년 4월 19일 제303-2002-000014호
홈페이지 http://www.youkrack.com
e-mail youkrack@hanmail.net

값 14,000원
ISBN 89-5556-463-5-93810

*잘못된 책은 바꿔 드립니다.